LES ENNEMIS

DE RACINE

AU XVIIᵉ SIÈCLE

SAINT-DENIS. — TYPOGRAPHIE DE A. MOULIN.

LES ENNEMIS

DE RACINE

AU XVIIᵉ SIÈCLE

PAR F. DELTOUR

Docteur ès-lettres, Professeur de rhétorique au lycée Saint-Louis

OUVRAGE COURONNÉ PAR L'ACADÉMIE FRANÇAISE

DEUXIÈME ÉDITION

Revue et augmentée

PARIS

LIBRAIRIE DE E. DUCROCQ

ÉDITEUR DE LA BIBLIOTHÈQUE CLASSIQUE DES CÉLÉBRITÉS CONTEMPORAINES

55, RUE DE SEINE, 55

1865

A MON CHER MAITRE

M. D. NISARD

DE L'ACADÉMIE FRANÇAISE

Hommage de respectueuse amitié.

F. DELTOUR.

LES ENNEMIS

DE RACINE

AU XVIIe SIÈCLE

PRÉFACE

DE LA SECONDE ÉDITION.

Nous n'avons rien négligé pour mériter à cette seconde édition de notre travail la continuation de la
faveur bienveillante qui n'a pas été refusée à la première. Toutes les objections que nous avaient adressées
soit MM. les professeurs de la Faculté des lettres de
Paris, soit quelques membres éminents de l'Académie
française, soit plusieurs critiques distingués des grands
journaux de Paris, ont été examinées avec soin, et souvent les faits ou les jugements ont été modifiés dans le
sens qui nous était indiqué. C'est ainsi que, sur l'autorité de M. Sainte-Beuve et en profitant d'un des plus

piquants articles de ses *Causeries,* nous avons complétement changé le récit de l'affaire des deux *Phèdres,* et
atténué, comme il était juste, les torts de Mme de
Bouillon. Nous avons corrigé aussi quelques erreurs de
dates, quelques inexactitudes de renseignements qui
s'étaient glissées dans le récit.

Au commencement du volume, nous avons ajouté
deux pages sur l'adolescence et les études de Racine.
Ce développement nouveau nous avait été demandé, et
nous l'avons jugé d'autant plus utile, que cette partie
des *Mémoires* de Louis Racine renferme quelques erreurs. D'après les indications d'un de nos juges les
plus éminents, M. Saint-Marc Girardin, nous avons
aussi complété l'examen de la tragédie de *Bajazet* par
l'étude rapide d'une nouvelle de Segrais, dont le sujet
est presque identique.

Il est un point capital sur lequel, après de sérieuses
réflexions, il nous a été impossible de rien changer à
nos jugements, c'est l'appréciation même du génie et
des œuvres de Racine. Cinq années nouvelles d'études
et d'enseignement n'ont fait qu'affermir nos goûts et
nos convictions. En relisant avec attention notre travail, nous croyons encore avoir distribué équitablement
la critique et l'éloge. Quand la vérité nous semblait
être du côté des adversaires de Racine, nous n'avons

pas hésité à prendre parti pour eux ; nous avons été, par exemple, avec Saint-Evremond contre *Alexandre*, et souvent avec Villars contre la tragédie de *Bérénice*.

Nous croyons aussi avoir rendu un hommage sincère et non équivoque au génie du grand Corneille. Sans doute il nous est impossible d'admirer les œuvres de sa longue vieillesse ; quelques beaux vers, quelques traits sublimes ne compensent pas, pour nous, la complication fatigante de l'intrigue, l'invraisemblance des situations et des caractères, l'obscurité et la raideur habituelles du langage. Mais nul n'est plus touché que nous de la beauté supérieure des huit ou dix pièces qui furent, suivant l'expression de Boileau, « le midi de sa poésie. » Nous croyons, avec Mme de Sévigné, que « rien n'approchera jamais des divins endroits de Corneille ; » avec la Bruyère, qu'« il est supérieur à tout, inimitable dans les endroits où il excelle. » Cette conclusion est celle même de toute notre étude. Nous demandons seulement que, par une admiration exclusive pour Corneille, on ne se rende pas volontairement insensible à l'art profond et savant, à l'exquise pureté, à la « perfection passionnée [1] » de Racine.

Quant à la lutte directe qui s'engagea entre les deux poëtes, tout en remarquant que souvent les torts ont

[1] M. Villemain, *Cours d'Histoire de la Littérature* au xviiie siècle.

été réciproques, nous n'avons pas hésité à condamner
la vivacité blessante de Racine ; nous avons signalé
cette sensibilité excessive comme la source de quelques fautes graves qu'il a lui-même amèrement regret-
tées, et comme une des causes principales des inimitiés
qui l'ont poursuivi. Mais le plus souvent Racine a
noblement reconnu et réparé ses torts ; si son humeur
était vive, son cœur était généreux et bon ; et l'étude
impartiale de sa vie et de sa correspondance ne justifie
pas ces accusations d'hypocrisie et de lâche adulation
qu'on reproduit encore tous les jours avec quelque
légèreté. D'ailleurs, ceux qui auront bien voulu parcourir ce volume, auront trouvé tant de puérilité, de
faiblesse, de révoltante injustice dans les critiques qu'on
lui adressait, tant de malveillance et de fiel dans le ton
de ses censeurs, qu'ils auront compris et excusé avec
nous la douleur et l'irritation du jeune poëte.

Cette animosité évidente de Fontenelle, de Segrais,
de Visé, de Barbier d'Aucour, du critique anonyme des
deux Iphigénies, cette mauvaise foi de Leclerc et de
Pradon dans leur rivalité, toutes les imputations injurieuses des chansons que nous avons citées, expliquent
surabondamment, ce nous semble, les dégoûts de Racine ; peut-être aussi légitiment-elles le titre de ce volume. Quelques juges d'une autorité considérable l'ont

accusé d'exagération ; ils ont craint qu'on ne nous repro-
chât, par exemple, d'avoir placé parmi les *ennemis de
Racine* Mme de Sévigné et Saint-Évremond, critique
beaucoup plus équitable que la plupart de ses contemporains. Mais nous avons déclaré plusieurs fois dans
notre Étude, que Mme de Sévigné n'était point une
ennemie de Racine ; nous avons montré qu'elle est toujours restée en dehors des cabales qui ont affligé le
poëte, qu'elle n'a jamais loué ses indignes rivaux ; nous
l'avons même justifiée, après Suard et d'autres critiques [1], du mot qu'on s'obstine à lui prêter : Racine
passera comme le café. Nous avons expliqué les raisons
très-légitimes de ses préférences et de celles de Saint-
Évremond pour *leur vieil ami Corneille.* L'erreur ne
nous semble donc pas possible. En outre, la petite
notoriété acquise aujourd'hui à cet ouvrage, rendait
difficile une désignation nouvelle. Nos juges mêmes
ont bien voulu nous engager à conserver l'ancienne ;
nous osons espérer que le public ne sera pas moins indulgent pour un titre que sa bienveillance, jointe aux
suffrages de la Faculté des lettres et de l'Académie française, a, en quelque sorte, consacré.

[1] Par exemple notre ancien maître, M. Géruzès, dans sa *Notice sur Racine.*

PRÉFACE

DE LA PREMIÈRE ÉDITION.

Racine est par excellence le poëte de l'âge de Louis XIV : sa carrière dramatique, si tôt interrompue, est renfermée tout entière dans la partie la plus brillante du règne personnel du grand roi, dans cette seconde moitié du XVIIe siècle, qu'on a si justement distinguée de la première. Parmi les grands écrivains du temps, il n'en est pas qui ait eu plus de part aux encouragements et à la faveur de Louis XIV, et dont le génie ait eu plus de conformité avec le caractère et les goûts du maître et de la cour qui se réglait sur le maître. Il semble que ses œuvres, par leurs qualités comme par les taches qu'on y peut relever, soient l'image la plus fidèle et la plus complète de cet âge politique et littéraire. A ne consulter que la vraisemblance, on croirait donc que les tragédies de Racine ont

triomphé sans efforts et sans luttes, et qu'aucune protestation ne s'est mêlée aux suffrages des contemporains. On sait pourtant qu'il n'en fut pas ainsi, et
l'histoire de la vie du poëte nous le montre, depuis
ses débuts jusqu'à son dernier chef-d'œuvre, attaqué
sans cesse par des ennemis qui réussirent à troubler,
quelquefois même à compromettre son succès, qui las-
sèrent son courage, et, au moment où il atteignait à
peine la maturité de son âge et de son talent, le chas-
sèrent du théâtre ; qui, enfin, lorsqu'il rentra dans la
lice avec un génie retrempé à des sources nouvelles,
plus pur et plus vigoureux que jamais, lui ravirent un
triomphe si légitimement espéré, et le condamnèrent à
mourir en doutant de son œuvre la plus parfaite.

Quelles furent les causes de ces inimitiés si persévé-
rantes? Quels intérêts, quelles passions les ont fait
naître? Quel a été le caractère de ces attaques? Quelle a
été la valeur de ces critiques? Ont-elles exercé quelque
influence sur la marche et les progrès du génie de
Racine? Il nous a semblé intéressant de le rechercher.
Sans doute, plusieurs incidents de ces luttes sont déjà
connus. Comment se flatter d'être nouveau en parlant
d'un poëte qui, depuis un siècle et demi, a fixé l'attention de la critique, et dont les œuvres, analysées avec
tant de justesse et de sensibilité par Voltaire, Vauve-

nargues, La Harpe, ont inspiré encore de nos jours à d'éminents écrivains des travaux pleins de délicatesse et de pénétration? Mais les éléments de cette question sont encore épars. Depuis les *Mémoires* de Louis Racine, précieux sans doute, mais, à tant d'égards, si insuffisants, personne n'a songé à donner une histoire approfondie et complète de la vie et des œuvres de Racine. Sans remplir assurément cette grande tâche, notre étude se propose d'en embrasser une partie. Elle présentera l'ensemble des luttes littéraires soutenues par le poëte, des rivalités qu'il a subies, des douleurs par lesquelles son âme sensible a payé la gloire. Si ce tableau jette plus de jour sur l'homme et sur l'écrivain, s'il nous permet d'apporter notre humble tribut d'admiration à ce génie si pur et si harmonieux, que sa perfection même a livré, de notre temps, aux attaques de nouveaux ennemis, non moins ardents, mais bien plus grossiers, peut-être notre travail aura-t-il quelque utilité et trouvera-t-il grâce auprès de nos juges.

INTRODUCTION.

ÉDUCATION DE RACINE, SES DÉBUTS JUSQU'A LA TRAGÉDIE
D'ALEXANDRE, 1659-1665.

Racine, né à la Ferté-Milon le 21 décembre 1639, allait achever sa vingtième année quand il entra dans le monde, vers la fin de 1659. Ce n'était pas le temps des éducations précipitées et hâtives, et, bien que Racine fût depuis l'enfance orphelin de père et de mère, bien qu'il eût perdu à l'âge de onze ans son aïeul maternel, M. Sconin[1], qui l'avait recueilli ainsi que sa sœur, on n'avait pas tenu pour suffisantes les cinq ou six années d'études qu'il fit au collége de Beauvais. Son aïeule paternelle, sa tante Agnès Racine, deux autres parentes faisaient partie de la communauté des religieuses de Port-Royal-des-Champs; sa tante, sous le nom de la mère Agnès de Sainte-Thècle, en fut long-temps la supérieure. Elles confièrent le jeune homme, déjà parvenu à sa seizième année, à la direction des

---

[1] Procureur du roi des eaux et forêts à Villers-Cotterets. Le père de Racine était contrôleur du grenier à sel de la Ferté-Milon.

fameux solitaires de Port-Royal, et ce fut là que Racine,
pendant trois années de fortes études, acquit cette connaissance profonde des langues anciennes, cette habitude d'un commerce assidu avec les écrivains de Rome
et surtout de la Grèce, ce goût passionné pour Homère,
pour Platon, pour Euripide, pour Virgile, qui décidèrent de son avenir. Une année de logique au collége
d'Harcourt, à Paris, compléta ses études, et il quitta
avec joie la sécheresse et la subtilité du syllogisme,
objet presque unique à cette époque de l'enseignement
philosophique [1], pour entrer dans une société où peut-
être, sans se l'avouer encore à lui-même, sans alarmer
surtout, par un aveu prématuré, l'austère piété de ses
parentes, il avait déjà choisi son rôle.

Racine, en effet, sous les ombrages des Granges, ne
s'était pas borné à lire, à déclamer et à fixer dans sa
mémoire les tragédies de Sophocle et d'Euripide, et ce
petit roman grec de Théagène et Chariclée, que le bon
Lancelot brûla vainement à deux reprises. Il ne lui

---

[1] Racine exprima ses dégoûts dans une petite pièce de vers dont son fils cite un
couplet :

> Je ne respire qu'arguments,
> Ma tête est pleine à tous moments
> De majeures et de mineures.
> Lisez cette pièce ignorante
> Où ma plume si peu coulante,
> Ne fait voir que trop clairement
> Pour vous parler sincèrement,
> Que je ne suis pas un grand-maître,
> Hélas! comment pourrais-je l'être ?

Par une singulière inadvertance Louis Racine dit que son père n'avait que
quatorze ans quand il fut envoyé à Paris au mois d'octobre 1658, pour faire sa
philosophie au collége d'Harcourt. Or il en avait près de dix-neuf, puisqu'il était
né le 21 décembre 1639.

avait pas suffi de cultiver, dans des vers pleins d'élégance et d'harmonie, les Muses latines. Sur les pas des
auteurs du temps, dont il avait sans doute en secret
dévoré les ouvrages, il s'était aventuré dans la poésie
française, et il avait célébré en strophes pompeuses les
bois, les étangs, les prairies et les jardins de Port-Royal.
Quelques mois après sa sortie du collége, il adressa un
sonnet au cardinal Mazarin à l'occasion de la paix des
Pyrénées. Mais sa famille et ses maîtres s'inquiétaient
de l'avenir de ce jeune homme sans fortune; ils rêvaient
pour lui, comme dit Louis Racine, « quelqu'un de ces
emplois qui, sans donner la fortune, procurent une
aisance de la vie capable de consoler de l'ennui de cette
espèce de travail, et de la dépendance, plus ennuyeuse
encore que le travail. » L'apparition de cette pièce de
vers excita donc des transports d'indignation ; Racine
reçut, dit-il lui-même, « excommunications sur excommunications [1], » et il dut cacher à l'active surveillance
de ses amis et de ses parentes la composition de sa première œuvre étendue, *la Nymphe de la Seine*, ode en
l'honneur de la jeune reine, qui lui valut les suffrages
alors imposants de Chapelain et les premières libéralités de la cour. Colbert récompensait le jeune poëte
par une gratification de cent louis et par une pension
de six cents livres.

Cependant, malgré ce succès de si favorable augure,
Racine ne se mit pas encore en révolte ouverte contre
l'autorité de ses parentes. Il était entré dans la maison

[1] Lettre à l'abbé Le Vasseur, 15 septembre 1660.

de Chevreuse pour y exercer, sous la direction de son cousin, M. Vitart, intendant de la famille, quelque emploi subalterne. L'insuffisance de cette ressource le décida bientôt à un sacrifice plus complet et plus douloureux : il quitta Paris, en 1661, pour aller vivre au fond du Languedoc, auprès de son oncle, chanoine de Sainte-Geneviève et grand-vicaire d'Uzès, le P. Sconin, qui lui faisait espérer un bénéfice, et il se prépara, sans beaucoup de vocation, à la vie ecclésiastique. Mais les bienveillantes intentions du bon père échouèrent contre des difficultés imprévues, et, après un an de commerce avec la *Somme* de saint Thomas, ajoutons aussi avec le Tasse, Arioste, Virgile et tous ces auteurs anciens qu'il aimait tant, Racine revint à Paris, sans bénéfice, mais libre et résolu, après cette preuve éclatante de bonne volonté et de soumission, à suivre ouvertement un penchant d'autant plus fort qu'il était plus combattu.

A cette époque commence véritablement la carrière de Racine. Son ode *la Renommée aux Muses* lui vaut, outre une nouvelle gratification, des protecteurs à la cour et l'accès auprès du roi (1663). Par La Fontaine, avec lequel sa liaison était déjà ancienne, il connaît Molière ; et, soutenu par les conseils du poëte déjà illustre, peut-être aussi par sa délicate bienfaisance, il travaille pour le théâtre et traite le sujet des *Frères ennemis* que Molière, dit-on, lui avait indiqué. Ce n'était pas au reste son premier essai dans la tragédie. Il est question dans ses lettres d'une pièce d'*Amasie* reçue d'abord par les comédiens du Marais, puis rebutée par

Laroque, l'oracle de la troupe [1]. Un peu plus tard, Racine commence une tragédie des *Amours d'Ovide*, pour laquelle il consulte une actrice de l'hôtel de Bourgogne, mademoiselle de Beauchâteau [2]; le voyage d'Uzès interrompt ce nouveau travail qui ne fut pas achevé. Il en est de même d'une pièce de *Théagène et Chariclée*, romanesque inspiration du livre si cher à l'adolescence de Racine, et que le poëte, suivant le récit de son fils [3], ébaucha à Uzès, sur le temps dérobé à la théologie. Enfin, en 1664, les *Frères ennemis*, d'abord destinés aux comédiens de l'hôtel de Bourgogne, sont représentés au Palais-Royal par la troupe de Molière, et Racine, par un premier succès dont il fait hommage dans son *Épître dédicatoire* à son protecteur, M. le duc de Saint-Aignan, se trouve engagé dans une carrière où il devait rencontrer tant de triomphes, et aussi tant de chagrins et de déceptions.

Mais si le jeune poëte en fût resté, pour le développement du poëme dramatique, à la manière et au goût de la *Thébaïde*, il est probable que sa vie n'eût été ni aussi glorieuse, ni troublée par autant d'attaques; tout au plus aurait-il disputé quelques succès éphémères aux auteurs du temps, dont il s'était montré déjà dans ses premières odes le disciple trop fidèle. On sait, en effet, que cette époque était encore celle du règne de Chapelain, « le premier poëte du monde pour l'héroï-

---

[1] Lettre à l'abbé Le Vasseur, 5 septembre 1660.
[2] *Idem*, juin 1661.
[3] Louis Racine. *Mémoires*, 1re partie.

que, » au jugement d'un contemporain [1], l'arbitre des libéralités du roi envers les hommes de lettres [2], et lui-même « le mieux renté de tous les beaux esprits. » Avec lui, les noms les plus célèbres dans la poésie étaient ceux de Ménage, Scudéri, Saint-Amand, Benserade, Cotin; et tous ces auteurs, tombés si bas après les satires de Boileau, étaient alors aussi puissants par leur crédit et par la protection des plus illustres personnages que funestes par la popularité de leurs œuvres. Sans doute, les beaux jours de l'hôtel de Rambouillet étaient passés; mais l'esprit précieux vivait toujours, et chez les nobles dames qui avaient fréquenté l'illustre cercle, et chez les écrivains qui y avaient puisé leurs inspirations. D'ailleurs, à Paris et dans les provinces, d'autres cercles s'étaient formés qui avaient conservé, en les outrant, les traditions du fameux hôtel; c'est à ceux-là que Molière, dans ses *Précieuses Ridicules,* affectait de restreindre ses critiques. Depuis vingt ans le bel esprit régnait dans la poésie : ce n'étaient que madrigaux, stances, sonnets, rondeaux,

---

[1] Costar. Liste présentée à Colbert pour les gratifications aux hommes de lettres (1663).

[2] On sait que Chapelain avait été chargé, en même temps que Costar, de préparer une liste. Boileau y fait allusion dans ces vers de la satire I (édit. de 1666) :

> . . . . Je ne saurais, pour faire un juste gain,
> Aller bas et rampant, fléchir sous Chapelain.
> Cependant, pour flatter ce rimeur tutélaire,
> Le frère, en un besoin, va renier son frère;
>
> . . . .
> Ou, pour être couché sur la liste nouvelle,
> S'en irait chez Billaine admirer la Pucelle.

Chapelain ne s'était pas oublié, et dans la liste qu'il a dressée, il apprécie lui-même son talent et son caractère avec une complaisance très-naïve.

pièces fades et prétentieuses, dont le sujet éternel était la galanterie. Les longs poëmes épiques de Chapelain, de Scudéri, de Saint-Sorlin, étaient encore dans leur nouveauté; enfin on dévorait les interminables romans de la Calprenède et ceux de mademoiselle de Scudéri, la dixième muse, l'illustre Sapho, comme la surnommait l'enthousiasme de la cour et de la ville; le *Pharamond*, la *Cléopâtre*, le *Cyrus*, la *Clélie*, étaient les délices de Paris et des provinces, l'école de la galanterie et de l'amour, le code du bon ton, des beaux sentiments et du beau langage.

Le théâtre est de tout temps l'image de la société : nulle part le goût de l'époque et la prodigieuse influence des romans à la mode n'est plus sensible que dans les tragédies représentées entre 1655 et 1665. Ce n'était pas, comme on pourrait le croire, le grand Corneille qui était en possession de la popularité et des grands succès : l'échec de *Pertharite* l'avait chassé du théâtre en 1653; pendant six ans il avait pu garder le silence, sans que le public eût cherché par ses regrets et ses sollicitations à le faire revenir sur une résolution qui ne demandait qu'à se laisser vaincre. L'*Épître* au surintendant Fouquet, qui, en 1659, ranima sans peine l'ardeur de Corneille, et la préface de la tragédie d'*OEdipe* [1], font assez paraître que cette

---

[1] De ton âge importun la timide faiblesse
A trop et trop longtemps déguisé ta paresse,
Et fourni de couleurs à la raison d'État
Qui mutine ton cœur contre *le siècle ingrat*.
(*Epître à Fouquet.*)

« Tout le monde ne sait pas que *sa* bonté (de Fouquet) s'est étendue jusqu'à

oublieuse indifférence avait été le plus grand des chagrins du poëte, la cause principale de son découragement. Un autre auteur régnait sans partage dans la
tragédie, et, loin de perdre au retour de Corneille, il
brilla d'un nouvel éclat par la défaite d'un tel rival ;
c'est Quinault, non pas le poëte élégant et harmonieux
qui, beaucoup plus tard, fit les vers d'*Armide*, mais
celui qu'a si justement attaqué Boileau, et dont les
tragédies, empruntées aux romans de mademoiselle de
Scudéri et de la Calprenède, renchérissaient encore sur
ces ouvrages pour le ridicule, et donnaient aux héros
de l'antiquité et du moyen âge le langage et les sentiments des ruelles. Boileau, dans le *Dialogue des héros
de roman*, a relevé quelques traits de ces pièces douce-
reuses qui pendant dix ans se succédèrent chaque année
sans que rien troublât leur triomphe. Qui connaît
aujourd'hui, autrement que par le satirique, *la Mort de
Cyrus*, qui commença, en 1656, la vogue de Quinault,
et la *Stratonice* (1657) où « jusqu'à je vous hais, tout se
dit tendrement, » et l'*Amalasonthe* (1658), tragédie dont
l'héroïne raffine sur les précieuses de l'hôtel de Rambouillet, et dont le héros, Théodat, brûle pour la reine
des Ostrogoths d'un amour si délicat, si discret et si
humble, et même l'illustre pièce d'*Astrate* (1663), qui
fit tomber la *Sophonisbe* de Corneille, et qui mit le
comble à la renommée de son auteur? Tous les poëtes

» ressusciter les muses ensevelies dans un long silence, et qui étaient comme
» mortes au monde, puisque le monde les avait oubliées. »
(Préface d'*OEdipe*.)

qui se hasardèrent au théâtre à côté de Quinault suivirent docilement son exemple : la *Clotilde* de l'abbé Boyer (1659), l'*Ostorius* de l'abbé de Pure (1659), les nombreuses tragédies de Thomas Corneille, *Bérénice* (1658), *Darius* (1659), *Stilicon* (1660), *Camma* (1661), etc., sont les fades et insupportables produits de la même école. Tous ces poëtes prennent à l'antiquité ou aux premiers âges de l'invasion des Barbares les noms de leurs personnages, disposent en maîtres des événements, des lieux et des dates, transforment à leur gré les caractères, et les ramènent à un type unique, celui des bergers de M. d'Urfé ou des héros de mademoiselle de Scudéri.

Il faut bien le dire, le grand Corneille lui-même n'échappa pas tout à fait à la contagion. Quoiqu'il se fasse illusion sur ce point et qu'il se plaigne « du goût de ces délicats qui veulent de l'amour partout [1] » quoiqu'il se félicite de ne pas chercher les agréments qui sont en possession de faire réussir au théâtre les poëmes dramatiques [2], il est certain que toutes ses dernières tragédies, depuis *OEdipe* jusqu'à *Suréna*, sont remplies de petites intrigues amoureuses : il a défiguré par les scènes de la plus froide galanterie, par les complications du romanesque le plus invraisemblable et le plus stérile, le terrible sujet d'*OEdipe ;* il est de règle dans ces pièces que tous les personnages, même un vieux soldat comme Sertorius, même un ambitieux comme Othon, même le

[1] Préface de *Sophonisbe* (1663).
[2] Préface de *Sertorius* (1662).

farouche Attila, portent les chaînes de quelque noble
dame, et qu'aux calculs de leur politique se mêlent les
intérêts de leur amour. Si ces héros et ces héroïnes dis-
sertent sur leurs sentiments plutôt qu'ils ne les éprou-
vent, s'il n'y a chez eux ni emportement de passion, ni
véritable tendresse, ils n'en sont que plus faux et moins
supportables. Ainsi le goût du temps et les succès de
Quinault gâtaient le génie encore si vigoureux de Corneille; quelques belles scènes politiques, où le poëte,
rentrant dans sa nature et dans la vérité, retrouvait la
précision, la force et l'élévation du style d'Horace et de
Cinna, étaient perdues dans la froideur rebutante de
l'ensemble; des sentiments guindés et fastueux, des
situations forcées, amenaient un langage obscur et souvent barbare, et Corneille, subissant des conditions si
contraires à son génie, se condamnait lui-même à la
décadence.

Racine, qui débutait au milieu de ce règne du bel
esprit, n'avait encore ni des principes assez arrêtés, ni
un talent assez mûr pour échapper à ces influences.
Ses premières odes méritaient les éloges de Chapelain,
dont il fut si fier, et qu'il recueillit précieusement pour
les rapporter avec une exactitude religieuse « comme
le texte de l'Évangile, » à son correspondant l'abbé Le
Vasseur [1]. Une élégance pompeuse et commune, beaucoup de recherche et d'emphase, beaucoup de froides

---

[1] Lettre du 13 septembre 1660. Racine eut aussi les suffrages de Charles
Perrault, son futur adversaire dans la querelle des anciens et des modernes.

hyperboles, comme dans ces vers de la *Nymphe de la Seine* :

> Je roulais dans mon sein moins de flots que de pleurs.
> . . . .
> Le soleil, étonné de tant d'effets divers,
>   Eut peur de se voir inutile,
> Et qu'un autre que lui n'éclairàt l'univers,

tel est le caractère habituel de ces pièces où l'on ne peut guère louer que la douceur de la versification et un sentiment vrai de l'harmonie poétique. La première tragédie de Racine semble indiquer plutôt un imitateur de Quinault qu'un disciple fervent des poëtes grecs. L'amour n'y occupe pas, il est vrai, la principale place, et tels étaient les préjugés du temps que l'auteur croit devoir s'en justifier dans sa préface ; mais, dans cette sombre histoire, c'est déjà trop de la passion épisodique d'Antigone et d'Hémon, et surtout de la rivalité ridicule de Créon et de son fils. Au reste, le grand défaut de la pièce, c'est la froideur et la faiblesse : le style, clair et coulant, mais souvent plat ou gâté par des traits de mauvais goût, a la douceur de celui de Quinault dans l'*Astrate*, sans avoir plus de force et d'expression ; même dans les situations les plus dramatiques, il ne prend ni vivacité ni couleur. Les caractères n'ont pas de vigueur et de relief, les sentiments pas de profondeur; l'auteur n'a pas encore acquis le talent de concevoir fortement ses personnages, de s'identifier tellement avec eux que leurs passions deviennent, en quelque sorte, les siennes, et de leur donner

ainsi cette vérité et cette vie, sans lesquelles il n'est pas
de création dans l'art.

Heureusement pour Racine, à cette époque commence son étroite liaison avec un homme dont le jugement droit et sévère, l'inflexible bon sens, la franchise
résolue et courageuse, devaient avoir sur lui une action
si puissante et si salutaire. L'abbé Le Vasseur, parent
et ami d'enfance de Racine, confident de ses premiers
essais et de tous les sentiments de sa jeunesse, avait rencontré à Crosne, en 1663, Boileau qui écrivait ses pre
mières satires, mais qui n'avait encore rien publié. Il lui
montra l'ode de *la Renommée aux Muses*, alors dans tout
l'éclat de sa nouveauté et de son succès. Boileau fit des
observations que Le Vasseur transmit fidèlement à Racine : celui-ci en fut frappé ; sans se rendre sur tous les
points, il avoua « qu'il y avait trouvé assez de difficultés qui l'arrêtaient. » « Je suis, ajoutait-il, fort
obligé à l'auteur de ces remarques, et je l'estime infin-
niment [1]. » Il exprimait le désir de le connaître : Le
Vasseur mena son parent chez Boileau, et, dès la première visite, ces deux hommes, si dignes l'un de l'autre
par les qualités du cœur comme par celles de l'esprit,
se juraient une amitié qui dura autant que leur vie.
Boileau, par ses convictions fortes, par l'autorité de
son caractère si honnête, si bon, malgré sa brusquerie,
si dévoué et si sûr, prit un grand ascendant sur l'esprit
et sur l'âme de son ami. L'ardente sensibilité de Racine, sa riche et mobile imagination, trouvèrent dans

[1] Lettre à l'abbé Le Vasseur, à Crosne, décembre 1663.

la raison intraitable, dans l'infaillible goût du satirique, un tempérament et une règle ; par une crainte salutaire de la sévérité de Boileau, le poëte qui, toute sa vie, comme il l'avouait à ses enfants, s'irrita de la moindre critique, devint sévère pour lui-même ; « il fit difficilement des vers faciles ; » il sacrifia les faux brillants ; comme le voulait Boileau, « il aima la raison, » c'est-à-dire la vérité et la nature, et se convainquit avec lui que la poésie ne peut s'inspirer que de la sincérité du sentiment, qu'il faut la chercher dans le cœur et non dans la tête. Sans nul doute, à Boileau revient pour une bonne part le mérite des rapides progrès de Racine vers la perfection, comme c'est grâce à lui que l'auteur de *Britannicus* et de *Phèdre* ne s'est pas arrêté plus tôt dans sa carrière. Boileau qui avait défendu son ami contre l'exubérance d'un talent trop riche et les illusions d'un goût trop facile, le défendit ensuite contre le découragement et le doute de lui-même. Que de fois il le ranima par l'accent convaincu de ses éloges, où l'on ne sentit jamais les réserves d'un homme qui, lui aussi, était poëte ; par cette émotion, dont il ne pouvait se défendre à la réprésentation des pièces de son ami, et qui, au rapport d'un contemporain, se manifestait dans ses yeux, sa physionomie, sa personne entière [1] ! Telle fut cette amitié qu'aucun intérêt, aucune pensée d'amour-propre ne refroidit jamais, que ne rebuta pas l'humeur inégale et la vivacité quelquefois

---

[1] Boursault. *Récit de la première représentation de* Britannicus. Voir 2e partie, chap. III.

amère de Racine, et qui, par sa franchise courageuse, rendit l'homme meilleur comme elle fit le poëte plus pur et plus parfait.

Boileau, devenu l'ami de Racine, était entré en relations avec Molière et La Fontaine, et ces quatres poëtes, qui étaient déjà ou qui allaient devenir les premiers de leur âge, rapprochés par la sympathie du talent et du caractère, et par le besoin de s'entendre et de s'armer contre les écrivains à la mode, prirent l'habitude de ces réunions, qui ne durèrent que peu d'années, mais qui exercèrent pourtant une grande influence sur eux-mêmes et sur leur époque. C'est de là, en réalité, que sort, avec ses principes et son drapeau, la nouvelle école poétique. La Fontaine, longtemps le trop fidèle émule des écrivains qu'il rencontrait chez Fouquet, et que l'inspiration d'une courageuse amitié venait à peine de révéler grand poëte dans l'*Élégie aux nymphes de Vaux*, rompt décidément avec les madrigaux et les sonnets; et l'admiration de l'antiquité, que ses amis, plus savants, lui ont fait comprendre, développe son génie si original et si profond. Racine donne sa tragédie d'*Alexandre*, encore bien éloignée de la perfection, mais supérieure par le style et par la beauté du caractère de Porus, et prélude ainsi au chef-d'œuvre d'*Andromaque*. Molière, déjà si remarquable dans les *Précieuses* et dans l'*École des femmes*, devient l'incomparable poëte du *Misanthrope* et du *Tartufe*. Enfin Boileau, par ses premières satires, qu'il lit dans d'illustres salons, et qu'une publication frauduleuse et incorrecte le décide à faire

imprimer, engage directement la guerre contre la littérature en crédit. Sa raison acérée, soutenue par un style
net et précis, vigoureux et plein, corrige le goût public,
déjà en partie ramené par les scènes malicieuses de Molière. L'arme puissante du ridicule combat l'influence
de ces écrivains, forts de leur nombre, de leurs illustres
amitiés, de l'habitude même qui avait consacré leur
empire ; le bel esprit, produit de l'imitation étrangère
et des salons, est vaincu par ce bon sens bourgeois auquel en avait déjà appelé Malherbe, et la supériorité
des nouveaux poëtes est bientôt reconnue et populaire.

Nul n'aida plus à cette révolution que le jeune roi
Louis XIV, et c'est un de ses titres de gloire d'avoir de-
vancé sur ce point l'opinion publique, d'avoir contribué
à la faire en se déclarant hardiment et de bonne heure,
et d'avoir porté du côté d'écrivains obscurs, sans fortune et sans naissance, tout le poids de ses suffrages
et de sa faveur. Il avait donné le signal d'applaudir
à la gaîté de Molière, dont les allures franches et vives
avaient choqué les habitués des ruelles. Depuis les
Précieuses, il ne cessait d'encourager les hardiesses du
poëte-comédien ; il était le premier à comprendre les
beautés supérieures du *Misanthrope*, et il faisait jouer
le *Tartufe*. Il avait donné à Molière le théâtre du Palais-Royal, et à sa troupe le titre de Comédiens du Roi;
il l'approchait de sa personne, et devenait parrain d'un
de ses enfants. Racine, pensionné dès 1662, admis auprès du roi après l'ode de la *Renommée aux Muses*, osait
dédier son *Alexandre* au souverain. A la même époque,

Boileau faisait précéder ses *Satires* du *Discours au Roi.*
Louis XIV acceptait ces hommages, qui l'engageaient
de plus en plus dans la cause des nouveaux poëtes :
son esprit droit et net, élevé et en même temps pratique, avait reconnu dans ces écrivains des qualités qui
étaient les siennes ; le même bon sens qui lui faisait
choisir pour ministres des roturiers, hommes supérieurs, plutôt que des grands seigneurs orgueilleux et
incapables, le mit du côté de la raison et de la nature,
contre la fausse grandeur et la fausse délicatesse. Sans
doute aussi sa haine pour la Fronde et pour tous les
personnages qui y avaient joué un rôle, contribuait à
l'éloigner des auteurs qui avaient été et qui étaient encore les protégés et les amis des fameuses héroïnes des
troubles civils. Cette littérature représentait par excellence le règne des précieuses, contemporain de la
Fronde, ce goût précieux que Louis XIV eut toujours
en horreur, et qui l'éloigna d'abord de Mme de Maintenon, parce qu'il la soupçonna d'en être atteinte. Ces
jeunes poëtes devinrent donc les poëtes de son règne.
Avec un nouvel âge politique commence un nouvel âge
littéraire. La jeune cour subit sans peine l'influence du
roi et de la duchesse d'Orléans, Henriette, admiratrice
décidée et enthousiaste de Molière et de Racine ; et
bientôt ces deux écrivains eurent presque exclusivement le privilége d'embellir par leurs chefs-d'œuvre
les fêtes brillantes d'une époque de plaisirs et de magnificence.

C'est à la fin de 1665, après le succès d'*Alexandre,*

que commence pour Racine cette période de réputation et de succès. Cette tragédie, malgré ses graves imperfections, effaçait déjà les plus vantées de Quinault et de son école ; elle révélait aux admirateurs de Corneille un rival bien plus inquiétant pour sa vieillesse que l'auteur d'*Astrate ;* les plus prévenus en faveur du grand poëte ne pouvaient s'empêcher de reconnaître le talent du jeune homme, et Saint-Évremond, un des censeurs les plus sévères de Racine, déclara pourtant, après avoir lu *Alexandre*, que « la vieillesse de Corneille ne l'alarmait plus [1]. » En même temps, l'*Épître dédicatoire* de Racine faisait voir l'auteur de la nouvelle tragédie appuyé des suffrages et de la protection de Louis XIV. On sut bientôt que la jeune duchesse d'Orléans recevait la confidence de ses vers encore sur le métier, qu'elle se faisait lire par lui les scènes d'une nouvelle tragédie, à mesure qu'il les composait, et qu'elle encourageait le travail par son émotion et par ses larmes. Racine sans doute y gagna des partisans, empressés de régler leur goût sur celui des puissances ; mais dès lors aussi s'engagea contre lui cette guerre qui, depuis *Alexandre*, n'épargna aucune de ses tragédies et empoisonna la joie de ses plus beaux succès. Ici nous entrons véritablement dans notre sujet ; ici commence l'étude dont tout ce qui précède n'a été que la rapide et nécessaire introduction.

[1] Dissertation sur Alexandre.

PREMIÈRE PARTIE.

CHAPITRE PREMIER.

Les Poëtes tragiques.

C'est un fait ancien comme le monde, que tous les
grands succès attirent à celui qui les obtient autant
d'ennemis que d'admirateurs. « Le potier porte envie
au potier, » dit le proverbe grec ; mais, parmi les rivalités, il n'en est pas de plus acharnées et de plus ardentes que les rivalités littéraires. Le développement
même des facultés qui font la poésie, la sensibilité et
l'imagination, rend sur ce point très-susceptible la
« race irritable des poëtes. » D'ailleurs, les suffrages
des hommes, cette faveur d'opinion qui s'attache à la
personne et aux œuvres, et qu'on appelle la gloire, sont
leur plus précieuse et souvent leur seule récompense ;
on comprend qu'ils en soient jaloux et qu'ils s'alar-

ment facilement à l'apparition d'un talent nouveau dont l'éclat menace d'obscurcir leur renommée.

Urit enim fulgore suo qui prægravat artes
Infra se positas [1].

Sitôt que d'Apollon un génie inspiré
Trouve loin du vulgaire un chemin ignoré,
En cent lieux contre lui les cabales s'amassent.
Ses rivaux obscurcis autour de lui croassent;
Et son trop de lumière, importunant les yeux,
De ses propres amis lui fait des envieux [2].

Avant Horace, qui n'avait pas échappé aux cabales des médiocrités de son temps ; avant Racine, que Boileau consolait par ces vers de l'injuste disgrâce de sa *Phèdre*, combien de grands écrivains avaient prouvé, par les dégoûts qui les abreuvèrent, cette vérité devenue banale ! Surtout les triomphes du théâtre ne se pardonnent point parmi les auteurs ; il n'en est pas de plus difficiles et en même temps de plus retentissants et de plus flatteurs ; c'est là surtout que l'homme de génie efface et annule l'homme de métier : aussi sont-ils une source d'implacables inimitiés. On sait combien les poëtes contemporains de Corneille se déchaînèrent contre « la merveille du *Cid*, » et avec quel odieux empressement les Boisrobert et les Scudéri servirent la passion du cardinal et encore plus la leur, contre un rival qu'ils avaient célébré tant qu'ils s'étaient flattés d'être ses égaux [3]. Or, le succès de la tragédie d'*Alexan-*

[1] Horace. Ép. II, 1, v. 13.
[2] Boileau. Ép. VII à Racine, v. 9-14.
[3] Scudéri, à propos de *la Veuve*, s'écriait :

Le soleil s'est levé ; disparaissez, étoiles !

dre fut éclatant ; et bientôt parut *Andromaque* qui, au
rapport d'un homme mal disposé pour Racine, du
célèbre Charles Perrault, « fit le même bruit à peu près
que le *Cid* [1]. » Les riches promesses d'*Alexandre* se
trouvaient cent fois dépassées par cette pièce, brillante
inauguration d'un nouveau genre de tragédie. Racine
prenait possession du sceptre tragique ; l'ancienne popularité de Corneille renaissait en faveur du jeune homme
qui allait effacer la trop longue vieillesse du grand
poëte, et balancer la gloire de sa maturité. Que devinrent les auteurs du temps qui avaient dû au silence ou
à l'affaiblissement de Corneille et à l'absence de tout
sérieux concurrent, de frivoles et fugitifs succès? Le
plus célèbre et le plus gâté par le public, Quinault, se
montra aussi le plus sage. Il risque encore, en 1668,
une tragédie de *Pausanias ;* en 1670, il donne *Belléro-
phon* ; mais, après ces deux tentatives peu heureuses,
il abandonne décidément une carrière où les succès
sont devenus difficiles, et le public ne le retrouve qu'en
1672, dans un genre nouveau où son talent gracieux et
élégant a tout son prix, dans l'opéra.

Les autres, bien inférieurs à Quinault, furent aussi
plus obstinés. Tel est l'abbé Boyer [2], dont la première
tragédie, la *Porcie romaine*, est de 1646 ; la dernière,
Judith, de 1695. « Pendant cinquante ans, dit l'abbé
» d'Olivet dans son *Histoire de l'Académie*, il a travaillé
» pour le théâtre, sans que jamais la médiocrité du

[1] Hommes illustres. — Vie de Racine.
[2] Né en 1618, mort en 1698; reçu à l'Académie française en 1666.

» succès l'ait rebuté; toujours content de lui-même,
» rarement du public. » Cette facilité d'humeur, cette
disposition à se consoler par son propre témoignage de
l'indifférence des spectateurs, est confirmée par une
épigramme de Furetière :

> Quand les pièces représentées
> De Boyer sont peu fréquentées,
> Chagrin qu'il est d'y voir peu d'assistants,
> Voici comme il tourne la chose :
> Vendredi la pluie en est cause,
> Et dimanche c'est le beau temps.

N'était-il pas d'ailleurs excusable d'avoir pour ses œuvres quelque complaisance, quand Chapelain déclarait [1] qu'il voyait en lui « un poëte de théâtre qui ne
cédait qu'au seul Corneille; » quand Boursault, dans
la *Satyre des satyres*, le défendait contre Boileau ;
quand les journaux du temps, la *Gazette en vers* de
Robinet, le *Mercure galant*, ne cessaient de vanter son
style et ses œuvres? Enfin, tout à fait à la fin de sa
longue carrière, sa persévérance ne sembla-t-elle pas
justifiée par le succès extraordinaire de sa tragédie
sacrée, *Judith ?*

Mais, en dépit d'éloges que démentit, sauf une fois,
l'indifférence du public, en dépit d'un triomphe qui,
nous le verrons, fut éphémère, Boyer n'était pas pour
Racine un concurrent bien redoutable. On en peut dire
autant d'un autre auteur dramatique, compatriote et
quelquefois collaborateur de Boyer, Le Clerc [2], qui

---

[1] Liste pour les gratifications.
[2] Né en 1622, mort en 1691. Il était d'Albi, comme Boyer. On donne comme

avait débuté, dès l'année 1655, par une tragédie intitulée la *Virginie romaine*. Selon d'Olivet, elle était peu régulière ; mais, grâce à la jeunesse de l'auteur, « elle
» ne laissa pas d'être applaudie et de faire augurer que,
» s'il voulait continuer dans ce genre d'écrire, il méri
» terait une place honorable dans le second rang des
» poëtes qui travaillaient en ce temps-là pour le théâ
» tre. » Cependant il s'écoula vingt ans avant qu'il donnât une sœur à sa *Viginie* ; et, pendant cette période, il ne se fit connaître dans les lettres que par une faible traduction du Tasse (1667). Il semble que ce soit seulement dans une pensée de lutte contre Racine qu'il ait de nouveau composé pour le théâtre ; car, en 1675, peu de mois après la tragédie qui avait fait couler tant de larmes à l'hôtel de Bourgogne, il osa faire paraître, au théâtre de l'hôtel Guénégaud, une seconde *Iphigénie*. Nous aurons à examiner plus tard si, comme Le Clerc l'affirme dans sa préface, cette rencontre fut le simple effet du hasard, ou si plutôt l'auteur, aidé de son ami Coras, n'a pas cherché cette concurrence et ne s'est pas flatté de faire pâlir la gloire de Racine. Mais le succès de la pièce n'inquiéta pas beaucoup le grand poëte, qui se vengea par l'épigramme bien connue :

> Entre Le Clerc et son ami Coras,
> Deux grands auteurs, rimant de compagnie,

leur œuvre commune *le Comte d'Essex* (1678) et *Oreste* (1681). Coras, autre collaborateur de Le Clerc, était aussi méridional : il était né à Toulouse ; il vécut de 1630 à 1677.

N'a pas longtemps sourdirent grands débats
Sûr le propos de leur *Iphigénie*.
Coras lui dit : « La pièce est de mon cru. »
Le Clerc répond : « Elle est mienne, et non vôtre. »
Mais aussitôt que l'ouvrage a paru,
Plus n'ont voulu l'avoir fait l'un ni l'autre.

Le danger pour la réputation de Racine n'était ni dans les efforts de ces poëtes, ni même dans ceux de Thomas Corneille, fécond écrivain qui a produit d'innombrables pièces dramatiques, comédies, tragédies, opéras, médiocre dans la plupart de ses œuvres. Les seules qu'on se rappelle aujourd'hui sont *le Comte d'Essex* et surtout *Ariane*, où l'on trouve l'accent d'une passion vraie et touchante. Les exemples de Racine ont profité à Thomas Corneille, de même que ceux de l'auteur du *Cid* et de *Cinna* avaient réformé Rotrou et contribué à la création de son chef-d'œuvre, *Venceslas*.

Racine n'eut jamais à voir un concurrent sérieux dans un autre écrivain, Boursault, auteur heureux, peut-être un peu trop vanté, de trois comédies, intéressantes comme peintures de mœurs [1], mais aussi de beaucoup d'autres complétement inconnues, et même de deux tragédies détestables. Boursault avait commencé, un peu avant les débuts de Racine, par des comédies au-dessous du médiocre. Sa réputation littéraire dut beaucoup à ses querelles avec Molière et Boileau. Sa pièce intitulée *le Portrait du Peintre* ou *la Critique de l'Ecole des Femmes* (1663), et *la Satyre des*

[1] Elles sont postérieures à la retraite de Racine : *le Mercure galant* est de 1379 ; l'*Ésope à la ville* de 1690, et l'*Ésope à la cour* de 1701.

satyres (1669), dirigée tout entière contre Boileau,
l'enrôlèrent décidement parmi les adversaires les plus
violents des nouveaux poëtes. D'ailleurs les liens de la
plus vive amitié l'attachaient au grand Corneille, qui
l'appelait son fils, et à Thomas, qui voulut le faire entrer à l'Académie. Sans doute sa reconnaissante affection pour les deux frères, autant que ses démêlés avec
Boileau, le rendirent ennemi de Racine et le poussèrent
d'abord à écrire une bien faible critique de *Britannicus*,
puis à composer, comme pour entrer en lutte avec l'auteur de *Bajazet* et d'*Iphigénie*, son *Germanicus* et sa
Marie Stuart. Quant à un autre auteur dramatique, bien
plus jeune que les Boyer, les Le Clerc, les Boursault,
et devenu plus tristement immortel, Pradon, il ne serait pas juste de faire retomber sur lui seul tout le
blâme de son insolente rivalité avec Racine : il fut surtout un instrument docile entre les mains d'ennemis
acharnés du poëte, et sa misérable pièce de *Phèdre et
Aricie* fut inspirée par une coterie qui en a fait la scan-
daleuse mais éphémère fortune.

Parmi tous les poëtes qu'alarma l'apparition d'*A-
lexandre*, et surtout le succès populaire d'*Andromaque*,
un seul était redoutable pour Racine, et par l'éclat de
tant de sublimes ouvrages et par une célébrité déjà
établie et consacrée : c'est le grand Corneille. « La
» France, a dit un contemporain [1], transportée pour ses
» ouvrages d'une admiration qui allait jusqu'à l'idolâ-

[1] M. de Valincourt. Discours de réception à l'Académie française ou il rem-
plaçait Racine, son ami (1699).

» trie, semblait s'être engagée à n'en jamais admirer
» d'autres que ceux qu'il produirait à l'avenir. Ainsi,
» on regarda d'abord avec quelque sorte de chagrin
» l'audace d'un jeune homme qui entrait dans la même
» carrière. » Il faut pourtant apporter quelques restrictions à ce jugement; car, nous l'avons vu, les premières
disgrâces de Corneille sont antérieures aux débuts de
Racine. Quand le grand poëte, bien oublié après l'échec
de *Pertharite*, reparut au théâtre, il trouva toute-puissante l'influence des tragédies de Quinault, et il put se
plaindre avec une ironie un peu amère de la transformation du goût public [1]. Ainsi, cette audace d'entrer
dans la même carrière que Corneille, et même de lui
enlever les succès, il est juste d'en accuser Quinault
plutôt que Racine, dont les premières œuvres sont postérieures aux dix années brillantes de l'auteur d'*Astrate;*
ainsi, ce changement du goût public, que bientôt Corneille et tous ses admirateurs exclusifs jusqu'à nos
jours imputeront à Racine, il est juste de le faire remonter jusqu'à Quinault. Corneille, tout en le déplo-
rant, s'y est soumis lui-même; il n'a pas, quoi qu'en
dise Fontenelle, « dédaigné fièrement d'avoir de la
complaisance pour ce mauvais goût [2]. » Quant à l'auteur d'*Andromaque*, si l'amour qu'il trouvait en possession du théâtre est resté le ressort principal de ses tragédies, on avouera du moins qu'il l'a rendu bien plus
naturel et plus vrai, bien plus touchant et plus drama-

[1] Préface de *Sophonisbe*.
[2] Vie de Corneille.

tique.: après les fureurs d'Hermione, Corneille n'au-
rait-pu, sans quelque injustice, écrire ce vers, antérieur
de peu de mois à la représentation d'*Andromaque* :

Et la seule tendresse est toujours à la mode [1].

Mais on ne peut en vouloir à Corneille du chagrin
que lui causèrent les succès du nouvel auteur. Si, à
l'époque où Racine obtint les premiers suffrages du
public, le poëte qui avait sur lui l'avantage de la
priorité, de l'âge et de tant de chefs-d'œuvre admirables, eût cessé de composer pour le théâtre, sans
doute l'amour-propre toujours susceptible de l'écrivain
eût été moins excité : Corneille, sûr de sa renommée,
voyant déjà la postérité commencer pour lui, n'aurait
eu que bienveillance et encouragements pour le jeune
homme qui entrait dans la carrière. Il n'eût vu en lui
qu'un disciple, un héritier : suivant le vœu exprimé
par Saint-Évremond [2], « il aurait adopté l'auteur
» d'Alexandre, pour former avec la tendresse d'un père
» son véritable successeur. » Malheureusement pour
tous les deux, Corneille, jusqu'en 1674, continua de
donner des pièces. Il persista, ou plutôt il fut réduit,
par sa pauvreté, à rester comme champion dans la lice,
où son rôle naturel était celui de juge. Avec un talent
altéré moins par l'âge que par l'exagération d'un
système, il affronta la puissance tyrannique de la

[1] Épître au roi sur son retour de Flandre, 1667,
[2] Dissertation sur *Alexandre*.

mode, la mobilité d'une foule chez qui la reconnaissance et le respect ne tiennent pas longtemps contre le
plaisir. C'est ainsi que la comparaison fut possible
entre le jeune homme et le vieillard ; c'est ainsi que
celui-ci put voir dans l'apparition d'un nouveau génie
une concurrence, un danger pour lui-même, et, dans
sa prédilection malheureuse pour ses derniers ouvrages,
faire retomber sur le jeune auteur les torts du public
et de sa propre décadence.

Retraçons rapidement l'histoire de ces tristes dissen-
timents, où, nous nous hâtons de le reconnaître, les
torts les plus graves furent du côté de Racine. Le jeune
poëte avait soumis sa tragédie d'*Alexandre* au jugement
de son illustre devancier. Celui-ci, après en avoir entendu la lecture, dit à l'auteur qu'il avait un grand
talent pour la poésie, mais qu'il n'en avait point pour
la tragédie [1]. Quand on compare la manière de Corneille à celle de Racine, on comprend facilement cette
condamnation. Fontenelle en dit autant à Voltaire après
la représentation de *Brutus*. Tous deux étaient de bonne
foi : Corneille trouvait Racine trop simple, Fontenelle
trouvait Voltaire trop brillant. Mais le public ne ratifia
pas la sentence de l'auteur du *Cid*. Sans doute Racine
triompha de ce démenti donné au jugement du grand
maître ; sans doute ses amis et lui-même parlèrent de
cet incident et répandirent les paroles de Corneille.
L'irrévérence de cette joie indiscrète [2], et bientôt la

---

[1] Louis Racine. *Mémoires*, 1re partie.
[2] Elle semble attestée par ce passage de la lettre de Corneille à Saint-Èvre-

vivacité présomptueuse de la préface de Racine, durent
blesser le vieillard, déjà aigri par l'accueil très-froid
fait à la tragédie d'*Othon* (juillet 1664), et surtout à
celle d'*Agésilas* [1]. Ainsi s'explique l'amertume d'une
lettre qu'il écrivit à Saint-Evremond, l'année même de
la représentation d'*Alexandre* et d'*Agésilas*, pour le re-
mercier de la *Dissertation sur Alexandre*. Les allusions
et les traits mordants de cette lettre n'étaient en réalité
qu'une riposte; mais Racine les connut certainement
aussi bien que la pièce critique du noble exilé, et ce fut
des deux côtés une nouvelle cause de froideur ou même
d'irritation.

Le triomphe d'*Andromaque*, en exaltant l'orgueil du
jeune poëte dont la popularité croissait tous les jours,
vint encore attrister le cœur de l'ancien. *Andromaque*,
donnée au commencement de novembre 1667, ache-
vait de faire oublier *Attila*, représenté au mois de mars
par la troupe de Molière, et l'attention publique, fixée
sur la nouvelle pièce, se détourna pour longtemps de
tout autre ouvrage. Corneille avait sujet d'être mécontent, et l'on conçoit la susceptibilité qui, à propos
du vers parodié dans *les Plaideurs :*

mond : « Vous m'honorez de votre estime en un temps où il semble qu'il y ait un
parti fait pour ne m'en laisser aucune. Vous me soutenez, quand on se persuade
qu'on m'a battu ; et vous me consolez glorieusement de la délicatesse de notre
siècle quand vous daignez m'attribuer le bon goût de l'antiquité..... Je vous
avoue, après cela, que je pense avoir quelque droit de traiter de ridicules ces
vains trophées qu'on établit sur les débris imaginaires des miens et de regarder
avec pitié ces opiniâtres entêtements qu'on avait pour les anciens héros refondus
à notre mode. »

[1] Représentée à l'hôtel de Bourgogne cinq mois après *Alexandre* (fin d'avril
1666).

Ses rides sur son front ont gravé ses exploits [1].

lui inspira cette parole : « Ne tient-il donc qu'à un
» jeune homme de venir ainsi tourner en ridicule les
» vers des gens? » Ce ne fut donc pas certainement
dans une pensée bienveillante qu'il assista, comme
nous le savons par Boursault, à la première représentation de *Britannicus*. Il est probable que la froideur avec
laquelle fut accueillie cette belle tragédie ne lui fut pas
très-désagréable, et qu'il ne vit pas avec déplaisir le
compte rendu que son ami Boursault donna de la représentation. Nous analyserons plus tard cette petite pièce,
qui ne fait honneur ni à l'impartialité ni au goût de
Boursault, et où l'on voit partout un parti pris de dénigrement et d'insulte. On regrette de trouver le nom de
Corneille mêlé aux tristes plaisanteries de cette satire.
Boursault « s'était mis au parterre pour avoir l'honneur
» de se faire étouffer par la foule. Mais, ajoute-t-il, je
» me trouvais si à mon aise que j'étais résolu de prier
» M. Corneille, que j'aperçus tout seul dans une loge,
» d'avoir la bonté de se précipiter sur moi au moment
» que l'envie de se désespérer le voudrait prendre. »
Racine, que la critique de Boursault dut révolter dans
le juste sentiment de la valeur de son œuvre, put croire
que Corneille était dans la complicité du compte rendu

[1] M. Gérusez (*Notice sur Racine*) en a signalé deux autres :

Viens, mon sang, viens, ma fille
(Act. II, sc. iii).
Achève, prends ce sac
(Act. II, sc. xiii).

de son ami, et cette circonstance, jointe aux critiques exprimées par le vieux poëte lui-même [1], contribua sans doute aux allusions très-regrettables que l'auteur de *Britannicus* se permit, dans sa première préface, contre le grand homme dont il a fait plus tard un panégyrique si noble et si convaincu. Nous ne chercherons pas à pallier les torts de Racine ; nous montrerons même, dans son humeur vive et railleuse, une des causes des inimitiés qui le poursuivirent. Il ne nous en coûtera pas de condamner, par exemple, la préface de *Britannicus*, et d'avouer que Racine aurait mieux fait de sacrifier ses ressentiments et de respecter même la passion et l'injustice d'un poëte sacré par son âge comme par son génie. Mieux valait se taire et laisser Boursault, Saint-Évremond, le gazetier Robinet, tous les partisans de Corneille, se récrier sur le mérite incomparable des dernières tragédies du vieillard, que de réduire à leur juste valeur ces ridicules éloges, en attaquant avec dureté un devancier et un maître. Cependant, ne comprend-on pas que l'affectation de cet enthousiasme pour *Agésilas* ou *Pulchérie*, rapprochée des critiques ou des éloges ironiques qui accueillaient *Andromaque* ou *Britannicus*, ait fait perdre patience au jeune poëte? Le compte rendu de Boursault, « les efforts que l'on fit pour décrier partout *Britannicus*, toutes les cabales, toutes les critiques dont on s'avisa [2], »

---

[1] Racine les indique dans la première préface de *Britannicus*. Voir la deuxième partie, chap. III.

[2] Première préface de *Britannicus* : « Quelque soin que j'aie pris pour tra-

et qui rendirent au moins fort douteuse la fortune de la tragédie, ne pouvaient-ils faire sortir de lui-même un homme jeune et naturellement passionné? Ne défendait-il pas, lui aussi, ses plus chers intérêts, ses œuvres, fruit laborieux de tant de veilles, sa réputation, son avenir? Une voix intérieure, fortifiée par l'admiration de Boileau, ne lui criait-elle pas que sa tragédie était un chef-d'œuvre, et pouvait-il échapper à cette révolte du génie qui voit méconnues et sottement raillées des beautés dont il a conscience?

Il semble que tout ait conspiré à aigrir les ressentiments des deux poëtes et à les séparer de plus en plus l'un de l'autre. On connaît la démarche un peu inconsidérée par laquelle la duchesse d'Orléans les fit entrer en lutte directe. On sait qu'elle chargea le marquis de Dangeau de leur proposer à tous deux, comme sujet de tragédie, les adieux de Titus et de Bérénice, et que chacun d'eux travailla à sa nouvelle pièce sans se douter qu'il avait un rival. Ce fut donc, selon l'expression de Fontenelle, un duel, mais dans lequel Corneille avait tous les désavantages. Ce sujet peu tragique, dont Racine a tiré un si merveilleux parti, convenait moins que tout autre au mâle génie du vieux poëte. La victoire devait rester « au plus jeune; » ajoutons, pour corriger et compléter le mot de Fontenelle, au plus sensible, au plus délicat, au plus pur, au plus harmonieux. Les critiques

---

» vailler cette tragédie, il semble qu'autant que je me suis efforcé de la rendre » bonne, autant de *certaines gens se sont efforcés de la décrier. Il n'y a point* » *de cabale qu'ils n'aient faite, point de critique* dont ils ne se soient avisés. »

du temps, qui n'épargnèrent pas l'œuvre charmante de Racine, relevèrent sans ménagement la rudesse et l'obscurité du style de *Tite* et *Bérénice*, l'invraisemblance de l'action, la roideur choquante des caractères. Le public, après quelques représentations, avait déserté la pièce de Corneille, que jouait la troupe de Molière, et il se pressa longtemps à l'hôtel de Bourgogne, pour entendre celle de Racine, dont le grand Condé disait plus tard, en lui appliquant les vers de *Titus* :

> Depuis cinq ans entiers tous les jours je la vois,
> Et crois toujours la voir pour la première fois [1].

La tragédie de *Bajazet* continua entre les deux poëtes ces hostilités si regrettables. Corneille assistait à une des premières représentations de cette pièce, en compagnie d'un de ses plus ardents admirateurs, d'un des adversaires les plus décidés de Racine et de Boileau, du poëte Segrais. « Je me garderais bien, dit-il à » Segrais, de le dire à d'autres qu'à vous, parce qu'on » dirait que j'en parlerais par jalousie ; mais, prenez-y » garde, il n'y a pas un seul personnage dans *Bajazet* » qui ait les sentiments qu'il doit avoir, et que l'on a » à Constantinople ; ils ont tous, sous un habit turc, » les sentiments qu'on a au milieu de la France. » Nous examinerons plus tard jusqu'à quel point est fondée cette critique adoptée par tous les ennemis de Racine, et adressée par eux à cette tragédie et à toutes les autres. Mais cette confidence, que nous trouvons

[1] *Bérénice*, act. II, sc. II.

4

dans le *Segraisiana*, c'est-à-dire dans le recueil des jugements et des mots célèbres de cet écrivain, fut certainement répétée par lui ; elle courut les cercles où Segrais se rencontrait avec tous les ennemis des nouveaux poëtes, et elle ne manqua pas d'arriver jusqu'aux oreilles de l'auteur de *Bajazet*.

Mais un autre mot, prononcé par Corneille en pleine Académie, dut surtout exaspérer Racine, et soulever son bon sens et son goût, autant que son amour-propre en était blessé. Boursault, le protégé et l'ami de Corneille, après avoir si rudement corrigé l'auteur de *Britannicus*, voulut lui donner une leçon dans son art, et il fit représenter, en 1673, cinq mois après *Mithridate*, au théâtre de l'hôtel Guénégaud, une tragédie de *Germanicus* [1]. Boursault accusait la pièce de *Britannicus* de n'être que l'histoire romaine mise en vers. Certes sa tragédie n'encourra pas le même reproche, car il est impossible d'abuser plus étrangement des noms et des événements historiques, de transformer plus ridiculement les caractères consacrés par les fortes peintures de Tacite, et de mieux renchérir sur le roma-

---

[1] Les frères Parfaict (*Histoire du Théâtre français*, t. XII, p. 146) placent cette tragédie en 1679 ; ils sont évidemment dans l'erreur. Outre Chappuzeau et les registres du théâtre Guénégaud, qui donnent pour cette pièce la date de 1673, nous avons trouvé, dans la *Gazette* en vers de Robinet, un témoignage décisif. A la date du 3 juin 1673, Robinet écrit les vers suivants :

> J'ai vu dimanche les *Amours*
> *De Germanicus* qui dans Rome
> Fut regardé comme un grand homme;
> Et, dans ces amours bien traités,
> Il m'a paru force beautés,
> D'acte en acte, et de scène en scène,
> Qui partent d'une bonnne veine,
> Ainsi qu'est celle de *Boursault*.

nesque absurde de Quinault et de son école. On voit
dans cette pièce le fameux Germanicus, Agrippine,
Drusus, Livie, Pison, Tibère ; mais, pour comprendre
la situation où l'auteur les place, le rôle qu'il leur
assigne, il faut commencer par oublier, s'il se peut,
l'histoire et Tacite. Il faut surtout perdre tout souvenir
du caractère énergique et hautain, violent et passionné
de cette Agrippine, qui a transmis à sa fille la fierté et
l'ardeur de son âme, sinon ses vertus, et qui offrait,
comme la mère de Néron, tant de ressources à un poëte
dramatique. Agrippine, dans la pièce française, est une
jeune fille timide et soumise : destinée et promise par
son père à Germanicus, elle est pleine d'affection pour
le héros, mais en même temps du respect le plus docile
pour la volonté de Tibère ; elle est prête à épouser
Drusus, fils de l'empereur, à oublier Germanicus, à le
haïr même, parce qu'elle l'a trop aimé [1]. Pison, le sur-
veillant et peut-être le bourreau de Germanicus, devient
un rival généreux et magnanime qui se dévoue pour le
jeune prince. Tibère lui-même se montre, à la fin de la
pièce, le plus débonnaire des princes ; tout finit par une
touchante réconciliation et par un mariage. Voilà quel
roman puéril l'auteur a osé substituer aux récits de
l'histoire ; voilà par quelles misérables inventions il
a corrigé Tacite. En lisant cette pièce, on serait tenté
de croire à la réalité d'une anecdote citée par les frères
Parfaict, d'après une lettre de Boursault [2]. L'auteur

---

[1]   Et je le haïrai de l'avoir trop aimé
                        (Act. IV, sc. III).

[2] *Histoire du Théâtre français*, t. XII, p. 146. *La princesse de Clèves* fut

aurait donné d'abord sa tragédie sous ce titre : *la Princesse de Clèves ;* et elle n'aurait pu avoir plus de deux représentations ; l'année suivante, il l'aurait reproduite sous le nom de *Germanicus,* et le succès de la pièce, ainsi transportée dans le monde ancien, l'aurait vengé du public. C'est là sans doute avoir un sentiment profond de l'importance et de la dignité de son art ; c'est témoigner un grand respect pour ses auditeurs et pour soi-même, et un auteur aussi fidèle à la vérité historique a le droit de critiquer les personnages de Racine et d'écrire à l'intention du peintre d'Agrippine et de Néron cette phrase épigrammatique : « Les Grecs et les Romains sont tout défigurés, depuis que Corneille ne les fait plus parler [1]. »

Au reste, le style de *Germanicus* est à la hauteur de la conception, de l'intrigue et des caractères : c'est un mélange de platitude et de subtilité, de banalité et de prétention ; on passe de la prose la plus pâle et la plus effacée à de mauvais jeux de mots, à des antithèses dignes de Mascarille et de Trissotin [2]. Malgré Molière

---

représentée deux fois au théâtre Guénégaud, le mardi 20 et le vendredi 23 décembre 1678 ; elle n'a pas été imprimée.

[1] *Lettre à une dame sur* la Princesse de Clèves.

[2]
> Je me suis voulu mal de vous vouloir du bien.
>   L'Amour, que je le plains !
> Étant né de vos yeux va mourir par vos mains.

Et, à côté de ces traits de mauvais goût, que de platitudes !

> Mon amour qui vous plut à présent vous déplaît.
> . . . .
> Plus un hymen est proche, et plus les désirs croissent ;
> On aspire sans cesse à ce jour glorieux,
> Et le dernier moment est le plus ennuyeux.

et Boileau, malgré les exemples de Racine, Boursault
en est resté, pour le goût et pour le style, à l'âge de la
Stratonice et de l'*Ostorius*. Et pourtant, dans sa préface,
il parle bien complaisamment de son œuvre, il est bien
fier de son succès ! N'en a-t-il pas le droit quand il peut
s'appuyer du suffrage du grand Corneille, quand il
peut raconter qu'en pleine Académie il est échappé à
l'illustre poëte de dire, à propos de *Germanicus*, qu'il
« ne manquait à cette pièce que le nom de M. Racine
pour être achevée [1]. » Certes nous ne serons pas éton-
nés, comme Boursault, qu'un tel jugement ait achevé
la rupture entre Corneille et Racine. Nous l'excuserons
seulement en disant que ces paroles étaient inspirées
par un sentiment d'amer découragement. A cette époque, la tragédie de *Pulchérie*, malgré les efforts des
partisans de Corneille, avait échoué au milieu des applaudissements prodigués à *Mithridate*. *Suréna*, l'année
suivante, ne tint pas davantage contre l'*Iphigénie ;* et,
bien que Corneille ait toujours protesté contre les arrêts du public, bien que deux ans après l'échec de
Suréna, il ait écrit, en parlant de ces travaux si mal
accueillis :

> Les derniers n'ont rien qui dégénère,
> . . . . . Othon et Suréna

[1] « Cette tragédie mit mal ensemble les deux premiers hommes de notre temps
» pour la poésie : je parle du célèbre M. de Corneille et de l'illustre M. Racine.
» M. de Corneille parla si avantageusement de cet ouvrage à l'Académie qu'il
» lui échappa de dire qu'il ne lui manquait que le nom de M. Racine pour être
» achevé, dont M. Racine s'étant offensé, ils en vinrent à des paroles piquantes,
» et, depuis ce moment-là, ils ont toujours vécu, non pas sans estime l'un pour
» l'autre (cela était impossible), mais sans amitié. »

Ne sont pas des cadets indignes de Cinna.

. . . .

Le peuple, je l'avoue, et la cour les dégradent ;
Je faiblis, ou du moins ils se le persuadent [1].

il mit enfin un terme à sa trop longue carrière dramatique, et il se décida à un silence que son jeune rival
allait bientôt imiter. En effet, les inimitiés qui s'auto-
risaient du nom de Corneille ne se calmèrent pas après
la retraite du poëte, et tous ceux qui, pour venger leur
auteur de prédilection ou pour satisfaire leurs propres
chagrins, leurs propres rancunes, cabalaient contre
Racine, triomphèrent bientôt du succès de leurs intrigues. La tragédie avait perdu ses deux plus grands
interprètes ; Boileau pouvait dire :

Et la scène française est en proie à Pradon.

Tous les admirateurs de Corneille ne sont pas com-
plices de ce triste dénoûment, et il est juste de les
partager en plusieurs classes. Dans la première, nous
placerons ceux que la parenté, des liens d'amitié ou
d'intérêt, la collaboration littéraire engagent naturellement dans la cause de Corneille. La seconde compren-
dra tous ceux que des sentiments plus désintéressés attachent au vieux poëte, jusqu'à les rendre injustes pour
le nouvel auteur, ceux qui restent fidèles à leurs premières admirations, qui aiment, dans le peintre de
Chimène et de Cornélie, leurs jeunesse et les nobles
plaisirs qu'elle a dûs à ces chefs-d'œuvre ; ceux, en

[1] Épître au roi, qui avait fait représenter à Versailles *Cinna, Pompée, Horace*
(1676).

même temps, que leur éducation littéraire éloigne des
nouveaux poëtes, et dont Corneille satisfait bien plus
l'esprit et le goût. Cette classe d'adversaires de Racine
nous mènera directement à ceux qui le combattent
comme un des principaux champions de la nouvelle
école littéraire, comme ami et complice du satirique,
aux auteurs attaqués par Boileau, et aux personnages,
aux salons qui ont épousé leur cause. La fameuse querelle des anciens et des modernes, où Racine fut un
des principaux auxiliaires de Boileau, contribua encore
à entretenir ces inimitiés. Pour certains critiques obscurs, elles ne s'expliquent que par l'orgueil de se mesurer avec des œuvres fameuses, par le désir de se
faire connaître et de faire rejaillir sur eux-mêmes
l'éclat d'un grand nom. Enfin, nous trouverons encore,
cachés sous le titre de partisans de Corneille, des ennemis particuliers de Racine, ceux que lui attira la
vivacité de son caractère, ceux qu'anima contre lui sa
faveur à la cour, ses pensions, ses places, et encore
plus, dans la seconde partie de sa vie, la sévérité de sa
conduite et l'ardeur de sa piété. Toutes ces causes, en
effet, se sont réunies pour combattre sa réputation, pour
susciter contre ses tragédies, à leur naissance, les intrigues dont nous ferons l'histoire, les critiques dont nous
apprécierons la valeur et discuterons les principales
idées.

CHAPITRE II.

Parmi les champions de cette guerre engagée surtout au nom de Corneille, sa famille, confidente de son irritation et de ses douleurs, a nécessairement la première place. On sait dans quelle étroite intimité il vécut toujours avec son frère Thomas. Fortune, intérêts, travaux littéraires, détails journaliers de la vie, tout entre eux était commun : il devait donc en être de même des amitiés et des querelles. D'ailleurs, nous l'avons vu, bien avant Racine, Thomas Corneille était poëte dramatique. Les succès de l'auteur d'*Andromaque* ne ralentirent pas sa verve. Sa meilleure tragédie, *Ariane*, est contemporaine de *Bajazet*. Le *Comte d'Essex* est postérieur d'un an à la retraite de Racine, et longtemps encore il continua de composer pour le théâtre [1]. C'était

[1] Sa dernière pièce dramatique, la tragédie de *Bradamante*, est de 1695. Th. Corneille est mort dans la nuit du 8 au 9 décembre 1709, âgé de 84 ans.

donc sa cause, en même temps que celle de son frère, qu'il soutenait contre le poëte à la mode ; c'est dans un intérêt commun qu'un journal célèbre, inspiré par les deux frères, devint l'interprète passionné de leurs sentiments et de leurs critiques ; et bientôt la famille et le *Mercure galant* se recrutèrent d'un homme de beaucoup d'esprit et de talent, contemporain du xvii⁰ et du xviii⁰ siècle, et qui a exercé sur l'un et sur l'autre une grande influence, de Fontenelle, neveu des deux Corneille.

Poëte, critique, philosophe, savant, mais avant tout et partout bel esprit, Fontenelle n'a échappé dans aucun de ses ouvrages à la coquetterie et à la prétention, qui semblent le rattacher à ses amis, les auteurs de l'âge de Mazarin. Il n'était pas né pour la poésie, bien que sur les conseils et le désir de ses oncles, il ait écrit beaucoup de vers et composé des élégies, des épîtres, des idylles, et même, hélas ! des tragédies. Son esprit calme, net, fin, pénétrant, le préparait mieux à d'autres études. Sa gloire la plus légitime et la plus durable est d'avoir porté dans l'exposition des sujets scientifiques et dans l'éloge des savants la clarté, l'élégance et toutes les qualités de l'esprit littéraire. Sceptique en philosophie et en critique, où il fut un des principaux champions dn parti des modernes, et un des promoteurs des nouvelles théories littéraires, il inaugura le xviii⁰ siècle dès la seconde moitié du xvii⁰, et fut, avec beaucoup de prudence, et en prenant toutes ses précautions contre les rigueurs de l'autorité religieuse ou séculière, un des précurseurs de Voltaire, qu'il connut plus tard sans l'aimer. Tel est l'homme qui allait prendre en main, plus par esprit de famille et par des ressentiments personnels que par enthousiasme pour un génie si différent du sien, la cause du grand Corneille, et exercer contre Racine une haine qui fut la seule passion de cette âme mesurée et froide.

Fontenelle, né à Rouen, en 1657, remarqué de bonne heure pour l'éclat de ses études, fut dès l'âge de dix-neuf ans, appelé à Paris par ses oncles, et devint aussitôt collaborateur du *Mercure galant* (1677). Quelques articles qu'il inséra dans ce journal permettent d'apprécier le goût du nouveau critique. Voici par quelle allégorie digne de la *Carte du Tendre* il apprécia la tragédie (*Mercure* de janvier 1678) : « Les monta- » gnes de la tragédie sont aussi dans la province de la » haute poésie. Ce sont des montagnes escarpées, et où » il y a des précipices très-dangereux. Aussi la plupart » des gens bâtissent dans les vallées et s'en trouvent » bien. On découvre encore sur ces montagnes de fort » belles ruines de quelques villes anciennes, et de » temps en temps on en apporte les matériaux dans les » vallons, pour en faire des villes toutes nouvelles ; car » on ne bâtit presque plus si haut. » Quoiqu'il signale dans cette allégorie si naturelle et si neuve les précipices dangereux de la tragédie, il ne laissa pas d'y tomber bientôt lourdement. L'*Aspar*, représenté en 1680, fut outrageusement sifflé ; l'auteur brûla sa pièce, et peut-être eût-il réussi à faire oublier ce triste début, sans la mordante épigramme de Racine :

> Ces jours passés, chèz un vieil histrion,
> Un chroniqueur émut la question
> Quand dans Paris commença la méthode
> De ces sifflets qui sont tant à la mode
> « Ce fut, dit l'un, aux pièces de Boyer. »
> Gens pour Pradon voulurent parier.
> « Non, dit l'acteur, je sais toute l'histoire,
> » Que par degrés je vais vous débrouiller.
> » Boyer apprit au parterre à bâiller ;
> » Quant à Pradon, si j'ai bonne mémoire,
> » Pommes sur lui volèrent largement.
> » Mais quand sifflets prirent commencement,
> » C'est (j'y jouais, j'en suis témoin fidèle),
> » C'est à l'*Aspar* du sieur de Fontenelle [1].

Ces traits malins vouèrent au ridicule l'œuvre du jeune poëte, qui ne pardonna jamais à Racine, et dès lors toute sa vie (et elle remplit un siècle), tous ses efforts, toute son influence, furent employés à contester le génie de Racine, à combattre sa gloire, à lui rendre de mauvais services, et auprès de contemporains, et auprès de la postérité. Fontenelle fut donc un des ennemis les plus ardents, les plus acharnés que Racine ait rencontrés dans la seconde partie

---

[1] On répondit à cette épigramme par une autre qui se trouve dans le recueil manuscrit des *Chansons historiques* (t. VII, p. 356) :

> Quand Racine avec aigreur
> Médit, méprise et querelle,
> Ce n'est pas vous, Fontenelle,
> Qui le mettez en fureur.
> En vous il poursuit la race
> De son plus grand ennemi,
> Et n'en aura, quoi qu'il fasse,
> De vengeance qu'à demi.

de sa carrière : Fontenelle fut lié avec tous les adversaires déclarés du poëte, entra dans toutes les querelles
où il devait trouver l'occasion de le combattre ; il fut un
de ceux qui contestèrent la valeur de la tragédie d'*Esther*, qui décrièrent *Athalie*, et sans doute il contribua
à en préparer la disgrâce. Son animosité est sensible
dans ses ouvrages ; elle éclate dans ses éloges comme
dans ses critiques, dans son silence comme dans ses
insinuations. Elle ne s'arrête pas aux œuvres; elle s'attaque à la personne et dénigre le caractère du poëte
comme son talent. S'agit-il d'expliquer les succès de
Racine? Il allègue des cabales « faites pour élever le
» nouvel auteur sur les ruines de l'ancien, l'avantage
» du nombre et d'un bruit confus et imposant, de peti-
» tes adresses, les traits d'un fameux satirique, les suf-
» frages des femmes, excepté quelques femmes qui
» valaient des hommes. » Rend-il compte du *duel* de
Bérénice ? Si Corneille a été vaincu, c'est qu'il était le
moins jeune, c'est que sa pièce ne fut jouée que par de
mauvais comédiens, tandis que sa rivale « avait eu le
» bonheur ou l'art de lui enlever les bons ; » insinuation méchante qui ne tient pas contre l'examen des
faits ; car Racine, depuis *Andromaque,* ne travaillait
que pour les comédiens de l'hôtel de Bourgogne ; Corneille, au contraire, avait déjà donné des tragédies à la
troupe du Marais [1] et à celle de Molière, qui joua
Attila (1667) aussi bien que *Tite* et *Bérénice*. Racine, en

---

[1] Les comédiens du Marais représentèrent *Sertorius* (1662) et *Pulchérie*
(1672).

demandant pour sa nouvelle œuvre le concours des acteurs qui avaient contribué par leur talent au succès
d'*Alexandre*, d'*Andromaque*, des *Plaideurs*, qui avaient
représenté *Britannicus*, ne faisait donc rien que de très-
naturel et de très-légitime ; comment voir dans cette
conduite la pensée de nuire à Corneille, l'intention
d'enlever des interprètes à une œuvre dont peut-être il
ne soupçonnait pas encore l'existence ? Mais la haine
n'y regarde pas de si près, et elle aveugle Fontenelle
jusqu'à lui faire vanter les tragédies de *Pulchérie* et de
Suréna. Il explique par le changement du goût, qui
« plus que jamais, veut au théâtre de grandes émotions, fussent-elles mal fondées et mal amenées, » la
la chute de ces derniers ouvrages « toujours bons pour
» la lecture paisible du cabinet, où la raison jouit de
» ses droits [1]. » Sans entrer en ce moment dans
l'examen du *Parallèle entre Corneille et Racine* et des
critiques d'ensemble ou de détail que Fontenelle, soit
dans ce morceau, soit dans la *Vie de Corneille*, soit dans
ses *Réflexions sur la poétique*, soit dans les préfaces de
ses œuvres dramatiques, dirige contre le théâtre de
Racine, signalons seulement cette affectation de rappeler partout que Racine n'est venu qu'après Corneille [2].
de séparer de tout le reste les tragédies de son oncle,
qui « seules sont des œuvres de premier ordre [3] et ap-

---

[1] Vie de Corneille.
[2] « Il peut être incertain que Racine eût été, si Corneille n'eût pas été avant
» lui; il est certain que Corneille a été par lui-même (*Parallèle*). »
[3] *Réflex.* 10.

partiennent à un génie de premier ordre [1], » de combattre chez les Grecs la simplicité d'action [2], pour atteindre par là Racine, si amoureux de cette simplicité, et
si appliqué à la reproduire, d'exclure systématiquement
le nom et les pièces de Racine, chaque fois qu'il s'agit
d'opposer à Sophocle et à Euripide le génie et les œuvres des modernes [3], enfin de déclarer en toute occasion
et jusque dans l'Académie française, au moment où il
y est reçu, que le « nom de Corneille efface tous les
autres noms [4]. » Au reste, ce dernier trait était certainement une vengeance ; car Racine et ses amis avaient
traversé l'élection de Fontenelle. Plusieurs fois on fit
valoir pour l'exclure son rôle d'auxiliaire de Perrault
dans la querelle des anciens et des modernes ; il eut
contre lui tout le parti des anciens, et, entre autres, un
académicien fougueux, ami de Racine et de Boileau,
M. Rose, président de la chambre des comptes, secrétaire du cabinet du roi. Nous voyons M. Rose, en 1683,
lutter avec ardeur à l'Académie pour obtenir, malgré
Benserade et les nombreuses victimes du satirique,
l'élection de Boileau. Et si Fontenelle força enfin, en
1691, les portes de l'Académie, il le dut peut-être à

---

[1] *Réflex.* 18.

[2] *Réflex.* 27.

[3] « Les meilleurs ouvrages de Sophocle, d'Euripide, d'Aristophane, ne tien-
» draient guère devant *Cinna, Horace, Ariane, le Misanthrope*, et un grand
» nombre d'autres tragédies et comédies du bon temps » (*Digression sur les
anciens et les modernes*).

[4] *Discours de réception à l'Académie française* : « Je tiens, par le bonheur
» de ma naissance, à un grand nom qui, dans la plus noble espèce des produc-
» tions de l'esprit, efface tous les autres noms. »

l'absence de M. Rose, alors retenu par ses fonctions au
camp devant Mons. Racine, historiographe de France,
avait également suivi le roi, et ce fut Boileau, dispensé
des campagnes en raison de sa santé, qui leur apprit la
mauvaise nouvelle. Racine répond ainsi à son ami :
« Je suis comme vous tout consolé de la réception de
» Fontenelle; M. Rose paraît fâché de voir, dit-il,
» l'Académie *in pejus ruere*. Il vous fait ses baise-mains
» avec des expressions très-fortes à son ordinaire [1]. »
Peut-être Racine acheva-t-il de se consoler par quelques traits malins contre son nouveau confrère; on lui
attribue du moins des couplets satiriques, où l'on chan-
sonne et la *normande rhétorique* du récipiendaire, et la
réponse de Thomas Corneille, qui reçut son neveu dans
la séance du 9 mai 1691 [2].

> Corneille diseur de nouvelles,
> Suppôt du *Mercure galant,*
> Loua son neveu Fontenelle,
> Et vanta le prix excellent
>   De son talent,
> Non satisfait des bagatelles
> Qu'il dit de lui douze fois l'an.

La même pièce s'attaque à Perrault, à Charpentier,
à l'abbé de Lavau, à Boyer, à Le Clerc, à Benserade,
en un mot à tous les modernes, à tous les adversaires
de Boileau et de Racine. C'est peut-être pour cette
raison qu'on l'impute à celui-ci. On aurait pu aussi

[1] Lettre du 3 avril 1691.
[2] Le directeur de l'Académie, l'abbé Testu, était malade : Th. Corneille le
remplaça comme chancelier.

bien l'attribuer au satirique, qui bientôt, dans une stro-
phe depuis supprimée de son ode sur la prise de Namur,
trouvait moyen de lancer un trait à Fontenelle en
même temps qu'à Perrault [1]. Quoique le nom restât en
blanc, il n'y avait pas moyen de s'y tromper, et cette
guerre d'épigrammes n'était pas propre à calmer les
haines.

Les couplets sur la réception de Fontenelle s'atta-
quaient surtout aux rédacteurs du *Mercure galant*. Ce
journal, en effet, dont un auteur ami de Racine, de
Boileau, de Bossuet, et digne d'être patronné par ces
grands écrivains, La Bruyère, dit, dans ses *Caractères*,
qu'il « est immédiatement au-dessous du rien, » avait
été toujours systématiquement ennemi de Racine,
prôneur de ses plus médiocres rivaux, et il est permis
de croire que Thomas Corneille, collaborateur de cette
revue, et plus tard Fontenelle, ne furent pas pour rien
dans l'amertume et l'injustice du principal rédacteur,
Visé.

---

[1]

    Un torrent dans les prairies
    Roule à flots précipités ;
    Malherbe dans ses furies
    Marche à pas trop concertés.
    J'aime mieux, nouvel Icare,
    Dans les airs cherchant Pindare,
    Tomber du ciel le plus haut,
    Que, loué de F... (Fontenelle),
    Raser, timide hirondelle,
    La terre comme P... (Perrault).

Boileau l'effaça à la demande de M. de Pontchartrain le fils ; à ce propos Racine
écrivait à son ami les lignes suivantes : « Pour peu que Fontenelle se reconnaisse
» je vous conseillerai aussi de lui faire grâce. Mais, à dire vrai, il est bien tard,
» et la stance a fait un furieux progrès. » (Lettre du 30 mai 1693.)

Jean Donneau, sire de Visé, né vers 1645, auteur de pièces critiques, de pastorales et de comédies, se destina d'abord aux ordres, et il portait encore l'habit ecclésiastique lorsque, se décidant à chercher dans une autre carrière la réputation et la fortune, il s'attaqua hardiment pour ses débuts à Corneille et à Molière. Sa première œuvre fut une critique amère de la *Sophonisbe*, que les comédiens de l'hôtel de Bourgogne venaient de représenter [1]. Les éloges que Visé prodiguait aux acteurs faisaient encore mieux ressortir la censure dont il frappait le poëte. Ainsi cet homme, que nous verrons plus tard le panégyriste enthousiaste des derniers ouvrages de Corneille, commença par être son contradicteur. Il ne faisait en cela qu'imiter les écrivains du temps ; car, nous l'avons déjà remarqué, Corneille, à l'époque de ses plus beaux succès, souffrit de bien des attaques passionnées et injustes ; il subit ensuite l'affront plus sensible de l'indifférence et de l'oubli. On ne commença guère à déclarer ses tragédies incomparables, à vanter ses dernières pièces, à s'indigner contre le goût public qui les délaissait, que lorsqu'il s'agit d'arrêter l'essor de Racine et de protester contre la renommée du nouveau poëte. La haine et l'envie sont donc pour beaucoup dans cet enthousiasme aussi intolérant que subit [2]. Nous avons bien le droit d'expli-

[1] *Nouvelles nouvelles*, 3ᵉ partie. Paris, 1663, in-12.
[2] Grimm. *Corresp. littér.*, nov. 1776. « Corneille n'obtint justice de son siècle » que lorsqu'il eut un rival qu'on voulait écraser. L'admiration pour lui devint » extrême à mesure que Racine s'éleva. »

quer par ces passions misérables la conduite d'un
homme qui, en même temps qu'il attaquait *Sophonisbe*,
parodiait l'*École des Femmes* et la *Critique de l'École des
Femmes*, et faisait paraître dans ces pièces satiriques
beaucoup plus d'animosité et de basse jalousie que de
discernement et de finesse. Sa pièce de *Zélinde, ou la
véritable critique de l'École des Femmes*, et celle qu'il
composa sous ce titre : « *La Critique de la critique*, » ne
furent pas jouées; mais elles coururent les salons, et
furent accueillies avec empressement par les nombreux
ennemis que les *Précieuses* et l'*École des Femmes* avaient
donnés à Molière. Les auteurs et les cercles ridiculisés
par le grand poëte comique eurent pour Visé les éloges
et les encouragements qu'ils prodiguèrent aussi au
Portrait du peintre de Boursault. Ce fut sans doute par
leur entremise que Visé se réconcilia avec Corneille.
L'auteur de la comédie du *Menteur* avait la faiblesse
d'être jaloux des succès de Molière, qui pourtant ne
cachait pas que cette belle œuvre lui avait révélé la
vraie comédie. Comme cette accusation d'un ennemi[1],
l'abbé d'Aubignac, est confirmée par le témoignage de
Segrais, ami et admirateur exclusif de Corneille[2], il

---

[1] « Je vous demande pardon si je parle de cette comédie qui vous fait dé-
» sespérer, et que vous avec essayé de détruire par votre cabale dès la première
» représentation. » (*Quatrième dissertation concernant le poëme dramatique*).
[2] *Segraisiana* : « C'est Corneille qui a formé le théâtre français : il ne l'a
» pas seulement enrichi d'un grand nombre de belles pièces toutes différentes
» les unes des autres; on lui est encore redevable de toutes les bonnes de tous
» ceux qui sont venus après lui. Il n'y a que la comédie où il n'a pas si bien
» réussi. Il y a toujours quelques scènes trop sérieuses. Celles de Molière ne sont
» pas de même; tout y ressent la comédie. Corneille sentait bien que Molière

faut bien croire qu'elle a quelque fondement. Sans doute, la critique de l'*École des Femmes* fit pardonner à Visé la critique de la *Sophonisbe*, et ce fut sur ce terrain qu'eut lieu la réconciliation. Pour la sanctionner, Visé fit tout à coup volte-face : il devint l'ardent défenseur de cette même *Sophonisbe* qu'il avait d'abord si amèrement censurée, et à ce sujet il engagea avec l'abbé d'Aubignac une longue guerre de dissertations injurieuses. Ces tristes pamphlets, profondément oubliés aujourd'hui [1], ne sont pas inutiles : ils font juger de l'aigreur qui régnait alors dans les discussions littéraires ; ils nous expliquent l'animosité de certains adversaires de Racine, et de Visé lui-même, et le ton blessant de leurs critiques.

Ainsi Visé était enrôlé parmi les défenseurs de Corneille, et dès lors il fut décidément et pour toujours de son parti. En 1667, il y eut un rapprochement entre Corneille et Molière. Celui-ci, depuis *Alexandre*, était brouillé avec Racine. De son côté, le vieux poëte était piqué de la préférence que les comédiens de l'hôtel de Bourgogne donnaient aux œuvres de son jeune rival. Il fit donc jouer sa tragédie d'*Attila* par la troupe du Palais-Royal. Comment agit, dans cette circonstance, Visé qui avait si peu ménagé Molière? Il fut obligé de

» avait cet avantage sur lui : *c'est pour cela qu'il en avait de la jalousie, ne* » *pouvant s'empêcher de la témoigner; mais il avait tort.* »

[1] L'abbé Granet les a rassemblés : *Recueil de dissertations sur plusieurs tragédies de Corneille et de Racine*, Paris, Gissey, 1740, 2 vol. in-12. On y trouve quatre *Dissertations* de l'abbé d'Aubignac, et deux réponses de Visé, sous ce titre : *Défense de la* Sophonisbe *de M. Corneille*, Paris, 1663; *Défense du* Sertorius *de M. Corneille*, Paris, 1663.

suivre l'exemple de Corneille « comme un vassal suit
l'exemple de son seigneur. » Telles sont, en effet, les
expressions qu'emploient les auteurs de l'*Histoire du
Théâtre Français* [1] : « On peut, disent-ils, comparer
» le raccommodement de MM. Corneille et Molière à
» ceux des seigneurs, dans lesquels les vassaux des uns
» et des autres se trouvent compris sans y être appe-
» lés. » Ainsi Visé est considéré comme le vassal de
Corneille ; c'est de lui et des siens qu'il reçoit docilement ses amitiés et ses haines, ses éloges et ses censures : c'est à leur service qu'est sa critique et le journal
qu'il fonda bientôt.

Le *Mercure galant* commença à paraître en janvier
1672. La publication se poursuivit pendant deux années.
Interrompue en 1674, elle fut reprise en 1677, et se
continua dès lors régulièrement jusqu'à la mort de Visé
en 1710. Du reste, le journal ne périt pas avec son
directeur, et, sous le titre de *Mercure de France*, il tra-
versa tout le xviiie siècle [2]. Les années 1672 et 1673
forment six volumes ; mais à partir de 1677, la publication prit des proportions plus considérables, et chaque
mois il parut un volume petit in-12, accompagné souvent d'un second, donné sous le titre d'*Extraordinaire*.
Le rédacteur a adopté la forme épistolaire : il rend
compte à une dame de province des nouvelles du mois,
et il cherche à la divertir en outre par des jugements

---

[1] Tome X, p. 156.
[2] De 1714 à 1799. On a essayé de le reprendre en 1814 et en 1823. Il est
mort définitivement en 1825.

sur les écrits et les auteurs. Que si l'on entreprend de
parcourir ces petits livres, on donne facilement raison
à La Bruyère, et on ne trouve au succès du *Mercure*
d'autre explication que la sienne : « C'est ignorer le
goût du peuple que de ne pas hasarder quelquefois de
grandes fadaises. » Rien de plus pauvre, de plus ennuyeux, de plus nul au point de vue littéraire que ce
recueil. Des listes de naissances, de mariages, de morts
en remplissent une partie ; il y est question des guerres,
mais surtout pour énumérer les corps d'armée et donner
la liste des généraux : on chercherait en vain des détails intéressants sur les opérations et sur les batailles.
De petits romans très-fades forment comme les feuille-
tons de ce journal. Souvent ces nouvelles amènent
entre les rédacteurs et quelques beaux esprits de province de longues et insupportables controverses. Le
Mercure insère aussi avec beaucoup d'empressement et
d'éloges de nombreuses pièces de vers, productions
prétentieuses et insipides de poëtes provinciaux. On
reconnaît dans ces faibles essais l'influence encore très-
puissante de la première moitié du XVIIe siècle : ces
ballades, ces épigrammes, ces sonnets, ces odes, sont
inspirés par l'admiration et par l'étude des Voiture,
des Scudéri, des Maynard, des Benserade ; ce sont des
imitations très-pâles de leur manière et de leurs défauts.
Il ne faut pas s'étonner de l'accueil que Visé fait à ces
pauvretés ; il est trop admirateur des maîtres pour ne
pas aimer les élèves ; entre ces vers de province et ceux
qu'il emprunte à des poëtes vivant et composant à

Paris, il n'y a pas, en général, disparate. Les auteurs dont le panégyrique revient le plus souvent dans le *Mercure* sont Boyer, Quinault, Cotin, Perrault, mademoiselle de Scudéri, et surtout madame Deshoulières. A tout moment, il enrichit ses pages des épîtres, des idylles, des rondeaux, des ballades de cette femme célèbre, que nous retrouverons bientôt parmi les adversaires de Racine; et il ne manque jamais d'accompagner ces poésies, souvent bien fades, de galants commentaires. Il publie toutes ses pièces, qu'elle ne réunit pas en volume avant l'année 1685 ; il les préconise : elle appartient évidemment à l'intimité des rédacteurs, elle semble faire partie de la maison.

Quant à Fontenelle, il en était tout à fait. La publicité du *Mercure* était donc naturellement acquise à toutes ses œuvres ; Visé et ses confrères devaient se mettre en frais d'enthousiasme pour le faire valoir. Le volume de juillet 1677 contient déjà des vers du jeune homme, tout frais débarqué de Rouen ; et, le mois suivant, on cite encore une longue pièce sur l'éducation du Dauphin, sujet que l'Académie avait mis au concours. Une élégie de Fontenelle, *le Ruisseau amant* [1], inspire au *Mercure* les réflexions suivantes : « M. de » Fontenelle a cela de particulier, que presque dans » toutes les choses qu'il fait, il joint la nouveauté de » la matière à l'agrément des vers; et comme personne » avant lui n'avait songé à comparer un petit chien à » l'Amour, il est le premier qui ait donné à un ruisseau

---

[1] *Mercure*. novembre 1677.

» de la sensibilité pour une prairie. » En vérité, si l'on ne savait quels liens unissent les rédacteurs à Fontenelle, on affirmerait que ces louanges sont de l'ironie. Mais Visé parle ici très-sérieusement; c'est très-sérieusement que cet homme amoureux, comme il dit ailleurs, de « la majesté des vers et de la force de la pensée, » préconise ces badinages prétentieux; et il insère, avec de pompeux éloges, tantôt la *Description de l'empire de la poésie*, dont nous avons cité plus haut un passage, tantôt une pièce *Sur ce que M. le Prince ne vit plus que de lait*, tantôt quelqu'une de ces pastorales « qui pou-̣ » vaient plaire, comme l'a dit un panégyriste de Fon-» tenelle, à ceux qui n'avaient lu ni Théocrite ni Vir-» gile, et où les bergers soupirent avec finesse [1]. » Et le même critique vantera la netteté admirable du style de Corneille, et il opposera, par allusion à Racine, « ces sortes d'expressions simples et naturelles au style » pompeux qui approche fort du galimatias [2] ! » De telles contradictions font apprécier la valeur des éloges du *Mercure* comme de ses critiques, et l'on pense à l'épigramme de Boileau contre Perrault [3] :

[1] Le Beau, secrétaire perpétuel de l'Académie des Inscriptions. *Éloge de Fontenelle*.

[2] *Mercure*, 1677, t. I (janvier-mars). A propos de l'*Épître au roi* :

> Est-il vrai, grand monarque, etc.

Par ce *style pompeux*, Visé entend évidemment la *Phèdre*. C'est le vers du sonnet de Mme Deshoulières :

> Dans un fauteuil doré, Phèdre tremblante et blême,
> *Dit des vers où d'abord personne n'entend rien.*

[3] Epigr. 24. Édit. de Brossette, Genève, 1716.

Il est vrai, Visé vous assure
Que vous avez pour vous *Mercure*,
Mais c'est le *Mercure galant*.

Au reste, Visé ne songe guère à être impartial : il
ne l'est pas en vantant Boyer et Cotin, Mme Deshoulières
et Fontenelle; il ne l'est pas en célébrant les dernières
œuvres de Corneille, et en disant de la *Pulchérie*
« qu'elle ne peut manquer de plaire à ceux qui ont le
» cœur et l'esprit bien faits [1], » comme en répandant
partout d'odieuses insinuations contre Racine, et en
attribuant aux intrigues du poëte le succès de ses tragédies et la froideur du public pour celles de Corneille
et de son frère Thomas. Annonce-t-il la *Pulchérie*, «que
les comédiens du Marais doivent représenter à l'hiver,
et le *Cléodate* de Thomas, qui paraîtra presque en même
temps sur le théâtre de l'hôtel de Bourgogne ? » Après
l'éloge des deux frères, il ajoute : « Ensuite du *Cléo-*
» *date*, on verra sur le même théâtre le *Mithridate* de
» M. Racine. Cet ouvrage réussira sans doute, puisque
» les pièces de cet auteur ont toujours eu beaucoup
» d'amis [2]. » Est-il forcé d'avouer que le *Cléodate*, en
dépit de ses prophéties, a été froidement reçu? « Cet
» ouvrage, dit-il, aurait eu un très-grand succès, si la
» fortune avait été un effet du mérite; mais comme ce
» ne sont plus les ouvrages qui cabalent, il ne faut pas
» s'étonner si cette pièce, qui a eu l'approbation des
» meilleurs connaisseurs, n'a pas été aussi accueillie

[1] Lettre du 19 mars 1672.
[2] *Mercure*, t. III, p. 370.

» que les autres du même auteur [1]. » Quelques années
plus tard [2], triomphe-t-il du succès d'une autre tragédie de son collaborateur, le *Comte d'Essex?* « La
» gloire, remarque-t-il, en est d'autant plus grande
» pour M. Corneille le jeune, que, ne prévenant jamais
» les suffrages ni par des lectures ni par des brigues, il
» peut s'assurer que ce qui réussit de lui mérite tou-
» jours de réussir. » Ainsi, dans les succès comme dans
les revers de ses amis, toujours se mêle une pensée
amère contre Racine. S'il fait l'éloge de Corneille, il
ajoute aussitôt : « Les gens qui lui portent le plus d'envie
» lui doivent la réputation qu'ils ont eue pour leurs
» ouvrages, puisqu'ils ne les auraient peut-être jamais
» faits, si M. de Corneille n'avait point travaillé pour
» le théâtre [6]. » Et ailleurs : « C'est le seul de qui
» on peut louer les ouvrages sans les avoir vus, et de
» qui, malgré le grand âge, on doit toujours attendre
» des pièces achevées. » Qu'est-ce donc quand il rend
compte de *Bajazet*, de *Mithridate* ou de *Phèdre?* Que
de frais d'esprit et de malice, soit qu'il parle « du mé-
» rite de l'auteur, mérite si grand qu'on ne peut trouver
» de place sur le Parnasse aujourd'hui digne de lui être
» offerte ; » soit qu'il prenne pour sujet d'amplification
le mot de Corneille à Segrais, et qu'il raille la galanterie française de Bajazet ou la mort chrétienne de
Mithridate ! L'examen complet de ces critiques trouvera

[1] *Mercure*, t. IV, p. 225.
[2] *id.* janvier 1678.
[3] *id.* t. IV, p. 225.

place dans une autre partie de ce travail. Il nous suffit
pour le moment d'avoir montré la passion et la haine
systématique de Visé, et d'avoir signalé les rédacteurs
du *Mercure* comme les adversaires intraitables de notre
poëte.

Cependant à l'époque où Racine a renoncé au théâtre
et a été revêtu par le roi des fonctions d'historiographe
de France, le ton du *Mercure* se radoucit beaucoup.
D'abord cette retraite délivre Visé et ses confrères des
supplices que les nouveaux succès du poëte pouvaient
infliger à leur jalousie; puis il faut ménager un homme
si bien en cour. Ce double sentiment perce dans le passage où le *Mercure* annonce la résolution de Racine et
son nouvel emploi [1]. Depuis ce moment, les rédacteurs se permettront bien encore quelques traits dé-
tournés contre lui et contre Boileau ; mais ils n'oseront
plus les attaquer en face. Le *Mercure* louera même
d'assez bonne grâce le discours où Racine, recevant à
l'Académie Thomas Corneille, fit un magnifique éloge
du grand homme que la mort venait d'enlever.

Parmi les collaborateurs du *Mercure galant*, il en est
un que nous n'avons pas cité : c'est Robinet. Un passage du *Mercure* nous apprend la part importante que

---

[1] *Mercure* d'octobre 1677. « Le nom de M. Boyer, qui nous a donné tant de
» belles tragédies, me fait souvenir que le théâtre est menacé d'une grande
» perte. On tient (et c'est un bruit qui se confirme de toutes parts), qu'un de nos
» plus célèbres auteurs y renonce pour s'appliquer entièrement à travailler à
» l'histoire. Il semble qu'il ne se soit attaché quelque temps à faire les portraits
» de quelques héros de l'antiquité que pour essayer son pinceau et préparer ses
» couleurs, dans le dessein de peindre ceux d'aujourd'hui avec une plus vive
» ressemblance. »

ce versificateur prit au journal. Le volume de mai 1677 contient plusieurs sonnets adressés par Robinet à Monsieur, avec cette phrase : « Robinet a fait autrefois la » *Muse historique* dédiée à Madame. » Ailleurs : « Il » travaille à la *Gazette* depuis trente-cinq ans, et il a » fait tous les *Extraordinaires* que nous avons vus » jusqu'à l'année dernière. Ils lui ont acquis beaucoup » d'estime, et le public lui a rendu là-dessus la justice » qu'il lui devait. » La *Gazette* dont il est question dans ce dernier passage est la *Gazette* de *Renaudot*, qui publiait, en manière de suppléments, comme le fit aussi le *Mercure*, des *Extraordinaires*. Quant à la *Muse historique*, ce journal, dont le principal rédacteur était Loret, fut publié, à partir de 1650, sous forme de lettres en vers adressées chaque semaine à Mlle de Longueville, devenue bientôt la duchesse de Nemours, et il parut sans interruption jusqu'à la mort de Loret, en 1665. A cette époque, Robinet, sous le pseudonyme de Dulaurens, continua ces lettres et les adressa à Madame (Henriette d'Angleterre). Après la mort de Madame (1670), Robinet sollicita et obtint la permission de les dédier à Monsieur, et sa publication continua ainsi jusqu'en 1678 [1]. Sans doute, à ce moment,

---

[1] La *Gazette* de Robinet forme 2 volumes in-folio. Nous avons trouvé à la Bibliothèque impériale le premier qui s'étend du 25 mai 1665 au 27 décembre 1670. La Bibliothèque Mazarine possède, avec quelques lacunes, les années 1671 et 1672. La fin de 1673 et le commencement de 1674 manquent (du 23 septembre 1673 au 7 avril 1674). Puis on passe du 13 octobre au 8 décembre, et du 8 décembre au 29 : c'est la fin du volume. Quant à la dernière partie de la *Gazette* (de 1675 à 1678), nous l'avons cherchée vainement dans les diverses bibliothèques publiques de Paris.

le succès du *Mercure galant* compromit l'avenir de la
Gazette, et Robinet, qui écrivait déjà dans le nouveau
recueil, prit le parti de vouer exclusivement au *Mercure*
son talent de poëte et de critique.

Ses opinions littéraires, ses préférences, ses haines
en faisaient d'ailleurs le collaborateur naturel de Visé :
Robinet est aussi un admirateur passionné des dernières
œuvres de Corneille; il vante

> Son charmant *Agésilaüs*,
> Où sa veine coule d'un flux
> Qui fait admirer à son âge
> Ce grand et rare personnage [1].

il célèbre *Attila :*

> Cette dernière des merveilles
> De l'aîné des fameux Corneilles.

et il trouve

> Que d'un roy des plus mal nais,
> D'un héros qui saigne du nez,
> Il a fait, malgré les critiques,
> Le plus beau de ses dramatiques [2]

Il ne manque pas non plus l'occasion de protester plus
ou moins directement contre la renommée de Racine.
Ici, il s'écriera que le grand Corneille

> Fut prédestiné
> Pour emporter dans le tragique
> *Tout seul* l'honneur du dramatique [3]

Là, il déclarera que l'auteur de *Pulchérie* « tire l'échelle

---

[1] Lettre du 6 mars 1666.
[2] Lettre du 13 mars 1667.
[3] Lettre du 17 novembre 1668.

» après lui [1]. » Ailleurs, [2], il lancera des traits plus directs à l'auteur d'*Andromaque* et verra dans la nouvelle œuvre de Corneille

> Une noble critique
> Des sottes tendresses du cœur
> Qu'étale *tout stérile auteur,*
> Bien souvent à tort et sans cause,
> Afin, comme il se propose,
> D'attirer et faire pleurer
> Le sexe qui fait soupirer.

On devine que Robinet n'est pas moins favorable à Thomas Corneille qu'à son frère. Il vante pompeusement toutes les pièces de ce poëte, qui l'honore quelquefois de ses confidences : sa *Laodice*, « modèle du grand dramatique [3], » son « admirable *Cléodate* [4], » etc. Comme Visé, il a aussi une tendresse, un culte particulier pour Boyer. Il n'est pas moins favorable à Benserade, aux dernières tragédies de Quinault, à Boursault et à son *Germanicus*, à un critique de Racine, Subligny, en un mot, à tout le parti de l'ancienne littérature. C'est à Racine que ce juge si débonnaire réserve toutes ses rigueurs. Si l'on en croyait sa *Gazette*, de 1667 à 1674, parmi tant de chefs-d'œuvre donnés par les deux Corneille, par Boyer et par Quinault, il n'y aurait eu de tragédies médiocres que l'*Andromaque*, le *Britannicus* ou le *Bajazet*.

On a pu juger par ce qui précède que le style de

[1] 17 décembre 1672.
[2] Lettre du 17 novembre 1668.
[3] 11 février 1668.
[4] 16 novembre 1672.

Robinet est à la hauteur de sa critique. Rien de plus
plat, de plus vulgaire, que ces comptes-rendus en vers.
C'est presque le ton des complaintes, et le fond n'est
pas plus distingué que la forme. L'auteur n'a garde
d'entrer dans un examen sérieux des pièces qu'il annonce; il se borne à une grossière analyse, qui a quelquefois l'air d'une parodie, au moins quand il s'agit de
Racine. Certes ces nouvellistes nous donnent une triste
idée de la critique périodique du xviie siècle; c'étaient
là pour la cause du grand Corneille de bien misérables
champions. Si les chagrins de l'auteur, menacé dans
dans ses intérêts comme dans se popularité, expliquent
qu'il n'ait pas répudié des auxiliaires si indignes de lui,
sans doute il fut plus sensible à l'opinion et aux efforts
d'autres partisans plus considérables par leur position
et par leur esprit, plus désintéressés dans leur admiration pour le vieil auteur et dans leurs préventions
contre Racine; je veux parler de la société contemporaine de *Cinna* et de *Polyeucte*, des grands seigneurs,
des beaux esprits, des nobles dames qui avaient fait
l'ornement du fameux hôtel de Rambouillet.

CHAPITRE III.

A côté de la jeune cour, dont le goût docile, comme celui du maître, aux inspirations des nouveaux poëtes, rompit tout à fait avec le passé, la société de l'âge précédent, et, suivant une expression souvent employée alors, la « vieille cour, » demeura longtemps avec son tour d'esprit et ses habitudes littéraires, avec sa prédilection pour certains auteurs et certains genres. Les succès et la popularité croissante des nouveaux poëtes, le discrédit où tombèrent ceux que l'hôtel de Rambouillet avait applaudis, durent encore ranimer la ferveur du culte qu'on avait voué à ceux-ci et provoquer en leur faveur d'ardentes protestations. De là une guerre où l'attaque n'est en réalité qu'une défense, et où la passion et l'injustice sont excusables, même quand elles vont à soutenir Cotin ou Chapelain contre Molière et Boileau, à plus forte raison quand il s'agit de défendre la prééminence du grand Corneille et de protester, même par des critiques injustes, contre ceux qui veulent lui opposer ou lui préférer Racine.

A la tête de ce parti du passé était la fameuse Mademoiselle, fille de Gaston d'Orléans. Le rôle qu'elle avait joué dans les troubles de la Fronde et dans les réunions de l'hôtel de Rambouillet la désignait naturellement comme la protectrice de tous ceux qui lui rappelaient l'âge brillant de sa jeunesse et de sa puissance ; par son sang comme par son immense fortune, elle devait être le centre de l'opposition contre la poésie nouvelle et le chef du parti de la vieille cour. Elle eut, pendant vingt-quatre ans, pour gentilhomme ordinaire Segrais, poëte facile, qui avait célébré dans ses églogues madame de Rambouillet et Julie d'Angennes, et qui resta toujours fidèle aux souvenirs et aux poëtes de ce temps. L'éloge un peu exagéré que Boileau fit du talent de Segrais ne le rapprocha pas du satirique et de ses amis, et il resta jusqu'au bout un de leurs adversaires les plus acharnés. Mademoiselle protégeait aussi une des victimes les plus célèbres de Boileau et de Molière, l'abbé Cotin, qu'elle appelait « son ancien; » elle recevait et aimait Chapelain, Ménage, Boyer, tous les poëtes supplantés par la nouvelle école. Sans doute, elle s'affligeait avec eux des attaques qui les troublaient dans la paisible jouissance de leur renommée, et s'indignait surtout des succès d'un jeune homme dans l'art dramatique, domaine exclusif, à ses yeux, de l'auteur du *Cid*.

On connaît le zèle emporté de M. de Montausier pour tous ces auteurs qui avaient travaillé à la fameuse *Guirlande de Julie*. L'époux de Julie d'Angennes, représentant et héritier direct du fameux hôtel, était engagé d'honneur à la défense des hommes qui en avaient fait l'ornement et la gloire. Aussi menaçait-il d'envoyer les médisants « rimer dans la rivière; » aussi s'employait-il à faire refuser le privilége nécessaire à la publication de l'*Art poétique*. Cependant le célèbre duc ne tint pas toujours rigueur aux nouveaux poëtes : on sait quel jugement il porta sur la comédie du *Misanthrope* et sur ce caractère d'Alceste dont on prétendait qu'il avait fourni l'original. Il ne fut pas non plus insensible à un adroit hommage de Boileau dans l'*Épître à Racine* :

> Et plût au ciel encor, pour couronner l'ouvrage,
> Que Montausier voulût lui donner son suffrage !

Les restes de sa froideur ne tinrent pas, dit-on, contre ces vers, et il devint un des juges les plus bienveillants des deux amis.

Au nombre des illustres partisans de Corneille et, en général, des écrivains de l'âge précédent, il faut compter encore la plus brillante habituée de l'hôtel de Rambouillet, Mme de Longueville, qui ne tarda pas, du reste, à se séparer du monde et à expier dans les rigueurs de la pénitence les entraînements et les fautes de sa jeunesse. M. de Longueville resta le protecteur des poëtes qu'elle avait aimés, de Cotin, de Ménage, de Chapelain;

6

et aux attaques de Boileau contre l'auteur de *la Pucelle*, il répondait en doublant la pension du poëte. Sa fille, Mme de Nemours, à qui Loret dédia *la Muse historique*, une autre grande dame, la duchesse de Rohan, n'étaient pas moins attachées à ces écrivains. Segrais, qui, après sa rupture avec Mademoiselle [1], habita l'hôtel de Mme de La Fayette, chercha sans doute à exciter chez la spirituelle marquise les passions qui l'animaient. Mais Mme de La Fayette avait trop de goût, elle avait trop vécu avec Henriette d'Orléans, pour épouser la querelle d'écrivains médiocres, et pour être ennemie de Racine et de Boileau. Comme son ami, M. de la Rochefoucauld, l'auteur des *Maximes*, comme sa parente, Mme de Sévigné, elle sut conserver de la bienveillance pour les hommes, sans défendre les auteurs. Elle fut liée avec Boileau qui lisait ses vers chez M. de La Rochefoucauld, et, si elle garda à Corneille une admiration un peu exclusive, nous pouvons affirmer pour elle ce que nous prouverons bientôt pour Mme de Sévigné : ses préférences ne l'égarèrent jamais jusqu'à rabaisser Racine au rang des Boyer ou des Pradon, et jusqu'à entrer dans les cabales formées contre lui.

Mme de Sévigné fut en effet, comme chacun le sait, une des plus fidèles admiratrices de Corneille. C'est pour elle le poëte tragique par excellence ; aucun autre ne lui saurait être ni égalé ni comparé. Elle l'appelle

---

[1] A l'époque du mariage avec Lauzun, en 1672. Il avait combattu vivement la passion de Mademoiselle.

« son vieil ami ; » elle « en est folle[1]. » A chaque triomphe nouveau de Racine, elle proteste, pour ainsi dire, en répétant son cri d'admiration pour Corneille. Elle excite sa fille, elle s'excite elle-même à rester fidèle à leur culte : « Vive donc notre vieil ami Corneille! Pardonnons-lui de méchants vers en faveur de divines et sublimes beautés qui nous transportent[2]. » « Rien, dit-elle ailleurs, rien n'approchera jamais des divins endroits de Corneille[3]. » Et encore : « Ma fille, gardons-nous de lui comparer Racine ; sentons-en toujours la différence[4]. » Elle en appelle à l'autorité des hommes les plus compétents ; elle renforce son jugement de celui de l'ami particulier de Racine : « Despréaux en dit encore plus que moi ; en un mot, c'est le bon goût, tenons-nous-y[5]. » Avec quelle joie elle annonce la tragédie nouvelle que prépare Corneille! combien elle compte sur le succès de cette pièce pour rabattre l'orgueil des partisans de Racine et pour la venger du « bruit importun de *Bajazet*[6] ! » « Il nous donnera encore *Pulchérie*, où l'on reverra

> La main qui crayonna
> La mort du grand Pompée et l'âme de Cinna. »

Cette pièce, elle l'entend lire par lui chez M. de la

---

[1] Lettre du 9 mars 1672.
[2] Lettre du 16 mars 1672.
[3] 15 janvier 1672.
[4] 16 mars 1672.
[5] *Ibidem*.
[6] 9 mars 1672.

Rochefoucauld : « Il nous lut, dit-elle, l'autre jour une comédie qui fait souvenir de sa défunte veine[1]. » Cependant, peu de temps après, elle est forcée d'avouer à sa fille que ses prévisions ont été trompées. Elle se borne à une courte phrase qui laisse voir son désappointement : « *Pulchérie* n'a pas réussi. » Sans doute, ce qui irrite encore son chagrin, c'est le triomphe de *Mithridate*. Avec quelle froideur elle dut accueillir, dans sa retraite des Rochers, l'éloge que Mme de Coulanges lui adressa de cette pièce[2] ! Que de réserves elle dut faire en elle-même, en lisant l'appréciation enthousiaste de sa cousine, qui appartient tout à fait à la nouvelle cour, et est toute gagnée au nouveau goût et aux nouveaux poëtes !

Mais Mme de Sévigné, plus âgée que Mme de Coulanges[3], avait eu une autre éducation littéraire. Bien jeune encore, elle avait entendu Corneille lire ses tragédies à l'hôtel de Rambouillet ; de bonne heure, elle s'était habituée à ne rien concevoir au-dessus de lui. Il faut bien de la force pour revenir sur de telles habitudes de goût. Comme les tragédies de Corneille, les romans de Mlle de Scudéri et de la Calprenède avaient nourri sa jeunesse. Plus tard, elle les relisait encore avec un plaisir qu'elle avoue non sans quelque honte. Elle a surtout un faible pour la Calprenède, « malgré

[1] 15 janvier 1672.

[2] 24 février 1673.

[3] Mme de Sévigné est née en 1626. C'est vers l'année 1641 que naquit Marie-Angélique du Gué, devenue, par son mariage avec M. de Coulanges (1659), cousine de Mme de Sévigné.

le style qui est maudit [1]. » Ce qui la charme dans ces récits choquants d'invraisemblance et d'emphase, ce sont « les grands sentiments et les grands coups d'épée.» Avec cet amour du grand, même porté jusqu'au gigantesque, elle devait, comme en général la société contemporaine de la Fronde, préférer à tout Corneille et ses caractères. Ces héros, plus Espagnols encore que Romains, ces héroïnes, si fières et si résolues, si occupées de conspirations et de politique, qui ressemblent tant aux grandes dames de la Fronde et à celles des romans à la mode, devaient la transporter et être à ses yeux les vrais types du beau. Combien les personnages de Racine, avec leurs proportions plus humaines, semblaient petits auprès de ceux-là! Combien l'habitude de cette sublimité un peu fastueuse pouvait rendre insensible au naturel délicat de Racine, à sa dignité pleine de nuances! En outre, quand Mme de Sévigné écrivait, Corneille n'était-il pas déjà dans ce lointain si favorable aux hommes de génie? Comment lui égaler ou lui préférer un jeune homme de beaucoup d'esprit, sans doute, mais amoureux d'une comédienne, rival de M. de Sévigné, et qui soupait avec lui chez la Champmeslé?

Au reste, on le sait aujourd'hui, les torts de Mme de Sévigné sont bien moins graves qu'on ne les avait faits, sur la foi de Voltaire. Jamais elle n'a écrit cette phrase : « Racine passera comme le café. » Elle a dit

[1] Lettre du 12 juillet 1671.

un jour à sa fille : « Racine fait des comédies pour la
» Champmeslé et non pour la postérité; si jamais il
».n'est plus jeune et qu'il cesse d'être amoureux, ce ne
» sera plus la même chose [1]. » Ailleurs, elle s'est déclarée lasse du café, et a prédit qu'on s'en dégoûterait
comme d'un indigne favori. Voltaire, avec sa légèreté
spirituelle, s'est emparé des deux jugements et les
a réunis sous cette forme piquante, que La Harpe et
d'autres critiques ont trouvée chez lui et citée comme
textuelle [2]. Au reste, la méprise de La Harpe peut se
comprendre; Mme de Sévigné aime ces comparaisons plaisantes. Elle aime aussi, à propos de Racine, à
faire de la critique prophétique. Rien n'est plus dangereux que de prédire l'avenir d'un écrivain : on court la
chance de recevoir bien des démentis. Après *Andromaque*, elle avait dit : « Il n'ira pas plus loin qu'*Andromaque;* » Racine répondit par *Britannicus, Iphigénie,
Phèdre*. Plus tard, elle s'écria : « *Esther* est un sujet
unique, » et bientôt parut *Athalie*.

Si Racine avait de bien injustes détracteurs, il avait
aussi, pour comble d'infortune, des partisans peu éclairés dans leur enthousiasme. Tel était M. de Tallard,
dont Mme de Sévigné cite le jugement sur *Bajazet :*
« M. de Tallard [3] dit que cette comédie est autant au-
» dessus des pièces de Corneille que celles de Corneille

---

[1] Lettre du 16 mars 1672.

[2] Voici la phrase même de Voltaire : « Cette aveugle prévention qui lui fait
» dire que la mode d'aimer Racine passera comme le café. » (Ed. Beuchot, t. IX,
p. 469.

[3] Lettre du 13 janvier 1672.

» sont au-dessus de celles de Boyer. Voilà ce qui s'ap-
» pelle bien louer. » On conçoit que la ridicule exagération de ces éloges ait révolté les admirateurs de Corneille, qu'elle ait amené des protestations et des
ripostes, et qu'elle les ait jetés, par une revanche assez
naturelle, dans l'exagération contraire. De là en partie
la sévérité de quelques jugements de Mᵐᵉ de Sévigné, de là son empressement à lire et à vanter ce qui
s'écrit contre les pièces de Racine; par exemple la *Critique de Bérénice,* par l'abbé de Villars. Mais l'illustre
dame se distingue, entre tous les adversaires de Racine,
par sa modération et par son goût. Si elle n'a pas pour
le poëte toute la vivacité que nous voudrions lui voir,
du moins elle n'affecte pas de nier son talent. Elle reconnaît « qu'il a bien de l'esprit [1]. » Elle relit ses tragédies à Vitré. Elle le sait par cœur et le cite aussi bien
que Corneille ou La Fontaine. Elle voit jouer *Andromaque* à Vitré, et « elle y pleure plus de six larmes ; »
« c'est assez, ajoute-t-elle, pour une troupe de campagne. » Enfin jamais elle n'a étendu jusqu'à la personne du poëte les préventions qu'elle a pu avoir contre
ses ouvrages : jamais elle n'a attaqué son caractère ;
jamais elle n'a soutenu ses indignes concurrents. On
ne trouverait même pas dans toute sa correspondance
le nom de Pradon. Elle apprécie comme ils le méritent
les autres grands poëtes de l'âge nouveau. Personne
alors n'a témoigné plus d'admiration pour Molière; per-

---

[1] Lettre du 21 mars 1689.

sonne n'a plus souvent rendu hommage au génie du
grand poëte « qui a corrigé, dit-elle, tant de ridicules. »
Personne n'a eu d'éloges plus vrais, plus délicats, plus
vifs pour les fables de La Fontaine. Enfin, bien que
l'élève de Chapelain et de Ménage pût entrer dans les
ressentiments de ses anciens maîtres, restés ses amis,
bien qu'elle eût appris à l'hôtel de Rambouillet le respect de tous ces auteurs que l'on vouait au ridicule,
jamais elle n'a poussé l'intérêt pour leurs personnes
jusqu'à défendre leurs œuvres. Elle rend pleine justice
au talent de Boileau ; elle est toute gagnée à sa cause ;
et elle n'a qu'estime et affection pour celui dont elle a
dit : « Il n'est cruel qu'en vers. »

Segrais, que Mme de Sévigné voyait intimement
chez sa parente, madame de La Fayette, était, nous
l'avons dit, bien plus violent dans ses haines, et elles le
menaient beaucoup plus loin. Ami particulier de Chapelain, il défend dans ses Mémoires la *Pucelle*, où il
trouve « des endroits inimitables. » Il s'indigne des
critiques de Boileau contre Mlle de Scudéri « dont
» les vers, si naturels, si tendres, plaisent à tout le
» monde, et ne sont pas du goût du satirique, sans
» doute parce qu'il ne saurait y mordre. » Il plaint fort
« le pauvre M. Boyer, qui n'a jamais offensé personne,
» dont les pièces ont été jouées de leur temps, et qui
» est assez bon académicien. » Sans cesse il revient
à la charge, et saisit l'occasion de lancer un trait ou de
porter un jugement malveillant contre Boileau et contre
Racine. Tantôt c'est à propos de Perrault et de la que-

relle des anciens et des modernes : « Racine et Des-
» préaux, dit-il, n'estiment que leurs vers ; ils ne louent
» personne ; ils critiquent les poésies de tous les autres,
» et il ne paraît pas un madrigal qu'ils ne le censurent.
» Cependant, ôtez-les de la poésie, ils sont muets, ils ne
» savent plus où ils en sont ; car que savent-ils autre
» chose que rimer? M. Perrault, qu'ils méprisent fort,
» et qui ne laisse pas d'être un bon poëte, quoi qu'ils
» en disent, sait beaucoup plus qu'eux. » Tantôt il reproche à Boileau « de se copier toujours lui-même et
» de rebattre la même chose » et, selon lui, « c'est à
» l'occasion de Despréaux et de Racine que M. de
» La Rochefoucauld a établi la maxime par laquelle il
» dit que c'est une grande pauvreté de n'avoir qu'une
» sorte d'esprit. » Remarquons en passant l'injustice
de ce reproche adressé à un esprit aussi varié et aussi
flexible que Racine, à l'auteur étincelant, passionné
des *Lettres imaginaires*, à l'aimable et délicat historien
de Port-Royal, au critique généreux qui a si éloquemment apprécié Corneille, au poëte qui ne parlait jamais
de ses œuvres et a laissé ignorer à sa femme jusqu'au
nom de ses tragédies, à l'homme enfin qui a réussi à la
cour, c'est-à-dire dans un pays où il faut s'effacer, et
où l'on plaît moins en brillant soi-même qu'en ménageant aux autres l'occasion de briller. Mais c'est surtout la pensée de Corneille qui attire à Racine les
foudres de Segrais, et il fait, lui aussi, non moins
malheureusement que Mᵐᵉ de Sévigné, de la critique
prophétique : « L'on verra, dit-il, dans trente ou qua-

» rante ans, si l'on lira les ouvrages de Racine, comme
» on lit présentement ceux de Corneille, qui ne vieil-
» lissent pas. » Il ne manque pas de dire, comme Fontenelle et Visé, que « c'est Corneille qui a fait Racine. »
Il ne manque pas non plus de déclarer « les premières
» et les dernières pièces de son poëte préférables aux
» meilleures des autres. » Après avoir rapporté le mot
de Corneille sur *Bajazet*, il a bien soin d'ajouter : « Il
» avait raison, et l'on ne voit pas cela dans son théâtre :
» le Romain y parle comme un Romain, le Grec
» comme un Grec, l'Indien comme un Indien, et
» l'Espagnol comme un Espagnol. » Une autre de ses
critiques contre Racine c'est que « la matière lui
» manque » et qu'il « dit des choses très-communes
» pour donner à ses scènes la longueur qu'elles doi-
» vent avoir. » « Il y a plus de matière, ajoute-t-il,
» dans une seule scène de Corneille que dans toute
» une pièce de Racine. » Segrais touche ici au système
dramatique de Racine : nous retrouverons cette objection plus complétement formulée par d'autres adversaires du poëte, et notamment par un écrivain formé à
la même école que Segrais, fidèle, comme lui, à ses
premiers principes, à ses premières amitiés, comme
lui, champion de Corneille, et, avec moins d'aigreur,
adversaire de Racine ; je veux parler de Saint-Évremond.

On connaît la singulière destinée de ce seigneur
bel-esprit. Né dans les premières années du règne de
Louis XIII (1613), d'une famille ancienne de Norman-

SOCIÉTÉ DU XVIIᵉ SIÈCLE.

die, il se distingua de bonne heure dans les armées et dans les salons. Il servit sous Condé et sous Turenne, dont il a comparé dans un de ses écrits les caractères et les talents. En même temps il fit admirer dans les cercles sa verve enjouée et railleuse, et les allures fort libres de son esprit. Mais cette indépendance d'opinions, cette légèreté de ton et d'habitudes' finirent par le perdre. Il avait écrit confidentiellement une longue lettre satirique contre le traité des Pyrénées. Le roi en eut connaissance, et Saint-Évremond n'échappa à la Bastille qu'en gagnant précipitamment la Hollande [1]. Ce fut dans ce pays, et surtout en Angleterre, que s'écoula la seconde partie de sa longue existence. En 1689, après vingt-huit ans d'exil, la permission de rentrer en France lui fut accordée; mais il n'en profita pas, et il mourut a Londres en 1703, âgé de plus de quatre-vingt-dix ans. Esprit hardi et sceptique, ami de la volupté élégante et spirituelle, Saint-Évremond a pu, non sans raison, être considéré comme un précurseur de Voltaire. En France, il eût sans doute fait partie de cette société du Temple, hostile, elle aussi, à Racine, et qui préparait déjà, dans le dernier quart du xviiᵉ siècle, le règne de la Régence. En Angleterre, il fut un des ornements de la cour frivole et licencieuse de Charles II; et, grâce à lui, le salon d'une belle et trop célèbre réfugiée, dont il fut jusqu'à la mort l'admirateur, le secrétaire et le

[1] Voir Desmaiseaux. *Vie de Saint-Évremond,*

conseiller, Mme de Mazarin, devint le rendez-vous
de toute la jeunesse galante, de tous les poëtes de
Londres.

Ces réunions, où l'esprit faisait les principaux frais,
les relations habituelles que Saint-Évremond conserva
toujours avec ses amis du continent, et qui le tinrent
au courant de tous les événements sérieux ou légers
de la cour et de la ville, de toutes les nouveautés de la
littérature et de la politique, ont rempli et charmé la
vie de l'aimable épicurien. Elles ont donné naissance
à de nombreux ouvrages, lettres en prose et en vers,
dissertations morales, appréciations historiques, portraits, jugements littéraires, qui valurent à leur auteur
une grande célébrité parmi ses contemporains. Un
mérite singulier ajoutait au piquant de ces écrits; c'est
qu'ils n'étaient pas publiés. Saint-Évremond les lisait
à ses amis, les adressait en France à quelques-uns de
ses correspondants. Là, ils circulaient de main en main,
« sous le manteau, » comme dit La Bruyère, « et à la
condition d'être rendus de même. » Quel prix donnait
à ces feuilles la difficulté des communications, l'attente
nécessaire d'une partie des curieux! Combien on était
disposé à juger favorablement d'une œuvre qu'on avait
longtemps sollicitée, qu'on avait enfin le privilége
envié de posséder et de lire! Saint-Évremond affecte
quelquefois dans ses lettres de se plaindre de cette
célébrité : « Je hais extrêmement, écrit-il à M. de
Lionne, de voir mon nom courir par tout le monde. »
Il déplore les sollicitations des libraires, les impres-

sions furtives, conséquence de ses refus. Ces éditions altérées et incorrectes le décident à autoriser conditionnellement une publication authentique [1]. Mais ce n'est pas assez pour satisfaire les lecteurs, et certains libraires exploitent la curiosité publique en commandant aux auteurs du *Saint-Évremond*, avec promesse de le bien payer. Ainsi, Saint-Évremond eut tous les genres de succès, même celui de la contrefaçon. Cette réputation, que n'ont pas acceptée cependant tous les écrivains du grand siècle, et notamment Boileau [2], décrut bien au siècle suivant, et la critique plaça Saint-Évremond dans un rang secondaire parmi ces beaux génies qu'il avait jugés, et auxquels on l'avait quelquefois égalé. Aujourd'hui, les écrits de Saint-Evremond ont repris faveur, et on cite surtout avec éloge ses *Réflexions sur le génie du peuple romain*. Cet ouvrage, peu étendu, comme tous ceux de l'auteur, est en effet son principal titre littéraire. La pensée, juste et fine, quelquefois originale et profonde, est rehaussée encore par le ton vif et piquant de l'homme d'esprit, du brillant causeur, mérite principal des autres écrits de

---

[1] Lettre à M. de Lionne : « S'il n'y a pas moyen d'empêcher que ces petites
» pièces ne s'impriment, comme vous me le demandez, je vous prie que mon
» nom n'y soit pas. Il vaut mieux qu'elles soient imprimées comme vous les
» avez, et le plus correctement qu'il est possible, que dans le désordre où elles
» passent, de main en main, jusqu'à celle d'un imprimeur. »

[2] Dans la préface de la première édition des *Satires* (1666), il explique ce qui l'a décidé à cette publication : « On en a donné à Rouen une monstrueuse
» édition ; on les a fait suivre d'un *Jugement sur les sciences* (par Saint-Évre-
» mond) et il a eu peur que ses *Satires* n'achevassent de se gâter en une si mé-
» chante compagnie. »

Saint-Évremond. On remarque aussi à sa louange qu'il
a précédé Bossuet et Montesquieu; mais, sans rappeler Machiavel, il serait juste d'ajouter qu'il a suivi
Balzac, et que l'auteur des *Dissertations politiques* et
Du Prince avait déjà marqué, en français, avec beaucoup de vigueur, de pénétration et d'éclat, les principaux traits du caractère romain. Au reste, il est clair
que Saint-Évremond se rattache directement à Balzac
et à un autre écrivain dont l'influence a été plus longue,
à Voiture. Saint-Évremond, dans sa jeunesse, a vécu
avec eux : il a été le témoin de leurs succès, il s'est
formé sur ces modèles; comme eux, c'est un auteur
homme du monde; comme eux, il réussit par des
lettres, par des écrits de courte haleine, faits pour
les dames et pour les lectures d'un salon. Son style
a les qualités et, en partie, les défauts de celui de
Voiture : l'enjouement, la finesse et aussi parfois la
subtilité et l'affectation. Il continue dans la seconde
moitié du xviie siècle l'esprit et le goût de la première.
Il est donc naturel que sa critique se ressente de son
éducation et de son parti littéraire, que son admiration
très-légitime pour le génie de Corneille s'étende jusqu'à des œuvres qu'il aurait dû franchement abandonner, et qu'elle le rende sévère ou équivoque dans son
appréciation du théâtre de Racine.

L'éloge de Corneille revient partout dans ses lettres :
« Les anciens, écrit-il à M. de Lionne, ont appris à
» Corneille à bien penser, et il pense mieux qu'eux. »
Ailleurs il dit ces paroles, qu'on pourrait retourner

contre le poëte, et qui rappellent les critiques de Fénelon et de Vauvenargues : « Corneille, qui fait mieux
» parler les Grecs que les Grecs, les Romains que les
» Romains, les Carthaginois que les citoyens de Car-
» thage ne parlaient eux-mêmes. » Et encore : « Ce
» grand maître du théâtre, à qui les Romains sont plus
» redevables de la beauté de leurs sentiments qu'à
» leur esprit et à leur vertu. » Il place *Attila* au rang
des chefs-d'œuve de notre théâtre, et comme on lui
fait quelques objections à propos de ce jugement, il le
corrige en ces termes : « La vérité est que la pièce est
» moins propre au goût de votre cour qu'à celui de
» l'antiquité; mais elle me semble très-belle. » Il avait
déjà fait allusion à ce goût dont se plaint si amèrement
Corneille, en disant que « la tragédie d'*Attila* eût été
» admirable du temps de Sophocle et d'Euripide, où
» l'on avait plus de goût pour la scène farouche et
» sanglante que pour la douce et la tendre. » Il défend
avec chaleur le personnage de Rodogune contre les ré-
pugnances de M. de Barillon, ambassadeur de France;
celui d'Émilie, contre l'aversion de Mᵐᵉ de Mazarin.
Il loue Émilie « d'être plus Romaine que Cinna, de
» dire des injures à son amant, de lui imposer pour
» conditions la mort d'Auguste; » il admire cet amour,
« effet de la conspiration, » cet héroïsme qui ne re-
cule pas devant le poignard. « Elle avait vu, dit-il,
» massacrer son père, et, ce qui était plus insuppor-
» table à une Romaine, elle voyait la république assu-
» jettie par Auguste. » A ces raisons, Mᵐᵉ de Mazarin

répondait peut-être qu'Émilie avait un an lorsque son père fut frappé : depuis, elle avait été recueillie par Auguste, tendrement élevée par lui ; elle souffrait encore patiemment qu'il la comblât de bienfaits et la nommât sa fille. Peut-être la belle duchesse souriait-elle avec incrédulité à cette ardeur républicaine donnée comme le fond du caractère de toute Romaine, à cette horreur nécessaire pour la tyrannie. Saint-Évremond n'en affirmait pas moins à Mme de Mazarin, née Romaine, qu'elle aurait fait comme Émilie, et que « son couteau se serait essayé contre le tyran. »

Ce ne sont pas les seuls débats littéraires que Saint-Évremond ait eus avec sa compagne d'exil. Autant il tenait pour Corneille, autant elle était éprise de Racine. Sur ce point seulement ils ne pouvaient s'entendre. De bonne heure, par sa *Dissertation sur Alexandre*, l'illustre réfugié avait déclaré ses sentiments sur le nouveau poëte. Il apprécia aussi *Andromaque* et *Britannicus ;* et, sans avoir donné de jugement étendu sur les autres tragédies de Racine, il y fait souvent allusion. Tantôt il attaque le goût du temps, « qui n'aime que la » douleur et les larmes ; » il déplore « le trop grand » usage de cette passion, dont on enchante présente-» ment tout le monde ; » et il rend ironiquement les armes à la mode, « la seule règle des honnêtes gens. » Tantôt il défend avec une vivacité assez amère ses opinions contre plusieurs seigneurs, auxiliaires de Mme de Mazarin, et, comme elle, chauds partisans de Racine. Ce passage est curieux, car l'auteur y expose

nettement ses idées sur là conception du drame : « J'ai
» soutenu qu'il fallait faire entrer les caractères dans
» les sujets, et non pas former la constitution des su-
» jets après celle des caractères ; que nos actions de-
» vaient précéder nos qualités et nos humeurs; qu'il
» fallait remettre à la philosophie de nous faire con-
» naître ce que sont les hommes, et à la comédie de
» nous faire voir ce qu'ils font; et qu'enfin ce n'est pas
» tant la nature qu'il faut expliquer, que la condition
» humaine qu'il faut représenter sur le théâtre. » Et
le sens de ces lignes est précisé un peu plus loin. Après
avoir rejeté ses torts sur « la rudesse d'un vieux goût, »
Saint-Évremond ajoute : « J'avoue qu'il y a eu des
» temps où il fallait choisir de beaux sujets et les
» bien traiter; il ne faut plus aujourd'hui que des
» caractères. » — « Quartier, s'écrie-t-il ailleurs,
» quartier, madame la duchesse; pour moi, j'ai aban-
» donné *les Visionnaires* et *le Menteur;* Racine est pré-
» féré à Corneille, et les caractères l'emportent sur les
» sujets. Je ne renonce pas seulement à mon opinion,
» je maintiens les vôtres. » Nous ne ferons en ce moment que signaler toute la portée de ce passage. Il
prouve que Saint-Évremond et ses amis avaient compris le système dramatique de Racine, la différence
capitale qui distingue son théâtre de celui de Corneille
après *Polyeucte.* Comme leur auteur favori, ils voyaient
surtout dans la complication des événements, dans
l'originalité des situations, la tragédie, que le nouveau
poète avait placée dans les agitations du cœur, dans

7

la lutte passionnée, mais prévue et logique, des sentiments.

Saint-Évremond se trouvait, par Mme de Mazarin, en
relations fréquentes avec une société qui tenait à cette
dame par des liens de parenté et d'affection, mais qui
ne partageait pas son enthousiasme pour Racine. Je
veux parler du duc de Nevers, Philippe Mancini, frère
de la fameuse Hortense, et de sa sœur, Marie-Anne
Mancini, duchesse de Bouillon. Bel esprit et poëte,
comme Saint-Évremond, le duc de Nevers avait pu,
dans sa première jeunesse, le rencontrer à l'hôtel de
Rambouillet [1]. Comme lui, il resta toujours fidèle aux
principes littéraires qu'il avait puisés dans ces réunions
et aux auteurs qu'il y avait applaudis. Il eut même
moins de discrétion dans ses sympathies, moins de réserve dans ses protestations en faveur des anciens
poëtes, et il s'engagea dans ce parti du passé jusqu'à
célébrer de misérables auteurs, jusqu'à écrire contre
Boileau et cabaler contre Racine. Versificateur facile,
quelquefois même énergique, mais souvent bizarre,
il adressait parfois assez mal ses hommages poétiques.
Mme de Sévigné parle d'une épître écrite par lui « au
petit Le Clerc de l'Académie. » Dans ces vers, il élevait
jusqu'aux nues ce poëte, qui serait ignoré aujourd'hui
sans sa malencontreuse rivalité avec Racine. Il associa
sa muse à celle de Desmarets de Saint-Sorlin et de
l'abbé Testu, pour lancer contre Boileau un pamphlet

---

[1] Il était né à Rome en 1641. En 1660, Mazarin acheta au duc de Mantoue,
le duché de Nevers, et, à sa mort, il le laissa à son neveu.

en vers sous ce titre : *Défense du poëme héroïque, avec quelques remarques sur les œuvres satiriques du sieur D*.* Quand Boileau et Racine sont nommés historiographes de France, il exhale ainsi son humeur contre eux :

> Aussi bien dans le monde, hors deux auteurs célèbres,
> Le reste est englouti dans l'horreur des ténèbres ;
> Ces illustres du temps, Racine et Despréaux,
> Sont du mont Hélicon les fermiers généraux.
>
> . . . .
>
> A présent de la rime abandonnant les lois,
> Ils veulent que Phébus reprenne tous ses droits ;
> Et sortant tout à coup de l'ordre poétique,
> Ils entrent étrangers dans le monde historique.

Il faut, du reste, pardonner cette boutade au poëte grand seigneur : quand les deux amis furent élevés par la faveur du roi à cette charge importante qui leur fit tant d'envieux, le duc de Nevers était encore sous l'impression de sa querelle avec eux ; et l'affaire de *Phèdre* devait avoir laissé dans son cœur bien de l'aigreur et du ressentiment.

Outre le duc de Nevers, les principaux acteurs de cette intrigue furent, on le sait, la duchesse de Bouillon et Mᵐᵉ Deshoulières, sans compter Pradon, dont la plate et pitoyable tragédie servit d'instrument à la cabale. On regrette de trouver dans cette affaire l'aimable et spirituelle Mᵐᵉ de Bouillon. Celle qui avait si bien deviné le génie de La Fontaine, qui avait excité à Château-Thierry la verve du poëte encore peu connu, et dont l'influence décida peut-être l'avenir de « son fablier, » méritait de ne pas se faire la protectrice de

Pradon, et de ne pas entrer, même sous l'empire d'un ressentiment particulier [1] dans cette machination contre un chef-d'œuvre. Mais dans le milieu où vivait Mme de Bouillon, elle ne pouvait guère échapper aux préventions contre Boileau et Racine ; et, avec son caractère ardent et impérieux, une fois engagée dans la querelle, elle devait pousser plus loin que toute autre la vivacité de ses attaques. En effet, Mme de Bouillon, dès les premières années de son mariage, avait installé dans son hôtel des réunions littéraires qu'elle aimait à présider. Or, les habitués de ce cercle étaient Ménage, Boyer, Benserade, Mme Deshoulières, c'est-à-dire les adversaires de la nouvelle école poétique. Quelquefois, en y voyait le vieux Corneille. La Fontaine, que Mme de Bouillon ramena avec elle de Château-Thierry, ne devait guère manquer à ces réunions. Nous savons par lui qu'on y traitait des questions littéraires et dramatiques. Mme de Bouillon prenait une grande part à ces discussions, et elle exerçait là, en quelque sorte, cette royauté dont, à en croire Saint-Simon [2], elle avait le goût et l'instinct :

[1] Voir dans la *seconde partie* le chap. VIII. Si l'on admet d'après le récit fait à Brossette par Mlle Deshoulières, bien longtemps après la représentation des deux *Phèdre* (1711), que Mme de Bouillon, en louant les deux salles, a voulu venger son frère, le duc de Nevers, du sonnet injurieux qu'on imputait à Racine et à Boileau, on avouera encore que les représailles étaient bien vives.

[2] *Mémoires*, t. VII, chap. VII, édit. Hachette, in-12, 1855-58. « Elle était le » grand justicier du XVIIe siècle, la reine de Paris et de tous les lieux où elle » avait été exilée... Mari, enfants, tous les Bouillon, le prince de Conti, le duc de » Bourbon, qui ne bougeaient, à Paris, de chez elle, tous étaient plus petits » devant elle que l'herbe... Elle savait, parlait bien, disputait volontiers, et quel-

Les Sophocles du temps et l'illustre Molière,
Vous donnent toujours lieu d'agiter quelque point.
Sur quoi ne disputez-vous point [1] ?

Sans doute, dans cette petite académie, l'opinion n'é-
tait pas très-favorable à Racine, on y parlait avec peu
de bienveillance des productions nouvelles du poëte,
et on y accueillait avec empressement soit les lettres
de Saint-Évremond, soit les jugements du *Mercure
galant*, soit les pièces critiques contre *Britannicus, Bérénice* ou *Iphigénie.* Enfin, ce ne fut pas sans une arrière-pensée hostile à Racine qu'on y admit un jeune
auteur assez vain pour essayer, après l'échec de Le
Clerc, le rôle de rival du grand poëte.

Au reste, l'introducteur de Pradon à l'hôtel de
Bouillon, son patron auprès des puissances du lieu, fut
Mᵐᵉ Deshoulières. Nous avons vu cette célèbre dame
honorée de l'admiration du *Mercure* et remplissant de
ses poésies les pages de ce journal. En effet, par son
éducation comme par sa société, elle appartenait tout
à fait au parti que soutenait Visé. Née en 1633 ou en
1634, Antoinette du Ligier de la Garde avait, comme
Mᵐᵉ de Sévigné et beaucoup de grandes dames de cette
époque, étudié le latin, l'italien, l'espagnol. Elle avait
surtout dévoré les romans de Mˡˡᵉ de Scudéri et de la
Calprenède; elle avait admiré à l'hôtel de Rambouillet
les Voiture et les Benserade. Mariée en 1651 à un of-

» quefois allait à la botte... L'esprit et la beauté la soutinrent, et le monde
» s'accoutuma à être dominé. »
[1] Lettre à Mᵐᵉ la duchesse de Bouillon.

ficier qui suivit Condé dans les Pays-Bas, elle se consola quelque temps de l'exil en ouvrant à Bruxelles une succursale du fameux hôtel. Elle brilla dans ces réunions par son esprit comme par sa beauté, et fut entourée d'hommages par les seigneurs français et espagnols, et même par le grand Condé. Une disgrâce inattendue et fort brutale vint l'arracher à ses succès et hâter son retour en France. Elle avait demandé au gouvernement espagnol le payement de la pension de son mari : à ses réclamations plusieurs fois répétées et un peu vives, on répondit en la faisant arrêter et conduire en prison. Mais, par un coup hardi, M. Deshoulières délivra sa femme, et, profitant d'une amnistie offerte par Louis XIV, il rentra en France. Mme Deshoulières fut reçue avec empressement par la société qu'elle avait déjà entrevue avant son mariage. Elle eut pour admirateurs et pour amis beaucoup de grands seigneurs, tels que les ducs de Montausier, de La Rochefoucauld, de Saint-Aignan, de Nevers, le comte de Bussi, aussi bien que les plus fameux poëtes du temps, et elle entretint avec les uns et avec les autres un commerce d'épîtres et de ballades. Les deux Corneille la protégeaient; elle était en relations avec Mascaron et Fléchier; Benserade, Ménage, Boyer, Perrault, Charpentier, Quinault, Le Clerc, l'abbé de Lavau, les deux Tallemant, c'est-à-dire tous les académiciens opposés à Racine et à Boileau, recevaient ses vers et y répondaient, fréquentaient son salon et célébraient son talent à l'envi du *Mercure*.

Les poésies de Mᵐᵉ Deshoulières ont sans doute un
véritable mérite de facilité, de grâce et de douceur;
mais cette facilité est quelquefois un peu prosaïque,
cette douceur un peu monotone. On finit par se lasser
de ces éternelles comparaisons entre le sort de l'homme
et celui des oiseaux, des moutons, des fleurs, des ruis-
seaux; de ce pompeux éloge du bonheur de toute la
nature opposé aux misères de l'humanité; de ces
plaintes langoureuses sur la galanterie qui disparaît,
sur l'amour dont le culte est déserté; de ces longues
conversations avec son chien et avec son chat; et l'on
est tenté d'applaudir à une épigramme décochée contre
elle, à l'occasion d'une idylle sur la naissance du duc
de Bourgogne :

> Pour immortaliser l'enfant qui vient de naître,
> Et qui gouvernera dans soixante ans peut-être,
> La Deshoulière a fait cent vers, tant mal que bien.
> Que lui donnera-t-on pour un si long ouvrage?
>   Si j'en étais cru, ma foi, rien.
> Pour immortaliser et sa chatte et son chien,
>   Elle en a fait bien davantage.

Il faut dire que, suivant l'allusion maligne de cette
petite pièce, l'enthousiasme patriotique de Mᵐᵉ Deshoulières dans cette circonstance, et en général les
épîtres qu'elle adressait à ses nobles et riches protecteurs, n'étaient pas tout à fait désintéressés. Depuis le
séjour dans les Pays-Bas, les affaires de la femme et
du mari avaient toujours été fort embarrassées. Quoique M. Deshoulières eût obtenu un haut grade dans
l'armée et le gouvernement de la ville de Cette, il

n'apportait au ménage que la lourde charge de ses
dettes; il abandonna à ses créanciers tout ce qu'il
avait, et sa femme, pour préserver du moins sa petite
fortune, dut obtenir une séparation de biens. Sa principale ressource était une pension de 2,000 francs que
lui accorda le roi; quant à ses poésies, les hommages
qu'elles lui valaient étaient, à ce qu'il semble, un peu
stériles. Souvent elle laisse échapper quelques traits
qui nous révèlent les difficultés de sa position et l'amertume de son âme. Les temps sont changés : les seigneurs d'aujourd'hui sont indifférents aux lettres et
« orgueilleux de leur ignorance; » quant à ceux d'autrefois,

> Restes d'une cour plus galante,
> Et moins dure aux auteurs que celle d'aujourd'hui,

hélas! ils vont disparaître. Aussi Mme Deshoulières
profite-t-elle de tous les événements publics, victoires,
mariages, naissances, pour adresser au roi ses félicitations; aussi implore-t-elle en vers le crédit du P. La-
chaise, de Mme de Maintenon; aussi, dans sa fameuse
idylle si souvent citée :

> Dans ces prés fleuris qu'arrose la Seine,

demande-t-elle pour ses chères brebis, c'est-à-dire
pour ses enfants, les bontés du dieu Pan, c'est-à-dire
de Louis XIV.

Mme Deshoulières eut le tort de ne pas se renfermer
dans ce genre léger et facile, où la simplicité un peu
commune de son talent lui assurait des succès. Elle
voulut aborder la tragédie; mais elle n'avait aucune

des qualités que demande cet art, le plus difficile de
tous, ni l'élévation, ni la force, ni la passion. Sa tragédie de *Jules-Antoine* est complétement ignorée aujourd'hui; celle de *Genséric* n'est connue que par le
sonnet attribué à Racine :

> La jeune Eudoxe est une bonne enfant,
> La vieille Eudoxe une franche diablesse,
> Et Genséric un roi fourbe et méchant,
> Digne héros d'une méchante pièce.
>
> . . . .
>
> Et sur le tout le sujet est traité,
> Dieu sait comment! Auteur de qualité,
> Vous vous cachez en donnant cet ouvrage.
> C'est fort bien fait de se cacher ainsi;
> Mais pour agir en personne bien sage,
> Il nous fallait cacher la pièce aussi.

Pour comprendre ces derniers vers, il faut savoir
que la tragédie passa quelque temps pour l'œuvre d'un
des amis particuliers de Mme Deshoulières, de son confrère en poésie, le duc de Nevers. Le pseudonyme
était assez dans les habitudes du noble poëte; nous
avons dit qu'il avait eu part au livre publié en 1674
contre Boileau par Desmarets et l'abbé Testu. Ses relations avec Mme Deshoulières, la communauté de
leurs amitiés et de leurs haines littéraires permettaient
de croire à leur collaboration. Enfin on n'avait pas
encore oublié, en 1680, l'affaire des deux *Phèdre*, où
ils s'étaient compromis ensemble pour la cause de
Pradon, et le fameux sonnet qui pouvait passer pour
son œuvre autant que pour celle de son amie.

Ainsi le duc de Nevers, la duchesse de Bouillon,

Mme Deshoulières nous amènent également à ce Pradon que Boileau a si bien puni de ses torts et de ceux de ses protecteurs, et dont le nom est devenu le synonyme de la platitude et de la pauvreté littéraire. Né à Rouen, dans la patrie de Corneille, circonstance qui contribua peut-être à exciter son ardeur poétique, Pradon donna, en 1674, au milieu des plus grands succès de Racine, sa première tragédie, *Pyrame et Thisbé*. Il était alors bien jeune; car il est impossible d'admettre comme véritable la date qu'un biographe[1] assigne à sa naissance. S'il était né en 1632, sept ans avant Racine, eût-il pu, dans la préface de *Tamerlan*, tragédie imprimée en 1676, parler de lui comme d'un « jeune auteur qui commence, » et excuser les fautes de son ouvrage par l'exemple des « maîtres du théâtre, qui y « règnent avec tant d'empire et de justice? »Il est évident qu'il veut parler de Racine; car il ajoute, par allusion aux écrits publiés contre les tragédies de ce poëte : « Si ces grands maîtres sont exposés eux-mêmes » à des critiques qui leur ont donné tant d'émotion, » pourquoi un jeune auteur qui commence et qui n'en » est encore qu'à sa seconde pièce, en serait-il plus » exempt qu'eux? » Malgré la prodigieuse vanité qui s'étale dans cette préface d'une pièce tombée pourtant dès les premières représentations, et déjà dans celle de *Pyrame et Thisbé*, il daigne, on le voit, céder le premier rang à Racine et ne se placer qu'à la suite des « maîtres

---

[1] Guilbert, cité par le P. Niceron.

du théâtre. » Au reste, plus que tout autre, il avait sujet de donner à Racine le nom de maître ; car, lorsqu'on a le courage de parcourir les pièces de Pradon, et
particulièrement les deux premières, on reconnaît bien
vite qu'il est non-seulement le très-indigne disciple,
mais l'imitateur continuel et le plagiaire de Racine. Celui-ci ne s'y était pas trompé, puisque Pradon[1] reproche
à ces messieurs « de s'abaisser à crier quand on leur
» imite une syllabe sur des choses qui ne font point
» de beauté, qui n'ont aucun brillant particulier, et
» dont tout le monde aurait été contraint de se servir
» nécessairement dans des incidents tirés des entrailles
» du sujet, comme les vingt-quatre lettres de l'alpha-
» bet, qui doivent être communes à tous ceux qui se
» mêlent d'écrire. » Mais, quoiqu'en dise Pradon, ces
imitations de syllabes, ou plutôt ces rencontres naturelles et inévitables, consistent dans l'emprunt habituel de caractères et de situations importantes, de vers
ou d'hémistiches maladroitement appliquées sur le
style incorrect, plat, et en même temps prétentieux, de
l'auteur. Dans *Pyrame et Thisbé*, dans *Tamerlan*, dans
Phèdre et Hippolyte, l'intrigue est calquée sur celle
d'*Andromaque* et de *Bajazet ;* dans ces trois pièces, l'auteur emprunte des scènes entières à Racine. Ce sont
les mêmes pensées, les mêmes sentiments, quelquefois, malgré un léger déguisement, les mêmes expressions. Rien ne manque à l'imitation, que ce qui ne

[1] Préface de *Tamerlan*.

peut être imité ou transporté, c'est-à-dire la pureté exquise, la délicatesse et le mouvement du style, la vérité du ton et de la couleur, en un mot tout ce qui donne la vie aux ouvrages de l'art. Et quelle faiblesse dans les caractères! qu'ils sont pâles, insignifiants, vulgaires! Quelle distance de ces femmes, ambitieuses sans profondeur, sans énergie, sans grandeur, amantes sans audace et sans emportement, aux admirables types d'Agrippine et de Roxane! Quelle distance de ces amoureux sans grâce, sans délicatesse, sans effusion, aux charmantes créations de Racine! Ne poursuivons pas cet examen : nous aurions trop beau jeu contre Pradon; il nous serait trop facile de prouver que lui qui, avec tous les ennemis de Racine, reproche au grand poëte de « masquer en Céladons » les héros de l'antiquité, n'a jamais conçu de pièce où l'amour, et non pas cette passion ardente, si tragique dans les personnages d'Hermione, de Roxane et de Phèdre, mais un amour fade et langoureux, ne fît le nœud même de l'intrigue. Dans sa *Troade*, connue par les épigrammes de Racine [1], Ulysse, « un des plus galants hommes de la Grèce, » comme il dit dans sa préface, est épris des charmes de « l'aimable Polyxène. » Chez lui, Ré-

[1] Quand j'ai vu de Pradon la pièce détestable,
Admirant du destin le caprice fatal,
Pour te perdre, ai-je dit, Ilion déplorable,
Pallas a toujours un cheval.

Voir encore le sonnet épigrammatique :

D'un crêpe noir Hécube embeguinée, etc.

. . . .

gulus même, devant Carthage, est amoureux; il passe
plus de temps à soupirer qu'à presser le siége de la
ville, et ne tombe entre les mains des Carthaginois que
par la trahison d'un rival jaloux. L'auteur, si zélé défenseur de la vérité historique, n'ignore pas seulement
la géographie, comme le lui reprochait un jour le
prince de Conti [1]; mais il commet en histoire les fautes
les moins concevables. Pour lui, à l'époque de la première guerre punique, le nom de Scipion est-déjà ce
nom fameux, si cher aux Romains, si redouté des Carthaginois; et, dans son *Régulus*, on parle des exploits
et de la gloire des Scipions comme en eût parlé un contemporain de Sylla ou de Cicéron. Le camp romain est
rempli de femmes et d'enfants, et, à côté du jeune
Atilius, fils de Régulus, on y voit la fille du « pro-
consul d'Afrique, » Fulvie, l'objet des *feux* du général en chef, l'aimable personne qui le rend infidèle au
souvenir de Thermantie, fille de Scipion. Le style présente souvent des anachronismes aussi grossiers, et,
dans *Phèdre et Aricie*, on lit ce vers :

L'absence de Thésée est pour elle *un martyre*.

Voilà l'auteur que madame Deshoulières prit sous
sa protection, qu'elle fit entrer avec elle à l'hôtel de

[1] C'est à propos de *Tamerlan*. Le prince de Conti reprochait à l'auteur d'avoir
placé en Europe une ville d'Asie : « Je prie V. A. de m'excuser, répondit
Pradon; je ne sais pas trop bien la chronologie. » Cette confusion burlesque donne
quelque vraisemblance aux vers de Boileau :

Huer la métaphore et la métonymie,
Grands mots que Pradon croit des termes de chimie.
(Épît. x, v. 53, 54.)

Nevers et à l'hôtel de Bouillon; voilà le poëte que l'on choisit pour soutenir contre l'auteur d'*Andromaque*, de *Britannicus*, de *Mithridate* et d'*Iphigénie*, un duel dramatique.

A peine arrivé de sa province, Pradon était devenu un des ornements du salon de Mme Deshoulières; il avait brillé dans ces réunions où, selon Boileau [1],

> Les fades auteurs
> S'en vont se consoler du mépris des lecteurs,

où les Perrin et les Coras critiquent amèrement le mauvais goût du siècle, où la maîtresse du lieu, corrigeant les arrêts du public,

> Plaint Pradon opprimé des sifflets du parterre.

et, tranchant à sa manière la fameuse querelle des anciens et des modernes,

> Pèse sans passion Chapelain et Virgile,
> Remarque en ce dernier beaucoup de pauvretés,
> Mais pourtant confessant qu'il a quelques beautés.

Pradon entretint l'amitié de Mme Deshoulières en se faisant son admirateur et son disciple docile, en lui soumettant tous ses ouvrages; et, il est permis de le croire, l'œuvre insipide qu'il composa, après son entrée à l'hôtel de Bouillon, comme instrument du complot formé contre Racine, a été concertée entre le poëte et ses illustres patrons. Ce fut dans ce petit comité littéraire qu'on en disposa le plan, qu'on en choisit les

[1] Sat. X, v. 438-458.

personnages, non sans profiter des bruits répandus sur la tragédie de Racine, non sans insérer dans le chef-d'œuvre qu'on enfantait plus d'une situation empruntée à la *Phèdre*.

Quoique le succès de cette intrigue ait été éphémère, elle réussit pourtant à décider la retraite de Racine. Si tant est que Corneille eût besoin de vengeance, il était vengé. Ses amis pouvaient faire valoir à ses yeux leur œuvre; car tous les personnages que nous avons nommés avaient couvert et justifié de ce nom vénérable leurs attaques contre Racine. L'admiration du vieux poëte, le désir de défendre sa prééminence contestée, telle avait été la cause ou tout au moins le prétexte de cette opposition.

Mais plus d'une fois, on a pu le remarquer, ces préventions et ces haines ont été nourries encore par d'autres passions. La cause de Corneille a été en même temps celle de tous les poëtes de l'âge précédent : en attaquant Racine, c'est la nouvelle école, c'est Boileau qu'on a attaqué; on a vengé sur lui Chapelain, Benserade, Cotin, Boyer, Mˡˡᵉ de Scudéri, autant que Corneille. Mademoiselle, M. de Montausier, M. de Longueville, s'intéressent bien vivement à ces auteurs; Segrais s'arme pour leur querelle; le *Mercure* et la *Gazette* de Robinet cherchent à soutenir par d'emphatiques éloges leur réputation chancelante; le duc de Nevers s'est enrôlé parmi eux et a écrit en leur société contre le satirique. L'influence des mêmes sentiments est visible chez Mᵐᵉ Deshoulières, qui vit en com-

merce habituel avec eux ; elle est visible chez Mme de
Bouillon qui les réunit dans son salon, et qui a
épousé si vivement leur querelle dans l'affaire des *deux
Phèdre*.

Que pouvait contre Racine cette autre classe d'ennemis ? Déjà forts de la protection de Mlle de Mont-
pensier et des débris de l'hôtel de Rambouillet, de
la faveur de M. de Nevers et de Mme de Bouillon,
quelles ressources avaient-ils en eux-mêmes pour
embarrasser la marche du poëte ?

CHAPITRE IV.

Les ennemis de Boileau. — L'Académie française. — Les anciens et les modernes. — Les critiques secondaires : Subligny, Villars, l'abbé de Villiers, etc.

Il ne faudrait pas croire que les satires de Boileau, les comédies de Molière, les succès de Racine aient tout à coup rejeté dans le néant Chapelain, Benserade, Ménage et tous ces écrivains si longtemps admirés. Sans doute la haute raison du roi et le bon sens populaire donnèrent bientôt la victoire aux nouveaux poëtes; sans doute leurs chefs-d'œuvre ne tardèrent pas à réformer le goût de la nation. Mais les auteurs de l'âge précédent demeurèrent, aigris par leurs disgrâces, rapprochés par la communauté des ressentiments et des injures, prêts à tout faire pour se venger des poëtes qui avaient détruit leur popularité, et décidés à traverser au moins, par leurs cabales et par les restes de leur influence, des succès dont l'éclat les désespérait. Or, ils avaient encore pour eux, et ils conservèrent jusque vers la fin du xviiᵉ siècle leur nombre, qui leur assurait l'avantage à l'Académie française. A mesure que la mort éclaircit

8

leurs rangs, ils se renforcèrent de toutes les médiocrités qui parurent et dont ils sentaient bien que le
concours leur était naturellement acquis. Outre leurs
nombreux et puissants protecteurs, outre les gazettes
qui servaient leur cause et les salons qui leur étaient
ouverts, ils avaient aussi leurs cercles particuliers; et
l'Académie était comme un grand cercle d'où ils s'atta-
chèrent à écarter longtemps les nouveaux poëtes et
dont ils firent le foyer de leurs intrigues.

Parmi ces auteurs, un de ceux dont l'influence fut le
plus prolongée et le plus durable, est l'abbé Ménage,
mort seulement en 1692. Il avait été le maître, et il
était resté l'ami et l'admirateur de plusieurs grandes
dames que nous avons nommées, entre autres de
Mme de Sévigné. A l'hôtel de Rambouillet, son rôle
avait été considérable. Les premiers succès de Molière
firent pâlir son étoile. Il se reconnut dans quelques
traits des *Précieuses ridicules*, et c'est à lui qu'on prête
ce mot fort sensé : « Il nous faudra brûler ce que nous
» avons adoré, et adorer ce que nous avons brûlé. » Il
se signala cependant parmi les adversaires des nouveaux poëtes, qui, du reste, ne le ménageaient pas.
Boileau, dans les *Satires*, avait plus d'un mot à son
adresse; on crut que Molière avait pensé à lui en traçant le personnage de *Vadius* des *Femmes savantes.*
Ménage vengeait comme il pouvait ses injures, et son
esprit caustique, qui l'empêcha, dit-on, d'entrer à
l'Académie française, lui permit sans doute de jouer
plus d'un méchant tour à ces poëtes insolents et à leurs

amis. Chaque semaine, il avait chez lui une assemblée
« où venaient, dit Boileau, beaucoup de petits esprits [1]. » On y causait de littérature ; sans doute on s'y
armait surtout d'arguments et de colère contre la témérité des nouveaux poëtes. On y lisait des vers à leur
adresse, épigrammes, épîtres, satires ; tantôt la *Défense
du poëme héroïque*, de Desmarets et de son illustre collaborateur, le duc de Nevers ; tantôt ces pamphlets de
Pradon que Boileau se fait plaisamment annoncer dans
l'épître à M. de Lamoignon :

> Pradon a mis au jour un livre contre vous,
> Et chez le chapelier du coin de notre place,
> Autour d'un caudebec, j'en ai lu la préface.

Sans doute on ne manquait pas non plus d'y produire
et d'y vanter les critiques publiées contre les tragédies
de Racine : on s'y réjouissait du juste châtiment infligé
par M. de Nevers et Mme de Bouillon à ces intrigants
qui avaient su confisquer à leur profit toutes les faveurs
de la cour, tous les suffrages du peuple ; qui, habitués
« à répandre partout leur noire médisance, » étaient
toujours prêts à se défendre l'un l'autre, et à chanter
mutuellement leurs louanges :

> Si Boileau de Racine embrasse l'intérêt,
> A défendre Boileau Racine est toujours prêt ;
> Ces rimeurs faux-filés l'un l'autre se chatouillent,
> Et de leur fade encens tour à tour se barbouillent [2].

Les habitués du salon de Ménage composaient aussi

---

[1] Note de la troisième satire.
[2] Pradon. *Épître à Alcandre* dans *le Triomphe de Pradon*, Lyon, 1684.

le cercle de Mme de Scudéri, qu'il ne faut pas confondre avec sa belle-sœur, Mlle de Scudéri, l'auteur du *Cyrus*. Cette dame, veuve à trente ans [1] de l'auteur du poëme d'*Alaric*, eut à cœur, pendant toute sa vie, de venger son mari des traits du satirique. Elle chercha vainement à exciter contre Boileau son ami le comte de Bussy-Rabutin [2]. Elle ne manquait pas d'autres relations importantes ; car les ducs de Saint-Aignan et de Noailles, le comte de Guiche, se rencontraient chez elle avec Rapin, Ménage, Cotin, Chapelain. Dans ces réunions, l'esprit de coterie fut toujours très-actif. Elle y admit avec empressement Fontenelle, et son influente intervention fit beaucoup pour ouvrir au neveu de Corneille, à l'ennemi acharné de Racine, les portes de l'Académie française.

Le salon de Mme de Pelissari, femme d'un riche financier de l'époque, servait encore aux ligues contre les auteurs à la mode. On y voyait Gilles Boileau, frère et ennemi du satirique, Furetière, Quinault, Benserade, Perrault, Charpentier, Tallemant, c'est-à-dire tous les auteurs que nous avons déjà trouvés chez Mme Deshoulières et chez Mme de Bouillon ; tous les coryphées de l'Académie française.

En effet, il faudrait bien se garder de croire que les grands auteurs qui font aujourd'hui la gloire littéraire

---

[1] En 1667.

[2] A propos d'un vers de la huitième satire :

> Me mettre au rang des saints qu'à célébrés Bussy.

Bussy répondit : « Despréaux est un garçon d'esprit et de mérite que j'estime « fort. »

de la seconde moitié du xviiᵉ siècle, soient entrés de
bonne heure et sans obstacle dans l'illustre aréopage
institué par Richelieu. Bossuet ne fut élu qu'en 1671,
un an après l'époque où il avait été balancé avec Chapelain pour l'éducation du grand Dauphin. Un pré-
dicateur célèbre, qui tenait par ses relations, par
certaines productions littéraires, et un peu aussi par
son goût, à l'ancienne école, mais qui doit cependant aux qualités brillantes de son style un rang distingué parmi nos classiques, Fléchier, fut admis en
1673. En même temps que lui, après le succès de
Mithridate, Racine entra dans le docte corps, où l'a-
vaient dès longtemps précédé les Le Clerc et les Boyer.
Huet, le savant évêque d'Avranches, fut nommé en
1674. Quant à Boileau, il n'est pas étonnant que son
éiection ait été bien plus disputée et bien plus tardive.
Si quelque chose peut surprendre, c'est qu'il ait forcé
les portes de cette enceinte, où il allait avoir pour
confrères la plus grande partie de ses victimes. Il
n'a pas manqué, dans son discours de réception, de
faire spirituellement allusion aux motifs qui rendaient
cet honneur bien inespéré pour lui. On sait du reste que
le roi, protecteur de l'Académie depuis la mort de Séguier (1672), exprima plusieurs fois son vœu à ce
sujet. Pour échapper à Boileau, les académiciens
avaient nommé La Fontaine. Louis XIV ne consentit
à l'admission du bonhomme, à qui l'on reprochait ses
contes, qu'après l'élection de Boileau ¹. C'est en 1683

¹ On connaît cette parole de Louis XIV aux députés de l'Académie qui lui

que les deux poëtes, dont cette concurrence n'avait pas refroidi l'amitié, entraient ensemble à l'Académie. Fénelon n'y arrivait qu'en 1693, et La Bruyère était reçu quelques mois après Fénelon.

A cette époque, les grands écrivains du XVII° siècle, soutenus par l'éclat de leur gloire et de leur talent, avaient acquis à l'Académie une légitime influence. Cependant la séance de réception de La Bruyère fit éclater des orages qui prouvent la force et l'animosité des académiciens de l'école opposée à Racine. Par un singulier bonheur pour un peintre de portraits, La Bruyère avait devant lui tous les écrivains supérieurs de son temps, qui tous étaient ses amis et ses protecteurs, qui tous, comme lui, défendaient la cause des anciens. Aussi, dans son discours, fit-il avec une rare délicatesse un magnifique éloge de La Fontaine, de Boileau, de Racine, de Fénelon, de Bossuet, « ce Père de l'Église, pour parler d'avance le langage de la postérité. » Il eut des paroles flatteuses pour des académiciens obscurs, tandis qu'il laissa dans l'ombre et dans un oubli dédaigneux Fontenelle, Th. Corneille, Quinault, etc., les désignant en masse comme « des esprits fins, délicats, subtils, ingénieux, propres à briller dans les conversations et dans les cercles. » Aussitôt un cri de vengeance s'éleva contre La Bruyère et contre Racine, qui avait le plus contribué à son élection. Bossuet même ne fut pas épargné ; on lui fit un crime d'avoir été

annonçaient l'élection de Boileau : « Vous pourrez recevoir incessamment La » Fontaine; il a promis d'être sage. »

loué en face de l'archevêque de Paris, Harlay de Champvallon, dont cependant tout le monde connaissait les scandaleuses histoires. Si l'on en croit les chansonniers du temps, l'Académie ordonna la suppression du passage où La Bruyère semblait placer Racine au-dessus de Corneille ; mais alors Bossuet intervint, déclarant que, s'il en était ainsi, Racine ne mettrait plus le pied à l'Académie. Des personnages puissants, M. de Pontchartrain, le maréchal de Luxembourg, Mme de Maintenon elle-même intervinrent dans la querelle et on menaça l'Académie du retranchement des *jetons*. Le recueil manuscrit des *Chansons historiques* [1] donne de longs

[1] Bibliothèque impériale, Volume VII, pages 445 et suivantes :

CHANSON.

Premier couplet.

Les quarante beaux esprits
Grâce à Racine ont pris
L'excellent et beau La Bruyère,
Dont le discours ne fut pas bon.
Du dernier je vous en réponds,
Mais de l'autre, non, non.

Quatrième couplet.

Avec d'assez brillants traits,
Il fit de faux portraits.
Racine, au-dessus de Corneille,
Pensa faire siffler, dit-on,
Du dernier, etc.

Cinquième couplet.

L'Académie en frémit,
Et dans son courroux dit :
Je vengerai bien ce grand homme,
L'honneur le veut et la raison,
Du dernier, etc.

Sixième couplet.

Racine, ce franc dévot,
En a fait dire un mot

détails sur cette affaire, qui fut aussi pour *le Mercure*, traité avec tant de mépris dans *les Caractères*, l'occasion d'une violente diatribe contre le nouvel académicien.

Mais si les poëtes de l'âge de Mazarin, soutenus, il est vrai, par tous les ennemis des anciens, pouvaient encore, en 1693, lutter contre les grands génies du siècle, qu'était-ce donc pendant toute la carrière dramatique de Racine, quand Conrart [1] était encore le secrétaire de la compagnie qu'il avait, on peut le dire, fondée avant Richelieu ; quand Chapelain [2] y régnait en

> Par un grand et modeste évêque,
> Qui vint menacer en son nom.
> Du dernier, etc.

Septième couplet.

> L'Académie a cédé ;
> Quelques-uns ont grondé.
> Mais, toujours juste et toujours sage,
> Elle a tremblé pour le jeton.
> Du dernier je vous en réponds,
> Mais de l'autre, non, non.

AUTRE CHANSON.

Troisième couplet.

> Pour Racine et Despréaux,
> Leurs portraits sont des plus beaux.
> Ils sont flattés à merveille,
> Aux dépens du grand Corneille.

Quatrième couplet.

> Le *bénigne* Bossuet,
> Est un prélat tout parfait.
> Sa personne est un chef-d'œuvre.
> Notre Harlay (*) n'y fait œuvre.   (T. VII, p. 437).

(*) « François de Harlay, archevêque de Paris, duc et pair de France, aussi de l'Académie française, vint à cette réception. La Bruyère ne dit pas un mot de lui et loua l'évêque de Meaux en sa présence. »   (*Note manuscrite.*)

[1] Mort en 1675.
[2] Mort en 1674.

compagnie de Desmarets Saint-Sorlin [1] et de Cassa-
gne [2]; quand Segrais y défendait si vivement la cause
de ses confrères Perrault, Boyer et Chapelain; quand
Gilles Boileau y prenait hautement le parti de ces auteurs contre son frère et sans doute aussi contre les
amis de son frère; quand une des puissances du lieu
était Benserade, l'auteur maniéré des *Métamorphoses
d'Ovide en rondeaux* (1678) et de ces ballets que Mme de
Sévigné, égarée cette fois par une reconnaissante prévention, a osé confondre dans un même éloge avec les
Fables de La Fontaine [3]. Les attaques de Molière et de
Boileau contre le faux bel-esprit allaient directement à
Benserade : aussi n'était-il pas ami des nouveaux
poëtes. Il avait été en querelle avec Molière [4]. A l'apparition de l'*Ovide en rondeaux*, on répandit une petite

[1] Mort, ainsi que d'Aubignac, en 1676

[2] Mort en 1679.

[3] Benserade avait adressé à Mlle de Sévigné trois madrigaux, et, dans
l'un, il louait à la fois la mère et la fille. Cependant Mme de Sévigné est
sévère pour les *Métamorphoses en rondeaux* : « Vous trouverez, écrit-elle à sa
» fille, les rondeaux de Benserade; ils sont fort mêlés; avec un crible, il en de-
» meurerait peu; c'est une étrange chose que l'impression. » Benserade ne mourut qu'en 1691, quelques mois après la réception de Fontenelle, et deux ans avant
celle de La Bruyère, qu'il avait contribué à repousser peu de temps auparavant.
Il était âgé de 79 ans.

[4] Il avait critiqué Molière pour ces vers d'un ballet :

> Et tracez sur les herbettes
> L'image de vos chansons.

Benserade voulait corriger ainsi le dernier vers :

> L'image de vos chaussons.

Molière se vengea de cette malice en composant un ballet dans le style de
Benserade.

pièce qui fut attribuée tantôt à Chapelle, habitué des
réunions d'Auteuil, tantôt au poëte Chaulieu, ami de
Chapelle :

> A La Fontaine où l'on puise cette eau
> Qui fait rimer et Racine et Boileau,
> Je ne bois point, ou bien je ne bois guère ;
> Dans un besoin, si j'en avais affaire,
> J'en boirais moins que ne fait un moineau.
> Je tirerai pourtant de mon cerveau
> Plus aisément, s'il le faut, un rondeau
> Que je n'avale un verre plein d'eau claire
>   A La Fontaine.
>
> De ces rondeaux un livre tout nouveau
> A bien des gens n'a pas eu l'art de plaire.
> Mais quant à moi j'en trouve tout fort beau,
> Papier, dorure, images, caractère,
> Hormis les vers qu'il fallait laisser faire
>   A La Fontaine.

On dit même que cette pièce contraria beaucoup le
fabuliste, qui avait besoin, pour arriver à l'Académie,
du suffrage de Benserade. Heureusement celui-ci, dans
sa haine pour Boileau, prit en main la cause de La
Fontaine, et, malgré le désir du roi et les efforts du
président Rose, il la fit triompher. « Il vous faut un
Marot, » s'était écrié brusquement le fougueux ami de
Boileau et de Racine. — « Et à vous une marotte, »
répartit Benserade. Cet homme rompu aux rondeaux
et aux sonnets, habile à aiguiser les épigrammes, devait être fort dans les escarmouches de l'esprit, et passé
maître dans l'art de décocher des traits piquants. Après
la mort de Corneille, dans la nuit du 30 septembre au
1er octobre 1684, Racine qui allait prendre avec le

nouveau trimestre les fonctions de directeur de l'Académie, disputa noblement à l'abbé de Lavau, directeur sortant, le droit de célébrer à ses frais les funérailles de son illustre confrère. Vaincu dans ses prétentions par la décision de l'Académie, il eut encore à
subir ce mauvais compliment de Benserade : « Si
» quelqu'un pouvait prétendre à enterrer M. Corneille,
» c'était vous ; vous ne l'avez pas fait. » Fontenelle,
et d'autres ennemis de Racine, n'ont pas manqué de
recueillir ce mot, où, comme l'a dit d'Olivet [1], « le
double sens est visible. »

Nous avons rencontré ces auteurs dans tous les cer-
cles où il s'agissait de cabaler contre Boileau et Racine.
Nous y avons rencontré avec eux les deux Tallemant,
François,

> Le sec traducteur du français d'Amyot [2].

et son cousin Paul, orateur habituel de l'Académie
française et secrétaire de l'Académie des Inscriptions,
à l'époque où elle fut fondée. Ce fut ce dernier qui, en
pleine Académie, attaqua amèrement Racine, à propos
de sa querelle avec Port-Royal. « Mais, dit Louis Ra-
» cine, la réponse de mon père fut si humble que per-
» sonne, dans la suite, n'osa le railler sur le même
» sujet. » Racine ne trouvait pas plus de sympathie
chez le traducteur de Xénophon, Charpentier, un des
plus anciens membres de l'Académie. Boileau s'était

[1] Histoire de l'Académie. Vie de l'abbé de Lavau.
[2] Boileau. Ép. VII, v. 90.

moqué du *Plutarque* de Tallemant; Racine et lui eurent un tort plus grave envers Charpentier. Celui-ci
avait composé des inscriptions emphatiques pour les
tableaux sur les victoires du roi, dont Le Brun avait
enrichi les galeries de Versailles. Louis XIV et Louvois en furent choqués; on effaça *ces pompeuses déclamations* [1] ; et à qui fut confié le soin de corriger l'œuvre
de Charpentier? à Racine et à Boileau. Les deux amis
remplacèrent les belles périodes du pauvre académicien
par quelques phrases simples, courtes et précises. Le
roi et toute la cour applaudirent; mais Charpentier n'oublia pas cet affront, et il saisit toutes les occasions
d'hostilité contre les deux poëtes.

On voit, par cette énumération, quelle supériorité
le parti des anciens auteurs devait avoir dans les délibérations de l'Académie. Ce n'est pas la seule preuve
qn'on puisse donner de leur longue prédominance. Jusqu'à la fin du xvii° siècle, à une époque où la carrière
de Molière était finie, où Racine, Boileau, la Fontaine
avaient donné presque tous leurs chefs-d'œuvre, où
tant de grands prosateurs, secondant par leurs ouvrages

---

[1] Louis Racine. — Dans une chanson sur la réception de Fontenelle à l'Académie française, dont nous avons cité un couplet (page 63), on raille ainsi les inscriptions de Charpentier :

> Doyen de pesante figure,
> Qui trouves le secret nouveau
> De parler aux rois en peinture,
> Et d'apostropher leur tableau,
> Ah ! qu'il fait beau
> De te voir dans cette posture,
> Faire à Louis le pied de veau.

l'influence de ces poëtes, avaient, à ce qu'il semble, complétement ramené et fixé le goût public, les Boyer, les Le Clerc, les Benserade, les Cotin étaient encore les auteurs favoris de l'Académie française, ceux qu'elle produisait dans les jours de séance publique, ceux dont les lectures rehaussaient l'éclat des grandes solennités. Colbert donne-t-il une fête à ses confrères de l'Académie [1]? c'est Perrault et Boyer qui, par leurs vers, représentent dans cette circonstance mémorable l'illustre assemblée. L'abbé Colbert est-il reçu à l'Académie? le grand événement de la séance, ce n'est pas le discours de Racine, dont le *Mercure* rend compte avec des louanges aigres-douces [2]; c'est un *Discours de philosophie* débité par Cotin, ce sont des pièces de vers lues par Quinault, Furetière, Boyer, Le Clerc, Charpentier et par un poëte bien mal placé en pareille compagnie, Corneille. L'année suivante [3], à la réception de l'abbé de Lavau, le public est encore régalé des confidences poétiques de Le Clerc et de Boyer. Et, quand l'ennemi de tous ces auteurs, quand Boileau est reçu à l'Académie, alors même, comme pour attester qu'ils vivent encore, malgré les blessures de la satire, ou peut-être

---

[1] *Mercure galant*, octobre 1677.

[2] *Idem*, novembre 1678. « Le sort avait rendu justice au mérite de M. Racine, » en le mettant dans ce poste glorieux, et plus glorieux encore ce jour-là par » l'avantage qu'il eut de parler devant une si belle et si illustre assemblée. Cet » avantage est grand quand on est assuré qu'on ne peut dire que de belles cho- » ses, et qu'on n'a pas lieu de douter que tous ceux qui l'écoutent n'en soient » convaincus. »

[3] Mai 1679.

pour faire payer à Boileau l'honneur un peu forcé qu'ils lui accordent, ces poëtes qu'il avait plus ou moins maltraités, les Boyer, les Le Clerc, les Benserade, font succéder au discours du récipiendaire et à la réponse du directeur, l'abbé de la Chambre, des vers de leur façon. La Fontaine, qu'on avait reçu l'année précédente [1], fit aussi une lecture : c'était peut-être de sa part une attention délicate pour Boileau ; il mêlait ainsi un peu de miel à l'absinthe que l'on avait servie à son nouveau confrère. Ainsi, de 1660 à 1684, pendant cette période si féconde pour les lettres françaises, l'esprit et le goût de l'Académie française n'ont pas changé; elle est restée fidèle aux traditions et aux hommes de l'âge de Mazarin ; et si, vaincue par l'opinion et par la volonté du roi, elle a enfin admis la plupart des auteurs de l'âge nouveau, c'est aux autres qu'ont appartenu, jusqu'à la fin du siècle, les sympathies, les distinctions et la puissance.

Les mêmes personnages furent tous plus ou moins compromis dans la fameuse querelle qui, en définitive, tourna en lutte directe contre les nouveaux poëtes. Boileau, Racine, La Fontaine, Huet Régnier-Desmarais se faisaient les défenseurs ardents des anciens, attaqués par Desmarets Saint-Sorlin, puis par Perrault : tous les ennemis de Boileau et de Racine durent à l'instant se ranger dans le camp des modernes. Sans insister sur cette question traitée récemment avec

---

[1] Mai 1684. Boileau était à l'armée avec le roi; il ne put être reçu en même temps que La Fontaine.

tant d'éclat par un critique spirituel et délicat [1], rappelons seulement qu'en dehors même de l'Académie la querelle était soutenue avec ardeur par Mme Deshoulières, le duc de Nevers, les rédacteurs du *Mercure*. Pradon lui-même, dans un de ses ouvrages, déclare, avec une noble indépendance, qu'il ne se pique pas d'admirer toujours les sottises héroïques de l'*Enéide* [2]. Rappelons encore que Racine, dans la préface d'*Iphigénie*, était entré incidemment, pour défendre Euripide, dans la querelle déjà soulevée. Pierre Perrault, frère du fameux ennemi des anciens, avait frayé le chemin à son cadet par un parallèle entre l'*Alceste* d'Euripide et l'opéra de Quinault. Son intention avait été de venger le poëte lyrique des épigrammes de Boileau; mais il s'avisait en même temps de critiquer la tragédie d'Euripide, et il avait commis des bévues qui donnaient beau jeu aux admirateurs des anciens. Racine ne pouvait manquer l'occasion de défendre son ami Boileau. En outre, la cause du poëte grec était la sienne, et il avait bien le droit de dire : « J'ai trop d'obligation à Euripide pour ne pas prendre quelque soin de sa mémoire. » Il releva donc sur le ton d'une ironie

---

[1] M. H. Rigault. *Histoire de la querelle des anciens et des modernes*, Paris, Hachette, 1856. — Depuis longtemps déjà ces lignes étaient écrites, quand un coup aussi affreux qu'imprévu est venu frapper cette noble intelligence, et priver l'Université et la littérature d'un de ses plus beaux ornements. On permettra à un condisciple, à un collègue de M. Rigault de payer ici à sa mémoire un tribut de vive et douloureuse sympathie. Je ne puis me rappeler sans émotion qu'il avait reçu la confidence de ce travail, et que ses encouragements en pressaient vivement l'exécution.

[2] *Le triomphe de Pradon*, Lyon, 1684.

fine et mesurée les grossières erreurs de Perrault. Il
railla la suffisance « de ces messieurs qui ne voulaient
» tant de mal à Euripide que faute de l'avoir bien lu, »
et il termina en leur conseillant : « de ne plus déci-
» der si légèrement sur les ouvrages des anciens, et de
» commencer au moins par examiner ce qu'ils ont envie
» de condamner. » « Il faut, leur disait-il par la bouche
» de Quintilien, être extrêmement circonspect et retenu
» à prononcer sur les ouvrages de ces grands hommes,
» de peur qu'il ne nous arrive, comme à plusieurs, de
» condamner ce que nous n'entendons pas [1]. » Cette
dernière allusion était comme la pointe de l'épigramme;
elle enfonçait le trait dans la blessure. Les modernes
ne pardonnèrent pas cette préface à Racine, et Charles
Perrault se chargea de venger son frère.

Charles Perrault, le chef des modernes, appartenait
depuis longtemps au parti des poëtes de l'âge de Mazarin. Il avait travaillé avec Chapelain à la fameuse
liste des pensions ; pas plus que l'auteur de la *Pucelle*,
il ne s'était oublié lui-même, et, « en qualité d'homme
habile en poésie et en belles-lettres, » il était porté sur
la feuille pour une pension de 1,500 livres. Il entra à
l'Académie française en 1671, deux ans avant Racine,
et le succès de son discours amena l'usage d'admettre
le public aux séances de réception. Il joua aussitôt un
grand rôle dans la compagnie : protégé de Colbert, il
fut souvent l'interprète des vœux de l'Académie auprès

[1] Préface d'*Iphigénie*.

du pouvoir ; il fit donner à l'illustre corps le Louvre pour domicile, et, après la mort du chancelier Séguier, le roi pour protecteur. Il fut aussi un des principaux fondateurs de l'Académie des inscriptions et de l'Académie des sciences. Perrault n'était donc pas pour Racine un ennemi sans valeur ; et, sans doute, il eut part aux intrigues formées contre le poëte qu'il enveloppait dans ses ressentiments contre Boileau. Son poëme du *Siècle de Louis le Grand*, qu'il lut à l'Académie française, le 27 janvier 1687, dut être, de toutes manières, un coup sensible pour Racine. D'abord l'auteur y attaquait avec une légèreté très-irrespectueuse les plus grands génies de l'antiquité grecque et latine ; puis, en leur opposant les modernes, il confondait dans un même éloge quelques auteurs justement admirés, Malherbe, Molière, Racan, et une foule d'écrivains secondaires :

> Les Régniers, les Maynards, les Gombaulds, les Malherbes,
> Les Godeaux, les Racans. . . . .
> Les galants Sarrasins et les tendres Voitures,
> Les Molières naïfs, les Rotrous, les Tristans.

Il payait un juste tribut d'admiration au grand Corneille

> Du théâtre français l'honneur et la merveille,
> Qui sut si bien mêler aux grands événements
> L'héroïque beauté des nobles sentiments.

Mais il oubliait, non sans dessein, Racine, Boileau, la Fontaine, qui pourtant pouvaient lui fournir de bons arguments, et il passait aux autres arts.

Perrault fit mieux l'année suivante : à la séance de
réception de M. de la Chapelle, secrétaire des com-
mandements du prince de Conti, il lut une épître sur
le *Génie*, dédiée à Fontenelle, c'est-à-dire à un ennemi
de Racine et des modernes, à un écrivain qui venait de
publier à l'appui du *Siècle de Louis le Grand* sa *Digression
sur les anciens et les modernes*. Le poëte ne manquait
pas d'y célébrer Corneille :

> C'est là que s'élevait le héros de la race,
> Corneille, dont tu suis la glorieuse trace ;
> C'est là qu'en cent façons, sous des fantômes vains,
> *S'apparaissait* à lui la vertu des Romains ;
> Qu'habile il en tira ces vivantes images
> Qui donnent tant de pompe à ses divins ouvrages,
> Et qu'il relève encor par l'éclat de ses vers,
> Délices de la France et de tout l'univers.

Et l'étendue complaisante de ce panégyrique préparait
l'allusion qui suit :

> En vain quelques auteurs dont la muse stérile
> N'eût jamais rien chanté sans Homère et Virgile,
> Prétendent qu'en nos jours on se doit contenter
> De voir les anciens et de les imiter.

L'épître finit par un éloge enthousiaste des églogues
de Fontenelle, qui, au goût de l'ennemi des anciens,
laissent loin derrière elles Virgile et Théocrite. Ces
poëtes, il est vrai, eussent été bien fâchés de mériter
les compliments que Perrault adressait à son ami, et
ses louanges valaient une critique :

> De l'églogue en tes vers éclate le mérite,
> Sans qu'il en coûte rien au fameux Théocrite,
> Qui jamais ne fit plaindre un amoureux destin,
> D'un ton si délicat, si galant et si fin.

Bien différents de Fénelon et de Racine, Perrault et
Fontenelle étaient de l'école qui trouvait les anciens
trop simples et trop nus. « Le bourreau donnera de
l'esprit à Démosthène ! » s'était écrié Racine à la lecture
des traductions de Tourreil. Il aurait pu dire aussi de
l'auteur des idylles : « le bourreau donnera de la galanterie à Virgile ! Il fera des bergers et des pêcheurs
de Théocrite des soupirants discrets, des seigneurs
pleins d'élégance et de distinction ! »

Quelques mois après l'*Épître au génie*, paraissait le
premier volume des *Parallèles des anciens et des modernes* [1]. Dans ce nouvel ouvrage, où l'auteur développe à son aise toutes ses théories, il ne s'est pas départi
de son système d'allusions malveillantes à l'adresse de
Racine. Le principal interlocuteur du dialogue [2],
l'abbé, après avoir élevé les romans de l'*Astrée*, du
Cyrus, de *Clélie*, de *Cléopâtre*, au niveau de l'*Iliade* et
de l'*Odyssée*, ajoute : « Avec tout cela, je ne m'éloigne
» pas de blâmer notre siècle de l'excès de tendresse
» qui règne dans ces sortes d'ouvrages et qui a si
» étrangement défiguré tous les héros. » C'est un
moyen d'amener la réplique du chevalier, auxiliaire
fougueux des idées de l'abbé : « Ce reproche ne re-
» garde pas moins les pièces de théâtre, où l'on pren-
» drait les *Cyrus*, les *Alexandre* et les *Mithridate* pour
» des *Céladons* et des *Silvandres*, s'ils n'avaient pas une
» épée au côté. Quand on a dit que les auteurs de ces

---

[1] 30 octobre 1688.
[2] Troisième dialogue. Éloquence et poésie.

» comédies avaient mis tous les héros de l'antiquité à
» *la sauce douce*, il me semble qu'on ne pouvait mieux
» dire. » Cependant Perrault se décide ailleurs à parler
« des excellents hommes qui ont été choisis pour
écrire les belles choses qui se font de nos jours, » et,
sans aller jusqu'à nommer Racine, il daigne, dans un
passage sur la tragédie française, écrire une phrase
générale qui peut s'appliquer à l'auteur d'*Andromaque*
et de *Phèdre* : « Nos premiers poëtes, dit-il, ont fait
» passer des tragédies insupportables, en les donnant
» comme l'œuvre de Sophocle et d'Euripide ; enfin est
» arrivée la *Sophonisbe* de Mairet, la *Mariamne* de Tris-
» tan et les pièces de M. Corneille, le *Cid*, *Horace*,
» *Cinna*, *Polyeucte*, *Rodogune* et une infinité d'autres,
» tant du même auteur que de *quelques autres encore*,
» qui ont eu de si grands applaudissements et qui
» ont fait tant d'honneur au théâtre français et dans la
» France et dans toute l'Europe. » Cet hommage si
indirect ne dut guère contenter Racine ; il ne compen-
sait pas la critique, cette fois bien précise, des héros de
son théâtre. Si l'on en croit Niceron [1], c'est pour se
venger de ces procédés, qu'il excita Boileau à réfuter les
Parallèles de Perrault, prêt à lui dire comme le prince
de Conti : « Tu dors, Brutus ! »

La querelle était dans toute son ardeur quand Racine
rentra dans la carrière par les tragédies d'*Esther* et
d'*Athalie*. L'aigreur de ce débat explique en grande
partie le nombre et l'animosité des critiques qui s'éle-

[1] Vie de Boileau.

vèrent contre ces pièces, les épigrammes, les chansons injurieuses qui furent répandues contre l'auteur. Racine retrouva, dans cette occasion, plus violents que jamais, les adversaires que nous avons nommés, et auxquels il faut joindre quelques autres ennemis plus obscurs, tels que Villars et Subligny.

Subligny, que Louis Racine donne à tort pour comédien, était avocat au parlement de Paris. Il fut de plus, suivant les biographes, maître en poésie de la comtesse de la Suze, femme célèbre par son esprit et ses vers et aussi par les nombreuses aventures de sa vie. Elle correspondait avec Saint-Évremond ; son salon était un des plus fameux de l'époque, et, parmi les beaux esprits qu'elle y recevait, il faut compter Pellisson, Ménage, Subligny : tous passaient pour avoir part à ses œuvres. Ce n'était pas la seule relation que Subligny eût avec le grand monde ; car sa pièce contre *Andromaque* est dédiée à madame la maréchale de l'Hospital. Outre cette parodie, il fit représenter en 1670, sur le théâtre de Molière, une comédie intitulée : le *Désespoir extravagant*. Robinet vante le mérite de cette œuvre

> Écrite avec délicatesse
> Et d'un style très-élégant [1].

Il n'y pouvait manquer, puisqu'il s'agit d'un homme connu jusque-là par la critique d'une tragédie de Racine et classé parmi les adversaires du poëte. Au reste, cette comédie, comme toutes les œuvres de Subligny,

[1] Lettre du 16 août 1670.

est complétement ignorée : il en serait de même de
son nom, si, par ses critiques et plus tard par ses apo-
logies, il n'avait réussi à l'attacher au nom de l'auteur
d'*Andromaque*, de *Bérénice* et de *Phèdre*.

La réputation de l'abbé de Villars ne dut pas moins
à la censure de *Bérénice*. Né en 1635, près de Toulouse,
l'abbé Montfaucon de Villars, neveu du savant béné-
dictin, vint à Paris vers 1667. La légèreté mondaine de
son esprit et de ses ouvrages, la hardiesse et la bizarrerie de ses opinions ne s'accordaient guère avec le
caractère ecclésiastique ; et on s'explique sans peine
l'interdiction dont il fut frappé, en 1670, après la publication d'un roman qui porte ce titre : *Entretiens du
comte de Gabalis sur les sciences*. Villars y développait
d'étranges idées sur les êtres surnaturels et fantasti-
ques, dont il semblait admettre l'existence. Madame de
Sévigné, qui en parle évidemment par ouï-dire, désigne
le critique de *Bérénice* comme l'auteur des *Sylphides*,
des *Gnomes* et des *Salamandres*. Il est probable, cependant, que la bizarrerie du *Comte de Gabalis* aurait moins
ému l'autorité ecclésiastique sans la réputation que
Villars dut à la critique de *Bérénice*, sans le bruit que
fit ce jugement, qui courut les salons et divisa en deux
camps les gens du monde et les gens de lettres. Outre
une critique de la *Bérénice* de Corneille, qui dut bien
déconcerter madame de Sévigné, Villars composa aussi
d'autres ouvrages d'imagination ou de polémique [1]. Il

---

[1] Une *apologie du P. Bouhours* (1671) contre les *Sentiments de Cléanthe*,
par Barbier d'Aucour, autre ennemi de Racine.

fut assassiné sur la route de Lyon : au rapport de
Vigneul de Marville [1], les plaisants dirent que c'étaient
des gnomes et des sylphes qui avaient fait le coup, pour
se venger de celui qui avait révélé les mystères de leur
existence.

Il ne serait pas juste de compter parmi les adversaires
de Racine un autre écrivain ecclésiastique, l'abbé de
Villiers [2], auteur d'un *Entretien sur les tragédies du
temps*, publié à l'occasion de l'*Iphigénie*. L'abbé de
Villiers reconnaît hautement le mérite de l'œuvre et du
poëte ; et ses attaques, qui s'étendent aux tragédies de
Corneille comme à celles de Racine, portent uniquement sur le rôle de l'amour dans le théâtre moderne.
Outre cet écrit qui, au mérite de vues très-justes, joint
celui d'une modération rare à cette époque, et plus
encore chez un jeune homme de vingt-trois ans, l'abbé
de Villiers a composé plusieurs ouvrages didactiques
en prose et en vers : ils sont oubliés, et, d'après le jugement d'un critique du XVIIIe siècle, Sabatier de Castres [3], ils méritent de l'être.

Les Subligny, les Villars, et quelques autres écrivains de même valeur ont été spirituellement raillés
par Racine dans la préface de *Bérénice :* « Toutes ces
» critiques sont le partage de quatre ou cinq petits
» auteurs infortunés, qui n'ont jamais su par eux-
» mêmes exciter la curiosité du public. Ils attendent

---

[1] Bonaventure d'Argonne, *Mélanges d'histoire et de littérature*, t. I.
[2] Pierre de Villiers, né à Cognac en 1649, mort en 1728.
[3] *Les trois siècles de la littérature.*

» l'occasion de quelque ouvrage qui réussisse pour
» l'attaquer, non point par jalousie ; car sur quel fon-
» dement seraient-ils jaloux ? mais dans l'espérance
» qu'on se donnera la peine de leur répondre, et qu'on
» les tirera de l'obscurité où leurs propres ouvrages
» les auraient laissé toute leur vie. » Certes Subligny
et Villars méritaient ces paroles mordantes, et Racine
avait le droit de châtier ainsi l'arrogance de leurs attaques. Mais son caractère ardent et susceptible, cette
sensibilité d'âme qui lui rendait la critique insupportable, l'entraînèrent souvent à des représailles moins
légitimes ; et, sans nul doute, cette vivacité d'humeur
et de riposte doit être comptée parmi les causes qui en-
tretinrent et envenimèrent les haines déjà excitées par
tant d'intérêts et de passions.

CHAPITRE VI.

Caractère irritable de Racine. — Querelle avec Port-Royal. — Épigrammes et préfaces

L'irritabilité du caractère de Racine l'entraîna une fois dans une faute grave qu'il faut avant tout indiquer, c'est sa querelle avec Port-Royal.

Nous avons vu quelle opposition la famille et les anciens maîtres de Racine avaient faite à ses débuts littéraires, et combien sa tante et ses amis de Port-Royal, qui avaient rêvé pour lui « une vie chrétienne dans quelque emploi honnête [1], » furent consternés en apprenant qu'il s'était voué décidément au plus dangereux et au plus coupable des genres littéraires, qu'il composait des pièces de théâtre, et qu'il passait sa vie au milieu des comédiens. Racine dut être fort affecté de la lettre que lui écrivit, en 1665 ou 1666, la mère Agnès de Sainte-Thècle Racine. Cette sévérité, tempérée par une touchante sollicitude, ces alarmes

---

[1] Lettre de la mère Agnès de Sainte-Thècle Racine.

maternelles pour le salut du jeune homme, cette pieuse
douleur, durent le remuer profondément . « Je vous
» écris, commençait la sainte femme, dans l'amer-
» tume de mon cœur, et en versant des larmes que
» je voudrais pouvoir répandre en assez grande
» abondance devant Dieu pour obtenir de lui votre
» salut, qui est la chose du monde que je souhaite
» avec le plus d'ardeur. » Elle lui parlait avec une
naïve horreur de « son commerce avec des gens dont
» le nom est abominable à toutes les personnes qui
» ont tant soit peu de piété, à qui on interdit l'entrée
» de l'Église et la communion des fidèles. » Elle con-
jurait son cher neveu « d'avoir pitié de son âme, de
» rompre des relations qui le déshonoraient devant
» Dieu et devant les hommes. » Elle terminait en lui
déclarant avec une résolution calme et sévère, que
» tant qu'il serait dans un état si déplorable et si con-
» traire au christianisme, il ne devait pas penser à la
» venir voir. » Mais une dernière phrase atténuait la
rigueur de cette défense : « Je ne cesserai point de prier
» Dieu qu'il vous fasse miséricorde, et à moi en vous
» la faisant, puisque votre salut m'est si cher. » N'en
doutons point, cette lettre, les remontrances et les
supplications dont la mère Agnès poursuivit Racine à
mesure qu'il avançait dans la carrière, la pensée des
larmes et de la pénitence par lesquelles la pauvre religieuse expiait la renommée coupable de son neveu,
troublèrent plus d'une fois le poëte au milieu des eni-
vrements du succès; plus d'une fois son âme, éprise

de la gloire, fut tout à coup déchirée comme d'un remords au souvenir et au nom de Port-Royal. En vain il voulut se roidir contre cette pensée importune, et rompre à jamais avec ses anciens maîtres par une attaque directe et publique. La violence même de ce procédé prouve l'agitation de son cœur ; la blessure saigne, elle est profonde ; Racine ne la guérira qu'après *Phèdre*, en renonçant décidément au théâtre.

La querelle de Port-Royal est de 1666, c'est-à-dire à peu près de l'époque où sa tante lui écrivit la lettre alarmée et pressante que nous avons analysée ; où l'auteur, qui n'avait fait représenter jusque-là que deux tragédies, n'était pas encore assez engagé dans la carrière pour que les solitaires eussent perdu l'espoir de l'en faire sortir. On sait comment naquit le débat. L'auteur de la comédie des *Visionnaires*, que nous avons déjà nommé comme un des premiers champions dans la querelle des anciens et des modernes, Desmarets de Saint-Sorlin, longtemps esprit fort, était devenu tout à coup catholique ardent et illuminé. Son *Clovis* (1657), sa *Marie-Magdeleine*, second poëme plus ignoré que le premier, car Boileau n'en a pas parlé, et tous les autres ouvrages postérieurs à la conversion du poëte, étaient inspirés par le zèle religieux. S'il attaquait les anciens, c'était pour élever sur la ruine des auteurs païens la poésie chrétienne, dont il proclamait l'excellence, en même temps qu'il prétendait la prouver par ses poëmes. Puis, il s'érigeait en prophète, il expliquait l'Apocalypse. Dans un ouvrage adressé au roi sous le titre d'*Avis du Saint-Esprit*, il proposait de lever une armée de cent quarante quatre mille hommes pour exterminer l'hérésie. Enfin, son délire prophétique se répandait en diatribes contre les jansénistes; il attaquait Arnauld et foudroyait Port-Royal.

Nicole se chargea de répondre à cet adversaire, dont il était facile de railler la monstrueuse extravagance, et il écrivit contre lui les *Hérésies imaginaires*, et deux lettres que, par une allusion piquante à la comédie et au caractère de Desmarets, il appela les *Visionnaires*. Mais Nicole ne se bornait pas à défendre les opinions de ses amis et à relever les folles inventions du poëte théologien. Il s'indignait de ce rôle de docteur pris subitement par un homme connu dans le monde par des romans et des comédies; et, développant à cette occasion les doctrines sévères de Port-Royal, il lançait contre les poëtes de théâtre et les romanciers un terrible anathème : « Ces qualités, disait-il, ne sont pas » fort honorables, au jugement des honnêtes gens, et » elles sont horribles, considérées suivant les prin- » cipes de la religion chrétienne. Un faiseur de romans » et un poëte de théâtre est un empoisonneur public, » non des corps, mais des âmes. Il se doit regarder » comme coupable d'une infinité d'homicides spiri- » tuels, ou qu'il a causés en effet, ou qu'il a pu causer. »

La lecture de ce passage enflamma le jeune Racine. Il n'y vit pas seulement une dure et impitoyable con-damnation de la poésie; il se crut frappé personnelle-

ment. Quant le succès d'*Alexandre* venait d'épouvanter
Port-Royal; quand la maison gémissait sur le scandale
de cet ennemi de la religion sorti de son sein, et dé-
vouant à l'enfer des talents qu'on avait cultivés pour le
ciel; quand la mère Agnès venait d'interdire à son
neveu l'entrée de la communauté, Racine crut que
Nicole avait voulu lui infliger un nouveau châtiment.
Il prit pour lui le mot d'empoisonneur public, et, trop
peu maître de son ressentiment, il répondit avec une
éloquence pleine de verve et d'amertume à un homme
dont il devait à tant de titres respecter la sévérité et
même l'injustice. Il n'entre pas dans l'objet de notre
travail d'analyser cette lettre si vive et si dégagée
d'allures, d'un style à la fois si précis et si nerveux, si
brillant et si incisif. On regrette pour le caractère de
Racine qu'il se soit laissé entraîner à l'écrire; mais on
y trouve une occasion nouvelle d'admirer ce talent
flexible, habile à manier la prose comme les vers, com-
parable dans la controverse à l'auteur des *Petites-Lettres*,
qu'il accuse Nicole d'avoir fort mal imité.

L'écrit de Racine suscita deux répliques, la première,
datée du 22 mars 1666, est de M. Dubois, traducteur
de quelques ouvrages de Cicéron et devenu plus tard [1]
membre de l'Académie française. Selon Louis Racine,
elle fut quelque temps attribuée à Lemaistre de Sacy.
Elle n'en était pas indigne par le sérieux et la solidité
du raisonnement; et, sans avoir aucune des qualités

---

[1] En 1693.

brillantes du style de Racine, elle réfutait sur quelques
points avec succès le défenseur intéressé de la comédie.
L'autre réponse est bien inférieure ; elle affecte un ton
enjoué et badin, elle riposte par des plaisanteries bien
lourdes, par une bien fade ironie, à l'esprit fin et délicat, aux traits acérés de l'agresseur. Elle était l'œuvre
d'un auteur alors peu connu et engagé déjà, quoiqu'il
prétende le contraire, dans le parti de Port-Royal,
Barbier d'Aucour, venu à Paris jeune et sans ressources, avec l'intention de se livrer à l'étude du droit [1], fut
accueilli par un libraire du parti de Port-Royal. Grâce
aux secours de ce libraire et à quelques répétitions au
collége de Lisieux, il parvint à obtenir le titre d'avocat.
Ses débuts dans cette carrière ne furent pas heureux,
et c'est de lui que Boileau, désireux de punir un des adversaires de Racine, a dit dans les derniers vers du *Lutrin*:

> Le nouveau Cicéron, tremblant, décoloré,
> Cherche en vain son discours sur sa langue égaré.

Il dut à une autre anecdote le surnom d'avocat *sacrus* [2]. C'était en plaisantant les Jésuites qu'il s'était
rendu coupable de ce barbarisme ; ce furent les Jésuites
qui en firent la célébrité : de là un redoublement d'inimitié contre eux, et une satire en vers, publiée sous
ce titre : l'*Onguent pour la brûlure* [3], Or, dans sa lettre à Nicole, Racine avait parlé avec assez de mépris

---

[1] Niceron, t. XIII.

[2] Idem, ibidem Il avait fait cette phrase : « Si locus est *sacrus*, quare expo-
» nitis ? »

[3] Publié en 1664.

de l'*Onguent pour la brûlure* et des *Chamillardes* [1], petites piéces polémiques, qui, au témoignage de Niceron, étaient aussi un produit de la plume de Barbier
d'Aucour. Ainsi, en répondant à Racine, Barbier n'é-
tait pas tout à fait désintéressé; s'il vengeait Nicole,
il saisissait aussi avec empressement l'occasion de se
venger lui-même. La querelle menaçait de n'en pas
rester là : Racine avait répondu presque immédiatement à Dubois et à Barbier d'Aucour par une nouvelle
lettre digne de la première. Cependant la réflexion et
les conseils de quelques amis le décidèrent à en arrêter
l'impression. Mais, quelques mois après, il apprit que,
dans une seconde édition des *Lettres visionnaires*, imprimée en Hollande, on avait inséré les écrits de Dubois et de Barbier d'Aucour. Alors il reprit sa lettre
abandonnée; il la joignit à la première, les compléta
par une préface non moins vive, et porta le tout à Boileau avec l'intention de publier ces nouvelles productions. L'amitié loyale et franche de Boileau sauva cette
nouvelle faute à Racine : « Ces œuvres, lui dit-il,
» font honneur à votre esprit, mais elles n'en font
» pas à votre cœur. » Racine se rendit aussitôt : « Eh
» bien, s'écria-t-il, le public ne verra jamais cette
» lettre! » et il s'appliqua même à retirer les exem-
plaires de la première. La seconde ne fut imprimée
avec la préface qu'après sa mort [2] : on l'avait trouvée

[1] Brochure *contre la signature pure et simple du Formulaire*, à M. Cha-
millard, docteur en Sorbonne (1665).
[2] En 1710.

dans les papiers d'un de ses parents, l'abbé Dupin.

Après cette affaire, tout rapport cessa entre Racine et ses anciens maîtres. Bien qu'il n'ait pas tardé à se repentir, bien qu'il ait même reconnu publiquement ses torts avec une courageuse humilité qui ferma la bouche à ses ennemis, il n'osa songer à la réconciliation qu'après sa conversion et son mariage. Un autre fruit de la querelle, ce fut la haine que Barbier d'Aucour, beaucoup moins modéré qu'Arnaud et Nicole, voua dès lors à Racine. Le désir de venger les *Lettres visionnaires* le rangea parmi les ennemis littéraires du poëte ; et, neuf ans après l'affaire de Port-Royal, il saisit l'occasion d'une édition que Racine donnait de ses neuf premières pièces de théâtre [1], pour publier contre lui une longue satire en vers, intitulée : *Apollon vendeur de Mithridate* ou *Apollon charlatan*. En lisant cette fade et plate diatribe, qui fut pourtant vantée par quelques auteurs du temps comme le modèle d'une plaisanterie fine et délicate, on ne la trouve pas sans doute indigne de la Réponse à Racine, et on présume que l'*Onguent sur la brûlure* a dû être écrit en vers de cette force. Mais il est plus difficile de s'expliquer comment l'auteur, dans un ouvrage publié quelques années plus tôt (1671), les *Sentiments de Cléanthe*, a pu faire preuve de jugement et de goût, saisir avec esprit et pénétration tous les côtés faibles du livre du P. Bouhours [2], et réfuter diverses opinions du Jésuite avec une finesse

---

[1] En 2 volumes in-12, 1676.
[2] *Les Entretiens d'Ariste et d'Eugène.*

digne des meilleures plumes de Port-Royal. Il faut
croire que la poésie n'était pas le fait de Barbier d'Aucour, et qu'il forçait son talent en le pliant à la satire et aux badinages malins ou prétendus tels. D'ailleurs, il a sans doute pris modèle sur les gazettes du
temps, et si l'on compare ses vers et même sa critique
aux lettres de Robinet, on n'a pas de peine à les trouver
infiniment supérieurs. Enfin, aux yeux de ceux qui ont
vanté cette satire, elle avait encore un autre mérite,
celui d'attaquer et de dénigrer Racine : et, plus peut-
être que les *Sentiments de Cléanthe*, elle contribua à
ouvrir à son auteur les portes de l'Académie, où il entra en 1683, la même année que Boileau et que La Fontaine. Cependant, à cette époque, Racine était devenu
l'ami, le défenseur de Port-Royal ; on peut croire que
les rapports qui unissaient Barbier d'Aucour aux bons
solitaires lui firent oublier l'*Apollon vendeur de Mithridate*, et qu'en donnant sa voix à un ancien adversaire,
il acheva l'expiation de ses torts envers ses maîtres.

La verve railleuse et la susceptibilité de Racine pu-
rurent en bien d'autres circonstances de sa vie. Louis
Racine, en avouant, d'après M. de Valincour, ce défaut de son père, en cite différents traits et nous montre en même temps l'influence heureuse qu'exerça sur
ce point comme sur tous les autres l'amitié de Boileau.
Un jour, dans un débat littéraire, Racine, entraîné par
la chaleur de la discussion, poussa très-loin la vivacité
des répliques, et, dit Louis Racine, « accabla de raille-
» ries son contradicteur. — Avez-vous eu envie de

» me fâcher, lui dit Boileau à la fin de la dispute? —
» Dieu m'en garde! répond son ami. — Eh bien! re-
» prit Boileau, vous avez donc tort, car vous m'avez
» fâché.» Une autre fois, ce fut en ces termes qu'il ramena Racine à la modération : «Eh! bien, oui, j'ai
» tort, mais j'aime mieux avoir tort que d'avoir orgueil-
» leusement raison.» Comme les conseils de Boileau,
les sentiments et la pratique d'une piété sévère tempé-
rèrent cette disposition d'esprit. On peut croire, d'a-
près un passage des *Mémoires* de son fils [1], que, dans
ce portefeuille brûlé peu de temps avant sa mort, il se
trouvait beaucoup d'épigrammes. Celles que nous pos-
sédons prouvent qu'il y excellait. Elles sont bien plus
vives et plus acérées que celles de Boileau, et il a dû
quelquefois les payer bien cher. L'épigramme sur
l'*Aspar* fut pour beaucoup dans l'implacable haine de
Fontenelle; Le Clerc, Coras, Boyer ne durent pas
être moins blessés de celles qu'il lança contre eux.
La défense d'*Andromaque* lui en inspira deux fort piquantes contre le maréchal de Créqui et le comte d'O-
lonne, amis de Saint-Évremond [2], et comme lui, à ce
qu'il paraît, mal disposés pour le nouveau poëte tragique :

> La vraisemblance est peu dans cette pièce,
> Si l'on en croit et d'Olonne et Créqui ;
> Créqui dit que Pyrrhus aime trop sa maîtresse,

[1] Deuxième partie.
[2] C'est au marquis de Créqui que Saint-Évremond adressait la fameuse lettre
qui amena sa disgrâce. En 1656, il dédiait au comte d'Olonne sa satire du *Cercle*.

D'Olonne qu'Andromaque aime trop son mari.

Le poëte, pour venger son injure, ne reculait pas devant une allusion directe aux mœurs et à la famille des deux personnages. En effet, suivant un commentateur : « Le maréchal de Créqui n'avait pas la répu-
» tation d'aimer trop les femmes, et, quant à M. d'O-
» lonne, il n'avait pas lieu de se plaindre d'être trop
» aimé de la sienne. » L'autre épigramme ne portait pas un coup moins sensible à M. de Créqui, dont on n'avait pas oublié la malencontreuse ambassade à Rome. Racine rappelle avec une hardiesse qui étonne la fameuse querelle provoquée [1] par l'arrogance du noble seigneur :

> Créqui prétend qu'Oreste est un pauvre homme,
> Qui soutient mal le rang d'ambassadeur,
> Et Créqui de ce rang connaît bien la splendeur !
> Si quelqu'un l'entend mieux, je l'irai dire à Rome.

Le poëte, en composant ces épigrammes, était dans toute l'ardeur de l'âge et de la passion ; mais c'est après sa conversion qu'il attaqua l'*Aspar* de Fontenelle, la *Judith* de Boyer, le *Sésostris* de Longepierre, la *Troade* et le *Germanicus* de Pradon. Il ne se guérit donc jamais complétement de cette malignité, dont on trouve encore des traces dans sa correspondance avec Boileau, et il donna ainsi prétexte à ce mot envenimé de Fontenelle : « Boileau était dévot et méchant, Racine était plus dévot et plus méchant. » Remarquons

[1] En 1662.

toutefois que ces épigrammes n'étaient que des représailles : Créqui et d'Olonne n'avaient-ils pas attaqué
Andromaque ? Fontenelle, dès son arrivée à Paris, n'a-
vait-il pas mis sa plume au service du *Mercure galant ?*
Enfin, Le Clerc et Coras, par leur *Iphigénie*, et Pradon
par sa *Phèdre*, ne s'étaient-ils pas donné des torts graves envers Racine ? Bien longtemps après cette affaire,
Pradon, dans ses pamphlets en prose et en vers contre
Boileau, dans les préfaces de ses tragédies, ne saisis-
sait-il pas toutes les occasions de dénigrer le poëte
qu'il avait si lâchement offensé ? Quand les agresseurs
étaient si ardents et si injustes et ne rougissaient pas
d'employer des moyens si misérables, peut-on faire un
crime à Racine de s'être défendu avec vivacité, et d'a-
voir retourné contre ses adversaires cette arme du ridicule bien plus puissante dans sa main que dans la
leur ?

Il en faut dire autant des préfaces dont on lui a souvent, et non sans raison, reproché l'amertume : plus
encore que les épigrammes, elles sont nées du feu de
la guerre et du choc de la mêlée. Après la bataille et
dans le calme d'une victoire reconnue et incontestée,
Racine ne les aurait pas composées. Il l'a prouvé, puisqu'il les modifia complétement dans la seconde édition
de ses tragédies, et qu'il en supprima tous les passages
trop vifs, toutes les allusions trop directes. Sans la curiosité littéraire qui les a recherchées avec soin dans
la première édition, elles seraient aujourd'hui presque
universellement ignorées. Elles ont, du reste, une

grande importance pour l'histoire que nous racontons ; car il est certain qu'elles ont contribué à entretenir l'opposition des adversaires de Racine. Le ton arrogant et présomptueux que prenait dans quelques-unes le jeune poëte, les attaques directes qu'il adressait sans ménagement, dans une autre, au vieux Corneille, donnaient prise contre lui, irritaient les préventions et semblaient légitimer les cabales. Nous n'aurons garde de négliger dans notre examen des pièces critiques publiées contre Racine ces morceaux curieux à plus d'un titre ; car le poëte y réfute les principaux jugements de ses adversaires ; et, sans compter le charme d'un style constamment précis et net, plein de vivacité, de grâce et d'esprit, on y trouve les vues les plus profondes sur l'art dramatique. Ils éclairent du jour le plus vif le système particulier du poëte, l'idéal vers lequel il a tendu toujours depuis *Alexandre*, et dont il s'est rapproché à chacune de ses tragédies pour l'atteindre enfin avec *Athalie*.

Est-ce à dire que ce poëte, si prompt et si terrible dans ses vengeances littéraires, et dont Mme de Sévigné n'aurait pas dit : « Il n'est cruel qu'en vers, » ne fût pas au fond, comme Boileau, le plus dévoué des amis, le plus bienveillant et le plus généreux des hommes, le plus prompt à reconnaître ses torts et, dans l'occasion, à les réparer ? Un auteur se peint toujours dans ses écrits ; et les tragédies de Racine suffiraient pour attester la délicatesse et l'élévation de ses sentiments, la bonté et la douce chaleur de son âme. Bien

insensible est celui qui lirait *Andromaque* ou *Iphigénie*
sans aimer Racine ! Mais sa vie est pleine de traits qui
confirment cette impression, et la rendent à la fois plus
vive et plus réfléchie. Comment lire sans émotion, dans
les *Mémoires* de son fils, la scène de la réconciliation
avec Arnauld ? Le moyen d'être plus sévère que le
vieillard et de garder rancune à Racine d'une faute si
profondément sentie et si noblement réparée ? En
effet, pendant toute sa vie il resta courageusement
dévoué à Arnaud et à Port-Royal : il témoigna toujours
hautement, même à Louis XIV, son attachement et sa
reconnaissance pour cette maison persécutée. Il ne
cessa pas de la fréquenter et de se charger des affaires
et des intérêts des religieuses ; tous les ans, à la Fête-
Dieu, il y conduisit sa famille ; il sollicita et obtint la
permission d'y mettre pour quelque temps deux de ses
filles. Les religieuses ayant eu à présenter un mémoire
à l'archevêque de Paris, ce fut Racine qui le rédigea.
L'archevêque, charmé du style de cet écrit, témoigna à
l'auteur le désir de lire un mémoire historique sur Port-
Royal, de la main d'un homme qui devait si bien connaître cette maison si diversement jugée ; Racine se
hâta d'écrire son *Histoire de Port-Royal*, qu'il remit à un
ami la veille de sa mort. Ainsi, jamais il n'avait désa-
voué ni dissimulé les sentiments qui remplissaient son
cœur ; jamais la persécution de ses amis ne lui avait
fait abandonner ni renier leur cause. Il avait donc le
droit, en mourant, de demander a être inhumé au pied
de la fosse d'un de ses anciens maîtres, M. Hamon,

d'implorer de la mère abbesse, sa tante, et des religieuses, cette grâce dont il avouait que « les scandales
de sa vie passée le rendaient indigne [1], » et elle était
souverainement injuste, l'épigramme d'un homme de la
cour sur le choix de cette sépulture : « C'est ce qu'il
n'eût point fait étant vivant. »

Mille autres détails de la vie de Racine prouvent sa
bonté, sa délicatesse, son ardeur à servir ses amis et à
épouser leurs joies et leurs chagrins. Il faut lire, dans
les *Mémoires* de son fils, les anecdotes qui marquent
d'une manière touchante son amitié pour le marquis
de Cavoye, pour La Fontaine, pour son compatriote
M. Poignan. Nous avons parlé des quelques vivacités
de Racine, même envers Boileau, et des reproches que
celui-ci eut quelquefois à lui adresser. Mais combien la
promptitude et l'effusion de son repentir effaçaient vite
l'impression de ces légers torts! Combien il savait les
racheter par la chaleur de cette affection mêlée de reconnaissance, docile et confiante autant qu'elle était
tendre et profonde ! Si Boileau a souvent consolé, raf-
fermi Racine découragé par la critique, celui-ci, en
quelques circonstances, n'a pas manqué de lui rendre
la pareille. Le poëte était désespéré du mauvais succès
de la *Satire des femmes*, contre laquelle on se déchaînait
de toutes parts : « Rassurez-vous, lui écrivit Racine,
» en homme habile à manier l'épigramme ; vous avez

[1] « Quoique je m'en reconnaisse très-indigne par les scandales de ma vie passée,
» et par le peu d'usage que j'ai fait de l'excellente éducation que j'ai reçue autre-
» fois dans cette maison. »

» attaqué un corps très-nombreux et qui n'est que lan-
» gues : l'orage passera. » Pendant longtemps Boileau
avait lui-même fait lecture de ses ouvrages à Louis XIV.
Mais, vers la fin de sa vie, retenu chez lui par la maladie et surtout par une forte surdité, il ne paraissait plus
à la cour. Ce fut Racine qui lut au roi les trois dernières
Épîtres ; c'est encore lui qui, à l'armée, fit connaître à
M. le Prince et au prince de Conti [1] la *Satire des
femmes*, encore inédite. Au plus fort de la maladie qui
l'emporta, il n'oublia pas son ami. Dans une lettre qu'il
chargea son fils d'écrire au marquis de Cavoye pour
obtenir le payement de sa pension, il voulut que Boileau fût aussi nommé : « Faites connaître à Boileau,
dit-il, que j'ai été son ami jusqu'à la mort. » Rien n'est
plus touchant que les adieux qu'il adressa à ce fidèle
confident de tous ses travaux, lorsque, se soulevant sur
son lit, et l'embrassant une dernière fois, il lui dit :
« Je regarde comme un bonheur pour moi de mourir
avant vous. » Quoi de plus simple, de plus abandonné,
de plus aimable, que sa correspondance avec lui ? Mais
rien n'inspire plus d'estime, plus de respect, plus de
tendre sympathie pour Racine que la lecture des lettres
à son fils. C'est le ton affectueux et grave d'un excellent
père, sage et discret dans sa sollicitude et dans ses
conseils, sachant garder la mesure entre une sévérité
rebutante et une indulgence trop facile, n'imposant pas
ce qui ne doit être qu'insinué, tempérant ses exhorta-

[1] Mai 1693.

tions par des témoignages délicats de confiance et d'a-
mitié; initiant peu à peu son fils aux affaires et à la vie,
enfin, quand il sent la mort approcher, lui recomman-
dant avec une touchante effusion la compagne dont il
fait valoir les soins et l'affection. On est attendri quand
on voit arriver la fin prématurée de cet homme excellent; on partage la douleur de ses amis et de sa famille,
et, après avoir vécu dans ce doux commerce avec lui,
on lui applique volontiers, d'accord avec son fils, le mot
de Tacite sur Agricola : « *Bonum virum crederes facile,
magnum libenter.* » Il est facile de croire à sa bonté; on
est heureux de croire à sa grandeur.

CHAPITRE VI.

Les protecteurs de Racine. — Sa faveur et ses charges à la cour. — Piété de ses dernières années attaquée par les chansonniers du temps. — Sa mort.

Si les brillants succès de Racine, l'inévitable comparaison qui s'établit entre lui et le grand Corneille, la lutte des auteurs de l'âge de Mazarin avec l'esprit du nouvel âge, la longue querelle des anciens et des modernes, joints à quelques torts de caractère, ont donné au poëte tant d'ennemis, il est certain que son crédit à la cour, la sympathie bien connue du roi pour son talent et pour sa personne, le rang qu'il occupa pendant la dernière partie de sa vie ont influé sur l'ardeur et la durée de ces hostilités. Nous avons déjà signalé ce parti de la vieille cour que des souvenirs politiques et littéraires rattachaient à une autre époque, et qui conserva dans la seconde moitié du XVIIᵉ siècle le goût et l'esprit contemporains de la Fronde. Peut-être une pensée d'opposition timide se mêlait-elle à cette lutte : on n'osait songer à combattre, même indirectement, la politique du grand roi ; il fallait se résigner à vivre à l'écart, à rester spectateur inactif et silencieux d'un règne qui se séparait avec soin du passé et en repoussait tout, les hommes et les choses. Il était moins dangereux et plus facile de fronder les poëtes aimés de la jeune cour, et en contestant la valeur de leurs œuvres, en attaquant la nature de leur talent, d'atteindre indirectement le goût et les sentiments du roi qui les admirait, de la cour dont ils reproduisaient souvent dans leur écrits le tour d'esprit et le caractère. Mais, en négligeant cette arrière-pensée qui a pu influer sur les dispositions malveillantes de Mademoiselle et de quelques grands seigneurs, il est trop clair que Racine n'a pas échappé aux sentiments de dépit et d'envie, suite presque inévitable de toute faveur éclatante. Le roi l'avait toujours soutenu de ses suffrages; le voyant renoncer au théâtre, il l'attacha à sa personne par le titre d'historiographe de France [1]. Plus tard, il resserrait encore ces liens par le poste de gentilhomme de la chambre [2]. Il aimait à l'entretenir et souvent, dans ses maladies, le prenait pour lecteur [3].

Avec le roi, beaucoup de personnages importants furent de bonne heure les admirateurs et les appuis de Racine. Colbert avait été le premier intermédiaire des libéralités du roi envers le jeune poëte qui, plus tard,

[1] 1677.
[2] 1691.
[3] Le roi avait donné à Racine un appartement au château, pour qu'il fût plus rapproché de lui et toujours prêt à lui faire des lectures.

lui dédia sa tragédie de *Bérénice*. Il resta toujours son protecteur et son ami. Il aimait à le réunir avec Boileau dans sa maison de Sceaux, et là il s'enfermait avec eux sans permettre qu'un importun vînt troubler ces doux entretiens [1]. Son fils, le marquis de Seignelay, n'était pas moins engagé avec eux. Boileau lui a adressé une de ses épîtres. A sa demande, Racine, en 1685, composait une idylle [2] pour une fête de Sceaux à laquelle le roi devait assister. Un des gendres de Colbert, le duc de Chevreuse, avait été à Port-Royal le condisciple de Racine, qui lui dédia son *Britannicus*. Il conserva toujours au poëte une vive amitié et l'entoura dans sa dernière maladie de soins assidus [3]. L'autre gendre de Colbert ne devait pas être moins favorable à Racine : c'était le fils de ce duc de Saint-Aignan qui, le premier, introduisit le jeune poëte à la cour et accepta la dédicace de la *Thébaïde*.

Un homme qui, par les souvenirs de sa jeunesse, semblait appartenir naturellement au parti hostile à Racine, le grand Condé, était au contraire un de ses plus chauds admirateurs. Il sut, dans l'occasion, défendre énergiquement le poëte menacé par le duc de Nevers. Il aimait à le recevoir chez lui ainsi que Boileau, et dans les allées de Chantilly, il soutenait avec eux des discussions littéraires qui n'étaient pas toujours

---

[1] Un jour, dit L. Racine, il s'entretenait avec eux, quand on lui annonça l'arrivée d'un évêque. « Qu'on lui lui fasse tout voir, s'écria-t-il, excepté moi. »

[2] Idylle *sur la paix*.

[3] Mém. de Louis Racine.

sans vivacité[1]. Son fils hérita de son amitié pour les
deux poëtes, et il reçut quelquefois la confidence de
leurs vers encore inédits[2]. Le marquis de Dangeau,
le président de Lamoignon, le maréchal de Vivonne,
frère de Mme de Montespan, le maréchal de Tallard,
admirateur exalté de *Bajazet*, M. de Guilleragues, am-
bassadenr de France à Constantinople, le chevalier
de Nantouillet, qui indiqua au poëte le sujet de la
tragédie de *Bajazet*, étaient aussi des partisans de
Racine. Il n'est pas besoin de nommer le brave Cavoye,
ni le secrétaire du cabinet du roi, M. Rose, qui mit au
service des deux amis son influence et l'ardeur de son
caractère emporté et un peu bizarre.

Mais, de l'aveu des ennemis de Racine, son parti
était surtout celui des femmes. Il est vrai qu'ils ajou-
tent : « Excepté quelques femmes qui valaient des
hommes[3]. » Au nom illustre d'Henriette d'Angleterre, il en faut ajouter bien d'autres. Mme de Montespan consultait Racine sur le choix d'un gouverneur
pour le comte de Toulouse[4]. Ce fut elle qui suggéra
au roi la pensée de faire du poëte et de son ami Boileau les historiens de son règne : suivant un mot de
Louis XIV, cité par Louis Racine, elle commanda

---

[1] « Dorénavant, disait Boileau après une de ces discussions, je serai toujours
» de l'avis de M. le Prince quand il aura tort. »

[2] Racine, pendant le siége du Quesnoy, lui lisait, ainsi qu'an prince de Conti,
des passages de la satire *des femmes*.

[3] Bayle, *Nouvelles de la rep. des Lettres*, t. III, p. 89. Fontenelle, *Vie de Corneille*.

[4] *Mémoires de Louis Racine*.

elle-même l'ouvrage, et c'était chez elle que les deux historiographes lisaient au roi leur travail. Une sœur de Mme de Montespan, Marie-Madeleine de Roche-chouart, abbesse de Fontevrault, chercha, dit-on, avant Mme de Maintenon, à ranimer la plume du poëte découragé. On sait qu'elle le prenait pour confident de ses propres travaux littéraires et qu'elle lui soumit une traduction du *Banquet* de Platon. On raconte d'une autre sœur de Mme de Montespan, Mme de Thian-ges, un trait significatif. En 1675, elle donna à son jeune neveu, le duc du Maine, une chambre dorée : on y voyait le prince assis dans un fauteuil et entouré de M. de La Rochefoucauld, l'auteur des *Maximes*, de M. de Marsillac, son fils, de Bossuet, de Mme de Thianges et de Mme de La Fayette. Au dehors du balustre était Boileau, armé d'une fourche et défen-dant l'accès de la chambre à sept ou huit mauvais poëtes. Racine se tenait près du satirique, et un peu plus loin on voyait La Fontaine, à qui celui-ci faisait signe d'avancer [1]. A cette liste d'illustres dames, nous pouvons ajouter la spirituelle cousine de Mme de Sévigné, Mme de Coulanges, la fameuse duchesse de Mazarin qui, en dépit de Saint-Évremond, proclamait en toute occasion ses préférences pour Racine, et refu-sait obstinément de se rendre au goût et aux raisonne-ments de son ami. Enfin, nous devons nommer surtout

---

[1] Pris dans l'*Histoire de la vie et des ouvrages de La Fontaine*, par Walckenaer.

celle qui fut plus particulièrement l'amie de Racine, qui, pleine d'estime pour son caractère comme de sympathie pour son talent, le prit souvent pour conseil et pour confident de ses pensées et de ses chagrins, et dont l'influence fut pour beaucoup dans la faveur croissante du poëte et dans ses relations fréquentes avec Louis XIV. Après la disgrâce de Mme de Montespan, les lectures de l'histoire du roi continuèrent chez Mme de Maintenon : Racine, dans une de ses lettres à Boileau, témoigne qu'elle s'intéressait beaucoup à ce travail, et on y voit en même temps avec quelle distinction l'historiographe est reçu par cette dame déjà toute-puissante [1]. Plus tard, les deux amis travaillèrent ensemble à revoir les constitutions de Saint-Cyr. C'est à la sollicitation de Mme de Maintenon et pour ses jeunes pensionnaires que Racine composa ces beaux cantiques qui ravissaient Louis XIV et Fénelon. Enfin, qui ne le sait ? ce fut pour Mme de Maintenon et pour Saint-Cyr que le poëte reprit, après douze ans d'interruption, ses travaux dramatiques ; et nous devons aux pressantes sollicitations de sa protectrice la pièce gracieuse d'*Esther* et le chef-d'œuvre d'*Athalie*. Mais l'histoire de ces deux tragédies, et surtout de la seconde, nous prouvera clairement que les anciens ennemis de Racine n'avaient pas abandonné la partie, et que leur haine, forcée par la faveur du poëte à s'entourer de précautions et de mystère, avait puisé dans le

[1] Lettre du 4 août 1687.

dépit de cette faveur plus de violence et d'amertume. Les chansons et les noëls du temps ne permettent pas de se méprendre sur les motifs de ces attaques passionnées. On retrouve jusque dans cette dernière partie de la vie de Racine la trace des cabales formées contre lui. Elles surent le frapper par la main même de sa plus ardente protectrice, et elles réussirent à établir presque partout, peut-être même, malgré les protestations énergiques de Boileau, dans l'esprit du poëte, l'opinion qu'*Athalie* était une mauvaise pièce, et que l'auteur s'était trompé en la composant (1).

Cette dernière et grave blessure faite à la sensibilité de Racine, cet amer renversement d'espérances fondées sur une œuvre si merveilleusement belle et achevée, furent adoucies peu à peu, grâce aux sympathies toujours croissantes de Mme de Maintenon et du roi, aux douces affections de la famille, et surtout aux sentiments d'une piété profonde et vive, bien qu'éloignée du faste et de l'orgueil. Mais, hélas ! il était dit que jusqu'à la fin ce grand et excellent homme souffrirait par quelque côté de ce qui devait faire sa consolation et sa joie. A cette époque, où la décence extérieure et la régularité religieuse, imposées par le souverain et par sa compagne, n'étaient plus qu'une étiquette pesante, un masque qu'on brûlait de rejeter, la piété même de

---

1 Mémoires de Louis Racine. Lettre de Mme de Maintenon au comte d'Ayen citée dans la deuxième partie de cette étude (chap. IX). Au rapport de Mme de Maintenon, la duchesse de Bourgogne disait qu'*Athalie était une pièce fort froide* et que *Racine s'en était repenti*.

Racine lui fit autant d'ennemis que sa faveur. On affecta
de le confondre avec cette foule si nombreuse d'hypo-
crites qu'avaient faite Louis XIV et Mme de Maintenon.
Cette race envahissait la société : ce n'étaient plus les
Tartufes, bons pour la bourgeoisie et la première moitié
du siècle ; c'étaient les *Onuphres* [1], « ces dévots qui,
sous un roi athée, auraient été athées, » et qui le furent
en effet sous le régent, « dont la fortune florissait et
» prospérait à l'ombre de la dévotion. » Il faut lire les
pages profondément tristes de La Bruyère qui, par une
ironie sanglante, les rattache au chapitre *De la mode*.
Les ennemis de Racine profitèrent de ce rapprochement. Dans le nombre se trouvait le parti du Temple,
cette société d'un esprit si naturel et si déréglé, bien
digne de ses protecteurs, les princes de Vendôme, chez
qui on risquait toujours de mourir de faim ou d'indi-
gestion ; c'étaient le comte de Fiesque, le marquis de
la Fare, l'abbé de Chaulieu qui, abjurant toute conscience littéraire, protégeaient les Pradon et les Cam-
pistron [2]. C'est de là que durent partir beaucoup d'épi-

---

[1] La Bruyère (chap. XIII. *De la mode*). « Idolâtrer les grands, mépriser les
» petits, s'enivrer de leur propre mérite, sécher d'envie, mentir, médire, cabaler,
» nuire, c'est leur état... Ils savent ménager sourdement leurs intérêts, et dé-
» pouiller leurs amis;... une petite calomnie, moins que cela, une légère médi-
» sance leur suffit pour ce pieux dessein. »

[2] Plus d'une épigramme fut lancée contre eux ; en voici une assez remarquable :

> Critiques redoutés bien plus que redoutables ;
>   Des auteurs les plus misérables
>   Incorrigibles défenseurs ;
> Vous que Racine ennuie et que Pradon enchante,

grammes et de chansons répétées et aggravées par tout
le parti de Fontenelle et de Mme Deshoulières. Il faut
en citer quelques-unes, qui serviront à l'histoire de
l'époque et à celle de l'esprit humain :

> Le célèbre Racine
> Après eux arriva ;
> D'une dévote mine
> D'abord il s'écria :
> « Seigneur, de ces pécheurs
> » Détourne ta colère. »
> Et sa dévotion, don, don,
> Chacun édifia, là, là,
> Hors l'enfant et la mère.
>
> De faire sa fortune
> Les moyens sont divers.
> Racine en trouvait une
> Dans le fruit de ses vers.
> Mais son ambition
> N'étant pas satisfaite,
> De la dévotion, don, don,
> Le masque il emprunta, là, là,
> Pour n'être plus poëte [1].

Ailleurs, pour attaquer la piété du poëte, on saisit le
prétexte de sa rivalité avec Corneille. Ces chansons se

> Pour qui Voiture est sans douceurs,
> Et l'Énéide languissante ;
> Vous espérez en vain des siècles ignorants
> Où vos fades écrits pourront servir d'exemple.
> Chez nos derniers neveux les poëtes du Temple
> Vaudront moins que ses diamants (*).
> (Bibl. impériale, Recueil manuscrit des *Chansons
> historiques*, t. VIII, p. 37).

(*) On faisait dans le Temple des diamants faux (*Note manuscrite*).

[1] *Chansons historiques*, IX, p. 100. Noël de 1697, 45e et 168e couplets.

rapportent, comme celles que nous avons déjà citées [1],
au discours de réception de La Bruyère.

1er *Couplet.*

Suis ce que je te conseille;
Sans t'en vouloir prendre au roi,
Souffre que le grand Corneille
Sois mis au-dessus de toi.
— Je ne saurais.
— Qu'il soit en place pareille !
— J'en mourrais.

2e *Couplet.*

Ta vanité me chagrine,
Loin d'être friand d'honneur,
La dévotion, Racine,
Veut qu'on soit humble de cœur.
— Je ne saurais.
— Fais-en du moins quelque mine.
— J'en mourrais.

3e *Couplet.*

Si tu ne veux pas me croire,
Quitte le dévot sentier ;
Dupé par ta vieille gloire,
Reprends ton premier métier.
— Je ne saurais.
— Imprime donc ton histoire [2].
— J'en mourrais [3].

Sans nul doute, ces odieuses imputations, répétées
si longtemps, faisant en grande partie, par la voix des
chansons, l'opinion publique, eurent une influence

[1] P. 119 et 120.
[2] *L'Histoire du roi Louis XIV.* (Note manuscrite.)
[3] *Chansons historiques*, vol. VII, p. 445.

fatale sur Racine. Dans toute la longueur du recueil
manuscrit des *Chansons*, Corneille n'est attaqué qu'une
fois : on l'appelle « ce mercenaire Normand, » proba-
blement à cause de ses malencontreuses dédicaces.
Boileau, que son métier de satirique exposait aux représailles, est cité cinq ou six fois. Tout le poids des
colères et des fureurs tombe sur Racine. Le parti de
ses anciens ennemis s'est grossi sur la fin de sa vie de
tous les philosophes et de ceux qui n'osant pas attaquer
la religion se plaisaient à l'avilir dans un de ses plus
nobles prosélytes. Racine se fit-il de sa piété un bou-
clier assez fort pour repousser toutes ces insultes? Cette
âme si tendre trouva-t-elle une force assez grande pour
rester insensible? Il sut se taire [1]. Cet effort fut bien
grand; et quand la disgrâce royale vint s'ajouter à
toutes ces misères, il ne lui resta plus qu'à se voiler la
tête et mourir.

On sait comment une faiblesse de Mme de Maintenon
amena ce coup si fatal à Racine, et comment cette douleur inattendue et si amère hâta les progrès d'une maladie déjà ancienne, mal connue et mal soignée par les
médecins, et en précipita le dénoûment. A une épo-

---

[1] Un jour il s'affligeait devant Boileau de l'acharnement qu'on mettait à le déchirer, à calomnier son affection pour Port-Royal, à exagérer, dans une intention
perfide, les services qu'il rendait aux religieuses et aux paysans du voisinage :
« Vous avez, disait-il à son ami, loué plus d'une fois dans vos vers des personnes
» dont les miens ne disent rien. Tout le monde connaît votre rime à *l'ostracisme*.
» C'est vous qu'on doit accuser, et cependant c'est moi qu'on accuse. Quelle en
» peut être la raison ? — Elle est toute naturelle, répondit Boileau. Vous allez à
» la messe tous les jours, et moi je n'y vais que les fêtes et les dimanches. »
(Louis Racine.)

que comme la nôtre, où l'effusion de l'amour et de la reconnaissance pour le souverain est si peu commune, on peut s'étonner du désespoir de Racine. Disons cependant que ce désespoir est respectable, car il était inspiré par un dévouement sincère au roi et à Mme de Maintenon. Et Louis XIV ne s'y est pas trompé, lui qui, pendant la maladie de Racine, donna au poëte les marques les plus sensibles de son estime et de son affection. Sans cesse il envoya prendre de ses nouvelles, sans cesse il en demanda aux seigneurs amis de Racine. Après la fatale catastrophe, il exprima vivement son affliction et ses regrets. Boileau s'était présenté à la cour pour prendre les ordres du roi au sujet de son histoire ; celui-ci, du plus loin qu'il le vit, lui cria : « Monsieur Despréaux, nous avons beaucoup perdu, » vous et moi, à la mort de Racine. » Quant à Mme de Maintenon, elle ne parla jamais qu'avec émotion de celui envers lequel elle avait eu un tort grave, mais humblement reconnu et déploré. Plusieurs passages de ses lettres témoignent de sa tendre vénération pour le caractère et pour les vertus de Racine : elle a prouvé par la fidélité de son souvenir qu'elle ne regardait pas comme un flatteur misérable cet homme sincère et honnête, et aujourd'hui encore si calomnié. Non, Racine n'a pas *vécu*, n'est pas *mort de l'adulation*, comme l'a dit cruellement un grand poëte de nos jours [1]. Un sentiment profond a échauffé son cœur, a contribué

[1] M. de Lamartine. *Cours familier de littérature* (13e entretien, t. III, p. 46, 1857.

sans doute à soutenir et à développer son génie. Ce
même sentiment, subitement blessé, a rempli son âme
de tristesse et d'amertume, et a décidé une catastrophe
qui se préparait fatalement. Voilà ce qu'il faut dire ; et,
dans cette mesure, sa douleur est noble et touchante :
Il faudrait bien de la sécheresse et de la dureté pour
oser encore y déverser le blâme et le ridicule.

Après cette revue des inimitiés qui ont poursuivi
Racine, des intérêts et des passions qui lui ont suscité
tant d'adversaires, on a le droit de l'affirmer : sa vie
a été un long combat. Cette guerre opiniâtre, engagée
dès ses premiers ouvrages, se poursuivit pendant toute
sa carrière. Son silence et sa retraite la suspendirent à
peine ; l'apparition d'*Esther* la ranima dans toute son
ardeur : peut-être ne serait-il pas juste de dire que
la mort en fut le dernier terme. Pour faire l'histoire
de ces luttes, il suffira donc de suivre Racine depuis
Alexandre jusqu'à *Athalie*. Chacune de ses œuvres a
été le signal d'un engagement plus ou moins vif ; chacune d'elles permettra d'apprécier la valeur des pièces
de toute nature, comptes rendus, dissertations, parodies, épigrammes, satires, tragédies rivales, qui sont
venues contester son génie, et opposer aux applaudissements du public leurs protestations souvent très-vives
et toujours douloureuses au poëte.

DEUXIÈME PARTIE.

ATTAQUES CONTRE LE THÉATRE DE RACINE, EXAMEN DES PIÈCES
CRITIQUES PUBLIÉES CONTRE SES ŒUVRES.

CHAPITRE PREMIER.

ALEXANDRE (déc. 1665).

Quelques attaques contre les Frères ennemis. — Succès d'Alexandre. —
Rupture avec Molière. — Dédicace d'Alexandre au roi. — Première
préface. — Comptes rendus de Robinet. — Dissertation sur Alexandre,
par Saint-Évremond.

Si l'on en croyait l'Épitre dédicatoire des *Frères
ennemis*, ce premier essai d'un auteur encore bien
obscur aurait déjà mis l'alarme parmi les poëtes et les
critiques, et cette tragédie aurait eu un honneur qui
n'appartient pas en général aux œuvres médiocres,
celui d'être combattue par de nombreux ennemis.
Racine, après avoir remercié M. le duc de Saint-Aignan
de sa bienveillante estime, demande à son protecteur,
pour la pièce dépouillée des ornements de la scène, la
continuation de cette précieuse faveur, qui a entraîné
celle du public. « Si cela est, ajoute-t-il, quelques en-

» nemis qu'elle puisse avoir, je n'appréhende rien pour
» elle, puisqu'elle sera assurée d'un protecteur que le
» nombre des ennemis n'a pas accoutumé d'ébranler. »
Sans doute on avait signalé dans les *Frères ennemis*
quelques imitations trop directes d'une tragédie antérieure de Rotrou. On raconte en effet[1] que Racine,
pressé par le temps, et forcé de remettre dans un délai
prescrit la pièce qu'attendait Molière, ou encore se
défiant de lui-même et voulant échapper à l'accusation
d'avoir lutté avec un poëte resté populaire, prit le parti
d'emprunter presque sans changement à l'*Antigone* de
Rotrou un récit qu'on jugeait alors inimitable[2]. Le
morceau disparut à l'impression des *Frères ennemis;*
mais ce plagiat, avoué par l'auteur, fut une bonne fortune pour les critiques; et plus tard surtout, quand
Racine sera dans tout l'éclat de sa gloire, ses ennemis
ne manqueront pas de s'en prévaloir. Pradon y fait
allusion dans une de ses préfaces, et Barbier d'Aucour,
dans son *Apollon vendeur de Mithridate*, réduit la tragédie
à un long plagiat.

Mais la guerre que nous racontons ne s'engage dans
toutes les règles qu'à partir de la tragédie d'*Alexandre*.
Le grand succès de cette œuvre imparfaite, mais brillante, le suffrage du roi, qui en acceptait la dédicace,
annonçaient aux poëtes du temps un redoutable rival.
Les applaudissements du public avaient glorieusement

[1] C'est Lagrange-Chancel qui racontait ces détails : Il disait les tenir d'amis
particuliers de Racine.
[2] Acte III, sc. II.

contredit la condamnation de Corneille. Les amis du
vieux poëte, excités encore par la joie arrogante de
Racine, en devinrent plus aigres dans leur ressentiment, plus décidés à contester à l'auteur d'*Alexandre*
les qualités du poëte tragique, à encourager les brigues
formées contre la pièce, enfin à accueillir avec enthousiasme et à répandre les critiques écrites contre
elle.

Un autre incident contribua encore à susciter des
ennemis à la tragédie nouvelle. L'*Alexandre* fut joué
d'abord par la troupe de Molière. D'après le *Registre*
du comédien La Grange (Archives de la Comédie française), la première représentation en fut donnée le
4 décembre 1665. « Mais, dit Louis Racine, l'auteur,
» mécontent des acteurs, leur retira sa pièce, et la
» donna aux comédiens de l'hôtel de Bourgogne ; il
» fut cause en même temps que la meilleure actrice
» du théâtre de Molière ¹, le quitta pour passer sur
» le théâtre de Bourgogne, ce qui mortifia Molière
» et causa entre eux un refroidissement qui dura
» toujours. » La date précise de cette grave affaire
nous est donnée encore par le *Registre* de La Grange.
L'*Alexandre* parut sur cette nouvelle scène le 18 décembre ; et ce témoignage, que les auteurs de l'*Histoire
du Théâtre français* n'ont pas connu, confirme le récit
de Louis Racine. Il n'est pas vrai que la tragédie,
comme les frères Parfaict l'ont soutenu d'après la

¹ Mˡˡᵉ Duparc. Au reste, elle ne quitta la troupe de Molière qu'en 1667, à
Pâques, pour remplir à l'hôtel de Bourgogne le rôle d'Andromaque.

Gazette de Robinet, ait été produite le même jour sur les deux théâtres. Les lettres du gazetier prouvent seulement que les représentations du Palais-Royal ne furent pas immédiatement arrêtées. On ne peut tirer d'autre conclusion de la lettre du 27 décembre, sur laquelle s'appuient les frères Parfaict [1].

> Le fameux *Alexandre*
> . . . .
> *Paraît, comme on sait, à la fois,*
> *Sur nos deux théâtres françois.*
> De l'auteur admirez l'adresse !
> Car pour ce vainqueur de la Grèce,
> Ce n'est pas trop de ces deux lieux.

Plusieurs autres passages de cette lettre et de la suivante viennent à l'appui du même fait [2]. Sans doute Molière ne se trouva pas aussitôt en mesure de remplacer la pièce qu'on lui retirait, mais il ne la maintint pas longtemps dans son répertoire ; car il est certain qu'elle ne fut jouée que trois fois, c'est-à-dire une semaine, au théâtre du Palais-Royal. On s'explique sans peine le mécontentement de Molière. Il eut le

---

[1] M. L.-Aimé Martin (*OEuvres complètes de Racine*, 1844, t. I, p. XLI, note) a reproduit l'erreur des frères Parfaict.

[2]
> Dimanche en son Palais-Royal,
> Je l'allai voir d'un cœur féal.

Après l'éloge des acteurs et des actrices, Robinet ajoute :
> Et certes, il est bien difficile
> De pouvoir rien trouver de tel,
> *Si ce n'est peut être à l'hôtel.*

Dans la lettre du 3 janvier 1666, il donne à ses lecteurs le compte-rendu de sa visite à l'hôtel de Bourgogne.

droit d'être blessé de la conduite de Racine, de se
rappeler qu'il avait accueilli, encouragé, servi le jeune
homme encore ignoré ; il put l'accuser de sacrifier
l'amitié et la reconnaissance à une impatiente ardeur
de succès et de renommée ; et s'il se plaignit avec
quelque vivacité, s'il a exercé plus tard quelques'
représailles, on ne saurait l'en blâmer. Louons-le
plutôt d'avoir su conserver de l'estime pour le talent
d'un homme qu'il avait cessé d'aimer, et d'avoir défendu la comédie des *Plaideurs* contre ceux qui pensaient lui plaire en la décriant. On sait au reste que
Racine, à une époque antérieure à celle des *Plaideurs*,
n'avait pas jugé le *Misanthrope* avec une sincérité moins
impartiale. A la nouvelle de l'échec de ce chef-d'œuvre,
il s'écria : « Il est impossible que Molière ait fait une
mauvaise comédie. »

Quelle qu'ait été l'influence de cet incident fâcheux
sur les inimitiés soulevées par la tragédie d'*Alexandre*,
il est certain qu'elles furent nombreuses et passionnées. Le poëte, dans la première préface d'*Alexandre*,
les signale avec cette vivacité amère qu'il portera longtemps dans ses protestations contre la critique. Déjà la
dédicace y fait hardiment allusion ; l'auteur ne craint
pas d'engager directement le roi dans sa cause, et de
lui faire épouser sa querelle : « Quelques efforts, dit-il,
» que l'on eût faits pour défigurer à Votre Majesté mon
» héros, il n'a pas plutôt paru devant elle qu'elle l'a
» reconnu pour Alexandre. » Mais la préface est bien
plus explicite. Racine commence par se féliciter du

succès de son *Alexandre*, et « des illustres approbations
» des premières personnes de la terre et des Alexan-
» dres du siècle, qui se sont hautement déclarés pour
» lui. » Mais il affecte surtout de s'enorgueillir des
manœuvres de ses censeurs ; mieux que des éloges qui
pourraient passer pour des encouragements, elles donnent au poëte de l'estime pour son œuvre : « J'avoue,
» dit-il, que, quelque défiance que j'eusse de moi-
» même, je n'ai pu m'empêcher de concevoir quelque
» opinion de ma tragédie, quand j'ai vu la peine que se
» sont donnée certaines gens pour la décrier ; on ne fait
» point tant de brigues contre un ouvrage qu'on n'es-
» time pas ; on se contente de ne plus le voir quand on
» l'a vu une fois, et on le laisse tomber de lui-même,
» sans daigner seulement contribuer à sa chute. Ce-
» pendant j'ai eu le plaisir de voir plus de six fois de
» suite à ma pièce le visage de ces censeurs ; ils n'ont
» pas craint de s'exposer si souvent à entendre une
» chose qui leur déplaisait ; ils ont prodigué libérale-
» ment leur temps et leurs peines pour la venir criti-
» quer, sans compter les chagrins que leur ont peut-
» être coûtés les applaudissements que leur présence
» n'a pas empêché le public de me donner. »

Ainsi, à en croire Racine, les adversaires de sa pièce
avient tout fait pour en combattre le succès. Afin d'en
mieux saisir les côtés faibles, ils avaient affronté l'ennui
de plusieurs représentations consécutives, et la douleur
encore plus sensible d'entendre applaudir une œuvre si
méprisée. On ne les accusera pas du moins d'avoir pro-

noncé à la légère ; si leurs attaques sont dures, elles
ne sont pas irréfléchies. Racine relève ces objections
avec une arrogance qui dépasse le début de sa préface :
« Je ne représente pas à ces critiques le goût de l'anti-
» quité : je vois bien qu'ils la connaissent médiocre-
» ment. » Cette réponse directe et blessante, où l'on
sent la confiance présomptueuse d'un jeune homme
trop content de lui-même, donnait d'autant mieux prise
aux ennemis de Racine qu'au fond elle était faible et
peu concluante. L'auteur lui-même a paru le sentir,
car il glisse sur ce point important, et il se hâte de dé-
placer la question et de faire valoir les autres mérites
de sa pièce, l'utilité de toutes les scènes, leur liaison
logique et nécessaire, l'intérêt soutenu d'une action
chargée de peu d'incidents et de matière. Mais son
triomphe est dans la contradiction des critiques, et il
ne manque pas d'y insister : « Ce qui me console, c'est
» de voir mes censeurs s'accorder si mal ensemble : les
» uns disent que Taxile n'est point assez honnête
» homme ; les autres qu'il ne mérite point sa perte ;
» les uns soutiennent qu'Alexandre n'est point assez
» amoureux, les autres qu'il ne vient sur le théâtre
» que pour parler d'amour. » Il a le droit de conclure
qu'il n'a pas besoin de ses amis pour le justifier et de
terminer sa préface par ce dernier trait : « Je n'ai qu'à
» renvoyer mes ennemis à mes ennemis ; je me repose
» sur eux de la défense d'une pièce qu'ils attaquent
» de si mauvaise intelligence, et avec des sentiments
» si opposés. »

Une connaissance imparfaite de l'antiquité, une conception fausse du caractère de Taxile et surtout de celui
d'Alexandre, trop froid au gré de ceux-ci, trop amoureux selon ceux-là, telles sont, de l'aveu de Racine,
les principales critiques adressées à sa pièce. Elles
sont importantes et toutefois il aurait pu encore en indiquer d'autres. Quelques vers de Robinet le témoignent. Dans son premier compte-rendu, le gazetier
commence par railler en passant la galanterie peu antique du nouvel Alexandre ; puis il insinue une autre
critique, sur laquelle ont appuyé depuis tous les adversaires de Racine :

> Là Porrhus fait aussi son rôle
> Et généreusement contrôle
> Le grand vainqueur de l'univers,
> Lors même qu'il le tient aux fers.

Sans nul doute, cette fierté du caractère de Porus,
tracé sur le modèle des héros et des héroïnes de Corneille, cette audace de langage d'un vaincu qui brave
son vainqueur, avaient été remarquées avant Robinet.
C'était un défaut essentiel de la tragédie ; elle méritait
moins le titre d'*Alexandre* que celui de *Porus*, sous lequel la désignait M. de Pompone [1], qui en avait en-

[1] Lettre à Mme de Sévigné, 3 février 1665. Il énumère les personnes pré-
sentes ; et « sur le tout, ajoute-t-il, Despréaux que vous connaissez, qui y était
» venu réciter de ses satires, qui me parurent admirables, et Racine, qui y récita
aussi trois actes et demi d'une comédie de *Porus*, si célèbre contre Alexandre,
» qui est assurément d'une fort grande beauté. »

tendu lire les premiers actes chez Mme de Plessis-Gué-
négaud. Racine, dans sa seconde préface, dont le ton
modéré fait un contraste frappant avec celui de la première, a réparé par une longue apologie cette importante omission de sa première défense. Il faut dire que
sa nouvelle réponse s'adressait surtout, dans son intention, à une pièce critique postérieure à la première publication d'*Alexandre*, et qui, en reproduisant avec
étendue et avec force toutes les objections déjà faites,
insistait particulièrement sur celle-là. On devine qu'il
s'agit de Saint-Évremond, et de sa célèbre *Dissertation
sur Alexandre*.

Dès que la tragédie avait été publiée, on l'avait fait
parvenir au spirituel exilé, si curieux de littérature.
Cette lecture devait avoir pour lui un intérêt d'autant
plus vif, qu'il était instruit déjà du grand succès d'*A-
lexandre*, et qu'en sa qualité d'amirateur passionné de
Corneille, il devait être importuné de tout ce bruit, et
impatient de juger par lui-même cette œuvre tant applaudie. Il lut la pièce : il en remarqua facilement les
nombreux défauts, plus sensibles encore à la lecture
qu'à la représentation ; il fut, avec raison, rassuré sur
la supériorité de Corneille, et, tout en rendant hommage au talent distingué du nouveau poëte, il ne crut
pas que le *grand Alexandre* pût inquiéter l'auteur d'*Horace*, de *Cinna* et de tant de chefs-d'œuvre. Il explique
lui-même, dans une lettre à son ami, M. de Lionne,
comment il fut amené à mettre par écrit ses sentiments
sur la tragédie nouvelle, et à envoyer à Paris cette

pièce critique. Une dame Bourneau [1], « qu'il a fort
» vue, dit-il, en Angleterre, et qui a l'esprit très-bien
» fait, » lui avait envoyé l'*Alexandre*, avec prière d'en
donner son jugement. Pour satisfaire sa correspondante, Saint-Évremond, « sans s'être donné, prétend-
» il, le loisir de bien lire la tragédie, écrivit à la hâte
» ce qu'il en pensait. » Mais il avait entendu que cette
lettre ne serait pas montrée; il se dit très-mécontent de
la publicité donnée à sa dissertation : « Mme Bourneau
» m'a fait un très-méchant tour d'avoir montré un sen-
» timent *confus* que je lui avais envoyé sur l'*Alexan-*
» *dre*... Moins religieuse que vous à se gouverner selon
» les sentiments de ses amis, il se trouve qu'elle a
» montré ma lettre à tout le monde. » Saint-Évremond
a deux motifs de contrariété. D'abord il n'aime pas
cette popularité qu'on lui fait sans son aveu : « Je hais
» extrêmement de voir mon nom courir par tout le
» monde presque en toutes choses, particulièrement en
» celles de cette nature. » Puis il est fâché d'avoir
causé de la peine à Racine : « Mme Bourneau m'attire
» aujourd'hui l'embarras que vous me mandez. Je ne
» connais point M. Racine; c'est un fort bel esprit que
» je voudrais servir, et ses plus grands ennemis ne
» pourraient pas faire autre chose que ce que j'ai fait
» sans y penser. » Quel est cet *embarras* dont parle
Saint-Évremond? Est-ce une allusion au parti qu'on

---

[1] Elle était femme d'un président de la sénéchaussée de Saumur. Elle avait
accompagné Mme de Comminges en Angleterre, quand M. de Comminges y alla
en 1665, comme ambassadeur.

tira contre Racine de la dissertation, avidement ac-
cueillie et répandue ? Faut-il l'entendre du mécontentement de quelques hauts personnages, protecteurs du
jeune poëte? Peut-être ces deux motifs entrent-ils dans
les regrets de l'auteur; peut-être même la dissertation,
telle que nous la lisons aujourd'hui dans ses œuvres,
n'est-elle qu'une seconde édition, destinée à adoucir
les torts de la première. On peut le croire, puisque
Saint Évremond exprime le vœu que ces petites pièces,
données jusque-là « dans le désordre où elles passent
» de main en main jusqu'à celles d'un imprimeur, »
soient publiées correctement par ses amis; puisqu'il
envoie lui-même à M. de Lionne cette dissertation,
que sans doute son ami connaissait déjà par les copies
de la lettre à Mme Bourneau. Ainsi s'expliqueraient ces
longs développements, qui ne vont guère avec la confusion et la hâte dont s'est accusé Saint-Évremond ;
ainsi s'expliqueraient aussi les éloges complaisants qui
sont comme l'exorde et l'atténuation oratoire de la
critique.

Ces éloges, si encourageants pour Racine, prouvent
que Saint-Évremond ne partageait pas l'opinion de
Corneille sur la nature du talent du jeune homme, et
qu'il le croyait propre à la poésie dramatique. Après ce
gracieux début commencent les critiques, mais enveloppées encore de louanges, et pleines de bienveillance
et de mesure : « Je voudrais, dit-il, que Corneille for-
» mât avec la tendresse d'un père son vrai successeur.
» Je voudrais qu'il lui donnât le bon goût de cette an-

» tiquité qu'il possède si avantageusement, qu'il le fit
» entrer dans le génie de ces nations mortes, et con-
» naître sainement le caractère des héros qui ne sont
» plus. C'est, à mon avis, la seule chose qui manque à
» un si bel esprit. Il a des pensées fortes et hardies,
» des expressions qui égalent la force de ses pensées;
» mais vous me permettrez de vous dire après cela qu'il
» n'a connu ni Alexandre ni Porus. » Ainsi, Saint-
Évremond se rencontre tout d'abord avec les censeurs
auxquels Racine avait répondu si faiblement dans sa
première préface, et toute sa dissertation est comme le
développement de cette critique générale, appliquée
surtout aux deux personnages principaux de la tragédie, Alexandre et Porus. Alexandre pâlit devant Porus:
« Il paraît que l'auteur a voulu donner une plus grande
» idée de Porus que d'Alexandre ; en quoi il n'était
» pas possible de réussir ; car l'histoire d'Alexandre,
» toute vraie qu'elle est, a bien l'air d'un roman, et
» faire un plus grand héros, c'est donner dans le fabu-
» leux, c'est ôter à son ouvrage non-seulement le cré-
» dit de la vérité, mais l'agrément de la vraisem-
» blance. »

Mais, sans donner dans le fabuleux, sans former
« des imaginations trop vastes et trop relevées, » il y
avait un moyen d'élever Porus au-dessus de son vainqueur : c'était de représenter celui-ci tellement petit
qu'il devînt facile de le dominer. Or, au jugement de
Saint-Évremond, c'est la faute qu'a commise Racine :
« Il a fait de son Alexandre un prince si médiocre que

» cent autres le pourraient emporter sur lui comme
» Porus. Ce n'est pas qu'Ephestion n'en donne une
» belle idée ; que Taxile, que Porus même ne parlent
» avantageusement de sa grandeur ; mais, quand il pa-
» raît lui-même, il n'a pas la force de la soutenir... A
» parler sérieusement, je ne connais ici d'Alexandre
» que le seul nom ; son génie, son humeur, ses quali-
» tés ne me paraissent en aucun endroit. Je cherche
» dans un héros impétueux des mouvements extraordi-
» naires qui me passionnent, et je trouve un prince si
» peu animé, qu'il me laisse tout le sang-froid où je
» puisse être. » Avouons-le, cette critique, reproduite
presque textuellement par Fontenelle, dans ses *Réflexions sur la poétique*, est parfaitement fondée, et Racine, qui la combat dans sa seconde préface, n'a pas
réussi à la réfuter. « J'ai tâché, dit-il, de représenter en
» Porus un ennemi digne d'Alexandre, et je puis dire
» que son caractère a plu extrêmement sur notre théâ-
» tre, jusque-là que des personnes m'ont reproché que
» je faisais ce prince plus grand qu'Alexandre. Mais ces
» personnes ne considèrent pas que dans la bataille et
» dans la victoire, Alexandre est en effet plus grand
» que Porus, qu'il n'y a pas un vers dans la tragédie
» qui ne soit à la louange d'Alexandre, que les invec-
» tives même de Porus et d'Axiane sont autant d'éloges
» de ce conquérant. » Oui, mais les sentiments et les
pensées d'Alexandre parlant sur le théâtre doivent répondre à l'idée que nous nous faisons d'Alexandre
combattant ; cette grandeur dont nous entretiennent ses

amis, qu'avouent ses ennemis eux-mêmes, il faut
qu'elle éclate dans sa personne, dès qu'il paraît devant
nous ; il est fâcheux qu'il se présente « uniquement
» occupé, comme dit Fontenelle, de l'amour d'une
» petite Cléophile, que le spectateur n'estime pas beau-
» coup, » et, qu'à la nouvelle de l'attaque de son camp
par Porus, au lieu de courir au danger, il reste à causer
avec deux femmes.

Nous n'acceptons pas aussi complétement l'opinion
de Saint-Évremond au sujet du caractère de Porus. Il
a raison sans doute de vouloir que ceux qui représentent « quelques héros des vieux siècles entrent dans le
» génie de la nation dont il a été, dans celui du temps
» où il a vécu, et particulièrement dans le sien propre.»
Il a raison de distinguer le romancier du poëte dramatique et de vouloir que « ces grands personnages de
» l'antiquité, si célèbres dans leur siècle et plus con-
» nus parmi nous que les vivants mêmes, les Alexandre, les Scipion, les César, ne perdent jamais leur caractère entre nos mains. » Mais n'exagère-t-il pas,
quand il demande au poëte de dépouiller sa propre nature et d'aller jusqu'à « l'étrange ; quand il prétend
» que le climat change les hommes comme les animaux
» et les productions, influe sur la raison comme sur les
» usages, et qu'une morale, une sagesse singulière à la
» région y semble régler et conduire d'autres esprits
» dans un autre monde? » Il oublie que, malgré la différence de mœurs, de langage, de costume, l'homme
au fond est partout le même ; il oublie surtout que le

véritable intérêt de la tragédie, comme en général de
la littérature, est dans la peinture des sentiments et des
passions qui constituent l'homme de tous les pays et
de tous les temps, et que le plus immortel des poëtes
est celui qui est le moins le peintre d'une certaine époque et d'une certaine nation, et le plus l'interprète de
la nature universelle et immuable. On a vu de nos
jours à quels abus pouvait conduire la couleur locale,
et combien cette recherche d'une exactitude, pour ainsi
dire, matérielle, peut faire oublier à l'auteur le fond
même de son art, et lui ôter toute inspiration et toute
chaleur. Je regretterai donc peu que les discours de
Porus n'aient pas « quelque chose de plus étrange et
de plus rare, » que Racine n'ait pas imité l'exemple de
Quinte-Curce dans cette harangue des Scythes tant
admirée de Saint-Évremond, qu'il ne nous ait pas
transportés dans le climat des Indes, au milieu de cette
nature merveilleuse, de ces fleuves immenses, « de ces
» chariots, de ces éléphants, de ces éclairs, de ces fou-
» dres, de ces tempêtes. » Il est facile de se perdre dans
ces détails ; en recherchant cette sorte d'intérêt, le
poëte court grand risque de ne pas rencontrer cet autre
plus important que Saint-Évremond a raison de lui demander, c'est-à-dire « d'entrer dans l'intérieur et de
» tirer du fond de ces grandes âmes, comme a fait Cor-
» neille, leurs plus secrets sentiments. »

Sans doute, il n'y a pas assez de cette analyse profonde dans la tragédie d'*Alexandre*, et Saint-Évremond
a encore raison sur ce point. Il critique aussi très-

justement l'amour qui occupe tous les personnages
de la pièce et derrière lequel disparaît « tout ce qu'il y
a de plus grand et de plus précieux parmi les hommes.»
Sans doute, il est ridicule « qu'on parle à peine du
» camp des deux rois qu'on asservit à des princesses
» purement imaginées ; que la défense d'un pays, la
» conservation d'un royaume n'excite point Porus au
» combat, qu'il y soit animé seulement par les beaux
» yeux d'Axiane, et que l'unique but de sa valeur soit
» de se rendre recommandable auprès d'elle. » Il ne
l'est pas moins qu'Alexandre sorte précipitamment du
combat pour aller revoir Cléophile, et que l'intérêt de
son amour lui fasse « remettre au hasard le succès de
» la bataille, au moment où elle devient douteuse. »
Mais ces défauts si bien relevés ne se réduisent pas à
un simple oubli de la couleur locale ; ce sont des
fautes choquantes contre la vérité des caractères,
contre la vraisemblance, contre la raison. Comme le
dit Saint-Évremond, les héros de la tragédie ont les
mœurs des chevaliers errants ; mais il aurait pu ajouter
qu'ils ont celles des tragédies de Quinault et de ses
contemporains, sans en excepter toujours les dernières
pièces de Corneille. Racine subissait encore l'influence
de ce mauvais goût, héritage de Mlle de Scudéri et de
ses émules.

La dissertation dont nous avons présenté les principaux traits n'était pas seulement une critique spirituelle et juste de l'*Alexandre* : c'était, on peut le dire,
un panégyrique continuel de Corneille ; partout l'au-

teur y exprimait son admiration pour le génie du grand
poëte, et il se faisait surtout l'apologiste d'une tragédie
récente (1663), accueillie très-froidement, la *Sophonisbe*.
Cet hommage fut très-sensible à Corneille, qui aimait
beaucoup la *Sophonisbe*. Il remercia vivement Saint-
Évremond. Dans cette lettre dont nous avons cité un
passage directement applicable à Racine, le poëte
développait sa théorie sur l'amour : « J'ai cru jusqu'ici
» que l'amour était une passion trop chargée de fai-
» blesse pour être dominante dans une pièce héroïque;
» j'aime qu'elle y serve d'ornement et non pas de corps,
» et que les grandes âmes ne la laissent agir qu'autant
» qu'elle est compatible avec de plus nobles impres-
» sions. Nos doucereux et nos enjoués sont de con-
» traire avis; mais vous vous déclarez du mien :
» n'est-ce pas assez pour vous en être redevable au
» dernier point? » Nous trouverons ailleurs l'occasion
de contester ce rôle secondaire d'une passion, bien
froide et bien peu tragique, dès qu'elle n'est pas dominante; mais quels étaient ces *doucereux* et ces *enjoués?* A qui Corneille pensait-il en parlant, dans un
autre passage de sa lettre, de « ces opiniâtres entête-
» ments qu'on a pour les héros refondus à notre mode?»
C'étaient encore des traits à l'adresse de l'auteur
d'*Alexandre*, et ce nouvel incident ne contribua pas à
rapprocher les deux poëtes.

Si la *Dissertation sur Alexandre* n'avait pas eu d'autre
résultat, il faudrait déplorer qu'elle ait été écrite; ·
mais, on peut l'affirmer, elle n'a pas été perdue pour

Racine. Sans doute, au premier moment, malgré la bienveillance du début, elle blessa son amour-propre susceptible ; mais, comme toujours, la réflexion triompha de ce mouvement d'humeur ; il reconnut la justesse de la plupart des observations de Saint-Évremond et il ne les oublia pas en traçant les caractères de son *Andromaque*. On peut affirmer que le rapide et merveilleux progrès de son talent et de son goût fut en partie l'ouvrage de cette critiqüe. La *Thébaïde* était une pièce pâle et médiocre ; *Alexandre*, une imitation plutôt qu'une œuvre originale : quelques caractères étaient calqués sur Corneille, d'autres se ressentaient de l'*Astrate*. Avec *Andromaque* apparut une tragédie nouvelle, moins forte et moins élevée que celle de Corneille, mais pleine de sensibilité et de naturel, d'expression et de vérité. Malgré des imperfections et des taches, malgré quelques défauts de jeunesse, un chef-d'œuvre était donné au théâtre français, et le public du temps ne s'y trompa pas. Voyons quelle attitude prit la critique en face de ces transports d'admiration, et comment elle accueillit une œuvre dont *Alexandre* ne permettait pas de pressentir les beautés supérieures.

CHAPITRE II.

ANDROMAQUE (novembre 1667).

Témoignages de Perrault, de Robinet, de Subligny, sur le succès d'Andromaque. — Épitre dédicatoire et première préface de Racine. — Compte-rendu de Robinet. — Jugement de Saint-Évremond. — La Folle Querelle de Subligny.

Nous avons cité le témoignage peu suspect de Perrault sur le succès de la tragédie nouvelle : « *Andromaque* fit autant de bruit à peu près que le *Cid*. » La *Gazette* de Robinet, la pièce critique de Subligny, attestent à leur tour l'éclat de cette victoire. Selon Robinet[1] « les vers et tous les incidents » du poëme ont charmé la cour.

> . . . Et cette œuvre de Racine
> Maint autre rare auteur chagrine.

La *Folle querelle*, de Subligny, donne une preuve plus piquante de cette popularité. Dans la famille où l'auteur nous transporte, *Andromaque* est le sujet de toutes les conversations, de toutes les disputes ; les valets

---

[1] Lettre du 19 novembre 1667

comme les maîtres ne s'occupent pas d'autre chose; on en parle au salon; on en parle aussi vivement à l'antichambre, à la cuisine, jusqu'à l'écurie. « Cuisi- » nier, cocher, palefrenier, laquais, et jusqu'à la por- » teuse d'eau en veulent discourir. Bientôt, dit un des » personnages de la comédie, la contagion gagnera le » chien et le chat du logis. » Une maîtresse demande-t-elle sa femme de chambre, celle-ci, répond un laquais, « est occupée à faire l'Hermione contre le cocher dont elle est coiffée. » Un maître reproche-t-il à son valet l'insuccès d'un message délicat : « Monsieur, dit celui- » ci, j'ai fait comme Oreste, qui ne laisse pas de tuer » Pyrrhus, quoique Cléone lui ait été dire qu'il n'en » fasse rien. » La renommée d'*Andromaque* remplit donc toute la pièce, et si le critique prétend contester la valeur du succès, il en constate du moins, sans le vouloir, le retentissement et l'étendue.

Racine est justement fier de cette brillante fortune de son œuvre. Dans son épître dédicatoire, il fait hommage d'*Andromaque* à son aimable protectrice, Henriette, duchesse d'Orléans, et il rappelle à Madame la part qui lui revient dans la composition et le succès de la tragédie : « Ce n'est pas sans sujet que je mets votre » illustre nom à la tête de cet ouvrage. Et de quel autre » nom pourrais-je éblouir les yeux de mes lecteurs » que de celui dont mes spectateurs ont été si heureu- » sement éblouis? On savait que Votre Altesse Royale » avait daigné prendre soin de la conduite de ma tra- » gédie; on savait que vous m'aviez prêté quelques-

» unes de vos lumières pour y ajouter de nouveaux
» ornements ; on savait enfin que vous l'aviez honorée
» de quelques larmes dès la première lecture que je
» vous en fis. Pardonnez-moi, Madame, si j'ose me
» vanter de cet heureux commencement de sa destinée.
» Il me console bien glorieusement de la dureté de
» ceux qui ne voudraient pas s'en laisser toucher. Je
» leur permets de condamner l'*Andromaque* tant qu'ils
» voudront, pourvu qu'il me soit permis d'appeler de
» toutes les subtilités de leur esprit au cœur de Votre
» Altesse Royale. »

Ce n'est pas, on le voit, qu'*Andromaque* ait manqué
de critiques, et Racine ne peut s'empêcher de leur
lancer un trait en passant ; mais il fait bon marché de
la censure de ces juges insensibles, et il s'en explique
encore plus directement dans sa première préface : « Le
» public lui a été trop favorable pour qu'il s'embar-
» rasse du chagrin particulier de deux ou trois per-
» sonnes. »

Quelles sont ces personnes et quelle était la nature
de leurs critiques? Les deux mordantes épigrammes
de Racine nous ont fait connaître les griefs du marquis
de Créqui et du comte d'Olonne. La trop fidèle douleur d'Andromaque, veuve invraisemblable et ridicule,
qui pleure encore son mari après une année, l'amour
exagéré de Pyrrhus pour sa captive dont il fait sa maîtresse; enfin, le rôle d'Oreste, ambassadeur sans dignité et sans respect pour le caractère dont il est revêtu; tels sont les points sur lesquels portaient les

objections des deux nobles censeurs. Mais on en faisait
une autre que l'auteur a jugée plus grave et dont il a
été plus ému; car c'est la seule qu'il mentionne dans
sa première préface, et il la combat tout au long. On
s'indignait de la violence et des emportements de Pyrrhus : il manquait de respect et de galanterie avec Andromaque, de probité et d'honneur avec Hermione.
C'était, dit-on, le grief du grand Condé; Subligny en
fera l'objet de plusieurs scènes de sa comédie : Robinet
y revient plus d'une fois dans son misérable compte
rendu, dont nous ferons grâce aux lecteurs.

Comment Racine justifie-t-il le caractère de Pyrrhus, sur quelle autorité s'appuie-t-il pour le défendre? Chose curieuse! ce poëte tant accusé d'altérer
l'histoire, d'affadir les héros de l'antiquité et de « les
assaisonner à la sauce douce, » appelle à son aide la
tradition historique, le témoignage des anciens poëtes :
« Mes personnages, dit-il au commencement de sa
» première préface, sont si fameux dans l'antiquité
» que, pour peu qu'on la connaisse, on verra fort bien
» que je les ai rendus tels que les anciens poëtes nous
» les ont donnés; aussi n'ai-je pas pensé qu'il me fût
» permis de rien changer à leurs mœurs. Toute la li-
» berté que j'ai prise, ça été d'adoucir un peu la féro-
» cité de Pyrrhus que Sénèque, dans la *Troade*, et
» Virgile, dans le second livre de l'Énéide, ont poussée
» beaucoup plus loin que je n'ai cru le devoir faire;
» encore s'est-il trouvé des gens qui se sont plaints
» qu'il s'emportât contre Andromaque et qu'il voulût

» épouser une captive à quelque prix que ce fût; et
» j'avoue qu'il n'est pas assez résigné à la volonté de sa
» maitresse, et que Céladon a mieux connu que lui le
» parfait amour. Mais que faire? Pyrrhus n'avait pas
» lu nos romans; il était violent de son naturel et tous
» les héros ne sont pas faits pour être des Céladons. »
Quoi! c'est Racine qui écrit ces lignes; quoi! il se
moque, comme Corneille, des héros transformés en
Céladons! Ce fait prouve au moins qu'à l'époque où
parut *Andromaque*, l'amour à la façon des romans de
Mlle de Scudéri et des pièces de Quinault comptait
encore beaucoup de partisans, et que Racine, loin de
gâter son temps, l'a réformé; car à une galanterie prétentieuse et fausse il a substitué l'expression naturelle
et pathétique d'une sensibilité délicate, et souvent les
transports saisissants d'une ardeur emportée et furieuse. L'amour, il est vrai, est l'âme de la nouvelle
pièce; c'est par lui que s'engage et se complique l'action; c'est lui qui en précipite le dénoûment. Mais
cet amour, profondément tragique dans le personnage
d'Hermione, a aussi, sauf quelques traits de mauvais
goût, dernier tribut payé à l'époque, un caractère puissant dans Pyrrhus et dans Oreste; c'est une passion de
cœur, éminemment émouvante et sympathique, car on
y sent la vérité et la vie. C'était là le grand progrès
d'*Andromaque* sur *Alexandre*, et il y en avait encore
un autre : la légende de Pyrrhus et d'Andromaque se
prêtait bien mieux que l'histoire d'Alexandre à une
intrigue amoureuse. Les vers de Virgile, cités si à

propos par Racine au début de sa deuxième préface, justifiaient l'infidélité et la violence de Pyrrhus, les fureurs et la vengeance d'Oreste. Comme le dit avec raison le poëte, ce passage donnait « l'action, les acteurs » et même leurs caractères, excepté celui d'Hermione, » dont la jalousie et les emportements sont assez marqués dans l'*Andromaque* d'Euripide. » Si la tradition était changée sur quelques points, qu'importe dans un sujet plus fabuleux qu'historique? et Racine n'avait-il pas le droit d'invoquer les poëtes grecs, qui tant de fois, dans leurs tragédies, se sont écartés des traditions le plus généralement acceptées? Toujours est-il que cet épisode, même chez les anciens, est plein des fureurs et des fatales conséquences de l'amour, et que le poëte moderne pouvait, sans choquer la vraisemblance, y développer librement cette passion. Alexandre, Porus, n'agissant au milieu d'une guerre si importante que sous l'inspiration et pour le plaisir d'une maîtresse, étaient des personnages ridicules et faux. Pyrrhus, dans les loisirs de sa petite cour, se livrant aux transports de sa nature violente et périssant victime de ses passions et de celles des autres, était une reproduction fidèle du Pyrrhus d'Euripide et de Virgile. On pouvait critiquer quelques détails de son langage; mais, pour le fond, il était, aussi bien que les autres personnages du drame, conforme à la tradition et à la vérité. C'était, dans une mesure suffisante, le héros antique; c'était surtout l'homme de tous les pays et de tous les temps : or, selon nous, voilà le fond de l'art, voilà le mérite supérieur et capital du poëme tragique.

Que pensa Saint-Évremond de cette transformation où il avait le droit de reconnaître le fruit heureux de ses critiques ? Applaudit-il à des progrès qui étaient en partie son œuvre ? Lui qui avait eu des encouragements si flatteurs pour un poëte encore novice, eut-il à cœur de rendre hommage au talent déjà mûr de l'auteur d'*Andromaque* ? Il faut l'avouer, son appréciation fut bien froide et bien vague ; et dans la sévérité précise et motivée de la *Dissertation sur Alexandre*, il y avait plus de bienveillance pour Racine que dans les louanges douteuses et embarrassées qu'il accorde à la nouvelle pièce. M. de Lionne la lui a envoyée en même temps que l'*Attila* de Corneille. Dans une première lettre, Saint-Évremond, quoique à peine il ait eu, dit-il, le loisir d'y jeter les yeux, rend compte à son ami de ses impressions. « Cette tragédie a bien » l'air des belles choses ; il s'en faut presque rien qu'il » n'y ait du grand. Ceux qui n'entreront pas assez » dans les choses l'admireront ; ceux qui veulent des » beautés pleines y chercheront je ne sais quoi qui les » empêchera d'être tout à fait contents. » Que signifient ces précautions oratoires, ces formes restrictives, ces éloges retirés à mesure qu'on les accorde ? Est-ce là une critique sérieuse et sincère ? N'a-t-on pas le droit de réclamer d'un censeur si rigoureux plus de précision dans son blâme, plus d'arguments et de faits à l'appui de sa sentence ? Il semble, en vérité, qu'il

craigne de se compromettre et qu'il veuille ménager à
la fois les amis et les ennemis du poëte. Ce qui suit
n'est pas moins vague. Montfleury, comédien de l'hôtel
de Bourgogne, qui jouait *Oreste*, venait de mourir,
épuisé, disait-on, par la fatigue de ce rôle [1]. M. de
Lionne, en annonçant à son ami cet événement qui fit
du bruit, ajoutait que la pièce y avait perdu. Saint-
Évremond saisit cette idée et prend plaisir à y insister.
« Vous avez raison de dire que cette pièce est déchue
» par la mort de Montfleury; car elle a besoin de
» grands comédiens qui remplissent par l'action ce
» qui lui manque. » Mais que ne précise-t-il ce qui
manque à *Andromaque?* Peut-on se contenter du jugement qu'il donne comme son dernier mot : « à tout
» prendre, c'est une belle pièce, qui est fort au-dessus
» du médiocre, quoique un peu au-dessous du grand?»
Et cette appréciation superficielle est suivie de l'éloge
pompeux d'*Attila !*

Cependant une lecture plus réfléchie aura peut-être
modifié les sentiments de Saint-Évremond ; elle lui
permettra du moins d'appuyer sa sévérité sur des argu-

[1] Bayle, *Dictionn. historique*, à l'article *Andromaque*, note 1, cite à ce propos le
passage suivant du *Parnasse réformé*, où l'on fait parler ainsi le fameux comédien : « Qui voudra savoir de quoi je suis mort, qu'il ne demande point si c'est
» de la fièvre, de l'hydropisie ou de la goutte, mais qu'il sache que c'est d'*Andro-*
» *maque*. Je voudrais que tous ces composeurs de pièces tragiques, ces inven-
» teurs de passions à tuer les gens, eussent comme Corneille un abbé d'Aubignac
» sur les bras : ils ne seraient pas si furieux. Mais ce qui me fait le plus de dépit,
» c'est qu'*Andromaque* va devenir plus célèbre par les circonstances de ma
» mort, et que désormais il n'y aura plus de poëte qui ne veuille avoir l'honneur
» de tuer un comédien en sa vie. »

ments sérieux. Trois amis lui ont envoyé chacun de
leur côté un exemplaire d'*Andromaque* ; tous les trois
lui ont demandé son jugement ; sans doute il voudra
répondre par un examen approfondi à la curiosité dé-
férente de ceux qui l'interrogent. C'est encore à M. de
Lionne qu'il adresse cette seconde appréciation. «Votre
Andromaque m'a semblé très-belle, » dit-il en commençant ; mais il se hâte de corriger cet aveu par des
réserves aussi nombreuses et aussi peu motivées que
dans la première lettre : « Je crois qu'on peut aller
» plus loin dans les passions, et qu'il y a encore quel-
» que chose de plus profond dans les sentiments que
» ce qui s'y trouve : ce qui doit être tendre n'est que
» doux, et ce qui doit exciter de la pitié ne donne que
» de la tendresse. » Singulière critique d'une pièce où
la passion est si pathétique et si furieuse dans Hermione, la tendresse si aimable et si pénétrante dans
Andromaque, où il y a une science si profonde du
cœur humain, où ces luttes orageuses de l'âme, véritable source de l'émotion dramatique, sont retracées
avec un art si consommé, avec une vérité si vivante !
Il est vrai que Saint-Évremond n'aime pas les veuves
au théâtre, excepté la seule Cornélie, parce qu'au lieu
de lui faire imaginer « des enfants sans père et une
» femme sans époux, ses sentiments tout romains
» rappellent l'idée de l'ancienne Rome et du grand
» Pompée [1]. Introduisez, dit-il ailleurs, une mère qui

[1] Dissertation sur Alexandre.

» se réjouit du bonheur de son fils, ou s'afflige de l'in-
» fortune de sa pauvre fille ; sa satisfaction ou sa peine
» fera peu d'impression sur l'âme des spectateurs.
» Pour être touché des larmes et des plaintes de ce
» sexe, voyons une amante qui pleure la mort d'un
» amant, non pas une femme qui se désole à la perte
» d'un mari. La douleur des maîtresses, *tendre et pré-*
» *cieuse*, nous touche bien plus que l'affliction d'une
» veuve artificieuse ou intéressée, qui, toute sincère
» qu'elle est quelquefois, nous donne toujours une
» idée noire des enterrements et de leurs cérémonies
» lugubres. » Cette singulière opinion prouve au moins
que Saint-Évremond n'est pas, comme d'autres partisans de Corneille, opposé à la peinture de l'amour dans
la tragédie [1]. Mais sa théorie sur les mères et les veuves
au théâtre était éloquemment réfutée par la nouvelle
tragédie. Andromaque, sans avoir une douleur *tendre*
et précieuse, était aussi touchante et aussi tragique
comme veuve et comme mère qu'Hermione comme
amante. Et ne pouvait-on pas déjà opposer à Saint-

---

[1] Ibid. « Rejeter l'amour de nos tragédies comme indignes des héros, c'est
» ôter ce qui nous fait tenir encore à eux par un secret rapport. J'avouerai qu'il
» n'y a point de sujets où une passion générale que la nature a mêlée à tout ne
» puisse entrer sans peine et sans violence. D'ailleurs, comme les femmes sont
» aussi nécessaires à la représentation que les hommes, il est à propos de les faire
» parler autant qu'on peut de ce qui leur est le plus naturel et dont elles parlent
» mieux que d'aucune chose. Otez aux unes l'expression des sentiments amoureux,
» et aux autres l'entretien secret où les fait entrer la confidence, vous les rédui-
» sez ordinairement à des conversations fort ennuyeuses. Presque tous leurs
» mouvements, leurs discours, doivent être des effets de leur passion : leurs joies,
» leurs tristesses, leurs craintes, leurs désirs, doivent sentir un peu d'amour pour
» nous plaire. » Peut-on mieux justifier le théâtre de Racine ?

Évremond l'Andromaque d'Homère et celle de Virgile, la mère d'Euryale chez le même poëte, la douleur déchirante de pères infortunés comme Priam, ou Evandre, ou Mézence? Non sans doute, ce n'est pas là une critique large et libérale, réfléchie et profonde. *L'auteur n'est pás descendu en lui-même ; il n'a pas interrogé avec calme et impartialité sa raison et son cœur. Il a jeté quelques traits brillants ; il s'est payé de quelques grandes phrases ; mais il ne nous a rien appris sur les qualités, rien sur les défauts de la tragédie qu'il juge ; et sa conclusion n'est guère moins embarrassée que tout le reste : « A tout prendre, Ra- » cine doit avoir plus de réputation qu'aucun autre, » excepté Corneille. » A la bonne heure ; mais le critique ne paraît pas y tenir beaucoup ; le mot *à tout prendre* ne rend pas l'aveu bien flatteur pour Racine ; les adversaires du nouveau poëte ne pourront pas en prendre ombrage et accuser Saint-Évremond de trahir leur cause.

La critique la plus étendue et la plus complète sur *Andromaque* est celle de Subligny. L'auteur l'a méditée à loisir, puisqu'elle ne parut qu'en mai 1668; et il a pu facilement pendant six mois la grossir de toutes les observations, de toutes les attaques dirigées contre la tragédie. La *Folle Querelle*, comédie en trois actes et en prose, représentée sur le théâtre du Palais-Royal, le 18 mai 1668, fit grand plaisir à tous les ennemis de Racine; elle fut une douce consolation pour ceux qu'a-vait affligés ou alarmés le succès populaire d'*Androma-*

que. Robinet se hâta d'annoncer la pièce, et, six jours avant la première représentation, il écrivait :

> Or, une plume fine et belle,
> Sous le nom de *Folle Querelle,*
> *En* ¹ a fait même le sujet,
> Qu'on dit bien tourné tout à fait,
> D'une petite comédie
> Aussi plaisante que hardie,
> Et qu'enfin la troupe du roi
> Donnera vendredi, je crois.

Il revint à la charge, à l'époque où la *Folle Querelle,* complétée par une longue préface, fut publiée, « au » Palais, chez Joli, au coin de la galerie des prison- » niers, » comme Robinet a soin de l'indiquer à ses lecteurs. On voit par ces vers, où l'ont sent l'accent du triomphe; que l'ouvrage avait fait du bruit et causé une sensible douleur à Racine ². Apparemment, ce qui affligea surtout l'auteur d'*Andromaque,* ce fut l'accueil empressé fait par Molière à cette pièce. Quoiqu'il eût donné à son ancien ami de justes motifs de ressenti- ment, il ne s'attendait pas sans doute à cette petite vengeance. Si l'on en croit Subligny, il alla jusqu'à attribuer la comédie à Molière lui-même. C'était assu- rément faire beaucoup d'honneur à cette œuvre, qui

---

¹ Il vient de parler du poëme d'*Andromaque.* (Lettre du 12 mai 1668.)

² A propos de satyre, quoy!
Sous ce nom, l'on voit, bonnefoy,
Icy des écrits qui sont pires
Dix mille fois que des satyres,
Et qui font au moins plus de peur
A maint et maint savant autheur.
(Lettre du 15 septembre 1668).

n'a rien de commun avec le talent et le style du grand
comique, et Subligny a raison de triompher dans sa
préface de cette prétendue méprise : « Cette comédie,
» dit-il, a diverti assez de monde dans le grand nom-
» bre de ses représentations, et elle a même assez plu à
» ses ennemis pour borner la vengeance qu'ils en ont
» tirée à publier que le plus habile homme que la
» France ait encore eu en ce genre d'écrire en était
» l'auteur, je veux dire M. de Molière. »

Quel est le caractère de cette pièce? On a dit que
c'était la première des parodies : ainsi Subligny aurait
eu l'honneur d'inventer ce genre aujourd'hui si répandu
et si populaire. Cependant on se rappelle que la tragédie du *Cid* fut parodiée par Boisrobert, et que cette
misérable bouffonnerie provoquée par Richelieu, fut
jouée au Palais-Cardinal par les marmitons de Son
Éminence. La priorité appartient donc à Boisrobert.
En outre le mot de parodie ne donne pas une idée très-
juste de l'œuvre de Subligny. Quelques situations de
sa comédie sont bien calquées sur celles d'*Andromaque*,
quelques scènes sont bien calculées de manière à reproduire certains passages de la tragédie, en les char-
geant; mais le plus souvent c'est une simple critique,
comme le *Portrait du peintre* ou la *Satyre des Satyres* de
Boursault. L'auteur, au lieu d'exprimer directement ses
opinions, les met dans la bouche de ses personnages, et
rend ses railleries plus vives et plus piquantes en les
présentant quelquefois comme les éloges maladroits de
sots admirateurs. Rien de plus commode que cette tac-

tique, renouvelée de Boursault. On donne à l'auteur
qu'on décrie des prôneurs maladroits, ignorants, em-
portés, ou même malhonnêtes ; on fait de ses adversaires des personnes pleines d'esprit, de délicatesse et
d'honneur : entre des parties si inégales, la lutte n'est
pas un instant douteuse. Les admirateurs de la pièce
attaquée, placés dans des situations défavorables, affu-
blés de tous les ridicules, sont facilement vaincus. Mais
les rires qu'ils provoquent atteignent-ils l'ouvrage cen-
suré, et le critique a-t-il le droit de se targuer d'un pareil triomphe?

Telle est la première impression que fait la comédie
de Subligny : on trouve que les partisans de Racine
sont trop sacrifiés, que les ennemis de la nouvelle pièce
ont la part trop belle. L'auteur nous transporte dans
une riche famille bourgeoise au moment de la grande
vogue d'*Andromaque*. Nous avons vu quelle perturba-
tion la tragédie jette dans cette famille : elle y occupe
tous les esprits, y trouble toutes les têtes, et vient
même traverser un mariage qui se prépare, celui d'Hortense avec Éraste, gentilhomme dont la poursuite est
agréée par la mère de la jeune fille. Mais Éraste a un
grand défaut aux yeux d'Hortense : il est admirateur
passionné d'*Andromaque*, tandis que sa fiancée trouve
la nouvelle pièce pleine de défauts, et aussi faiblement
conçue pour les caractères et pour l'intrigue qu'elle est
mauvaise pour le style. Il a un autre tort plus grave,
quoique Subligny n'y insiste pas, afin de rejeter sur la
tragédie tout le malheur d'Éraste : il n'est pas aimé, et

le cœur d'Hortense appartient à un rival, Lysandre, pour qui la jeune fille se montre même assez facile. Enfin, on peut reprocher encore à Éraste de perdre sa cause par sa sottise et sa honteuse ignorance, d'être un personnage grossier et brutal, et, qui plus est, un fripon : car on apprend à la fin de la pièce « qu'il doit » deux fois plus que son bien ne vaut, » et la mère le congédie par ces mots : « Vous avez voulu me tromper; » le ciel n'a pas permis que vous ayez réussi. » En vérité, l'auteur donne à Racine un bien triste défenseur; il est bien injuste lorsqu'il veut rendre *Andromaque* coupable de ce mariage manqué, et il n'a pas le droit de conclure par la bouche d'un ami d'Éraste : « Voilà » ce que t'a valu l'*Andromaque;* l'auteur te doit être » bien obligé. »

L'intrigue de cette petite pièce est fort peu de chose; ce n'est qu'un prétexte à des entretiens dont *Andromaque* fait toujours le sujet, à des situations qui permettent de critiquer et le plan, et les caractères, et le style de la tragédie. Éraste presse la conclusion de son mariage qui devait être célébré dès le soir; Hortense repousse ses prières, en s'armant toujours de quelque trait emprunté à la pièce nouvelle : « Ah! s'écrie-t-elle, » je serais aussi bête qu'Andromaque, qui épouse » Pyrrhus sur parole, avant que d'avoir vu son fils en » sûreté. » Éraste, lassé de ces faux-fuyants, s'emporte et menace : « L'heure de notre mariage a été résolue, » et, puisque vous ne le voulez point d'amitié, vous le » voudrez de force; songez-y bien. » A ce mot, Hor-

tense triomphe : « Ah ! ah ; voilà le *songez-y bien* de
» Pyrrhus. Après qu'il a fait le doucereux auprès
» d'Andromaque, il la traite de la même façon. »
Éraste est poussé à bout, il tutoie sa maîtresse : « Ah !
» cruelle, fais, fais-moi mourir, achève. » Ce tutoiement est son coup de grâce : « Achève? répond Hor-
» tense ; d'où vient encore ce tutoiement? Est-ce que
» le titre d'amant disgracié vous a mis si fort au-des-
» sus de moi, comme celui d'ambassadeur met Oreste
» au-dessus de Pyrrhus? » Et elle se retire avec ces
mots : « Adieu, Pyrrhus, adieu ! » Malheureux Éraste !
que de raisons n'a-t-il pas pour maudire *Andromaque!*
Combien l'opiniâtreté de son admiration est généreuse!
et qu'il ferait sagement de suivre les conseils de son
cousin Alcipe, qui le blâme d'aller rompre en visière
avec sa maîtresse pour une comédie ! « Quand tu aurais
» dit, lui représente l'officieux cousin, que l'*Androma-*
» *que* n'est pas une des meilleures pièces du monde, il
» y en a bien d'autres que toi qui le disent, qui n'ont
» pas de maîtresses à ménager. » Et comme il est lui-
même du nombre de ces juges peu enthousiastes, il
profite de l'occasion pour reprendre au long les critiques d'Hortense.

Cependant Éraste trouve à propos un auxiliaire :
c'est une certaine vicomtesse, jeune veuve qui partage
ses sentiments littéraires, et qui n'a pas non plus d'éloignement pour sa personne. La pauvre vicomtesse n'est
pas épargnée dans l'exposition : on la représente
comme une sorte de précieuse, entichée de poésie et de

romans, et qui, au milieu de ses rêveries, a laissé perdre quarante mille livres de rente. Voilà le nouveau
personnage qui vient défendre *Andromaque ;* mais ses
éloges prolixes ne servent pas mieux la cause de la tragédie que les réponses brèves et peu motivées d'Éraste :
« C'est peut-être, dit-elle, la tragédie où toutes choses
» sont de meilleur exemple; et j'y songeais encore
» hier en rendant visite à une petite provinciale fort
» au-dessous de ma qualité, qui eut l'insolence de
» m'attendre dans sa chambre et sur son siége, au lieu
» de venir au-devant de moi. Hélas! dis-je, cela est
» bien éloigné de l'honnêteté de Pyrrhus qui, loin
» de souffrir qu'on amène Oreste à son audience, le va
» chercher où il est, pour savoir le sujet de son am-
» bassade. » Elle n'est pas moins touchée « du bon
» exemple de cette Andromaque, qui pleure son époux
» après plus d'un an, comme le premier jour, » et
elle se récrie sur la moralité de ce spectacle. Alcipe ne
manque pas de répondre sur le ton de M. d'Olonne :
« D'accord, madame, cela est tout à fait rare. »

Au milieu de tous ces débats, les intérêts d'Éraste
sont de plus en plus compromis. Au deuxième acte,
nous faisons connaissance avec Lysandre, plus coupable qu'*Andromaque* des rigueurs d'Hortense envers
Éraste. La fière ennemie de Racine est fort tendre
avec cet amant préféré ; elle souscrit très-facilement à
un projet d'enlèvement, elle prolonge très-complaisam-
ment ce rendez-vous dans lequel la surprend Éraste.
Excusons-la : ce n'était peut-être qu'un artifice pour

exciter la jalouse colère de son malheureux fiancé et
provoquer des reproches qu'elle repoussera victorieu-
sement par de nouveaux emprunts à *Andromaque*.
Éraste est las de cette pièce, qui lui amène tant de tra-
verses : « Maudite *Andromaque !* » s'écrie-t-il ; et cependant un second entretien avec la vicomtesse vient
raffermir son admiration chancelante et ranimer le feu
de son enthousiasme. Loin de tout contradicteur, les
deux partisans d'*Andromaque* peuvent à leur aise épancher leurs sentiments, et Éraste, si réservé en présence d'Hortense ou d'Alcipe, se répand ici en éloges
malencontreux dont chacun est une critique. Il n'est
pas jusqu'à son ignorance grossière dont le malin
Subligny ne fasse une arme contre Racine : Éraste,
peu versé dans l'histoire, prend Ulysse pour un gentilhomme français : « C'était, dit-il, le plus fin diable qui
fût en France. La vicomtesse l'interrompt pour corriger cette erreur : « Vous voulez dire en Grèce ; » —
« En Grèce, en France, qu'importe ? » répond Éraste ;
ce qui veut dire, dans l'intention de Subligny, que les
personnages de Racine sont des Français habillés à la
grecque, des héros formés sur le modèle de la *Clélie*,
où, suivant Éraste, Pyrrhus a appris son métier d'a-
moureux. Nous voilà loin de la préface de Racine et du
reproche d'emportement et de grossièreté tant de fois
adressé au personnage de Pyrrhus ! Mais Subligny
n'est pas embarrassé pour si peu de chose : si Pyrrhus
est emporté avec Hermione, il est galant et doucereux
avec Andromaque. Cependant Hortense ne lui a-t-elle

pas reproché le « songez-y bien? » ne s'est-elle pas raillée de sa colère et de ses menaces? son langage alors est-il encore celui d'un *Céladon*? N'importe, il est convenu que Racine « accommode ses héros à la sauce douce; » l'amour de Pyrrhus pour Andromaque est donc plein de douceur, de respect et de docilité.

Au début du troisième acte, les événements ont marché. Éraste a voulu déjouer les projets de Lysandre et d'Hortense, en faisant enlever sa prétendue; mais par une erreur qui précipite le dénoûment, au lieu d'Hortense, c'est la vicomtesse qu'il a enlevée. Ses ennemis triomphent, et Hortense lui apprend qu'elle va épouser Lysandre. Plus que jamais, au milieu des vives discussions qui s'engagent, *Andromaque* joue son rôle. C'est par le fameux discours de Pyrrhus à Hermione que la jeune fille accueille son malencontreux amant :

> Vous ne m'attendiez pas, monsieur, et je vois bien
> Que mon abord ici trouble votre entretien.

Et elle continue, toujours en parodiant Pyrrhus : « Oui, monsieur, j'avoue qu'*on vous avait voué la foi » que je lui voue*. Une autre que moi vous dirait que » sa mère aurait fait cela sans consulter son cœur, et » que *sans amour* elle aurait été engagée à vous ; mais » je ne veux pas m'excuser. Si vous voulez, j'épouserai » Lysandre, parce que je veux être traîtresse. *Éclatez » contre moi* :

> Donnez-moi tous les noms destinés aux parjures ;
> *Je crains votre silence et non pas vos injures*, etc.

Le pauvre Éraste n'a pas le droit de se récrier : comment peut-il trouver mauvais un compliment emprunté à la tragédie qu'il admire tant ? Battu sur les caractères et sur la conduite de l'action, réduit à reconnaître qu'il « peut y avoir dans la pièce des choses contre les » règles, » il se rejette sur la beauté du style : « Au » moins, dit-il, il n'y en eut jamais de si bien écrite; » l'on ne vit jamais un langage plus net et plus juste. » Mais, à l'instant, Hortense, Lysandre, le cousin Alcipe, entreprennent de lui prouver le contraire; et comme ces ennemis d'*Andromaque* ont fait une profonde étude de la tragédie qu'ils trouvent si mauvaise, comme ils en savent par cœur de nombreux passages, et qu'au besoin, « pour secourir leur mémoire troublée, » ils peuvent tirer de leur poche le volume qui ne les quitte pas, nous entrons dans une critique minutieuse des vers de Racine. Les personnages occupés de si chers intérêts oublient leur rivalité et leur amour pour contester des expressions, attaquer des tournures de phrase et traiter de galimatias des alliances de mots le plus souvent aussi heureuses que hardies.

Telle est la pièce de Subligny ; mais ces trois actes n'ont pas suffi à l'auteur pour épancher sa verve satirique. Dans sa préface, il revient à la charge ; il reprend un à un tous les défauts que sa comédie a déjà signalés. Le style surtout est pour lui l'objet d'un examen nouveau et fort étendu ; en effet, « il a omis beaucoup de fautes de diction, dont l'énumération eût refroidi la pièce ; » mais la matière ne lui manquait pas ; car « il

en a, dit-il, *compté* près de trois cents. » Sans nous
donner, grâce à Dieu, sa liste complète, il communique
au lecteur une bonne partie de son répertoire. Quelques-unes de ces observations sont justes et Racine en
a profité ; car les détails relevés par Subligny ont disparu dans la seconde édition d'*Andromaque;* mais beaucoup de tours nouveaux que le critique traitait de
fautes ont été maintenus avec intention par le poëte.
Empruntés le plus souvent au latin, dignes par leur
allure dégagée et rapide d'entrer dans une langue que
la méthode sévère de Vaugelas avait quelque peu embarrassée et affaiblie, concis et brillants sans cesser
d'être clairs, ils méritaient le droit de cité que Racine
demandait et a conquis pour eux. Grâce à lui, ils ont
passé dans les habitudes du style poétique, et, tandis
que leur hardiesse scandalise Subligny, tandis qu'il
réclame contre eux au nom du bon sens et crie au
galimatias, à peine songeons-nous aujourd'hui à remarquer leur force et leur originalité [1]. Cependant cette

[1] Subligny critique ces vers de l'acte II, sc. 2 :

Et ces peuples barbares
De mon sang prodigué sont devenus avares.

On n'est *avare*, dit-il, que d'une chose qui nous est chère; *prodigué* n'est pas
juste; car puisque Oreste est vivant, son sang n'a pas été *prodigué*. Ne peut-on
prodiguer sa vie sans mourir ? Et le mot *avare* détourné de son sens le plus rigoureux ne donne-t-il pas à l'idée plus de force? Ces peuples sont avides de sang :

Ils n'apaisent leurs dieux que du sang des mortels.

Or, celui d'Oreste est en leur pouvoir; lui-même, il le leur abandonne, et ils re-
fusent de le verser l Ne peut-on dire qu'ils en sont avares ?

Au 1er acte, sc. 1, Oreste dit à Pylade :

Je pensai que la guerre et la gloire
De soins plus importants rempliraient ma *mémoire*.

Subligny chicane le mot *mémoire*, qu'il est facile de justifier. N'est-ce pas en oc-

partie de la critique de Subligny est encore la moins
contestable ; elle rendra Racine plus sévère pour lui-
même. Quoique le style d'*Andromaque* eût déjà, dans
bien des passages, une facilité et un naturel pleins de
douceur et de grâce et quelquefois une élévation et
une énergie saisissantes, on y sentait encore la jeunesse
par quelques faiblesses, par quelques expressions plus
brillantes que justes. Sans rien perdre de sa richesse
et de sa couleur poétique, il joindra bientôt à ces qualités une précision et une rigueur qui défient l'examen
le plus attentif.

Quelle est la valeur des autres critiques de Subligny? Nous avons pu déjà, soit à propos de la préface
de Racine, soit en examinant le jugement de Saint-
Evremond, apprécier et réfuter les plus générales, le
rôle de l'amour dans la nouvelle tragédie, et la viola-
tion de la vérité historique. Subligny ne pardonne pas
à Racine d'avoir fait vivre Astyanax. Cependant « ce
» déguisement de l'histoire » se rencontrait déjà dans
la *Franciade* de Ronsard. Mais là, suivant le critique,

cupant sa *mémoire* de pensées plus graves, qu'Oreste en chassera Hermione?
Peut-on, sans une sévérité injuste, demander à un écrivain en vers plus d'exactitude?

Subligny est encore plus rigoureux quand il condamne ces deux vers :

Mais admire avec moi le sort, dont la poursuite
Me fait courir moi-même au piége que j'évite.

Il y voit trois fautes graves : *persécution* serait le mot propre, *moi-même* est
une *belle cheville*; *éviter* est absurde ; il faudrait dire *que je voudrais éviter.* —
Poursuite est très-clair; *moi-même* appuie heureusement sur l'idée; *j'évite* est
un latinisme qui n'embarrasse personne, et qui donne à la phrase plus de concision. Quel poëte, chez les anciens et chez les modernes, résisterait à une analyse
si minutieuse?

« il sert à quelque chose de grand et d'ingénieux,
» puisque le poëte tire d'Astyanax l'origine de plu-
» sieurs grands rois ; dans *Andromaque*, au contraire,
» on le sauve sans dire pourquoi, ni ce qu'il devient. »
Apparemment Andromaque n'a pas de raisons pour
sauver son fils ; apparemment la vie de cet enfant est
inutile à la tragédie, où elle forme le nœud de l'action,
où elle donne lieu à la douce effusion, aux perplexités,
aux alarmes, et à la résolution désespérée d'Andromaque! Rien ne rachète cette faute d'histoire! Que
Racine ne songeait-il à nous montrer dans Astyanax
l'auteur de la monarchie française? Bien plus que
l'amour et les larmes de sa mère, cette belle invention
nous eût intéressés à sa personne, et lui eût fait pardonner de vivre malgré la fable !

Subligny insiste longuement dans sa préface sur
beaucoup d'autres objections sans importance ; il se
récrie, par exemple, sur la grosse imprudence de Pyrrhus qui emploie sa garde à veiller sur Astyanax, et se
livre sans défense aux coups d'Oreste et de ses Grecs.
C'est là, suivant Subligny, une *bévue impertinente*. Pyrrhus aurait pu du moins partager avec l'enfant. Que
n'a-t-il été plus frappé des paroles menaçantes d'Hermione?

> Porte au pied des autels ce cœur qui m'abandonne !
> Va, cours ! Mais crains encor d'y trouver Hermione !

Que n'a-t-il écouté les sages conseils de Phénix ?

> Seigneur, vous l'entendez. Gardez de négliger
> Une amante en fureur qui cherche à se venger, etc.

Il est vrai, pourrait-on dire, que Pyrrhus, « impatient
» de revoir sa Troyenne » qui « lui parle du cœur, la
» cherche des yeux, » n'a pas l'esprit assez libre pour
s'occuper d'un péril si vaguement annoncé par une
femme ; dans son ardeur amoureuse, il ne prête guère
l'oreille aux discours de son gouverneur. C'est en vain
que Phénix insiste ; Pyrrhus l'interrompt :

Andromaque m'attend ; Phénix, garde son fils.

Et il s'échappe sans avoir rien entendu. Tel est le
délire de la passion, dont Racine a si bien pénétré tous
les secrets. C'est la passion qui transporte Pyrrhus ;
c'est elle qui l'a rendu coupable envers lui-même et
envers Hermione ; elle a fait son crime, elle fait son
aveuglement et fera son châtiment, et c'est là que se
manifestent le sens et la moralité de la tragédie. Tous
les personnages qui n'ont pas su rester en possession
d'eux-mêmes, qui ont abandonné leur volonté et leur
cœur aux aveugles mouvements de la sensibilité, Pyrrhus, Hermione, Oreste, expient cruellement leurs
fautes. Andromaque seule, la noble et vertueuse
épouse, la dévouée et tendre mère, est sauvée avec
son fils ; elle commande, elle règne en Épire, et ce
dénoûment, suffisamment justifié par Virgile, est
d'accord à la fois avec le plaisir et avec la conscience
du spectateur.

Ce que nous venons de dire réfute les critiques faites
contre le caractère de Pyrrhus. Si ce personnage manque à sa parole et aux lois de l'honneur, il en est puni ;

le poëte n'a pas prétendu en faire le modèle d'un héros parfait. Mais il ne faut pas demander à Subligny de pénétrer l'art profond de Racine ; il faut lui pardonner même son inconcevable appréciation du caractère d'Hermione. Il est évident qu'il ne comprend rien à cette passion mêlée d'emportement et de tendresse, de faiblesse et d'énergie, de colère et de soumission. N'ose-t-il pas, ce savant moraliste, critiquer le désespoir d'Hermione et les reproches dont elle accable le trop docile ministre de ses fureurs? N'ose-t-il pas demander « qu'elle soit quelque temps sensible au plaisir d'être vengée? » Enfin, ne va-t-il pas jusqu'à condamner le sublime : *qui te l'a dit?* Il eût été, selon lui, préférable que Pyrrhus, « au lieu d'insulter à Hermione, lui témoignât quelque regret d'être infidèle, » Alors « elle aurait pu reprocher à Oreste la mort de son amant avec quelque vraisemblance. » Oui, sans doute ; mais que devenait la peinture de cette passion, qui, même chez une femme superbe et violente comme Hermione, survit à tout, aux retards, aux hésitations, aux rebuts, enfin aux plus sensibles outrages? Que devenait cet amour, si pathétique parce qu'il éclate plus que jamais lorsqu'on le croit transformé en haine, parce qu'il trouve dans l'accomplissement de la vengeance commandée, la plus forte manifestation de son ardeur, l'expression la plus déchirante et la plus désespérée de sa puissance [1] ?

[1] Oreste, selon Subligny, a tort de ne pas prendre au mot Hermione, qui lui ordonne de tuer Pyrrhus. Il hésite à commettre ce crime épouvantable! Il se fait

14

Telles sont les principales objections de Subligny: les unes sont mesquines et puériles, les autres inintelligentes et absurdes. Le critique n'a pas aperçu les beautés qui ont fait la popularité durable de la tragédie; il n'en a pas été ému; il n'a pas l'air de les soupçonner. Selon lui, ce succès est de mauvais aloi, c'est une duperie et une surprise; le public s'est laissé prendre aux manéges d'un charlatan. Ce sont les conclusions expresses de la préface de Subligny. Bien qu'il ait quelques vagues éloges pour le *beau génie* de l'auteur, pour la *vigueur de ses pensées,* pour la *noblesse de ses sentiments;* il affirme que les partisans d'*Andromaque ont été éblouis,* « les plus beaux endroits où l'on » s'est récrié sont toutes expressions fausses ou sens » tronqués, qui signifient tout le contraire ou la moitié » de ce que l'auteur a conçu lui-même. » A ses yeux, la tragédie, sans être précisément « une très-méchante pièce, est encore bien loin d'être bonne. » Subligny craint qu'on ne gâte le jeune poëte à force d'encens; il prétend lui rendre un véritable service, en le sauvant, comme il dit, de la fureur des applaudissements, « en » l'empêchant de s'endormir sur la foi d'une perfection » imaginaire, et de se figurer qu'il a atteint le grand » Corneille, au-dessous duquel il restera toute sa vie, » s'il ne corrige son style et la conduite de son théâtre.» Cette protestation en faveur de Corneille ne pouvait manquer de se produire dans la critique de Subligny;

presser à toute heure! Peut-on si mal connaitre le cœur humain? Combien Subligny en remontrerait à Racine !

comme les autres, il avait besoin de ce grand nom pour soutenir la faiblesse de ses attaques. Placée ainsi sous le patronage du fameux poëte, sa comédie devait trouver un accueil plus empressé et plus complaisant. C'est là, sans doute, avec la malignité de l'esprit humain, ce qui en a fait le succès. On a ri et applaudi à la la *Folle Querelle* pour humilier Racine, pour venger Corneille ; on y est venu aussi parce que de tout temps les hommes sont curieux de satires, et se plaisent à voir travestir et ridiculiser les œuvres qui les ont le plus émus et transportés. Quant à Racine, assurément cette petite pièce lui a causé un sensible déplaisir ; mais il en a très-certainement tiré profit. Elle l'a excité à donner à son style plus de précision et de rigueur, à créer un drame plus sévère, à concevoir des caractères vertueux comme on lui en demandait. En appréciant les progrès du poëte dans son *Britannicus*, nous reconnaîtrons la justesse des vers que Boileau lui adressait plus tard :

Et peut-être ta plume aux censeurs de Pyrrhus
Doit les plus nobles traits dont tu peignis Burrhus.

CHAPITRE III.

Quelques mots sur la composition et le succès des Plaideurs. — Les deux préfaces de Britannicus. — Compte-rendu de Robinet. — De Boursault. — Jugement de Saint-Évremond. — Quelques critiques de l'abbé Dubos et de Fontenelle.

Nous ne parlerons qu'en passant de la pièce des *Plaideurs*, dont l'histoire est bien connue. Racine, dans sa préface, a raconté lui-même l'origine de cette œuvre amusante, qu'il destinait d'abord à la troupe bouffonne des Italiens. Il explique comment il la composa, moitié avec les encouragements, moitié avec le concours de ses amis, dont les noms nous sont connus par le commentateur de Boileau, Brossette. C'étaient, outre le satirique, La Fontaine, Chapelle, Furetière, et quelques autres dont le rendez-vous habituel était la maison d'un traiteur fameux, à l'enseigne du *Mouton*. Là on prépara à frais communs « l'amusement » des *Plaideurs* : chacun apporta son contingent ; l'un fournit les termes du Palais [1], l'autre [2] donna l'idée de la

---

[1] Selon Louis Racine, ce fut M. de Brilhac, conseiller au parlement.

[2] Boileau. Chez son frère Jérôme, le greffier, il avait été témoin d'une aven-

dispute entre Chicaneau et la comtesse, et fit tracer ce personnage sur le modèle d'une célèbre plaideuse du temps, la comtesse de Cressé. L'avidité fameuse de Mᵐᵉ Tardieu, femme d'un juge au parlement, servit à peindre Babonnette, la défunte épouse de Perrin Dandin. On emprunta quelques traits à de célèbres avocats du temps, Patru et M. de Montauban. Tous ces matériaux, avec les incidents que fournissaient les *Guêpes* d'Aristophane, furent habilement mis en œuvre par Racine, et, après quelques jours, il présenta à ses amis une pièce en trois actes, vivement conduite, facilement et lestement versifiée, pleine de traits piquants, malins sans amertume, contre les plaideurs, les avocats et les juges, bien inférieure sans doute, comme force et comme portée, à la comédie politique du poëte grec, mais très-gaie et très-digne du rire « des honnêtes gens. »

On sait cependant que les *Plaideurs* n'eurent d'abord aucun succès : les acteurs furent presque sifflés et la pièce fut retirée après deux représentations. Comment Racine explique-t-il cette disgràce ? C'est, dit-il, que sans se soucier de l'intention de l'auteur, on voulut voir « dans cet amusement une comédie régulière; » on l'examina, « comme on aurait fait une tragédie. » Ceux même qui s'y étaient le plus divertis eurent » peur de n'avoir pas ri dans les règles, et trouvèrent » mauvais que je n'eusse pas songé plus sérieusement à

ture semblable entre la comtesse de Cressé et un ancien président à la Cour des monnaies.

» les faire rire. Quelques autres s'imaginèrent qu'il
» était bienséant de s'y ennuyer, et que les matières du
» Palais ne pouvaient pas être un sujet de divertisse-
» ment pour les gens de cour. » Cependant un juge
compétent, Molière, présent à la seconde représentation, ne partagea pas le mépris affecté du public :
« Ceux qui se moquent de la comédie, dit-il tout haut,
mériteraient qu'on se moquât d'eux. » Un autre suffrage
vengea bientôt avec plus d'éclat le poëte. Un mois
après l'échec des *Plaideurs*, les comédiens de l'hôtel
de Bourgogne, appelés à Versailles, en risquèrent la
représentation après une tragédie : « Le roi, dit Louis
» Racine, ne crut pas déshonorer sa gravité ni son goût
» par de grands éclats de rire. » Dès lors le sort des
Plaideurs changea complétement : non-seulement,
comme le rapporte Racine, « la cour ne fit pas scrupule
de s'y réjouir, » non-seulement « ceux qui avaient cru
» se déshonorer de rire à Paris furent obligés de rire à
» Versailles pour se faire honneur ; » mais la pièce,
reprise à l'hôtel de Bourgogne, eut un grand succès, et
attira longtemps la foule. Cette revanche éclatante a
désarmé Racine : les traits légers et bénins que nous
avons cités suffisent à sa vengeance ; et sa préface, si
bienveillante et si douce que plus tard il n'aura rien à
en retrancher, montre partout la satisfaction qu'il
éprouve. Il la conclut par ces lignes : « Je puis dire
» que notre siècle n'a pas été de plus mauvaise humeur
» que le sien (celui d'Aristophane), et que, si le but
» de ma comédie était de faire rire, jamais comédie

» n'a mieux attrapé son but. Ce n'est pas que j'attende
» un grand honneur d'avoir assez longtemps réjoui le
» monde; mais je me sais quelque gré de l'avoir fait,
» sans qu'il m'en ait coûté une seule de ces sales équi-
» voques et de ces malhonnêtes plaisanteries qui coû-
» tent maintenant si peu à la plupart de nos écrivains,
» et qui font retomber le théâtre dans la turpitude d'où
» quelques auteurs plus modestes l'avaient tiré. » Certes, Racine avait le droit de se rendre ce témoignage.
Son triomphe était pur autant que légitime, et il y
puisa sans doute du courage et de l'ardeur pour l'achèvement d'une œuvre bien plus importante, fruit de
longues méditations et de longues veilles, espoir d'une
gloire nouvelle, plus solide et plus éclatante, la tragédie de *Britannicus*.

Les deux préfaces de Racine ne nous laissent pas
ignorer le travail que le poëte s'était imposé pour cette
pièce, et le succès qu'il s'en était promis. La première,
qui est la plus étendue, la plus intéressante, mais aussi
la plus amère de toutes les protestations du poëte contre la critique, débute par cet aveu. Il y parle « du
» soin qu'il a pris pour travailler cette tragédie, de ses
» efforts pour la rendre bonne. » La deuxième préface,
dans laquelle la vivacité juvénile de la première est
singulièrement adoucie et corrigée, s'explique encore
plus fortement : « Voilà, dit Racine, celle de mes tra-
» gédies que je puis dire que j'ai le plus travaillée. »
Et, lorsqu'il écrivait ces lignes [1], il n'était pas seule-

---

[1] En 1676. Édition complète de ses œuvres, après *Iphigénie*.

ment l'auteur de trois tragédies : il avait composé encore *Bérénice, Bajazet, Mithridate* et *Iphigénie*. Il conservait donc, après six années de réflexion, l'opinion qu'il avait eue de sa tragédie dès l'époque de son achèvement, celle que lui avait exprimée Boileau : « Vous » n'avez rien fait de plus fort. » La seconde préface témoigne que « selon la plupart des connaisseurs » *Britannicus* était encore, en 1676, « la plus solide des « œuvres du poëte, et la plus digne de louanges. » C'est ce jugement que rappelait Voltaire dans ces lignes si justes et si bien senties : « On démêla dans Agrip- » pine des beautés vraies, solides, qui ne sont ni gi- » gantesques, ni hors de la nature, et qui ne surpren- » nent pas le parterre par des déclamations ampoulées. » Le développement du caractère de Néron fut regardé » comme un chef-d'œuvre. On convint que le rôle de » Burrhus est admirable d'un bout à l'autre... *Britanni-* » *cus* fut la pièce des connaisseurs. »

Mais cet art profond et caché, cette force sobre, contenue, toujours éloignée de l'exagération et de l'emphase, cette grandeur sans ostentation, furent-elles à la portée du vulgaire ? Les critiques, qui avaient tant reproché à Racine d'altérer l'histoire, lui surent-ils gré de cette frappante peinture de la Rome impériale, de ce tableau de la jeunesse de Néron, si énergiquement tracé d'après Tacite, de cette copie si fidèle et si digne de l'original ? Racine avoue lui-même dans sa seconde préface que « le succès ne répondit pas d'abord à ses espérances. » A peine, ajoute-t-il, la pièce « parut sur

» le théâtre qu'il s'éleva quantité de critiques qui sem-
» blaient la devoir détruire. Je crus moi-même que sa
» destinée serait à l'avenir moins heureuse que celle
» de mes autres tragédies. » La première préface s'explique plus librement sur « ces nombreux censeurs et
sur les efforts de certaines gens pour décrier *Britannicus.* » Et on devine facilement quelle passion anime
ces ennemis acharnés de la nouvelle tragédie, à quelle
école ils appartiennent. Le poëte, après avoir énuméré
et combattu leurs objections, porte à son tour l'attaque
dans leur camp : « Que faudrait-il faire pour contenter
» des juges si difficiles ? La chose serait aisée, pour
» peu qu'on voulût trahir le bon sens. Il ne faudrait
» que s'écarter du naturel pour se jeter dans l'extraor-
» dinaire. Au lieu d'une action simple, chargée de
» peu de matière, telle que doit être une action qui se
» passe en un seul jour, et qui, s'avançant par degrés
» vers sa fin, n'est soutenue que par les intérêts, les
» sentiments et les passions des personnages, il fau-
» drait remplir cette même action de quantité d'inci-
» dents, qui ne se pourraient passer qu'en un mois,
» d'un grand nombre de jeux de théâtre d'autant plus
» surprenants qu'ils seraient moins vraisemblables,
» d'une infinité de déclamations où l'on ferait dire aux
» acteurs tout le contraire de ce qu'ils devraient dire. »
C'était clairement, trop clairement sans doute, désigner les admirateurs du vieux Corneille. Racine se
gardera bien de conserver dans sa seconde préface un
passage qui frappait moins les partisans exagérés de

son illustre devancier que ce devancier lui-même, respectable à tant de titres. Plût au ciel qu'il n'eût pas du
moins attaqué plus directement Corneille, et que le
ressentiment ne l'eût pas entraîné à examiner dans le
détail ces ;tragédies dont il venait de faire une critique
générale ! Citons ces lignes où le jeune poëte, trop sensible à l'injustice et à la mauvaise foi de ses détracteurs, se donne tant de torts, même quand il a raison :
« Il faudrait, par exemple, représenter quelque héros
» ivre, qui se voudrait faire haïr de sa maîtresse de
» gaieté de cœur [1] ; un Lacédémonien grand parleur [2] ;
» un conquérant qui ne débiterait que des maximes
» d'amour [3] ; une femme qui donnerait des leçons de
» fierté à des conquérants [4]. » Non certes ; si fondées
que soient ces critiques, il n'appartenait pas à Racine
de les faire, ni d'achever sa vengeance par une allusion
à ce Luscius de Lanuvium, ennemi de Térence, si
aigrement relevé par celui-ci dans les prologues de ses
comédies. « Je prie le lecteur de me pardonner cette
» petite préface que j'ai faite pour lui rendre raison
» de ma tragédie. Il n'y a rien de plus naturel que de
» se défendre quand on se croit injustement attaqué.
» Je vois que Térence même semble n'avoir fait des
» prologues que pour se justifier contre les critiques
» d'un vieux poëte malintentionné, *malevoli veteris*

---

[1] Lysandre dans la tragédie d'*Agésilas*.
[2] Agésilas.
[3] César dans *la Mort de Pompée*.
[4] Cornélie dans la même tragédie, Viriate dans *Sertorius*.

» *poetæ*, et qui venait briguer des voix contre lui jus-
» qu'aux heures où l'on représentait ses comédies : »

> Occepta res agi :
> Exclamat...

Semblable en effet à ce vieil auteur, Corneille, nous
l'avons vu, assistait à la première représentation de
Britannicus. Un passage de la première préface nous
apprend qu'il s'était récrié contre deux anachronismes
relatifs à Britannicus et à Narcisse : « Britannicus n'en-
» trait que dans sa quinzième année lorsqu'il mourut ;
» on le fait vivre, lui et Narcisse, deux ans plus qu'ils
» n'ont vécu. Je n'aurais point parlé de cette objection,
» si elle n'avait pas été faite avec chaleur par un homme
» qui s'est donné la liberté de faire régner vingt ans
» un empereur qui n'en a régné que huit, quoique ce
» changement soit bien plus considérable dans la chro-
» nologie, où l'on suppute les temps par les années
» des empereurs. » Racine désigne ici bien clairement
Corneille, et la tragédie à laquelle il fait allusion est
celle d'*Héraclius*, où le règne de Phocas est prolongé
de douze ans [1]. Nous avons condamné et nous condam-
nons encore ces représailles : les objections du vieux
poëte colportées par ses amis, les appréciations super-

---

[1] Dans *Sertorius*, Sylla vit six ans de plus que ne le veut l'histoire. Cet anachronisme brouille toutes nos idées sur cette époque. Voltaire fait observer aussi
(préface du *Triumvirat*) que Ptolémée, au moment de la mort de Pompée, était
un enfant de douze à treize ans, incapable de diriger une délibération, Cornélie,
une femme de dix-huit ans, qui ne vit jamais César, n'aborda point en Égypte et
ne joua aucun rôle dans les guerres civiles. — Ici Corneille a suivi Lucain.

ficielles et injustes des critiques du temps n'auraient
pas dû pousser jusque là le jeune auteur de *Britannicus.*
Mais n'avons-nous pas le droit de réclamer pour lui
quelque indulgence et de plaider au moins les circonstances atténuantes? Quand on a lu les comptes rendus
de Robinet et de Boursault, peut-on se défendre de
partager la douleur et l'irritation de Racine?

Robinet, dans sa lettre du 21 décembre 1669, annonce qu'il a vu *Britannicus.* Il daigne trouver que
l'auteur est en progrès, au moins pour la pureté du
langage, et il fait l'éloge de ces vers

> D'un style magnifique,
> Et tous remplis de politique.

Après ces encouragements accordés à Racine qui a
su profiter des leçons de ses maîtres, Robinet se récuse;
car, lui aussi, il est poëte tragique, et il a composé un
Britannicus. Il ne peut donc honnêtement juger pour
le fond l'œuvre de son concurrent. Mais cette réserve
qu'on pourrait croire inspirée par un sentiment de modestie, n'est qu'un prétexte pour amener l'éloge de sa
pièce et pour en comparer les mérites avec les défauts
choquants de celle de Racine :

> Et je suis quasi près de croire,
> (Mais peut-être m'en fais-je accroire),
> Que je l'ai tout au moins traité
> Avec moins d'uniformité,
> Que plus libre dans ma carrière
> J'ai plus varié ma matière;
> Qu'avecque plus de passion,
> De véhémence et d'action,

> J'ai su pousser le caractère
> Et de Néron et de sa mère,
> Qu'en chaque acte, comme on a fait,
> Je ne finis pas le sujet
> Faute de quelques vers d'attente
> Pour joindre la scène suivante ;
> Que j'ai tout de même, à mon gré,
> Chaque incident mieux préparé,
> Et qu'étant, dans la catastrophe,
> Un tant soit peu plus philosophe,
> Je ne la précipite point.

Ainsi cet homme, qui se refusait délicatement à juger l'œuvre de son rival, a trouvé moyen de critiquer et la monotonie du sujet, et la froideur des caractères principaux, et la conduite inhabile de l'action, où les actes ne sont pas liés, où les incidents sont mal préparés, où la catastrophe se précipite contre toutes les règles de l'art. Au reste, si Robinet est franc, s'il déclare, sans fausse honte, qu'il a laissé loin derrière lui l'auteur populaire d'*Andromaque*, il n'est point cependant présomptueux : il a eu soin de reconnaître au début qu'*il pouvait s'en faire accroire*. Il renouvelle, en terminant, cette modeste concession :

> Mais, comme j'ai dit, sur ce point,
> Il peut être que je me flatte.

Accusez-le maintenant de s'estimer trop et de ne savoir pas se tenir en garde contre la vanité et les illusions du poëte !

La critique de Boursault n'est guère supérieure aux vers de Robinet ; mais son compte rendu a du moins le mérite de nous faire connaître diverses circonstances

de la première représentation de *Britannicus*. Ce récit
forme l'introduction assez étrange d'un petit roman
intitulé *Artémise et Poliante*. L'auteur, homme enjoué
et de belle humeur, commence sur ce ton badin : « Il
» était sept heures sonnées à tout ce qu'il y a d'hor-
» loges depuis la porte Saint-Honoré jusqu'à la porte
» Saint-Antoine, et depuis la porte Saint-Martin jus-
» qu'à la porte Saint-Jacques, c'est-à-dire qu'il était
» sept heures sonnées par tout Paris, quand je sortis
» de l'hôtel de Bourgogne où l'on venait de représen-
» ter pour la première fois le *Britannicus* de M. Racine,
» qui ne menaçait pas moins que de mort violente tous
» ceux qui se mêlent d'écrire pour le théâtre. » L'auteur qui s'en est autrefois mêlé, lui aussi, mais « si
» peu que par bonheur il n'est personne qui s'en sou-
» vienne, » était comme les autres en grande appré-
hension ; et « dans le dessein de mourir d'une plus
» honnête mort que ceux qui seraient obligés de s'aller
» pendre, il s'était mis dans le parterre pour avoir
» l'honneur de se faire étouffer. » Mais, contre son
attente, il s'est trouvé fort à son aise ; car les marchands
de la rue Saint-Denis, habitués de l'hôtel de Bourgogne, selon Boursault, s'étaient rendus « au spectacle
» du *marquis de Courboyer*, qui ce jour-là justifiait pu-
» bliquement qu'il était noble [1]. »

Après la fine ironie de ce début, Boursault nous
rend compte de la présence de Corneille « qu'il aperçut

---

[1] Il s'agit d'une exécution capitale.

tout seul dans une loge,» et de celle «d'un admirateur
des nobles vers de Racine » qu'il désigne par l'initiale
D'''et qui est certainement Despréaux. Il croit railler
bien spirituellement son ennemi le satirique, en dé-
crivant les vives émotions que Boileau manifestait pendant la représentation. « Son visage, qui au besoin pas-
» serait pour un répertoire du caractère des passions,
» épousait toutes celles de la pièce l'une après l'autre,
» et se transformait comme un caméléon, à mesure
» que les acteurs débitaient leurs rôles. » Certes, on
ne pouvait faire mieux l'éloge et du spectateur, juge si
sensible des beautés littéraires, et du poëte, pour qui
cette émotion était le plus bel hommage. Ni l'un ni
l'autre ne durent être bien offensés de cette remarque,
prétendue maligne, et de la phrase qui la concluait :
« Je ne sais rien de plus obligeant que d'avoir à point
» nommé un fond de joie et un fond de tristesse au
» très-humble service de M. Racine. »

Boursault nous apprend ensuite un autre détail important : c'est l'existence, à l'hôtel de Bourgogne, d'*un
banc formidable* où les auteurs se réunissaient « pour
» décider souverainement des pièces de théâtre,» autrement dit pour les soutenir de leurs applaudissements
ou les faire tomber. Mais, cette fois, ils n'ont pas osé
rester en groupe : de peur de se faire reconnaître, ils se
» sont dispersés; » ils contemplent la pièce *incognito,*
« désavouant d'abord, par crainte de la mort, leur glo-
» rieuse qualité, puis rassurés par le troisième acte, et
» enfin complétement ranimés par le cinquième, le

» plus méchant de tous, qui eut pourtant la bonté de
» leur rendre tout à fait la vie. »

Boursault arrive, on le voit, à la critique de la tragédie contre laquelle il a déjà lancé, en passant, quelques traits. Des connaisseurs auprès desquels il était
placé et dont il a écouté les sentiments ont trouvé les
vers « fort épurés ; » mais « Agrippine leur a paru fière
» sans sujet, Burrhus vertueux sans dessein, Britan-
» nicus amoureux sans jugement, Narcisse lâche sans
» prétexte, Junie constante sans fermeté, et Néron
» cruel sans malice. D'autres qui, pour les trente sols
» qu'ils avaient donnés à la porte crurent avoir la per-
» mission de dire ce qu'ils en pensaient, trouvèrent la
» nouveauté de la catastrophe si étonnante et furent si
» touchés de voir Junie, après l'empoisonnement de
» Britannicus, s'aller rendre religieuse de l'ordre de
» Vesta, qu'ils auraient nommé cet ouvrage une tra-
» gédie chrétienne, si on ne les eût assurés que Vesta
» ne l'était pas. »

Ces jugements ne paraissent pas déplaire à Boursault ; mais il va nous donner bientôt sa propre sentence. En effet, après la représentation du chef-d'œuvre
de Racine, « ou du moins de ce qu'on croyait qui le
dût être, » Boursault est allé souper chez une dame de
grande qualité et de grand mérite. Il devait y réciter
des fragments d'une nouvelle pièce ; mais à son arrivée,
on commença par lui demander des nouvelles de celle
qu'il venait de voir, et voici, nous dit-il lui-même, de
quelle manière il parla : « Quoique rien ne m'engage

» à vouloir du bien à M. Racine et qu'il m'ait désobligé
» sans lui en avoir donné aucun sujet, je vais rendre
» justice à son ouvrage, sans examiner qui en est l'au-
» teur. » Quels sont ces torts de Racine envers Boursault? Est-ce d'avoir soutenu contre lui la cause de
Molière ou de Boileau ? Est-ce d'avoir accueilli le
Portrait du peintre par quelque mot piquant? Nous l'i-
gnorons ; mais en dépit de cette généreuse et chrétienne
théorie du pardon des injures, le ton de Boursault est
celui d'un homme prévenu et malveillant, et la sévérité blessante de son langage n'est pas justifiée par la
solidité et la profondeur de ses jugements. Il ne conteste pas l'éloge que ses voisins ont fait du style de la
tragédie. Dès cette époque, il semble que la supériorité
de Racine sur ce point soit reconnue. Robinet lui-
même s'est incliné devant la pureté et la magnificence
des vers. Boursault fait de même : « Il est constant
» que dans le *Britannicus* il y a d'aussi beaux vers
» qu'on en puisse faire, et cela ne me surprend pas ;
» car il est impossible que M. Racine en fasse de mé-
» chants. » Cependant Boursault ne laisse pas de railler
quelques exclamations qui lui semblent indignes du
style de la poésie : « Ce n'est pas qu'il n'ait répété en
» bien des endroits : *Que fais-je, que dis-je,* et *quoi qu'il*
» *en soit,* qui n'entrent guère dans la belle poésie. »
Nous voilà loin du galimatias que Subligny signalait
dans les vers d'*Andromaque !* En tout cas, il serait
facile de répondre à Boursault que le style de la poésie
dramatique n'est pas celui de l'ode ou de l'élégie.

15

Dans un genre où le poëte doit s'effacer derrière ses personnages, où ceux-ci s'entretiennent sur le ton d'une conversation noble et distinguée, mais le plus souvent familière, ces formes sont naturelles, et moins choquantes qu'une pompe et une élévation soutenues.

Boursault passe ensuite à l'examen de l'action, et il se borne à répéter à peu près ce qu'il a déjà dit dans le récit de la représentation : « Le premier acte promet » quelque chose de fort beau et le second ne le dément » pas ; mais au troisième, il semble que l'auteur se » soit lassé de travailler, et le quatrième, qui contient » une partie de l'histoire romaine, et qui, par consé- » quent, n'apprend rien qu'on ne puisse voir dans » Florus et dans Coëffeteau, ne laisserait pas de faire » oublier qu'on s'est ennuyé au précédent, si, dans le » cinquième, la façon dont Britannicus est empoisonné » et celle dont Junie se rend vestale ne faisaient pitié. » Comment concilier l'intérêt que Boursault reconnaît au quatrième acte avec l'ennui de ces récits histori- ques, où le poëte a pillé Florus et son traducteur et continuateur alors célèbre, Coëffeteau? Comment ex- pliquer ce jugement sévère sur le troisième acte, où les emportements d'Agrippine sont rendus avec une énergie si digne de Tacite, où le charme des explica- tions de Britannicus et de Junie repose si doucement des fortes scènes qui précèdent, où, dans la rencontre dramatique des deux frères, des deux rivaux, Racine a donné, quoi qu'on en dise, tant de grandeur au jeune Britannicus, où il a retrouvé la force, la rapidité con-

cise, les traits soudains, les répliques vives et frap-
pantes du dialogue de Corneille? Enfin, si l'entrée de
Junie dans le corps des vestales est une invention peu
historique, et qui a le tort de faire penser au dénoûment habituel des grandes passions et des grandes in-
fortunes au xviiᵉ siècle, qui peut « faire pitié » à Boursault dans la mort de Britannicus? Que trouve-t-il de
« si méchant » dans un récit presque entièrement traduit de Tacite? Sans doute, le cinquième acte a moins
d'intérêt que les précédents, et, après le récit de la
catastrophe, les scènes qui complètent le dénoûment
paraissent un peu froides. Cependant il faut au moins
excepter de cette condamnation les sublimes imprécations d'Agrippine; il faut aussi tenir compte des néces-
sités de l'action qui forçaient Racine à nous instruire
du sort des divers personnages. « Pour moi, dit le
» poëte, en repoussant cette critique, j'ai toujours
» compris que la tragédie étant l'imitation d'une action
» complète où plusieurs personnes concourent, cette
» action n'est point finie que l'on ne sache en quelle
» situation elle laisse ces mêmes personnes. C'est ainsi
» que Sophocle en use presque partout : c'est ainsi
» que, dans l'*Antigone*, il emploie autant de vers à re-
» présenter la fureur d'Hémon et la punition de Créon
» après la mort de cette princesse, que j'en ai employé
» aux imprécations d'Agrippine, à la retraite de Junie,
» à la punition de Narcisse et au désespoir de Néron,
» après la mort de Britannicus ¹. » La réponse de

¹ Première préface. Ce morceau n'est pas reproduit dans la seconde; ce qui

Racine est juste, sans doute ; mais lui-même il a reconnu plus tard que l'objection n'était pas sans valeur;
car il a supprimé la scène où Junie reparaissait. Il a
fait mieux : dans ses tragédies postérieures, et surtout
dans *Mithridate*, dans *Phèdre* et dans *Athalie*, il a rendu
ses dénoûments plus rapides et plus frappants, sans
qu'ils soient moins complets. Le spectateur quitte le
théâtre aussi bien instruit du sort de tous ceux qui l'intéressent ; mais, pour lui donner cette satisfaction, le
poëte n'a pas eu besoin de diminuer l'effet de la catastrophe, de refroidir et d'effacer nos impressions. Il a
gardé pour la fin son coup le plus fort, et il nous ren-
voie tout pleins de la pensée du principal personnage et
de l'émotion produite par son triomphe ou sa chute, sa
récompense ou son châtiment [1].

Après ces critiques, Boursault passe à l'éloge des acteurs. Mais que pense-t-il des caractères ? Il faut croire
qu'il s'en tient au jugement de ses voisins du parterre;
car il ne dit mot de cette partie importante de la tragédie. Ainsi, ni la figure énergique et passionnée d'Agrippine, ni la mâle et simple vertu de Burrhus, ni la
cruauté encore timide de Néron et le rapide développement de ses mauvaises passions, ni la scélératesse

semble prouver que Racine, après réflexion, acceptait, au moins en partie, la
critique.

[1] D'après le *Balæana*, Boileau blâmait aussi ce dénoûment, ou du moins la
retraite de Junie. Il disait encore que Britannicus est trop petit devant Néron.
Nous avouons que cette dernière critique nous paraît peu fondée : Britannicus
n'est pas si humble et si timide qu'on l'a prétendu, et il brave fièrement Néron au
3ᵉ acte. Au reste, le *Balæana*, comme tous les recueils du même genre, ne mérite
pas une confiance entière.

profonde et terrible de Narcisse n'ont trouvé grâce devant Boursault. N'avons-nous pas le droit après cela de reléguer sa critique au rang de celle de Robinet, et de confondre dans un pareil mépris le compte-rendu du gazetier et celui du poëte nouvelliste? Pour comble de ressemblance, Boursault, comme Robinet, joindra bientôt la pratique à la théorie. Il deviendra, lui aussi, poëte tragique, et ses pièces de *Germanicus* et de *Marie Stuart* enseigneront à Racine les véritables règles et la véritable perfection de l'art.

Trouverons-nous dans les œvres de Saint-Évremond une appréciation plus sérieuse? La lettre où il donne à M. de Lionne son sentiment sur *Britannicus* n'est pas plus satisfaisante que celle où il jugeait *Andromaque*. On y trouve encore ces restrictions singulières qui ressemblent au désir de ménager tous les partis : « Britan-» nicus, dit-il, passe à mon sens l'*Alexandre* et l'*An-» dromaque ;* les vers en sont plus magnifiques, et je ne » serais pas étonné qu'on y trouvât du sublime. » Et lui-même qu'en pense-t-il? n'a-t-il pas d'opinion formée sur ce point, ou a-t-il peur de se compromettre en l'exprimant? En outre, est-ce bien la magnificence qui caractérise le progrès du style de Racine dans sa tragédie? Les mérites éminents qu'il convenait d'y signaler, n'était-ce pas une simplicité nerveuse, une vigueur bien ménagée, une concision digne de Tacite? Du moins le critique ne reproche pas, comme Boursault, à la pièce de n'être que l'histoire romaine mise en vers. Mais il fait à Racine une autre querelle; il accuse vivement l'horreur du sujet et l'aversion qu'inspirent les principaux personnages : « Je déplore le malheur de » cet auteur d'avoir si dignement travaillé sur un sujet » qui ne peut souffrir une représentation agréable. En » effet, l'idée de Narcisse, d'Agrippine et de Néron, » l'idée, dis-je, si noire et si horrible qu'on se fait de » leurs crimes ne saurait s'effacer de la mémoire du » spectateur, et quelques efforts qu'il fasse pour se dé- » faire de la pensée de leurs cruautés, l'horreur qu'il » s'en forme détruit en quelque manière la pièce. » N'y a-t-il donc pas aussi des scélérats dans le théâtre de Corneille, à commencer par Rodogune? Saint-Évremond qui défend ce personnage contre M. de Barillon, ne fonde-t-il pas son apologie sur d'excellentes raisons? « Pourquoi, dit-il, bannir de notre scène Rodogune, et » y recevoir avec applaudissement Électre et Oreste? » Pourquoi Atrée y fera-t-il servir à Thyeste ses pro- » pres enfants dans un festin? Pourquoi Néron y fera- » t-il empoisonner Britannicus? Pourquoi Hérode, roi » des Juifs, roi de ce peuple aimé de Dieu, fera-t-il » mourir sa femme? Pourquoi Amurat fera-t-il étran- » gler Roxane et Bajazet? » D'accord ; mais Saint-Évremond ne songeait pas, en écrivant ces lignes, qu'il avait condamné *Britannicus*. En s'appuyant sur cet exemple, il nous apprend lui-même quelle valeur il faut accorder à des critiques si légèrement faites et si facilement oubliées.

Les attaques dont nous avons rendu compte ne sont pas les seules qu'ait provoquées la tragédie à sa naissance : les deux préfaces de Racine prouvent qu'il y en avait eu d'autres plus précises. La première porte sur le caractère de Néron, trop cruel selon les uns, trop bon selon les autres. Racine n'a pas de peine à repousser cette accusation contradictoire : « Il ne faut, dit-il » aux premiers, qu'avoir lu Tacite, pour savoir que, si » Néron a été quelque temps un bon empereur, il a » toujours été un très-méchant homme... J'avoue, ré-» pond-il aux seconds, que je ne m'étais pas formé » l'idée d'un bon homme dans la personne de Néron : » je l'ai toujours regardé comme un monstre. Mais » c'est ici un monstre naissant : il n'a pas encore mis » le feu à Rome, il n'a pas encore tué sa mère, sa » femme, ses gouverneurs : à cela près, il me semble » qu'il lui échappe assez de cruautés pour empêcher » que personne ne le méconnaisse. » La seconde pré-face complète cette apologie : « Néron a en lui les se-» mences de tous les crimes ; il commence à vouloir » secouer le joug... Il cache sa haine sous de fausses » couleurs... C'est un monstre naissant, qui n'ose en-» core se déclarer et qui cherche des couleurs à ses » méchantes actions. »

C'est par Tacite que Racine réfute ceux qui l'accusaient d'avoir fait de Narcisse « un très-méchant » homme et le confident de Néron. » Cet affranchi avait, dit l'historien, une conformité merveilleuse avec les vices encore cachés du prince, *cujus abditis adhuc vitiis mire congruebat*, et si, à l'avénement de Néron, Agrippine le força à se tuer, ce fut malgré

Néron [1]. Cette sympathie autorisait suffisamment, selon nous, le changement que Racine s'est permis d'apporter ici à l'histoire. Même sans alléguer les anachronismes que s'est permis Corneille, il est facile de répondre aux objections des contemporains, reproduites depuis par l'abbé Dubos [2] et par bien d'autres. Narcisse n'est pas un de ces personnages que leur importance et leur célébrité commandent au poëte de respecter rigoureusement. Ce serait, de sa part, une faute grave d'abréger ou d'étendre la vie d'Alexandre ou de César ; mais, pour une figure secondaire, il a droit de réclamer un peu de la liberté due à l'invention dramatique. Pourvu qu'il ne dénature pas le caractère du personnage, pourvu que les actions qu'il lui prête soient en rapport avec sa vie tout entière, pourvu qu'en prolongeant ses jours, il n'altère pas un événement important de l'histoire, sa licence est très-légitime.

On peut en dire autant de la mort de Britannicus. Qu'importe que le jeune prince ait péri deux ou quatre ans après l'avénement de Néron, que la transition de celui-ci pour arriver de la vertu au crime, ait été un peu plus ou un peu moins longue? Quant à l'âge de Britannicus, Racine répond d'abord en s'appuyant d'Aristote : « Le héros de la tragédie doit avoir quelque » imperfection ; » puis, avec beaucoup plus de raison et de force : « Un jeune prince de dix-sept ans qui a » beaucoup de cœur, beaucoup d'amour, beaucoup de

---

[1] *Annales*, XIII, 1.
[2] *Réflexions critiques sur la poésie et la peinture.*

» franchise et beaucoup de crédulité, qualités ordinai-
» res d'un jeune homme, m'a semblé très-capable
» d'exciter la compassion. » Il aurait pu ajouter que la
véritable héroïne du drame est Agrippine, et il s'en
explique dans la seconde préface quand il dit de ce personnage si admirablement tracé : « C'est elle que je me
» suis surtout efforcé de bien exprimer, et ma tragédie
» n'est pas moins la disgrâce d'Agrippine que la mort
» de Britannicus. »

Reste Junie qu'on accusait aussi au nom de l'histoire; et cette critique a été reproduite avec beaucoup
de vivacité et d'étendue par l'abbé Dubos [1]. Junia Cal-
vina, dit cet écrivain, n'était pas à Rome dans le temps
de la mort de Britannicus. Elle avait été exilée sous
Claude, comme coupable d'inceste avec son frère. Elle
ne fut rappelée que plus tard par Néron. En outre, le
caractère que lui donne Néron est démenti par Tacite,
qui la traite de véritable *effrontée*. Nous répondrons ici,
comme pour Narcisse et Britannicus : qu'importe? Junia, que Tacite mentionne dans une phrase de ses *Annales*, est-elle vraiment un personnage historique?
Comme le dit Racine dans sa première préface :
« Qu'auraient à répondre mes censeurs, si je leur disais
« que cette Junia est un personnage inventé, comme
» l'Émilie de *Cinna*, comme la Sabine d'*Horace?*

Il est une autre critique dont Racine ne parle pas et
dont l'initiative appartient sans doute à Fontenelle;
elle a rapport à la *bassesse* de Néron qui se cache pour

---

[1] *Réflexions critiques sur la poésie et la peinture.*

contraindre les sentiments et le langage de Junie, et la force à désespérer celui qu'elle aime. C'est là, selon Fontenelle, « un ressort ridicule, digne de la comédie. » Selon nous, cette situation n'excite pas le rire, mais la pitié et l'indignation ; elle nous intéresse plus vivement au sort des deux jeunes gens; elle nous fait trembler pour eux. Néron n'en devient pas ridicule, mais plus haïssable : la scène est donc belle et tragique. Nous retrouverons cette question à propos de *Mithridate* et nous reconnaîtrons que le caractère comique ou tragigique d'une situation dépend moins du ressort employé que de la nature des passions soulevées, que des conséquences prévues de l'incident.

En dépit des cabales et des critiques, la tragédie de *Britannicus* ne tarda pas à être placée au rang qu'elle méritait. « Les critiques se sont évanouies, dit l'auteur, la pièce est demeurée. » Le roi fut, comme toujours, un de ceux qui se déclarèrent le plus hautement, et dont le suffrage contribua le plus à consoler le poëte. On sait d'ailleurs que la tragédie eut l'honneur d'exercer une influence directe sur la conduite de Louis XIV : frappé des vers du quatrième acte :

> Pour toute ambition, pour vertu singulière,
> Il excelle à conduire un char dans la carrière, etc.

il renonça dès lors à paraître dans les ballets. Ce fait, raconté par Louis Racine, et confirmé par une lettre de Boileau [1], semble démenti par la comédie-ballet des

---

[1] A M. de Monchesnal (sept. 1707).

Amants magnifiques, jouée à Saint-Germain-en-Laye, au commencement de février 1670, c'est-à-dire six semaines après la première représentation de *Britannicus*. Si on en croit la liste de personnages donnée par Molière, Louis XIV aurait représenté dans ce divertissement Neptune et Apollon [1]. Cependant une lettre de Robinet prouve, à n'en pas douter, que le roi s'abstint. Le gazetier écrit le 15 février :

> Le divertissement royal
> Dont la cour fait son carnaval,
> Est un ballet ou comédie.
> . . . .
> Qui a, dit-on, grandement plu.
> . . . .
> Mais c'est tout ce que j'en puis dire,
> Sinon que notre auguste sire
> *Fait danser et n'y danse point,*
> M'étant trompé dessus ce point,
> Quand sur un livre j'allai mettre
> Le contraire en mon autre lettre.

Comment récuser un témoignage si formel et si voisin du fait? Ne peut-on même expliquer par la première erreur de Robinet, celle que la liste de Molière a perpétuée? Les deux rôles étaient destinés au roi : Louis XIV les avait acceptés et étudiés ; jusqu'à la fin on crut qu'il les remplirait, et, sur la foi du bruit général, Robinet, dans sa lettre du 8 février, désigna le roi comme acteur dans le ballet. Mais, au dernier moment, l'auguste personnage s'abstint. « Il fit danser et ne dansa point. » Robinet, instruit du fait, s'empressa de rectifier son premier témoignage. Or, la pièce de

---

[1] 1er *intermède, scène* 3 : vers pour le roi représentant Neptune. — 6me *intermède, scène* 6 : vers pour le roi représentant Apollon.

Molière ne fut ni représentée à Paris ni imprimée.
Après sa mort, le manuscrit fut vendu par sa veuve au
libraire Thury, et les *Amants magnifiques* ne furent
publiés qu'en 1682 dans une édition complète des œuvres du poëte. A cette époque, on pouvait avoir oublié
les incidents de la représentation du ballet : nul ne
songea à rectifier les indications de Molière, et c'est
ainsi qu'on a pu soutenir que Louis XIV, même après
Britannicus, s'était donné en spectacle à la cour. Nous
le croyons, l'effet des vers de Racine fut plus prompt,
et cette leçon involontaire porta des fruits presque ins-
tantanés.

Certes l'auteur de *Britannicus* n'avait pas songé à
cette application, et cela même la fit accueillir avec
docilité par un prince qui « aimait à prendre sa part
d'un sermon, mais n'aimait pas qu'on la lui fit. » Nous
arrivons à une tragédie où il put encore se reconnaître,
mais, cette fois, de l'aveu et par la volonté du poëte, à
Bérénice, pièce aimable, que la nature du sujet com-
damnait à rester bien loin d'*Andromaque* et de *Britannicus*, mais que l'auteur a soutenue par l'exquise
perfection du style et par le charme d'une douce et
pénétrante sensibilité. Les circonstances qui contribuèrent au grand succès de cette tragédie contribuèrent aussi à la vivacité des débats qu'elle souleva, à la
vogue des critiques publiées contre elle. Cette fois encore, la joie de Racine fut mêlée de quelque amertume,
son triomphe troublé par quelques protestations dont
nous allons rendre compte.

CHAPITRE IV.

BÉRÉNICE (21 novembre 1670).

La Bérénice de Racine, et le Tite et Bérénice de Corneille. — Comptes-rendus de Robinet. Critique de Bérénice par Villars, et réfutation de cette critique par Subligny. — Critique de Tite et Bérénice par Villars. — Jugement de Saint-Évremond sur les deux pièces. — Comédie critique de Tite et Titus ou les Bérénices. — Parodie de Bérénice à la comédie italienne.

Nous n'avons pas à revenir sur l'origine de cette tragédie ni sur les circonstances qui en firent l'occasion d'une rivalité directe entre les deux plus grands poëtes tragiques de la France. La princesse qui, attirée, dit-on, à ce sujet par des sentiments personnels et par un retour sur sa propre situation, l'avait suggéré à la fois à Corneille et à Racine, et qui avait voulu ménager à la cour comme à elle-même le plaisir de cette lutte involontaire, avait cessé de vivre quand les deux pièces furent représentées. Il n'est pas douteux que son suffrage n'eût été de tout point favorable au plus jeune des deux concurrents, et que l'œuvre élégante et délicate de Racine n'eût complétement satisfait son désir et ses espérances. En effet, si cette tragédie nous paraît aujourd'hui inférieure aux autres ouvrages du poëte, il faut avouer qu'elle réunissait alors toutes les conditions du succès. L'amour y remplit toute l'action : et cet amour, plein de grâce et d'effusion, sinon d'énergie et de véhémence, n'en était que plus conforme au goût d'une cour toute occupée, elle aussi, d'intrigues galantes, de passions délicates et ingénieuses [1]. Le naturel et l'harmonie d'un style enchanteur ajoutaient encore au charme de ces peintures où l'on aimait à se reconnaître ; et, pour achever l'effet de ces beaux vers, on pouvait souvent les appliquer au souverain, alors entouré de tous les prestiges de la jeunesse et de la beauté, de la gloire et de la puissance. On songeait à lui quand Bérénice décrivait avec tant d'émotion l'éclat de son amant [2] :

> Cette pourpre, cet or qui rehaussait sa gloire,
> Et ces lauriers encor témoins de sa victoire ;

quand elle montrait ces yeux

> Qu'on voyait venir de toutes parts
> Confondre sur lui seul leurs avides regards ;

quand elle peignait

> Ce port majestueux, cette douce présence.

Et c'était encore vers le roi que se portaient toutes les

---

[1] M. Cousin, dans sa passionnée et piquante *Histoire de la jeunesse de Mme de Longueville*, rapproche avec raison la *Bérénice* des charmants ouvrages de Mme de La Fayette, *Zaïde* et la *Princesse de Clèves*.

[2] Act. I, sc. 5.

pensées, lorsque Bérénice, après ce tableau où s'était
complu son amour, s'écriait avec une douce ivresse :

> Ciel ! avec quel respect et quelle complaisance,
> Tous les cœurs en secret l'assuraient de leur foi !
> Parle : peut-on le voir sans penser, comme moi,
> Qu'en quelque obscurité que le sort l'eût fait naître,
> Le monde en le voyant eût reconnu son maître ?

Il ne faut donc pas s'étonner que la fortune de Bérénice ait été brillante, que le roi, comme Racine le rappelle dans son épitre dédicatoire à Colbert, y ait trouvé
du plaisir, « qu'elle ait été honorée de tant de larmes,
» et que la trentième représentation en ait été aussi
» suivie que la première [1]. » Ceux même qui se firent
les censeurs de la pièce, lui rendirent hommage en
avouant qu'elle les avait touchés. Si l'abbé de Villars,
« par la faute des règles que Corneille lui a trop bien
» apprises, a été privé, à la première fois qu'il a vu la
» *Bérénice*, du plaisir qu'y prenaient des gens moins
» instruits, le second jour il s'est ravisé, il a laissé
» *mesdemoiselles les règles* à la porte, et il a pleuré
» comme un ignorant. » Racine aura le droit de répondre dans sa préface qu'une pièce « qui touche les
» spectateurs et qui leur donne du plaisir, ne peut
» être absolument contre les règles ; que la principale
» règle est de plaire et de toucher, et que toutes les
» autres ne sont faites que pour parvenir à cette pre-
» mière. »

Il s'en fallut bien que *Tite et Bérénice* de Corneille

---

[1] Préface de Racine.

excitât d'aussi vives émotions, et attirât aussi longtemps la cour et la ville. C'est en vain que Robinet
l'annonce avec grand fracas, six jours à l'avance, au
début de sa lettre du 22 novembre :

> La première (nouvelle) en forme d'avis,
> Dont maints et maints seront ravis,
> Est que ce poëme de Corneille,
> Sa *Bérénice* sans pareille,
> Se donnera, pour le certain,
> Le jour de vendredy prochain
> Sur le théâtre de Molière.

Il a soin de ne rien dire de la tragédie de Racine, qui
avait été représentée la veille à l'hôtel de Bourgogne.
Il est bien forcé cependant de la mentionner dans sa
lettre du 29 novembre; mais il a trouvé un excellent
moyen de se dispenser d'en faire l'éloge, c'est de déclarer qu'il ne l'a point entendue :

> Au grand théâtre de l'Hôtel,
> Ce m'a dit un sage mortel,
> Une autre *Bérénice* on joue,
> *Que de grande tendresse on loue.*
> Mais n'ayant été l'auditeur
> Ni peu, ni prou le spectateur
> De ce poëme dramatique,
> Point d'en parler je ne me pique.

Cependant il n'est pas quitte encore avec cette tragédie pour laquelle il affecte une si dédaigneuse indifférence. Le 20 décembre, il rend compte du mariage
de Mlle de Thianges, nièce de Mme de Montespan, avec
ce duc de Nevers qui fut depuis l'ennemi de Racine.
Or, dans les fêtes brillantes de ce mariage, on joua la

pièce qui avait alors le plus d'éclat, c'est-à-dire *Bérénice*. Il faut que Robinet en prenne son parti et raconte cette représentation :

> L'excellente troupe royale
> Joua miraculeusement,
> C'est-à-dire admirablement,
> Son amoureuse *Bérénice* :
> Et chacun en rendant justice
> Tant aux actrices qu'aux acteurs,
> Les traita de vrais enchanteurs.

Mais l'auteur, qu'en a-t-on dit ? Robinet se garde bien de nous l'apprendre ; et l'affectation de ce silence est encore plus sensible par l'éloge enthousiaste qu'il fait ensuite, immédiatement après les vers que nous venons de citer, de la tragédie de Corneille :

> La *Bérénice* de Corneille,
> Qu'on peut, sans qu'on s'en émerveille,
> Dire un vrai chef-d'œuvre de l'art,
> Sans aucun *mais*, ni *si*, ni *car*,
> Est fort suivie et fort louée.

Mais quoique raconte Robinet des louanges qu'obtient *Tite et Bérénice* et du nombreux public qui la suit, nous le savons par les registres mêmes du théâtre de Molière : sur les vingt et une représentations qu'eut la tragédie, les deux premières seulement attirèrent une foule considérale ; les quinze suivantes ne firent que des recettes moyennes ; quant aux quatre dernières, elles furent presque nulles, et, au renouvellement de l'année dramatique, après les fêtes de Pâques, la pièce de *Tite et Bérénice* disparut sans retour de l'affi-

16

che. Sans doute, les amis du poëte eurent la ressource
d'accuser l'insuffisance de la troupe, dont cependant
Robinet se déclare fort content ; sans doute, Fontenelle
expliquera plus tard l'avantage de Racine par le talent
des acteurs « qu'on a eu le bonheur ou l'art d'enlever
à Corneille. » Mais cette insinuation que nous avons
réduite à sa juste valeur ne suffit pas à expliquer la
fortune différente des deux œuvres ; et, pour en juger,
il nous suffira d'interroger les censeurs mêmes de Racine. S'ils se montrent sévères pour *Bérénice*, ils sont
impitoyables pour sa rivale, et leur condamnation de
Tite et Bérénice est exprimée avec une franchise sans
ménagement et sans réserve, disons mieux, avec la
plus blessante rudesse.

Au premier rang de ces critiques, par l'étendue des
appréciations, par l'époque où elles parurent, par le
retentissement qu'elles eurent à la ville et à la cour, se
place l'abbé de Villars. Il commença par s'attaquer à
Racine, et son livre, à qui cette raison suffisait bien
pour assurer les suffrages de tous les amis de Corneille,
leur fut encore plus cher par le respect et l'admiration
que l'auteur témoignait au grand poëte. Dès le début,
Villars se donnait pour son élève ; c'était par les œuvres
de Corneille et par les leçons qu'il en avait recueillies
qu'il justifiait la condamnation de la tragédie de Racine ; c'était de ce nom et de cette autorité imposante
qu'il couvrait et protégeait sa critique. Comment les
amis de Corneille auraient-ils deviné que ce même
Villars deviendrait, quelques mois plus tard, le juge

rigoureux de *Tite et Bérénice,* et que, dans son étrange et rare impartialité de franchise, il compenserait les coups portés à Racine par des coups plus violents infligés à son rival ? Si Mme de Sévigné avait prévu cette contre-partie, sans doute elle eût été moins charmée de l'auteur et de son livre ; la critique lui aurait paru dans son ensemble moins « plaisante et ingénieuse ; » elle eût moins facilement pardonné ces « cinq ou six » petits mots qui ne valent rien du tout et même qui » sont d'un homme qui ne sait pas le monde. »

Nous avons déjà cité un de ces mots ridicules, qui « font quelque peine » à Mme de Sévigné. Racine, dans sa préface, les relève avec moins d'indulgence. Après s'être glorifié des suffrages qu'il a obtenus, il parle avec un dédain plus affecté que réel « du libelle qu'on a fait » contre lui. » Il demande ce qu'il peut répondre « à » un homme qui ne pense rien, et qui ne sait pas même » construire ce qu'il pense. » Il raille fort vivement la prétendue science de Villars, et il achève sa vengeance par ces traits mordants qu'il a réservés comme un dernier et plus sensible châtiment : « Je lui pardonne de » ne pas savoir les règles du théâtre, puisque heureu- » sement pour le public il ne s'applique pas à ce genre » d'écrire. Ce que je ne lui pardonne pas, c'est de sa-- » voir si peu les règles de la bonne plaisanterie, lui » qui ne veut pas dire un mot sans plaisanter. Croit-il » réjouir beaucoup les honnêtes gens par ces *hélas de* » *poche,* ces *mesdemoiselles mes règles,* et quantité d'au- » tres basses affectations qu'il trouvera condamnées

» dans tous les bons auteurs, s'il se mêle jamais de les
» lire ? »

On voit assez à l'étendue et au ton de ce passage que
la critique de Villars n'a pas laissé Racine aussi indif-
férent qu'il veut bien le dire. On ne s'acharne pas ainsi
contre un ennemi qu'on juge méprisable, et la riposte
est trop vive pour que l'attaque n'ait pas rencontré
quelque point sensible. En effet, si le persifflage de
Villars n'est pas des plus fins, si sa gaîté n'est pas des
plus communicatives, il faut avouer que ses observations ne sont pas toujours sans valeur, et qu'il a mis le
doigt sur la plupart des défauts ou des faiblesses de la
tragédie. D'ailleurs *Bérénice* prêtait bien plus que ses
devancières à la malignité de la censure, et le succès
de Villars tient moins à la supériorité de son goût qu'à
la matière sur laquelle il l'a exercé.

Cependant, sa critique, prônée par le parti nombreux des admirateurs exclusifs de Corneille, ne manqua pas non plus de contradicteurs. Par un singulier
changement de rôle, un des premiers adversaires de
Racine, l'auteur de la *Folle querelle*, se fit tout à coup
le champion de son ancien ennemi, et cette vivacité
qu'il avait mise à censurer *Andromaque*, il la tourna
tout entière contre le censeur de *Bérénice*. Est-ce de sa
part un généreux effort d'impartialité ? Est-ce le désir
de réparer ses torts d'autrefois ? A-t-il voulu flatter les
sentiments de quelque grand personnage, et complaire
au roi, qui, dit-il lui-même, « a été content de *Bérénice?* » Il est probable que ce motif entra plus ou moins

dans un si brusque revirement. Mais sans doute il y
vit surtout un nouveau moyen d'attirer sur lui l'attention du public. Villars avait enlevé à Subligny le rôle
d'adversaire de la tragédie : Subligny prit résolûment
le rôle opposé, plus piquant encore par le contraste
avec sa conduite passée ; voilà sans doute le fond de sa
tactique. Un véritable admirateur de Racine aurait-il,
comme Subligny le fit plus tard, infligé à ce poëte l'ou-
trage d'un rapprochement avec Pradon ? Aurait-il ré-
parti avec une si révoltante égalité l'éloge et le blâme
entre un chef-d'œuvre et une pièce ridicule ?

Le premier grief de Villars contre *Bérénice*, c'est que
les règles y sont mal observées. Et d'abord « la scène
» ne s'ouvre pas assez près de la catastrophe. Antio-
» chus nous apprend que Titus épouse Bérénice ce
» jour même ; il vaudrait mieux qu'il nous dît que
» Titus veut renvoyer Bérénice et qu'il préparât la
» reine à cette inconstance. De cette façon, le premier
» acte ne serait pas un hors-d'œuvre. » Subligny n'accepte pas cette critique. Selon lui, « une des plus
» grandes beautés de la fable tragique, c'est de faire
» que l'aventure qui doit finir tragiquement aille bien
» avant dans la joie, avant d'être troublée par les acci-
» dents funestes qui composent la catastrophe. » Ainsi,
le premier acte, en nous peignant la sécurité et la joie
de Bérénice, nous rendra plus sensibles à son désespoir. La réponse est juste, et on peut y ajouter que,
dès ce premier acte, l'inquiétude commence pour le
spectateur. Titus n'a point encore parlé ; Antiochus

nourrit en secret un reste d'espérance ; Phénice, suivante de la reine, est pleine de craintes qu'elle avoue à
sa maîtresse. Bérénice seule est confiante : son amour
est trop ardent, elle a trop besoin de croire à son bonheur pour ne pas se faire longtemps illusion. Même
quand Titus aura paru devant elle, triste, embarrassé,
s'accusant d'ingratitude, laissant échapper dans ses
discours interrompus les noms de Rome et de l'empire, même lorsque Antiochus aura rempli son triste
message, elle refusera de se rendre, ou du moins elle
luttera avec une ardeur fiévreuse contre le doute qui
s'empare de son cœur. Elle s'attachera énergiquement
à cet espoir qu'on veut lui ravir, elle essaiera longtemps de se tromper elle-même. Mais cette sublime
déraison, que Villars a osé blâmer, fait tout le pathétique de ce personnage et l'intérêt croissant de la tragédie. Dès l'exposition, nous craignons une catastrophe
que la douce effusion de Bérénice nous rendra plus
cruelle ; au second acte, nous voyons se préparer le
coup fatal, contre lequel se débat longtemps la victime : l'émotion est admirablement soutenue et gra-
duée.

Selon Villars, l'auteur ne s'est pas moins écarté des
règles dans la conception et le développement des caractères. « Corneille, dit-il, m'avait dépravé le goût
» dans ses pièces, et m'avait accoutumé à chercher des
» caractères vertueux, ce que je n'avais garde de trou-
» ver ici. » Titus, en effet, aux yeux de Villars, est
doublement coupable : « Ce n'est pas un héros romain,

» c'est un amant fidèle qui file le parfait amour à la
» Céladon; il fait tout pour l'amour et rien pour son
» honneur. » D'autre part, « c'est un traître, un par-
» jure, un malhonnête homme; il est retenu par la
» crainte du sénat, en un temps où les empereurs
» étaient hors de page; il n'a donc point de bonnes
» raisons à dire à Bérénice. Un honnête homme, dit en
» concluant le critique, emporte ce fruit de cette pièce,
» qu'il doit quitter ce qu'il aime, quand il ne peut le
» conserver sans dommage. » Comment concilier des
reproches si contradictoires? Villars ne s'en est guère
mis en peine. Quant à Subligny, il s'attache surtout à
réfuter la première partie de la critique. « Les petits
» esprits, dit-il à Villars, s'imaginent que, quand Titus
» se sépare de Bérénice, quand il est insensible à ses
» larmes, quand il a des duretés pour elle, qui lui font
» dire à lui-même qu'il est un barbare, ils croient que
» c'est *pour son honneur;* mais vous êtes trop fin pour
» vous laisser tromper à cela. » Mais Titus pleure en
quittant Bérénice? — « M. Racine vous aurait bien
» plu davantage, répond Subligny, s'il avait fait comme
» M. Corneille, et qu'au lieu de faire pleurer Titus,
» il nous l'eût représenté comme l'effroi du genre hu-
» main, comme un mangeur de petits enfants. » Et
il défend avec chaleur ce vers touchant qui *fait rire*, selon Villars :

Vous êtes empereur, seigneur, et vous pleurez !

Mais Titus veut mourir, et « s'il a quelquefois des

» retours assez romains, des commencements de sen-
» timents magnanimes, des bouffées héroïques, » tout
cela « n'aboutit qu'à se tuer par maxime d'amour. » A
cette objection, Subligny ne répond rien de bien satis-
faisant. Elle est en effet assez grave. Car qu'un prince
qui s'est enfermé huit jours pour délibérer sur ce qu'il
doit faire; qui parle avec tant de résolution, en homme
si maître de lui-même, à Paulin, à Antiochus, à Bérénice même de son devoir, de sa gloire, de l'exemple
des anciens Romains; qui regarderait comme une
honte d'abandonner l'empire pour suivre Bérénice,
pour aller

> Soupirer avec elle au bout de l'univers [1];

croie tout à coup avoir trouvé dans le suicide « une
plus noble voie » pour s'affranchir de ses tourments,
et s'imagine qu'en mourant par désespoir d'amour, il
suivra le « chemin enseigné »

> Et par plus d'un héros et par plus d'un Romain;

voilà, nous l'accordons à Villars, qui est peu héroïque,
peu en rapport avec tous les discours de Titus. Ce que
l'on pourrait dire, c'est qu'il ne veut par cette menace
que vaincre la funeste résolution de Bérénice, forcer la
reine à vivre en la rendant, comme il dit, « responsable des jours » de son amant. Mais cet artifice serait-
il bien tragique, et la dignité de l'empereur, qui vient
d'alléguer d'un ton si grave l'exemple des anciens Ro-

[1] Act. V, sc. 6.

mains, n'en recevrait-elle pas quelque atteinte? Tel est
le malheur de la position où le sujet plaçait le principal personnage de la pièce. Malgré tout l'art du poëte,
il ne peut échapper complétement à la froideur ; il fait
quelquefois penser à Énée, si embarrassé en face de
Didon. Quelque habilement que Racine ait présenté
des situations si difficiles, cette résistance d'un homme
aux prières d'une femme, ces raisons calmes opposées
à des reproches passionnés, à des transports et à des
larmes, choqueront toujours. Quand Titus expose ensuite dans un long discours sa résolution de mourir,
quand il prétend concilier par ce parti extrême son
amour et son devoir, et justifier un acte insensé par de
sérieux et solides arguments, nous ne sommes pas plus
satisfaits : on se tue par entraînement, par désespoir ;
on ne fait pas sagement une folie.

Villars est bien plus faible, quand il critique le caractère de Bérénice, « modèle accompli, dit-il, du dé-
» règlement d'une passion emportée. » Elle ne se souvient plus de sa religion, elle devient païenne, et « la
» juive ne parle plus que des *dieux* et des *immortels :*
» ayant oublié Dieu, elle en oublie la loi et se résout à
» mourir en désespérée. » Il y a dans cette critique une
allusion à quelques fautes de langage corrigées plus
tard par Racine. A ces exclamations : *dieux, grands
dieux !* le poëte substitua facilement des expressions
qui se conciliaient avec la religion de Bérénice. Mais
Villars ne prend-il pas bien au sérieux cette qualité de
juive ? Fera-t-on un crime à un poëte, à un romancier,

d'avoir poussé jusqu'au suicide, même chez un chrétien, le délire de la passion ? D'ailleurs, Bérénice ne se
porte pas à cette extrémité. Elle fait un sublime effort
sur son désespoir : elle vivra, elle s'exilera de cette
Rome où elle laisse tout ce qu'elle aime. Elle annonce
noblement à Titus sa résolution : elle se sépare de son
amant avec une simplicité digne et ferme ; elle n'est
donc pas si *déréglée* et si *perdue*.

Cependant, ce dénoûment ne plaît pas à Villars : il
le trouve « très-particulier et très-peu attendu. » Pour
nous, il nous semble aussi touchant qu'il est simple, et
Racine l'a très-bien justifié : « Je n'ai point poussé Bé-
» rénice jusqu'à se tuer comme Didon, parce que Bé-
» rénice n'ayant pas ici avec Titus les derniers engage-
» ments que Didon avait avec Énée, elle n'est pas
» obligée, comme elle, de renoncer à la vie. A cela
» près, le dernier adieu qu'elle dit à Titus et l'effort
» qu'elle fait pour s'en séparer n'est pas le moins tra-
» gique de la pièce. »

Le caractère de Bérénice a donné lieu à une autre
critique attribuée quelquefois par erreur au grand
Condé. Elle est en effet d'un ami de Racine, du poëte
Chapelle. Racine lui demandait son avis sur la tragédie ; il se fit quelque temps prier, et enfin répondit :

> Marion pleure, Marion crie,
> Marion veut qu'on la marie.

Le mot ne fut pas perdu pour les adversaires de Racine. Barbier aura soin de l'insérer dans sa pièce sati-

rique. Villars l'a développé en l'exagérant : « Bérénice
» n'est ni reine ni honnête femme. Elle fait des efforts
» pour porter son amant à se mettre au-dessus des
» lois ; elle le prend par tant d'endroits qu'elle le tourne
» enfin en ridicule. » Le désintéressement de l'amour
de Bérénice, son indifférence pour les grandeurs attachées à cette union, le courageux sacrifice qu'elle ac-
complit protestent contre cette épigramme injuste dans
sa généralité. Il est vrai cependant que la dignité de
Bérénice souffre un peu de cette situation fausse où elle
se trouve deux fois en face de Titus. Ces objections,
ces prières, ces instances qui vont se briser contre la
sagesse de Titus font d'autant plus ressortir son
empressement que Titus est plus embarrassé.
L'exemple de Didon ne saurait ici être invoqué :
Bérénice, qui n'a pas avec son amant « ces derniers
engagements » que la reine de Carthage avait avec
Énée, doit être plus réservée et plus fière. Ce défaut,
comme celui de la froideur de Titus, tient au
sujet : il était impossible au poëte d'y échapper
entièrement.

Nous abandonnerons assez volontiers à Villars le
rôle d'Antiochus. Ce personnage, placé en tiers entre
Titus et Bérénice et confident de leurs amours, fait
assez triste figure ; les malheurs et les lamentations de
cet amant discret et patient inspirent une pitié qui n'est
pas tout à fait tragique. Nous ne dirons pas, comme
Villars, qu'il a toujours un *toutefois* et un *hélas de
poche* pour amuser le théâtre ; mais nous regrettons que

son désespoir s'épanche au dénoûment par un *hélas!*
qui finit assez faiblement la pièce.

Après quelques autres critiques de peu de valeur,
quoique très-longuement développées, Villars attaque
en général le style de la pièce qui n'est, dit-il, depuis le
commencement jusqu'à la fin, « qu'un tissu galant de
» madrigaux et d'élégies, et cela pour la commodité
» des dames, de la jeunesse, de la cour et des faiseurs
» de recueils de pièces galantes. »« Les scènes, dit-il
» ailleurs, ne sont pas liées, le théâtre reste plusieurs
» fois vide, la plupart des scènes ne sont pas nécessaires;
» mais le moyen d'ajuster tant d'élégies et de madri-
» gaux ensemble, avec la même suite que si l'on eût
» voulu faire une comédie dans les règles? Qu'importe
» aux dames que l'auteur porte le cothurne ou le bro-
» dequin, pourvu qu'elles pleurent et que de temps
» en temps elles puissent s'écrier : *Cela est joli!* Si la
» majesté du cothurne plaît aux savants, *la jeunesse,*
» *les dames et les barbons que les dames corrompent* (qui
» ne sont pas en petit nombre) s'accommodent mieux
» de la galanterie de l'escarpin. » Villars s'arrête complaisamment sur ces épigrammes tant de fois répétées
par les amis de Corneille : il conclut que toute la pièce
n'est que la matière d'une scène.

De ces deux critiques, dont l'une porte sur le style,
l'autre sur le vide d'une action si peu chargée d'intrigue, Subligny a heureusement réfuté la première. Il
cite de nombreux passages de la tragédie, la réponse
d'Antiochus à Bérénice, le discours où Titus déclare

énergiquement à Paulin qu'il sacrifie son bonheur aux lois de son pays [1] ; ce beau monologue où il s'accuse d'avoir déjà perdu tant de journées [2], et ce dernier entretien où il déclare à sa maîtresse désespérée et près de mourir qu'il persiste dans sa résolution [3]. « Quelle » douceur, s'écrie Subligny, pour une maîtresse à qui » l'on conte de telles fleurettes ! Voilà ce tissu galant » de madrigaux et d'élégies ! Avouons que cela s'appelle *filer le parfait amour à la Céladon !* Pousse-t-on » le tendre chez les sylphes de cette façon-là ? » Certes, si l'on retranche la scène où Titus veut mourir, Subligny a raison. Cependant, quoique les sentiments exprimés dans la pièce soient naturels, expressifs, souvent même dignes, énergiques et d'une grandeur sans emphase, l'effet général n'est pas assez tragique. Il faut pour la tragédie des passions plus violentes, sources d'agitations plus profondes et plus terribles ; il faut l'amour désordonné d'Hermione, de Roxane et de Phèdre. Alors les âmes reçoivent une forte secousse ; alors l'action la moins chargée de faits est bien remplie, et la théorie de Racine sur la simplicité trouve son application. Il a raison de soutenir dans sa préface que « l'invention consiste à faire quelque chose avec rien. » Il a prouvé, même dans *Bérénice*, la vérité de cette théorie et la puissance de son art ; car, on peut le dire, de rien ou de presque rien il a fait une pièce

[1] Act. II, sc. 2.
[2] Act. IV, sc. 5.
[3] Act. V, sc. 6.

aimable, propre à émouvoir doucement la sensibilité.
Mais, dans des sujets plus tragiques, il réussira encore
mieux à éviter la froideur des longs entretiens avec les
confidents, des monologues trop prolongés et trop
calmes, à occuper tellement le spectateur que, nulle
part, il ne trouve de langueur et de vide, à ne sacrifier
aucun personnage, enfin à se passer des invraisemblances d'une intrigue compliquée, sans que l'intérêt
cesse d'être vif, sans que notre cœur soit moins satisfait
que notre raison.

Plus on songe à la dissertation de Villars, plus on
est surpris de celle dont il la fit suivre. Sans cesse il a
répété le nom de Corneille; sans cesse il s'en est servi
pour admonester l'auteur de *Bérénice;* son écrit finit
comme il commence, par une protestation en faveur du
vieux poëte : « Je ne puis souffrir, dit-il ironiquement,
» qu'on accuse M. Racine de n'entendre pas le théâtre,
» qu'on le blâme d'avoir voulu entrer en lice avec
» Corneille, et que M. de *** s'écrie :

Infelix puer, atque impar congressus Achilli !

Ainsi, en posant la plume, il s'élève encore contre la
rivalité de Racine avec Corneille; il raille le malheureux jeune homme que sa témérité ou d'imprudents
amis ont engagé dans cette lutte inégale. Et cependant
de quelle façon il parlera, quelques semaines après,
de *Tite et Bérénice!* avec quelle rigueur irrespectueuse
et brutale il condamnera le style, l'action et les caractères de cette tragédie! Dès le début il gourmande sans

ménagement, sans pitié, le poëte, objet de son culte :
« N'en déplaise à la vieille cour, M. Corneille a oublié
» son métier, et je ne le trouve point en toute cette
» pièce. On lui dit pour le consoler de tant de vers
» misérables, durs, sans pensée, sans français et sans
» construction, que l'art du théâtre y est merveilleuse-
» ment observé; non pas qu'on le trouve ainsi, mais
» parce que cela devrait être. » Il ne juge pas moins
durement l'intrigue, et les éloges qu'il donne à Racine
contrastent singulièrement avec le ton ironique et déni-
grant de sa première appréciation : « Il n'a pas voulu
» faire une tragédie simple, comme M. Racine, et sou-
» tenir jusqu'au bout un sujet simple par la beauté de
» l'expression, par la délicatesse des pensées, par les
» emportements de la passion, et par l'harmonie des
» vers. A la bonne heure!... Je ne le blâme pas d'a-
» voir introduit plusieurs personnages épisodiques,
» mais je lui sais mauvais gré, premièrement de les
» avoir mal choisis, puis de s'en être mal servi. »
Mais comment qualifier son jugement sur les deux héroïnes de la tragédie, Bérénice et Domitie, « ces deux
» harengères qui nous apprennent l'une de l'autre des
» choses qui nous feraient horreur, si la manière dont
» elles le disent ne nous faisait rire. » En vérité, les
ennemis les plus déclarés de Corneille auraient présenté avec plus de ménagement des critiques malheureusement trop fondées. Ou Villars pousse loin l'héroïsme de l'impartialité, ou il s'est fait dans son esprit
un revirement bien étrange.

Au reste, à l'exception de Robinet, aucun des amis de Corneille n'osa se faire le panégyriste de *Tite et Bérénice*. Saint-Évremond, sévère pour l'œuvre de Racine, ne l'est pas moins pour sa rivale. « Dans les tra-
» gédies de Quinault, dit-il [1], vous désireriez souvent
» de la douleur où vous ne voyez que de la tendresse;
» dans le *Titus* de Racine vous voyez du désespoir où
» il ne faudrait qu'à peine de la douleur. L'histoire
» nous apprend que Titus, plein d'égards et de circons-
» pection, renvoya Bérénice en Judée pour ne pas don-
» ner le moindre scandale au peuple romain ; et le poëte
» en fait un désespéré qui veut se tuer lui-même plutôt
» que de consentir à cette séparation. » Remarquons
toutefois que cette dernière critique porte à faux : loin
que Titus refuse la séparation, c'est lui qui l'impose à
Bérénice ; s'il menace de mourir, c'est à cause de la
résolution de la reine, et parce qu'il ne peut concilier
autrement son honneur de prince et ses engagements
avec sa maîtresse. Saint-Évremond n'avait pas bien lu
ce qu'il condamnait. D'ailleurs son jugement sur le
Titus de Corneille n'est pas non plus de tout point ac-
ceptable : « Corneille, dit-il, n'a pas eu de sentiments
» plus justes sur le sujet de son Titus. Il nous le re-
» présente prêt à quitter Rome et à laisser le gouver-
» nement de l'empire pour aller faire l'amour en Ju-
» dée. Certes, il va contre la vérité et la vraisemblance,
» ruinant le naturel de Titus et le caractère de l'em-

---

[1] *Dissertation sur les caractères des tragédies.*

» pereur pour donner tout à une passion éteinte; c'est
» vouloir que ce prince s'abandonne à Bérénice comme
» un fou, lorsqu'il s'en défait comme un homme sage
» ou dégoûté. » Mais avec un tel personnage, la tragédie ne devenait-elle pas impossible? Comment mettre
sur la scène un amant *dégoûté?* Quel intérêt aurait présenté un homme si sage et si froid? Ou rejetez absolument le sujet, ou, le sujet admis, avouez que les deux
poëtes ne pouvaient conformer leur héros au type que
vous leur tracez.

Indépendamment des dissertations de Villars, les
deux *Bérénice* suscitèrent encore, deux ans après leur
apparition, une comédie critique, imprimée à Utrecht,
en 1673, sous ce titre : *Tite et Titus ou les Bérénice.*
L'auteur de cette petite pièce qui ne fut pas représentée a gardé l'anonyme; c'est un badinage assez piquant conçu à peu près sur le modèle des *Dialogues des
morts* de Lucien. La scène est au Parnasse, dans le
temple de Mémoire, séjour d'Apollon et des Muses.
Quatre personnages différents se présentent à la porte
de cet auguste édifice ; c'est d'une part Tite et la Bérénice de Corneille, de l'autre Titus et la Bérénice de
Racine. Le même objet les amène au temple ; chacun
d'eux vient porter plainte au tribunal d'Apollon contre
un imposteur qui lui a volé son nom. Ils ont eu soin de
se pourvoir d'avocats ; Thalie, la muse de la comédie,
prête son ministère à Tite et à la Bérénice de Corneille;
la grave Melpomène défend les intérêts des héros de
Racine. Dans le premier acte, les avocats se mettent en

17

rapport avec leurs clients, étudient leur cause, en re-
cherchent le fort et le faible. Le second acte est consacré aux interrogatoires et aux plaidoyers. Au troisième acte, Apollon, après de vains essais de concilia-
tion, prononce la sentence.

Tel est le cadre dans lequel l'auteur a fait entrer ses
critiques contre les deux tragédies, et surtout contre
celle de Corneille. En effet il la condamne aussi durement que Villars; il ne ménage ni le style que les
Muses et Apollon traitent de « jargon indéchiffrable et
de galimatias, » ni les personnages, dont les sentiments
forcés, la conduite bizarre, le ton de matamore sont relevés partout dans la pièce. Quant à la *Bérénice* de Racine, les habitants du Parnasse sont assez d'avis, comme
Villars, que l'action en est un peu languissante. Thalie,
qui voit arriver de compagnie Titus et Bérénice, s'é-
tonne de cette réunion. « Vous vous étiez pourtant sé-
» parés avec assez de cérémonie, et votre adieu avait
» été assez long pour tenir plus longtemps et pour ne
» vous pas réunir plus tôt. » Mais les critiques portent
principalement sur les caractères de Bérénice et de
Titus. Bérénice est « une coureuse à qui l'amour fait
» faire d'indignes lâchetés, d'horribles faiblesses; elle
» souffre patiemment qu'un traître la méprise et la
» trompe; elle lui témoigne autant d'amour, lors même
» qu'elle voit les ruses qu'il emploie pour se défaire
» d'elle; lors même qu'il la chasse, elle lui avoue
» qu'elle croit qu'il l'aime véritablement. » Et ces
reproches adressés par la Bérénice de Corneille à sa

rivale, celle-ci les accepte comme son principal titre,
comme la preuve irrécusable qu'elle est la vraie Bérénice. « Être Bérénice, dit-elle, c'est être la plus tendre,
» la plus fidèle et la plus soumise amante qui fut ja-
» mais; c'est aimer l'empereur Titus plus que toutes
» choses, et même plus que sa propre gloire. »

Mais si la passion de Bérénice est trop abandonnée
et trop peu digne, en revanche Titus est un amant bien
froid et bien cruel, bien malhonnête et bien perfide.
Ce nouveau critique n'accuse pas, il s'en faut, le héros
de Racine de filer le parfait amour comme un *Céladon;*
il n'est pas du tout d'accord avec Saint-Évremond. Il
prodigue à Titus les noms de *fripon* et de *traître;* il
s'indigne des prétextes dont il colore son improbité, et
des consolations qu'il donne à Bérénice éperdue. « Le
sénat (qui n'y songeait pas), pourrait bien être mécontent du mariage; » quelle mauvaise défaite ! « Ils lais-
seront un bel exemple à la postérité ! » quel efficace
remède au désespoir de sa victime ! En vérité Titus
n'est pas un amant, n'est pas un homme ; sa conduite
fait horreur ; ce n'est plus de la pitié qu'on éprouve
pour le malheur de Bérénice ; ce sentiment dégénère
en une indignation qui ne laisse aucune place au plaisir ! Tel est le langage d'Apollon et de tous les adversaires de Titus. On voit que le critique n'entend pas
raillerie sur le code de la galanterie, et ne se rit pas,
comme les amis de Corneille, des « sottes tendresses
de cœur [1]. »

---

[1] C'était aussi l'opinion du fameux Bussy Rabutin. Bayle (*Dict. historique,*

Malgré ces reproches, le jugement d'Apollon, au dénoûment de la comédie, est complétement favorable à
la tragédie de Racine. Le dieu des vers, après avoir
subi un long discours de Domitie et avoir tancé verte-
ment « ce galimatias qui le met hors de lui [1], » rend
son arrêt. Et d'abord il condamne Domitie « à être ber-
» née au milieu de la place pour avoir profané le lieu
» sacré par son discours barbare. » Il continue en ces
termes : « Il sera fait sursis au jugement de Tite, jus-
» qu'à ce qu'il ait fait entendre et déclaré plus nette-
» ment ce qu'il aime et ce qu'il hait, ce qu'il veut et ce

---

article *Bérénice*) cite une lettre d'une dame au comte de Bussy, à propos de la
tragédie de Racine, puis une réponse de Bussy, enfin une réplique de la dame.
La correspondante est sévère pour la pièce, où elle n'aime guère que Bérénice;
encore l'accuse-t-elle d'un excès de tendresse. Bussy répond : « Vous m'aviez
» préparé à tant de tendresse, que je n'en ai pas tant trouvé Du temps que je
» me mêlais d'en avoir, il me souvient que j'eusse donné le reste à Bérénice.
» Cependant il me paraît que Titus ne l'aime pas tant qu'il dit, puisqu'il ne fait
» aucun effort en sa faveur à l'égard du sénat et du peuple romain, etc. »

[1] Cizeron Rival (*Récréations littér.*, p. 68) raconte une anecdote plaisante à
propos du style de la tragédie de Corneille. Baron, qui devait jouer le rôle de
Domitian, alla demander à Molière l'explication de quelques vers du 1er acte
(scène 2).

> Faut-il mourir, madame? et, si proche du terme,
> Votre illustre inconstance est-elle encor si ferme
> Que les restes d'un feu que j'avais cru si fort
> Puissent dans quatre jours se promettre ma mort?

Molière lui dit qu'il ne les entendait pas non plus. « Mais attendez, ajouta-t-il,
» M. Corneille doit venir souper avec nous aujourd'hui, et vous lui direz qu'il
» vous les explique. » Corneille consulté finit par répondre : « Je ne les entends
» pas trop bien non plus, mais récitez-les toujours. Tel qui ne les entendra pas
» les admirera. » Cette réponse fait songer au spirituel passage de La Bruyère
sur « ces longues suites de vers pompeux auxquelles certains poëtes « sont sujets
dans le dramatique. » (Chap. I, *Des ouvrages de l'esprit.*)

» qu'il ne veut pas. La Bérénice sera admonestée de ne
» plus tomber dans une bizarrerie aussi blâmable que
» celle qui lui fait quitter Tite dès que le sénat lui per-
» met de l'épouser, et que ce vice, pour être si ordi-
» naire à son sexe, n'en est pas moins blâmable. »
Voilà les personnages de Corneille bien nettement con-
damnés. Nous savons déjà ce qu'Apollon dira de ceux
de Racine : « C'a été une grande imprudence à Titus de
» s'être exposé au jugement du vulgaire, qui ne com-
» prend point les forces de l'amour de la gloire, et c'est
» bien employé s'il a passé pour un fripon. Mais, pour
» la Bérénice, comme elle n'est d'aucune perplexité,
» qu'elle paraît tout à fait innocente et qu'on ne voit
» pas qu'il y ait rien de sa faute dans son malheur, la
» pitié qu'elle excite est trop grande pour donner du
» plaisir : elle dégénère sans cesse en horreur et en in-
» gnation. » Mais à quelles conclusions aboutit cet
arrêt si longuement motivé ? « Il y a plus d'apparence,
» déclare Apollon, que Titus et Bérénice sont les véri-
» tables. » Ainsi les personnages de Racine triomphent ; mais ce n'est pas sans subir un dernier trait de
satire qui frappe également, il est vrai, leurs adversaires : « Les uns et les autres auraient mieux fait de se
» tenir au pays d'histoire dont ils sont originaires que
» d'avoir voulu passer dans l'empire de la poésie, ce à
» quoi ils n'étaient nullement propres, et où, pour dire
» la vérité, on les a amenés, à ce qu'il me semble,
» assez mal à propos. » C'était, nous l'avons vu, l'opinion de Boileau ; sans doute aussi, malgré le charme de

beaucoup de scènes de Bérénice, ce sera toujours un peu le sentiment de la postérité.

Bien longtemps après l'époque des premières réprésentations de Bérénice, quand Racine avait déjà cessé depuis quelques années d'écrire pour le théâtre, les comédiens italiens donnèrent une parodie de quelques scènes de cette tragédie[1]. Louis Racine le rappelle dans ses *Mémoires* : « Mon père, dit-il, assista à cette » parodie bouffonne et y parut rire comme les autres; » mais il avouait à ses amis qu'il n'avait ri qu'exté- » rieurement. La rime indécente qu'Arlequin mettait » à la suite de la reine Bérénice le chagrinait au point » de lui faire oublier le concours du public à ses piè- » ces, les larmes des spectateurs et les éloges de la » cour. C'était dans de pareils moments qu'il se dé- » goûtait du métier de poëte. » Louis Racine oublie qu'à cette époque son père y avait déjà renoncé. Quoique cette parodie, insérée dans la comédie d'*Arlequin Protée*, soit le plus souvent bien misérable, l'auteur y a placé assez heureusement quelques vers dont l'expression familière prêtait au ridicule. Voltaire en indique quelques-uns dans son commentaire sur *Bérénice* et dans la préface de sa tragédie des *Scythes*. Il paraît que, dès l'époque de la représentation, on avait pris plaisir à les relever, et qu'au moment où Bérénice disait à Antiochus :

Eh quoi! Seigneur, vous n'êtes point parti?

[1] Dans *Arlequin Protée*, comédie en trois actes de M. Fatouville, représentée le 11 octobre 1683.

Visé s'écria du parterre : « Qu'il parte, qu'il parte ! »
Selon Voltaire, on s'égaya surtout aux dépens du confident Paulin : on signala dans son rôle quelques vers
naïfs comme celui-ci :

> Cet amour est ardent, il le faut confesser ;

quelques exclamations banales, quelques phrases interrompues qui le rendent un peu ridicule [1]. Le nom
de Paulin acquit une certaine célébrité, et dans la farce
de la comédie italienne, Arlequin, travesti en Titus,
ne pouvant obtenir de Scaramouche, devenu Paulin,
une réponse satisfaisante, s'écrie :

> Parle, achève. Fi donc! *quel Paulin!* quelle bête !

Le mérite de la tragédie ne tenait certes pas à ces
misères. Sur ces vingt ou trente vers d'une simplicité
un peu familière, la plupart sont relevés par la vérité
et la délicatesse du sentiment. Comme le dit Voltaire,
« ces naïvetés, qu'on appelait négligences, sont liées
» à des beautés réelles. » Mais l'esprit satirique n'y
regarde pas de si près. C'était une trop bonne fortune
de pouvoir critiquer le style d'un poëte, à qui, sur ce
point, ses adversaires mêmes rendaient hommage. Du
moins, ces attaques étaient de bonne guerre, et Racine

---

[1] Act. IV, sc. 6 .

> *Paulin.*   Quel rang dans l'avenir...
> *Titus.*   Non, je suis un barbare.

Ibidem., sc. 8.

> *Paulin.*   Rome...
> *Titus.*   Il suffit, Paulin, nous allons les entendre.

a pu en profiter. Mais que dire d'une autre manœuvre
racontée par Voltaire? Il a vu, dit-il, autrefois, une
tragédie de *Saint Jean-Baptiste*, supposée antérieure à
Bérénice, et dans laquelle on avait inséré une tirade[1]
de cette pièce, pour faire croire que Racine l'avait
volée. « Cette supposition maladroite était, ajoute-t-il,
» assez démentie par le style barbare du reste de la
» pièce ; mais ce trait suffit pour faire voir à quels
» excès se porte la jalousie, surtout quand il s'agit de
» succès de théâtre. » Ainsi, tous les expédients furent
bons aux adversaires de Racine ; sa renommée croissante ne découragea pas leur haine, et la tragédie de
Bajazet nous les montrera renforcés d'un nouvel auxiliaire, Visé, et d'un nouveau moyen de publicité, le
Mercure galant.

[1] Act. IV, sc. 1.

CHAPITRE V.

Grand succès de la tragédie. — Sentiment de Corneille. — Compte-rendu et critique de Visé dans le Mercure galant, — de Robinet dans sa Gazette. — Réponse de Racine dans sa première et sa deuxième préface. — Examen d'une nouvelle de Segrais, Floridon ou l'Amour imprudent. — Jugement de Mme de Sévigné après la représentation et après l'impression de la pièce.

Le succès de la tragédie de *Bajazet* ne fut pas moins éclatant que celui de *Bérénice*. Dès son apparition, elle fit grand bruit : ce fut l'affaire importante des premiers mois de l'année nouvelle ; toute la cour, et, comme dit Mme de Sévigné, « tout le bel air » se pressa longtemps pour la voir au théâtre de l'hôtel de Bourgogne. Elle eut des admirateurs enthousiastes, tels que M. de Tallard, qui proclamèrent l'immense supériorité de Racine sur tous ses rivaux, et même sur Corneille. Les témoins les plus mal disposés pour le poëte sont forcés d'avouer la popularité de la tragédie. Visé, qui commençait à publier son *Mercure*, rendit compte, dans sa lettre du 9 janvier, de cette représentation trop impor-

tante pour être omise. Bien décidé à contester le mérite
de la pièce, il débute néanmoins par ces lignes : « On
» représenta ces jours passés sur le théâtre de l'hôtel
» de Bourgogne une tragédie intitulée *Bajazet*, et qui
» *passa* pour un ouvrage admirable. » On voit que l'auteur tient à rester en dehors de cette opinion qu'il rapporte ; mais, du moins, il ne la nie pas, et plus loin, il
dira encore sur ce ton d'ironie amère qui règne dans
tout l'article : « Le mérite de l'auteur est si grand qu'on
» ne peut trouver de place sur le Parnasse aujourd'hui
» digne de lui être offerte. » Le témoignage de Robinet
n'est pas moins formel : dans sa lettre du 16 janvier,
il annonce

> Que Bajazet *à turque trogne*,
> Triomphe à l'hôtel de Bourgogne.

et il ajoute, sur la foi de la renommée, car il n'a pas
encore vu la pièce que Racine

> A fait un spectacle pompeux,
> Le plus beau qui soit sous les cieux.

Enfin Mme de Sévigné écrit le 13 janvier à sa fille:
« Racine a fait une pièce qui s'appelle *Bajazet*, et qui
» lève la paille ; vraiment elle ne va pas en *empirando*
» comme les autres. » (Elle entend sans doute par les
autres *Britannicus* et *Bérénice*, tragédies qu'elle juge
très-inférieures à *Andromaque)*. Puis elle rapporte à sa
fille le jugement de M. de Tallard : « Voilà ce qui s'ap-
» pelle bien louer, ajoute-t-elle. Nous en jugerons par
» nos yeux et nos oreilles :

Du bruit de *Bajazet* mon âme importunée [1]

» fait que je veux aller à la comédie. Enfin nous en ju-
» gerons. »

On comprend que cet enthousiasme, quelquefois si
peu mesuré, ait jeté dans un excès contraire les partisans de Corneille, et qu'il leur ait été difficile de rendre
bonne et impartiale justice à une œuvre dont les pané-
gyristes avaient tant de passion. Le jugement de Corneille, colporté par Segrais, servit à Visé et à Robinet
comme de mot d'ordre pour critiquer la tragédie. On se
rappelle que le vieux poëte avait dit à son ami pendant
la représentation de *Bajazet* : « Il n'est pas un seul
» personnage qui ait les sentiments qu'il doit avoir et
» que l'on a à Constantinople : ils ont tous, sous un
» habit turc, les sentiments qu'on a au milieu de la
» France. » C'est sur ce texte que tous les adversaires
de Racine ont fondé leur critique ; ils n'ont fait tous
que l'étendre et le commenter. Le persifflage de Visé
commence par là : « Le sujet de cette tragédie est turc,
» dit-il, à ce que rapporte l'auteur dans sa préface. »
Or, comme la pièce de Racine n'était pas encore publiée, la phrase de Visé est une épigramme. Le moyen
de discerner le sujet de cette œuvre prétendue historique, sans le témoignage formel du poëte? Mais Visé
ne se contente pas de ce trait malin : il conteste tout le
sujet de la tragédie ; il accuse Racine d'avoir imaginé

[1] *Alexandre*, I, sc. 2 :

Du bruit de ses exploits mon âme importunée,

le personnage de Bajazet, d'avoir dénaturé tous les
faits, et il prend soin de venger la vérité historique si
impudemment outragée par le poëte. « Voici en peu
» de mots, dit-il, ce que j'ai appris de cette histoire
» dans l'historien du pays, par où vous jugerez du
» génie admirable du poëte, qui, sans en prendre
» presque rien, a su faire une tragédie si achevée. »
Encore de l'ironie! Mais c'est le ton habituel de Visé
quand il fait à Racine l'honneur de juger ses œuvres;
il réserve la critique sérieuse pour des écrivains de plus
de valeur, pour Boyer, par exemple, et pour l'abbé
Cotin. Il rétablit donc avec beaucoup de soin et d'é-
tendue les événements altérés dans la tragédie. Il dé-
montre qu'Amurat avait trois frères quand il partit
pour le siége de Babylone, qu'il en fit étrangler deux,
dont aucun ne s'appelait Bajazet, et que le troisième,
Ibrahim, fut sauvé de sa fureur parce que le sultan
n'avait pas d'enfant pour lui succéder. Quant à la sultane favorite, elle accompagna le grand seigneur dans
son voyage, et le grand-visir, Mehemet-Pacha, assista
aussi au siége de Babylone. Visé ne cache pas la source
où il a puisé ces précieux renseignements : « Il les a
» vus, dit-il, dans une relation faite par un Turc du
» sérail, et traduite en français par M. du Loir, qui
» était alors à Constantinople. » Il a bien le droit d'a-
jouter : « Cependant, l'auteur de *Bajazet* fait demeurer
» ingénieusement le grand-visir dans Constantinople
» sous le nom d'Acomat, pour favoriser les desseins de
» Roxane, qui se trouve dans le sérail de Byzance,

» quoiqu'elle fût dans le camp de Sa Hautesse, et tout
» cela pour élever à l'empire Bajazet, dont le nom est
» très-bien inventé. »

L'argument était sans réplique, et la tragédie ne pouvait s'en relever. Cependant Racine fut peu embarrassé
et peu ému d'une inculpation si grave. La première
édition de son *Bajazet* parut le 20 février 1672, six semaines après la première représentation. Il fit précéder
la tragédie d'une préface courte et calme, où l'on chercherait en vain un trait de satire. Sans doute l'âge, la
réflexion, les réprimandes et les conseils de Boileau,
lui apprenaient à dominer la promptitude de son humeur; sans doute aussi, rassuré par les progrès toujours croissants de sa renommée, il devenait indulgent
pour des clameurs de plus en plus impuissantes. Sans
nommer le rédacteur du *Mercure galant* et sans faire
allusion à sa critique, il se contenta d'établir sur des
autorités imposantes tous les faits niés par le gazetier.
Voici le début de cette préface, telle qu'il la publia en
1672 : « Quoique le sujet de cette tragédie ne soit en-
» core dans aucune histoire imprimée, il est pourtant
» très-véritable. C'est une histoire arrivée dans le sérail,
» il y a plus de trente ans. M. le comte de Cézy était
» alors ambassadeur à Constantinople. Il fut instruit de
» toutes les particularités de la mort de Bajazet, et il y
» a quantité de personnes à la cour qui se souviennent
» de les lui avoir entendu conter lorsqu'il fut de retour
» en France. M. le chevalier de Nantouillet est du nom-
» bre de ces personnes, et c'est à lui que je suis rede-

» vable de cette histoire, et même du dessein que j'ai
» pris d'en former une tragédie. J'ai été obligé pour
» cela de changer quelques circonstances, mais, comme
» ce changement n'est pas fort considérable, je ne
» pense pas aussi qu'il soit nécessaire de le marquer au
» lecteur. »

Mais, en face des indications précises de Visé, cet
exposé n'est-il pas un peu vague? L'existence de Bajazet, personnage si ingénieusement inventé, selon le
Mercure, est-elle suffisamment démontrée? Sans doute
Racine pensa qu'il y avait lieu de compléter sa justification, et, dans l'édition de 1676, il ajouta le développement qui forme aujourd'hui le commencement de la
préface. Le poëte établit d'abord qu'Amurat, contrairement à l'assertion de Visé, a eu quatre frères; il a soin
de les nommer et de tracer rapidement leur histoire,
très-peu conforme aux indications du *Mercure*. Le troisième, dans l'ordre de la naissance, est Bajazet :
« C'était, dit Racine, un prince de grande espérance...
» Amurat, ou par politique ou par amitié, l'avait épar-
» gné jusqu'au siége de Babylone. Après la prise de
» cette ville, le sultan victorieux envoya un ordre à
» Constantinople pour le faire mourir : ce qui fut con-
» duit et exécuté à peu près de la manière que je le
» représente. » Un peu plus loin, il revient sur les
particularités de cette mort : « M. de Cézy fut, dit-il,
» instruit des amours de Bajazet et des jalousies de la
» sultane. Il vit même plusieurs fois Bajazet, à qui on
» permettait de se promener quelquefois à la pointe du

» sérail, sur le canal de la mer Noire. M. le comte de
» Cézy disait que c'était un prince de bonne mine. Il a
» écrit depuis les circonstances de sa mort, et il y a.
» encore plusieurs personnes de qualité qui se sou-
» viennent de lui en avoir entendu faire le récit lors-
» qu'il fut de retour en France. »

Ce qui est assez piquant, c'est que le récit de Racine
eût trouvé, au besoin, sa confirmation dans un petit
ouvrage publié déjà depuis quinze ans par un de ses
ennemis littéraires. En effet, en 1657, Segrais avait
donné sous ce titre : *Les Nouvelles françaises* ou *les Divertissements de la princesse Aurélie*, six petits romans,
dont le dernier *Floridon* ou *l'Amour imprudent*, a, pour
le sujet et les personnages, des rapports frappants avec
le *Bajazet* de Racine [1]. Dans la nouvelle comme dans
la tragédie, le sultan Amurat « s'est contenté d'em-
» prisonner fort étroitement Ibrahim, qui était fils
» d'une même mère que lui, s'assurant sur la stupi-
» dité qui paraissait en ce prince. » Quant à son autre
frère Bajazet, « quoiqu'ils fussent nés de différentes sul-
» tanes, il l'aimait d'une amitié si extraordinaire, qu'il
» ne pouvait être un moment sans lui. Il est vrai que, si
» la beauté, la vertu et la bonne grâce ont quelque droit
» sur l'âme d'un barbare, toutes ces qualités qui étaient
» en ce jeune prince au suprême degré méritaient un trai-
» tement particulier. » Mais, ce qui entretient les bonnes

[1] Nous devons ce renseignement à M. Saint-Marc-Girardin, qui, dans une de
ses spirituelles leçons de la Sorbonne, a rapproché la nouvelle de Segrais de la
tragédie de Racine. L'analyse que nous donnons est faite d'après l'ouvrage même
de Segrais.

dispositions du sultan, c'est l'amour que Bajazet inspire à Roxane, mère d'Amurat. L'auteur nous raconte
comment la sultane-mère fait connaître sa passion à
Bajazet. Celui-ci considérant la puissance de Roxane
qui gouverne sous le nom de son fils, n'hésite pas à répondre à cet amour; tel est d'ailleurs le conseil d'Acho-
mat, vieil eunuque qui a élevé son enfance, et qui se
charge des messages des deux amants. Mais, pour écarter
les soupçons du sultan et de sa cour, la sultane met en
tiers dans ses entrevues avec Bajazet une jeune esclave
nommée Floridon, qu'elle a comblée de richesses et élevée au rang envié de sa favorite. Bientôt Bajazet et Floridon s'aiment : la contrainte même et les périls de cette
passion l'irritent encore. Roxane, inquiète des froideurs
de Bajazet, a des soupçons que confirment des lettres
trouvées dans la robe du prince. Mais sa vengeance est
bien modeste, et, pour moi, je n'oserais dire qu'elle est
plus conforme aux mœurs orientales qu'aux mœurs françaises, tant elle me semble contraire à la nature de l'a-
mour, et, en général, à la nature humaine. Elle établit
sa rivale dans un palais à Péra, elle l'y entoure de magnificence, et, ce qui est plus magnanime, elle permet
à Bajazet d'aller chaque semaine passer une journée
avec sa maîtresse; mais, si les deux amants ne savent
pas se contenter de cette généreuse concession, elle les
fera périr dans les plus cruels tourments. Voilà certes
une amante bien facile, et qui entend la jalousie tout
autrement que la Roxane de Racine !

Bientôt cependant la sultane soupçonne qu'elle est

trompée. Pour s'assurer de la vérité, elle feint une maladie : Bajazet en profite pour aller voir Floridon. Roxane qui l'a suivi dans une barque, à la faveur d'un déguisement, ne peut plus conserver aucun doute : elle rentre au sérail, désespérée, et combattue encore par son amour dans la résolution de faire périr Bajazet. Un message du sultan vient précipiter le dénoûment. Amurat, depuis trois à quatre ans, faisait la guerre en Asie ; après plusieurs victoires, il s'était emparé de Bagdad, ville que Segrais, par la même erreur que Racine, confond avec l'ancienne Babylone. Il voulait porter la guerre dans le royaume de Perse ; mais les janissaires, rebutés par les fatigues de cette longue campagne, murmurent, se révoltent, et parlent d'opposer au sultan son frère Bajazet. Alors Amurat se souvient des maximes de l'empire ottoman, et il envoie l'ordre de faire périr Bajazet. Un premier messager est mis à mort par l'ordre de Roxane, qui feint de le prendre pour un imposteur ; mais un second courrier qu'Amurat a envoyé, non par défiance, mais pour « prévenir le retardement et les accidents des chemins, » arrive au moment même où la sultane se voyait si cruellement trahie par celui pour qui elle bravait tant de périls. Roxane répond que le sultan est maître absolu, et dès le soir Bajazet meurt, étranglé par les muets.

Telle est l'histoire que raconte très-élégamment Segrais, et il ne nous laisse pas ignorer le sort des personnages qui survécurent au dénoûment de ce drame. L'empereur, dit-il, mourut deux ou trois mois après son retour à Constantinople, et eut pour successeur l'imbécile Ibrahim, Roxane n'inquiéta pas sa rivale, et même elle aima le fils que Floridon eut de Bajazet; Segrais nous apprend que ce jeune homme, parti pour un pèlerinage à la Mecque, fut pris par les chevaliers de Malte. Quant à Roxane, elle gouverna longtemps sous le nom de son fils Ibrahim, puis sous ceux des deux jeunes fils d'Ibrahim, jusqu'à ce qu'elle eût été dépouillée du gouvernement et de la vie par une intrigue du grand visir qui lui fit succéder la sultane, mère des deux princes.

L'analyse de la nouvelle de Segrais ne permet pas de douter que le fond de l'histoire soit le même chez lui et chez Racine. Quant aux transformations qu'elle a reçues dans la tragédie, elles sont si nombreuses et si importantes, qu'en supposant même que Racine eût emprunté à Segrais l'idée de sa pièce, son œuvre serait encore originale. La création du rôle d'Acomat dont l'ambition a fait naître la passion de Roxane, les intérêts politiques qui se mêlent aux intrigues d'amour et qui les dominent, la loyauté de Bajazet, qui aimait Atalide avant d'être instruit de la passion de la sultane et dont la froideur se prête mal au rôle qu'on veut lui faire jouer, la condition même d'Atalide, qui n'est pas comme Floridon, une esclave favorite, mais une princesse du sang impérial, et que le grand visir veut épouser pour s'en faire un appui; enfin et surtout la passion furieuse, saisissante de Roxane et la catastrophe terrible qui termine la tragédie, toutes ces différences capitales réfuteraient sans peine l'accusation de plagiat. D'ailleurs comment s'expliquer que ni Segrais, qui assistait avec Corneille à la première représentation de Bajazet, ni le *Mercure galant*, n'aient signalé ces emprunts ; que Visé ait manqué cette occasion d'accabler Racine de ses traits piquants ? Nous croyons que les récits du comte de Cézy et du chevalier de Nantouillet ont suffi à Racine, sans qu'il ait eu besoin d'aller chercher dans les nouvelles de Segrais le fond de cette histoire. Il y a plus : un passage de la nouvelle précédente prouve clairement, ce nous semble, que Segrais avait puisé ses renseignements à la même source. La princesse Aurélie qui va raconter l'histoire de Floridon, et qui n'est autre que la fameuse Mademoiselle, fille de Gaston d'Orléans, dit qu'elle la tient « d'une personne de qualité qui a été si longtemps ambassadeur à Constantinople, et qui la racontait avec tant d'agrément. » Cette personne de qualité est évidemment M. le comte de Cézy, et la phrase de Segrais s'accorde très-bien avec celle de la préface de Racine. La nouvelle de Segrais ne sert donc qu'à établir plus fortement le caractère historique de l'œuvre de Racine, et la comparaison fait ressortir encore l'art merveilleux du poëte, les ressources qu'il a tirées de ce sujet, et ce que son génie a su lui donner de profondeur et de pathétique.

Après s'être défendu, comme nous l'avons montré, sur la question d'histoire, l'auteur se justifie, par l'éloignement du pays et par l'exemple des *Perses* d'Eschyle,

d'avoir osé mettre sur la scène des faits si récents[1].
« Les personnages turcs, dit-il, quelque modernes
» qu'ils soient, ont de la dignité sur notre théâtre; on
» les regarde de bonne heure comme anciens. Ce sont
» des mœurs et des coutumes toutes différentes. »

Mais cette dernière phrase ne pouvait manquer de
faire sourire Visé et les autres adversaires de Racine.
Comment ose-t-il parler des mœurs et des coutumes
des Turcs, lui qui a transporté Constantinople à Paris,
et si bien civilisé ses personnages qu'ils ont toute la
politesse et la galanterie de la cour de Louis XIV? A-t-
il oublié le jugement ironique du *Mercure?* « Je ne puis
» être pour ceux qui disent que cette pièce n'a rien
» d'assez turc; il y a des Turcs qui sont galants; et
» puis elle plaît, il n'importe comment; et il ne coûte
» pas plus, quand on a à feindre, d'inventer des ca-
» ractères d'honnêtes gens et de femmes tendres et
» galantes, que ceux de barbares qui ne conviennent
» pas au goût des dames de ce siècle, à qui sur toutes
» choses il est important de plaire. » A-t-il été si peu
sensible aux vers de Robinet?

> Champmeslé, dessus ma parole,
> De Bajazet soutient le rôle
> *En Turc aussi doux qu'un François,*
> *En musulman des plus courtois.*

Apparemment Racine n'avait pas d'abord jugé fort

[1] Comme l'a remarqué M. Saint-Marc-Girardin, ce n'était pas la première fois que les Turcs paraissaient sur la scène française. Déjà Mairet avait fait jouer *le grand Soliman* et Scudéri *l'illustre Bassa*. Ajoutons à ces indications *le grand Tamerlan* et *Bajazet* de J. Maignon, 1648.

sérieuse cette objection, reproduite depuis par Fontenelle, par Lamothe-Houdard, par l'abbé Dubos, et même, sur un point, par Voltaire. Dans sa première préface, il ne crut pas nécessaire de la combattre dans les règles, et il se borna à parler rapidement de l'étude consciencieuse qu'il avait faite de l'histoire des Turcs : « La principale chose à quoi je me suis atta-
» ché, c'a été de ne rien changer ni aux mœurs ni
» aux coutumes de la nation ; et j'ai pris soin de ne
» rien avancer qui ne fût conforme à l'histoire des
» Turcs et à la nouvelle *Relation de l'empire Ottoman*,
» que l'on a traduite de l'anglais. Surtout je dois beau-
» coup aux avis de M. de la Haye, qui a eu la bonté
» de m'éclaircir sur toutes les difficultés que je lui ai
» proposées. » Ces lignes, avec le passage que nous avons cité plus haut, formaient toute la première préface. Mais la critique des mœurs françaises de la tragédie ayant fait fortune, Racine, dans l'édition de 1676, prit plus directement et plus au long la défense de sa pièce, et surtout des personnages les plus attaqués, Roxane, Atalide et Bajazet. Il effaça les lignes que nous venons de citer, et il termina la seconde préface, telle que nous l'avons aujourd'hui, par un paragraphe qui, malgré sa modération, fut supprimé à partir de 1697 : « Je me suis attaché à bien exprimer dans ma
» tragédie ce que nous savons des mœurs et des
» maximes des Turcs. Quelques gens ont dit que mes
» héroïnes étaient trop savantes en amour et trop déli-
» cates pour des femmes nées parmi des peuples qui

» passent ici pour barbares. Mais, sans parler de tout
» ce qu'on lit dans les relations des voyageurs, il me
» semble qu'il suffit de dire que la scène est dans le
» sérail. En effet, y a-t-il une cour au monde où la
» jalousie et l'amour doivent être si bien connus que
» dans un lieu où tant de rivales sont enfermées en-
» semble, et où toutes ces femmes n'ont point d'autre
» étude, dans une éternelle oisiveté, que d'apprendre
» à plaire et à se faire aimer? Les hommes vraisem-
» blablement n'y aiment pas avec la même délicatesse.
» Aussi ai-je pris soin de mettre une grande différence
» entre la passion de Bajazet et les tendresses de ses
» amantes. Il garde au milieu de son amour la férocité
» de sa nation. Et si l'on trouve étrange qu'il consente
» plutôt de mourir que d'abandonner ce qu'il aime et
» d'épouser ce qu'il n'aime pas, il ne faut que lire
» l'histoire des Turcs; on verra partout le mépris
» qu'ils font de la vie ; on verra en plusieurs endroits
» à quels excès ils portent les passions, et ce que la
» simple amitié est capable de leur faire faire : témoin
» un des fils de Soliman qui se tua lui-même sur le
» corps de son frère aîné, qu'il aimait tendrement, et
» que l'on avait fait mourir pour lui assurer l'empire. »

Dans ce passage important, Racine défend sa tragédie sur trois points principaux : la vérité des mœurs,
la vraisemblance de la passion de Roxane et d'Atalide,
enfin l'exactitude même de ce caractère de Bajazet,
tant de fois attaqué et du vivant du poëte et après sa
mort. Nous avons dit, à l'occasion d'*Alexandre*, dans

quelle mesure il nous semble que le poëte tragique
doit observer la vérité particulière de costumes et de
mœurs. Racine, sans s'attacher puérilement à donner
à son œuvre par quelques curiosités de langage ce que
nous appelons la couleur locale, a montré, selon nous,
une connaissance suffisante des usages, et, comme il
dit, des maximes du pays. Il a marqué heureusement
par quelques détails habilement placés la civilisation et
le peuple où il nous transporte. Dès la première scène,
nous sommes instruits de cette politique cruelle des
sultans, qui punit les frères du souverain

> De l'honneur dangereux d'être sortis d'un sang
> Qui les a de trop près approchés de son rang.

Ne connaissons-nous pas aussitôt la loi du sérail, qui
affranchit les sultans des lois de l'hymen, et cette
autre, oubliée par Amurat en faveur de Roxane, qui ne
donne à la favorite le titre de *sultane* qu'après la naissance d'un fils? Le souvenir du grand Soliman et de
l'artificieuse Roxelane n'est-il pas à propos rappelé
dans une scène importante du deuxième acte [1]? Racine
a-t-il oublié la position et les dangers des grands visirs,
dont il a présenté dans Acomat l'image si énergique et
si frappante? A-t-il oublié ce conseil des *ulémas* [2],
interprètes sacrés de la loi, qu'Acomat a soin de
gagner à sa cause, et l'étendard redouté du prophète [3],

[1] Act. II, sc. 1.
[2] Act. I, sc. 2.
[3] Act. III, sc. 2.

qu'on [déploie seulement aux jours des grands périls,
et la porte sacrée

D'où les nouveaux sultans font leur première entrée [1] ;

et ces muets [2], exécuteurs des vengeances du maître,
et le fatal lacet [3] que Roxane fait préparer pour Bajazet ?
Nous tenons peu à ces traits et à beaucoup d'autres
que nous pourrions citer : à nos yeux, le mérite de la
tragédie n'est pas là. Mais comment dire que Racine
est resté en dehors de l'histoire et de la vie du peuple
auque ll empruntait son sujet et ses personnages,
comment soutenir qu'il en a complétement négligé la
physionomie ?

Sans doute, cette vérité de détail ne compenserait
pas l'anachronisme flagrant des caractères ; et s'il était
vrai que tous les personnages de la tragédie fussent
français, le souvenir du sérail, des muets, des janissaires, de la politique des sultans, n'en ferait pas de
véritables Turcs. Mais à cette vérité générale, la plus
importante de toutes, le caractère d'Acomat n'unit-il
pas merveilleusement la vérité locale ? Quoi de plus
conforme à la vraisemblance historique que ce visir
conspirant pour se prémunir contre les dangers que lui
font sa gloire et l'amour des soldats, politique habile
et sans scrupule, peu soucieux de la foi jurée dont les
sultans lui ont appris à ne pas être esclave [4], hardi,

[1] Act. II, sc. 3.
[2] Act. IV, sc. 5.
[3] *Ibidem.*
[4] Act. II, sc. 3.

résolu, flegmatique, habile à mettre en jeu les passions qui l'entourent et qu'il méprise, et trouvant jusqu'au bout des ressources dans son énergie? Et Roxane, cette femme violente et cruelle, qui use si despotiquement de sa puissance, qui sans cesse mêle la menace à l'expression de l'amour et ne laisse à Bajazet d'autre alternative que de l'épouser ou de mourir, n'est-elle pas une véritable sultane? N'est-ce pas une frappante image de cette orgueilleuse Roxelane, qui exerça longtemps sur le farouche Soliman un empire absolu? Sans doute, Atalide a plus de délicatesse ; mais sa vertu et sa douce sensibilité, opposées aux passions emportées et à l'humeur sanguinaire de Roxane, font ressortir encore par le contraste la terrible énergie de la sultane. D'ailleurs, elles n'ont rien de choquant ni d'absolument contraire à la vraisemblance, et il nous semble que Racine justifie suffisamment, pour ce personnage comme pour Roxane, cette science de l'amour et de la jalousie, assez naturelle au milieu du sérail.

Reste le caractère le plus attaqué, celui de Bajazet. La plupart des critiques l'ont sacrifié. Voltaire ne le ménage pas, et l'on sait les vers du *Temple du goût* :

> Racine observe les portraits
> De Bajazet, de Xipharès,
> De Britannicus, d'Hippolyte ;
> À peine il distingue leurs traits.
> Ils ont tous le même mérité :
> Tendres, galants, doux et discrets ;
> Et l'Amour qui marche à leur suite,
> Les croit des courtisans français.

Nous avons déjà défendu Britannicus contre cette
accusation de douceur et de discrétion. Bajazet la
mérite-t-il mieux, et Racine s'abusait-il quand il
croyait « avoir mis une grande différence entre la pas-
» sion de Bajazet et les téndresses de ses amantes? »
S'abusait-il quand il signalait en lui cette *férocité*,
c'est-à-dire, dans le sens latin du mot, cette fierté de
sa nation qu'il garde au milieu de son amour; quand
il justifiait ce calme que les menaces et les dangers
n'ébranlent pas, ce mépris de la vie, par les maximes
et la pratique des Turcs? Nous ne voyons pas, pour
nous, que Bajazet soit si galant et si tendre. Il s'entretient avec Atalide moins de son amour pour elle que
de sa haine et de son mépris pour Roxane, de son
honneur, de sa gloire, de ses ancêtres qu'il dégrade-
rait en épousant une esclave. Grave, loyal, scrupuleux
même dans sa loyauté, il rougit du détour que l'intérêt
seul d'Atalide peut lui faire supporter; il est près de le
reprocher à son amante [1]. En face de Roxane, il soutient bien mal un rôle qui répugne à sa fierté autant
qu'à son cœur : il faut toute la passion de Roxane pour
que l'illusion de la sultane résiste à cette froideur,
pour que ses craintes ne deviennent pas plus tôt une
affreuse certitude. A la fin de la pièce, Bajazet aura le
droit de répondre à ses reproches que ce n'est pas lui
qui l'a trompée, mais elle-même. Avec quel orgueil

---

[1]   Ah! loin de m'ordonner cet indigne détour,
      Si votre cœur était moins plein de son amour,
      Je vous verrais sans doute en rougir la première.
                    (Act. II, sc. 5.)

méprisant il la repousse quand, pour prix de l'empire
qu'elle lui donne, elle veut le titre d'épouse légitime !
Quelle noble et tranquille fermeté il oppose à ses
transports, à ses supplications, à ses menaces ! Il ne
sort qu'une fois de ce calme, c'est quand Roxane dé-
trompée veut encore lui faire grâce, à la condition
qu'il contemplera le supplice de sa rivale. Alors il
écrase de son indignation cette femme sanguinaire :

> Je ne l'accepterais que pour vous en punir,
> Que pour faire éclater aux yeux de tout l'empire,
> L'horreur et le mépris que cette offre m'inspire [1] !

Plus nous étudions ce caractère, moins nous pouvons
souscrire à la condamnation des critiques; moins il
nous semble que la figure de Bajazet se confonde parmi
celles des galants doucereux et vulgaires ; plus elle
nous paraît avoir d'originalité et de relief, plus nous la
trouvons digne de la tragédie.

Le jugement de Mme de Sévigné se rapproche en
partie de ceux que nous avons déjà combattus. Cependant sa première impression a été favorable à la tragédie. Après l'avoir vu représenter, elle écrit à sa fille [2] :
« La pièce de Racine m'a paru belle. La Champmeslé
» m'a paru la plus miraculeusement bonne comédienne
» que j'aie jamais vue. » Elle continue par quelques
détails sur cette actrice que par une allusion plaisante
elle appelle sa *belle-fille;* puis elle revient à *Bajazet.*

[1] Act. V, sc. 4.
[2] Lettre du 15 janvier 1672.

Elle y trouve « quelque embarras sur la fin ; » mais elle y reconnaît « bien de la passion, et de la passion » moins folle que celle de *Bérénice;* elle y a pleuré plus » de vingt larmes. » Cependant, « à son petit sens, » elle ne surpasse pas *Andromaque.* » Après avoir rendu justice à Racine, elle n'oublie pas de répondre à l'insolente admiration de M. de Tallard, et de proclamer avec force l'incomparable supériorité de son ami Corneille.

La lecture de *Bajazet* changea les sentiments de Mme de Sévigné, et rendit son appréciation beaucoup plus sévère. Elle fait passer la pièce à sa fille [1] : « Si je » pouvais, lui dit-elle, vous envoyer en même temps la » Champmeslé, vous trouveriez la pièce bonne; mais » sans elle, elle perd la moitié de son prix. Je suis folle » de Corneille ! » ajoute-t-elle immédiatement, sans transition, comme se détournant dédaigneusement des œuvres de son indigne ·rival. Mais c'est dans la lettre du 16 mars que se trouve son jugement le plus explicite et le plus rigoureux. Elle trouve que le personnage de Bajazet « est glacé. » Elle reproduit la critique de Corneille et du *Mercure :* « les mœurs des Turcs sont mal observées; ils ne font point tant de façons pour se marier. » Elle en ajoute une autre sur le dénoûment : « il n'est pas bien préparé : on n'entre point dans les raisons de cette grande tuerie. » Une admiratrice de l'auteur de *Rodogune* devait peut-être moins se formaliser d'un dénoûment sanglant ; en outre, ce dénoû-

---

[1] Lettre du 9 mars 1672.

ment, que Boileau [1] admirait à l'égal de l'exposition, nous semble très-bien motivé et très-clair. L'ordre de Roxane a fait périr Bajazet ; elle-même a été frappée par l'envoyé d'Amurat, Orcan, dont l'arrivée est annoncée au troisième acte, et que le sultan

> Avait chargé secrètement
> De lui sacrifier l'amante après l'amant [2].

Ces paroles d'Osmin achèvent l'explication de la catastrophe ; aucun embarras, ce nous semble, ne peut rester dans l'esprit du spectateur ou du lecteur.

La conclusion de Mme de Sévigné est « qu'il y a des » choses agréables dans la tragédie, mais rien de par- » faitement beau, rien qui enlève, point de ces tirades » de Corneille, qui font frissonner ; » et cette dernière ligne amène un nouvel hymne à la gloire du vieux poëte. Nous l'avons dit, ces préférences sont très-justifiables. Sans parler de tant d'autres motifs, on comprend que l'esprit de Mme de Sévigné ait été plus sensible aux traits sublimes de Corneille, à ces tirades « qui enlèvent et font frissonner, » qu'à la perfection soutenue et au pathétique puissant de Racine. Mais elle n'aurait pas dû restreindre à l'agrément le mérite de la tragédie nouvelle. Elle aurait dû appliquer à la critique de *Bajazet* le principe qu'elle professe en faveur de son vieil ami : « pardonnons-lui de méchants vers » en faveur de divines et sublimes beautés qui nous

[1] *Bolæana.*
[2] Act. V, sc. 11.

» transportent.» Les endroits «froids et faibles » qu'elle
trouve dans les pièces de Racine devaient lui être par-
donnés en considération de tant de beautés de sentiment, de passion et de caractères, d'un art si consommé dans la conduite de l'action, de tant de naturel
et de variété, de délicatesse et d'harmonie dans le style.
Si Racine eut connaissance de ces critiques, elles durent lui être plus sensibles que celles du *Mercure* ou
de la *Gazette en vers*. Mais la voix des censeurs se per-
dait dans le bruit des éloges et des applaudissements
dont il était comblé. Sans se troubler de ces rares protestations, il se livra avec cette sage lenteur, ce travail
patient et consciencieux, ce respect de l'art et du public
qui fait la supériorité des auteurs du grand siècle, à
l'étude et à l'exécution de son *Mithridate*.

CHAPITRE VI.

Succès de Mithridate. — Jugement de Mme de Coulanges ; — Compte-
rendu de Robinet. — Critiques de Vise. — Les deux préfaces de
Racine.

L'époque où nous sommes arrivés est la plus heureuse et la plus brillante de la vie littéraire de Racine.
Depuis *Bérénice* jusqu'à *Iphigénie*, chacune de ses tragédies est l'occasion d'un succès retentissant ; on les
attend avec impatience, on les accueille avec enthousiasme. Au moment où *Mithridate* fut représenté sur le
théâtre de l'hôtel de Bourgogne, Racine venait d'être
admis à l'Académie française. La séance où il fut reçu
avec Fléchier et l'historien Gallois [1], se place à l'é-
poque du premier éclat de la nouvelle pièce. Cet honneur, d'autant plus précieux pour le poëte qu'il pouvait
craindre de l'attendre encore longtemps, les applaudissements d'un nombreux public qui se pressait aux
représentations de *Mithridate*, tout se réunit pour ren-

[1] 12 janvier 1673.

dre la joie de Racine aussi vive que complète, et
jamais elle ne fut moins troublée par les attaques de la
critique, car nous ne trouvons pas que cette tragédie
ait encouru à son apparition d'autre censure que celle
du *Mercure galant*.

Nous pouvons juger par une lettre de Mme de
Coulanges à Mme de Sévigné de l'admiration de cette
dame et de l'enthousiasme de la cour, dont elle exprime les sentiments autant que les siens : « *Mithri-*
» *date*, écrivait-elle [1], est une pièce charmante : on y
» pleure, on y est dans une continuelle admiration;
» on la voit trente fois, on la trouve plus belle la tren
» tième que la première. » Robinet, sauf le style, ne
s'exprime pas autrement. Il devait pourtant avoir sur le
cœur la mauvaise fortune de *Pulchérie* qu'il avait célé-
brée dans sa *Gazette*, et où il avait trouvé une si « noble
critique » du genre et du poëte à la mode. Cependant,
il s'abstint, en parlant de *Mithridate*, de toute attaque,
de toute insinuation, et il semble l'admirer aussi franchement que la cour [2].

Seul Visé resta fidèle à son système de dénigrement,
et il retrouva pour rendre compte de *Mithridate*, l'ironie
dont il avait assaisonné sa critique de *Bajazet*. « J'au-
» rais, dit-il, longtemps à vous entretenir, s'il fallait
» que je rendisse un compte exact des jugements qu'on
» a faits du *Mithridate* de M. Racine. Il a plu comme
» font tous les ouvrages de cet illustre auteur. » Ainsi

---

[1] Le 24 février.
[2] Lettre du 25 février 1673.

Visé commence par reconnaître le succès de la pièce ;
mais cet aveu renferme une protestation rendue plus
claire par d'autres passages voisins sur le *Cléodate* de
Th. Corneille, et sur le *Démarate* de Boyer. Visé, ne
pouvant contester les triomphes de Racine, a pris le
parti de les rejeter sur des cabales, sur un fol engoue-
ment, sur la bonne fortune de l'auteur. La tragédie de
Mithridate prouve clairement, au jugement de Visé, la
force de « la préoccupation favorable à l'auteur. » Il a
complétement bouleversé l'histoire ; il a ridiculement
travesti le caractère de Mithridate ; mais n'a-t-il pas
toute licence, et n'est-il pas, quoi qu'il fasse, assuré
de plaire ? « Quoiqu'il ne se soit quasi servi que du
» nom de Mithridate, et de ceux des princes ses fils et
» de celui de Monime, il ne lui est pas moins permis
» de changer la vérité des histoires anciennes pour
» faire un ouvrage agréable, qu'il lui a été d'habiller
» à la turque nos amants et nos amantes. Il a adouci
» la grande férocité de Mithridate, qui avait fait égor-
» ger Monime sa femme, et, quoique ce prince fût
» barbare, il l'a rendu en mourant un des meilleurs
» princes du monde. Il se dépouille en faveur d'un de
» ses enfants de l'amour et de la vengeance, qui sont
» les plus violentes passions où les hommes soient
» sujets, et ce grand roi meurt avec tant de respect
» pour les dieux qu'on pourrait le donner pour exem-
» ple à nos princes les plus chrétiens. » Visé conclut
par des louanges ironiques comme son début : « Ainsi
» M. Racine a atteint le but que doivent se proposer

»· tous ceux qui font de ces sortes d'ouvrages, et les
» principales règles étant de plaire, d'instruire et de
» toucher, on ne saurait donner trop de louanges à cet
» illustre auteur, puisque sa tragédie a plu, qu'elle
» .est de bon exemple, et qu'elle a touché les cœurs. »
Il semble que ce dernier trait soit une allusion à la
préface de *Bérénice*. Racine y disait à propos des règles
au nom desquelles on attaquait sa pièce : « la princi-
» pale règle est de plaire et de toucher ; toutes les autres
» ne sont faites que pour parvenir à cette première. »
A la règle de plaire et de toucher, Visé ajoute à dessein
celle d'instruire. *Mithridate* l'a si bien remplie! La
mort de ce roi est si chrétienne, et la tragédie tout entière, qui nous enseigne à vaincre les passions les plus
violentes, est de si bon exemple !

Voyons cependant ce qu'il faut penser des deux critiques de Visé. Certes elles sont graves, et Racine était
bien loin d'y souscrire, lorsque, dans sa première préface, après avoir rappelé la célébrité de son héros
« dont la vie et la mort font une partie considérable
» de l'histoire romaine, » il écrivait cette phrase :
« excepté quelques événements que j'ai un peu rap-
» prochés par le droit que donne la poésie, tout le
» monde reconnaîtra aisément que j'ai suivi l'histoire
» avec beaucoup de fidélité. » Il se croyait bien sûr de
l'assentiment des lecteurs ; car, sans s'arrêter à prouver cette assertion, il justifia seulement par l'autorité
de Florus, de Plutarque, de Dion et d'Appien, le dessein moins connu de Mithridate, et signala l'influence

de ce plan gigantesque sur la révolte de Pharnace et de l'armée, et sur la mort du héros.

Mais apparemment la critique de Visé avait trouvé des approbateurs ; car Racine, dans l'édition de 1676, ajouta à sa préface plusieurs passages destinés évidemment, bien que le ton ne soit pas celui d'une apologie ni d'une réplique, à défendre les points contestés de sa tragédie. Le premier paragraphe fut fortifié des lignes suivantes : « Il n'y a guère d'action éclatante dans la » vie de Mithridate qui n'ait trouvé place dans ma tra- » gédie. J'y ai inséré tout ce qui pouvait mettre en » jour les mœurs et les sentiments de ce prince, je » veux dire sa haine violente contre les Romains, son » grand courage, sa finesse, sa dissimulation, en enfin » cette jalousie qui lui était si naturelle, et qui a tant » de fois coûté la vie à ses maîtresses. » A l'appui du dessein prêté à Mithridate, le poëte apporta encore une citation de Dion Cassius [1] ; enfin il passa en revue les trois autres personnages de sa tragédie, Monime, Xipharès et Pharnace, pour alléguer ses autorités [2]. Le caractère de Monime lui a été fourni par Plutarque, et Racine justifie par une citation de cet auteur les traits nobles et touchants qu'il a donnés à son héroïne. Il est vrai que ce passage même, où la triste mort de Monime est racontée, dépose contre la fidélité historique du dénoûment, et confirme, au moins sur un point, la critique de Visé : depuis longtemps, à l'époque où Racine

[1] Paragraphe 5 de la Préface.
[2] Paragraphes 6, 7, 8 et 9.

place son action, Monime avait péri victime de la féroce jalousie de son époux.

Racine prouve ensuite l'existence historique de Xipharès et de sa mère Stratonice, qui livra à Pompée les trésors de Mithridate. Mais a-t-il eu le droit de prolonger la vie du prince, qui, suivant le témoignage de quelques auteurs, fut enveloppé dans le châtiment de sa mère ? Racine se borne à cette phrase : « Il y a des » historiens qui prétendent que Mithridate fit mourir » ce jeune prince pour se venger de la perfidie de sa » mère. » Mais il ne cite pas, sans doute faute de les avoir trouvés, ceux qui s'écartent de cette opinion. Il est plus fort en parlant de Pharnace ; il prouve facilement que le caractère de ce personnage et son rôle dans la tragédie sont conformes aux récits des historiens. Restent donc deux points où l'histoire, de l'aveu plus ou moins formel de Racine, a été changée ; l'existence de Monime et sans doute celle de Xipharès à l'époque de la mort de Mithridate, leur place au milieu des événements qui accompagnent et précipitent le dénoûment. Il s'agit de voir si cette altération de l'histoire est une grande faute, et si elle n'est pas autorisée par ce que Racine appelle le droit de la poésie. Or le but de sa tragédie, c'est de retracer le caractère de Mithridate, c'est de nous dépeindre sa mort. Sur ces deux points essentiels le poëte était astreint à une fidélité rigoureuse ; il fallait que les paroles, les sentiments, la conduite du terrible monarque fussent en rapport avec les récits et les portraits de tant d'histo-

riens ; qu'on le vit avec « sa haine violente contre les
» Romains, son courage, sa finesse, sa dissimulation,
» sa jalousie. » Il fallait que Pharnace parût comme
le lâche protégé de Rome, comme le fils perfide qui
précipite la mort de son père, et reçoit sa part des dé-
pouilles ; il fallait que cette trahison fît la catastrophe.
Des faits si connus ne pouvaient être changés. Mais
qu'à ce fond historique Racine ait mêlé un drame in-
time, que les démêlés politiques du père et du fils se
compliquent dans la pièce d'une rivalité d'amour, que
ce nouveau motif de haine et de vengeance soit entré
dans le crime de Pharnace, qu'importe, si cette complication n'amène aucune invraisemblance, si elle permet de peindre certains côtés du caractère de Mithridate et de marquer plus fortement les autres, si les
personnages introduits pour le besoin de ce drame
sont historiquement possibles, si leur position, leur
caractère sont dans les convenances du sujet et dans
la couleur du temps, enfin, si leur part dans l'action
peut se concilier avec les récits de l'histoire ?

Mais le caractère même de Mithridate est-il vrai, et
Racine qui en fait ressortir la fidélité a-t-il raison contre
les critiques de Visé ? On a rarement contesté l'expression vigoureuse et saisissante que l'auteur a su donner
à la haine du monarque contre les Romains, à son
infatigable et intrépide audace, à la grandeur et à la
puissance de ses plans. Sans doute un illustre écrivain
de nos jours [1] s'est plu à rabaisser le beau discours du

[1] M. Cousin, *Du vrai, du beau et du bien*. — « La scène si vantée de Mithri-

troisième acte, si fortement pensé et écrit, si nourri d'arguments solides, de faits précis, de souvenirs et de preuves historiques, en outre, comme Racine le remarque, si intimement lié à l'action [1] ; il l'a dédaigneusement rejeté au rang des *morceaux de rhétorique*. Mais peut-être est-il permis de ne pas se rendre à cette condamnation sévère, prononcée en passant, sans exposé de motifs, sur le ton d'un décret plutôt que d'un jugement. Nous osons le croire, cette scène, admirée depuis deux siècles, n'est pas indigne de Corneille ; aussi bien que le discours d'Agrippine, elle pourrait être balancée avec les scènes politiques et militaires de *Cinna*, de *Sertorius* et de la *Mort de Pompée*.

On a plus souvent critiqué cette passion dont la violence, peu naturelle chez un vieillard, fait de Mithridate le rival de ses deux fils, et surtout l'artifice auquel il s'abaisse pour surprendre les sentiments de Monime et de Xipharès. Sur le premier point, l'histoire de toute la vie de Mithridate, cette jalousie féroce qui lui fit tant de fois sacrifier ses maîtresses, les mœurs de l'Orient, donnent gain de cause à Racine : sans ce trait important, son tableau eût été moins original, moins exact et moins complet. Nous croyons que

» date exposant son plan de campagne à ses fils est un morceau de la plus belle
» rhétorique qui ne peut entrer en parallèle avec les scènes politiques et militaires
» de *Cinna*, de *Sertorius*, surtout avec la première scène de la *Mort de*
» *Pompée*. »

[1] « J'ai encore lié ce dessein de plus près à mon sujet ; je m'en suis servi pour
» faire connaître à Mithridate les secrets sentiments de ses deux fils, etc. »

le second trait n'est pas moins conforme au génie de
l'homme et de la nation, à cet esprit de dissimulation
propre au farouche guerrier, et dont l'histoire moderne
de l'Orient offrirait tant d'exemples fameux. Des domi-
nateurs, non moins redoutables que Mithridate, ont
été aussi astucieux, et, si l'on veut, aussi bassement
perfides, en attirant dans leurs piéges les ennemis
qu'ils voulaient détruire. Mais cette astuce est terrible
comme celle du tigre : on ne songe pas à en rire, parce
qu'on tremble pour les malheureux qu'elle menace.
On déteste le bourreau, on a pitié de la victime ; la
situation est saisissante et l'émotion vraiment tragique.
Ne peut-on pas répondre ainsi à Fontenelle et à ceux
qui, après lui, ont critiqué l'artifice de Néron et celui
de Mithridate? La comparaison même d'Harpagon et
de Mithridate n'est-elle pas le triomphe de Racine?
La position semble la même ; mais quelle différence
dans le caractère des hommes et dans les conséquences
de l'artifice! Aucun danger ne menace Cléante et
Marianne ; Monime et Xipharès, comme Britannicus et
Junie, sont sous le coup de la mort. La jalousie d'Harpagon est désarmée et impuissante ; celle de Mithridate
et de Néron déchire et tue. On peut le dire avec Voltaire [1] : « L'une amuse, réjouit, fait rire les honnêtes
» gens; l'autre attendrit, effraie, fait verser des larmes.»
L'une est du ressort de la comédie, l'autre rentre de
droit dans le domaine du poëte tragique.

[1] Préface d'*Hérode et Mariamne*.

Quant à la critique de Visé sur le dénoûment, elle a
bien peu de valeur. En dépit des spirituelles plaisanteries du gazetier sur la fin chrétienne du héros, il est
bien vrai que les plus violentes passions se calment en
face de la mort, et qu'à ce moment suprême, l'âme
s'élève et s'épure, la raison reprend ses droits et dompte
les plus impérieux mouvements du cœur. De plus,
Mithridate récompense en Xipharès l'héritier de sa
haine contre Rome, l'espoir de sa vengeance, le fils
généreux qui a immolé son amour à son devoir, qui a
exposé ses jours pour sauver des mains des ennemis
un père emporté et cruel. Il punit du même coup
Pharnace qui l'a trahi. Cette dernière scène, en nous
montrant jusqu'au bout le héros avec sa profonde intelligence de la politique romaine, avec cette haine
d'un vaincu qui se console à la pensée des maux infligés au vainqueur, et qui compte sur les amis de Pharnace pour le châtiment du parricide [1]; cette scène
complète l'effet de la tragédie. Elle affermit, elle
achève notre admiration, et c'est avec une conviction
plus forte que nous nous écrions : Non, les contemporains de Racine et la postérité ne se sont pas trompés.
Ce n'est pas à tort que Boileau, La Bruyère, Voltaire,
Vauvenargues, La Harpe, ont vu dans cette tragédie
un des chefs-d'œuvre de la scène française, et dans le
caractère qui la domine un des plus beaux efforts de
l'esprit humain. Ce n'est pas à tort qu'ils ont jugé que

---

[1]   Fiez-vous aux Romains du soin de son supplice!

Racine « avait l'âme tragique, » et qu'ils ont accordé
au peintre de Burrhus, d'Acomat, de Mithridate et de
Joad le talent de saisir et de retracer les héros [1]. Nous
osons, après eüx, soutenir que Mithridate est un héros;
nous osons trouver de la grandeur jusque dans ce
personnage de Xipharès, trop sacrifié par Voltaire.
Nous osons surtout admirer l'héroïsme simple et sans
étalage de Monime, et, avec un de nos maîtres [2], donner à cette noble femme le nom de *Cornélienne* et
voir en elle une sœur de Pauline, plus gracieuse peut-
être et plus sensible, mais non moins pure ni moins
grande.

[1] « Racine, dit M. Cousin (*Du vrai, du beau et du bien*), n'était pas né pour
» peindre les héros. » Il dit plus haut : « Il n'a pas l'âme tragique, il n'aime ni ne
» connaît la politique et la guerre. » Que de vraie politique dans *Mithridate* et
dans *Iphigénie*! D'ailleurs, la politique et la guerre sont-elles le fond de la tragédie? Quoi! le peintre d'Hermione, de Roxane et de Phèdre, d'Agrippine et d'Athalie, d'Andromaque et de Clytemnestre, n'avait pas l'âme tragique!

[2] M. Nisard. *Histoire de la Littérature française*, t. III, liv. III, ch. XIII. « Au
» milieu des embûches dont elle est entourée, elle n'est rassurée et tranquille que
» quand son devoir a parlé, et qu'elle n'a plus à risquer que sa propre vie. C'est
» un écho épuré du langage de Pauline, c'est son esprit devenu sentiment. »

CHAPITRE VII.

IPHIGÉNIE.

Représentation d'Iphigénie à Versailles (18 août 1674); à l'hôtel de Bourgogne (janvier 1675). — Entretien sur les tragédies de ce temps par l'abbé de Villiers. — Remarques sur l'Iphigénie par un anonyme. — L'Iphigénie de Le Clerc (24 mai 1675). — Apollon vendeur de Mithridate par Barbier d'Aucour.

On connaît les beaux vers de Boileau :

> Que tu sais bien, Racine, à l'aide d'un acteur,
> Émouvoir, étonner, ravir un spectateur !
> Jamais Iphigénie, en Aulide immolée,
> N'a coûté tant de pleurs à la Grèce assemblée,
> Que dans l'heureux spectacle à nos yeux étalé
> En a fait, sous son nom, couler la Champmeslé.

L'amitié de Boileau qui, deux ans plus tard, consolait par ce doux souvenir le poëte accablé de l'échec de *Phèdre*, n'exagérait pas le succès de la tragédie d'*Iphigénie*, et son témoignage est confirmé par tous les contemporains. L'éclat de l'apparition d'*Iphigénie* se mêla à celui des événements publics. Louis XIV venait de s'emparer pour la seconde fois de la Franche-Comté, qui désormais devait rester unie à la France. Pour célébrer cette importante conquête, il donna à Versailles de brillantes fêtes ; et parmi les plaisirs qu'il offrit à sa cour, figure la tragédie nouvelle. L'auteur d'une *Relation des divertissements de Versailles* dit que l'*Iphigénie* fut représentée le 18 août 1674 par la troupe des comédiens du roi, et que « ce dernier ouvrage de » M. Racine reçut de toute la cour l'estime qu'on a » toujours eue pour ses pièces. » Robinet est bien plus explicite et plus complet. Il s'étend avec une complaisance qui, de sa part, a lieu de surprendre, sur les transports et l'émotion de la cour ; et ce passage de sa lettre du 1er septembre est d'autant plus important, qu'il contredit complétement l'opinion des frères Parfaict [1], et prouve jusqu'à l'évidence que l'*Iphigénie* n'avait pas encore été jouée à Paris :

La très-touchante *Iphigénie*,
Ce chef-d'œuvre du beau génie
De Racine, ravit la cour,
Quand elle la vit l'autre jour
Si fidèlement récitée
Et dignement représentée
Par les grands acteurs de l'hôtel.
. . . .
Alors mortelle ni mortel,
Alors et ni dieu ni déesse,
De tous ceux qui se trouvaient là,

[1] Les frères Parfaict (*Hist. du Théâtre-Français*, t. XI) concluent du témoignage de l'auteur de la *Relation* que l'*Iphigénie* avait déjà été jouée à l'hôtel de Bourgogne. Ils s'en appuient pour avancer l'époque des premières représentations, placées jusque-là au commencement de 1675, et les fixent au mois de février 1674. Ils n'ont pas connu le passage de la *Gazette* de Robinet que nous citons ici, ni les autres témoignages qui confirment celui-là.

A ce rare spectacle-là,
Ne put onc retenir ses larmes.

. . . .

L'auteur fut beaucoup applaudi,
Aussi vrai que je vous le di;
Et même notre auguste sire
L'en louangea fort, c'est tout dire.

Ce passage permettait déjà d'affirmer qu'il s'agissait
d'une œuvre tout à fait nouvelle. Cet effet prodigieux,
ces applaudissements dont l'auteur a été couvert, ces
félicitations du roi se concilieraient mal avec la supposition d'une tragédie déjà représentée, déjà connue.
Mais les derniers vers de Robinet suppriment toute
espèce de doute :

Ce divertissement de roy,
Sera donné, comme je croy,
Aux chers habitants de Lutèce,
Qui le verront avec liesse,
Pendant le quartier hyvernal ;
Et moi d'un si charmant régal
D'avoir ma part j'ai grande envie,
Si jusqu'alors je suis en vie.

Ainsi la cour avait bien eu la primeur de cette tragédie ; c'était bien « un divertissement de roi » que lui
avaient donné Racine et Louis XIV, en lui ménageant
la surprise et la première émotion de ce chef-d'œuvre.
Quelles fêtes que celles dont le programme comprenait
un pareil événement littéraire ! quel temps que celui
où, pour célébrer les conquêtes de la France, on
pouvait offrir à la noblesse des plaisirs si rares et si
exquis !

Il est probable que l'*Iphigénie*, dont le succès sur la scène de l'hôtel de Bourgogne était préparé par ce premier triomphe, y fut donnée, suivant l'opinion conservée par Louis Racine [1], dans les premiers jours de l'année 1675. Les représentations furent sans doute retardées par celles de *Suréna*. Nous trouvons que cette tragédie fut jouée en décembre 1674 [2]. Par une juste déférence pour le glorieux vieillard, les comédiens de l'Hôtel donnèrent à sa tragédie le pas sur celle de Racine. Peut-être aussi pensèrent-ils que cet arrangement serait favorable aux deux pièces : le *Suréna*, pour se soutenir, avait besoin de paraître avant l'*Iphigénie;* celle-ci, loin de craindre la priorité d'une œuvre si imparfaite, devrait au contraste un succès plus vif. Plus tôt sans doute que ne l'auraient voulu

[1] Après avoir donné la date reçue de 1675, Louis Racine ajoute en note : « Les » auteurs du *Théâtre français* disent en 1674 et se fondent sur une autorité qui » peut être douteuse. C'est ce que je ne puis décider. » Au témoignage de l'abbé d'Olivet, l'*Iphigénie* de Le Clerc fut représentée *cinq* ou *six mois* après celle de Racine. Or elle est du 24 mai 1675, ce qui fait à peu près cinq mois. Si l'on adoptait l'opinion des frères Parfaict, la tragédie de Racine serait antérieure de 15 à 16 mois à celle de Le Clerc. La date de 1675 est confirmée encore par une lettre de Bayle. Il écrit le 28 mai 1675 à M. Minutoli : « L'*Iphigénie* de M. Coras » se joue enfin par la troupe de Molière, après que celle de M. Racine s'est assez » fait admirer à l'hôtel de Bourgogne. » Il est évident d'après cette phrase que les deux tragédies sont de la même année, et que la seconde n'attendit pour se produire que la fin des représentations de la première.

[2] Lettre de Bayle (15 décembre 1674). « On joue à l'hôtel de Bourgogne une » nouvelle pièce de M. Corneille l'aîné dont j'ai oublié le nom, qui fait à la » vérité du bruit, mais pas eu égard au renom de l'auteur. » Et il cite un mot bien cruel de M. de Montausier, au grand poëte : « Monsieur Corneille, j'ai vu le » temps que je faisais d'assez bons vers ; mais, ma foi, depuis que je suis vieux, » je ne fais rien qui vaille. Il faut laisser cela pour les jeunes gens. »

les comédiens de l'Hôtel, l'indifférence du public pour *Suréna* laissa la place à la pièce de Racine ; mais cette disgrâce, qui n'était pas imprévue, fut bien compensée pour eux par la longue et fructueuse popularité d'*Iphigénie*. En effet, la victoire de Racine ne fut pas moins complète à Paris qu'à Versailles. Les auteurs mêmes qui attaquèrent son œuvre ou qui voulurent lui faire concurrence en reconnurent l'heureuse fortune : « L'*Iphigénie* de M. Racine, dit Le Clerc dans sa pré- » face, a eu tout le succès qu'il pouvait souhaiter ; » et il avoue « qu'elle semblait avoir épuisé tous les applaudissements. » L'abbé de Villiers, dans son *Entretien sur les tragédies de ce temps*, ne s'exprime pas moins nettement. A l'époque où il publia son petit écrit, les adversaires de Racine annonçaient déjà et prônaient d'avance une seconde *Iphigénie*, qui devait être, selon eux, « incomparablement plus belle » que la première. L'abbé de Villiers, par la bouche de son principal interlocuteur, conseille sagement aux poëtes « que désigne le bruit public » de travailler sur un autre sujet. « J'ai de la peine à croire, ajoute-t-il, que leur *Iphi-* » *génie* soit jouée durant trois mois, comme celle que » nous avons vue [1]. »

Ainsi les suffrages du roi, les applaudissements et les larmes de la cour, l'empressement et la faveur pro-

---

[1] Chauffepié (*Supplément* au *Dictionnaire historique* de Bayle) dit : « Suivant » une tradition qui est restée, dit-on, parmi les comédiens de Paris, jamais pièce, » dans sa naissance, ne resta plus longtemps sur le théâtre, et ne fit couler tant » de pleurs. » Il donne aussi la date de 1675.

longée de la ville, rien ne manqua à la nouvelle pièce
de Racine. Nous voyons cependant que ce grand succès
ne découragea pas les contradicteurs; et sans compter
les examens critiques, on lui suscita la concurrence
d'une seconde *Iphigénie*. Avant d'apprécier l'œuvre de
Le Clerc et de Coras, et de juger le débat que l'épigramme de Racine a rendu célèbre, arrêtons-nous à
deux dissertations, dont l'une précéda la nouvelle
Iphigénie et dont l'autre ne fut que de deux jours postérieure à son apparition.

Nous avons déjà indiqué le caractère du petit ouvrage de l'abbé de Villiers, et averti qu'il ne fallait
pas voir en lui un détracteur de Racine ni d'*Iphigénie*.
Les deux personnages de son dialogue, Cléarque et
Timante, s'accordent à trouver la tragédie fort belle,
et à dire « qu'ils y ont pleuré en plus d'un endroit. »
C'est sur le mérite même de la pièce et sur l'émotion
qu'elle a causée, que le critique se fonde pour arriver à
l'objet véritable de son *Entretien*, c'est-à-dire à la suppression de l'amour dans la tragédie. Timante, qui
exprime ses idées et ses sentiments, parle ainsi : « On
» peut dire que le grand succès d'*Iphigénie* a désabusé
» le public de l'erreur où il était qu'une tragédie ne
» pouvait se soutenir sans un violent amour. En effet,
» tout le monde a été pour cette tragédie, et il n'y a
» que deux ou trois coquettes de profession qui n'en
» ont pas été contentes : c'est sans doute parce que
» l'amour n'y règne pas, comme dans le *Bajazet* ou
» la *Bérénice*. » Notons, en passant, cette opposition

piquante de *deux ou trois coquettes*, et ce singulier reproche adressé à une tragédie où les modernes ont
trouvé quelquefois trop de galanterie. Les objections
de Cléarque nous donneront bien d'autres renseignements curieux sur le goût de l'époque.

C'est surtout au nom de la morale que l'abbé de
Villiers veut bannir l'amour de la tragédie. La peinture
de l'amour est, à ses yeux, le principal danger des
représentations dramatiques, et cet argument lui est
commun avec tous les adversaires anciens et modernes
du théâtre. Comme saint Augustin, comme le prince
de Conti dans son *Traité de la Comédie* [1], comme plus
tard Bossuet et Rousseau, Timante craint pour les
spectateurs l'effet contagieux de cette passion ; il la
condamne au théâtre comme dans les romans. « Ceux
» qui se plaisent à ces livres, dit-il, entrent insensi-
» blement dans les sentiments des personnes dont ils
» lisent les aventures... L'esprit se nourrit de toutes
» ces idées de tendresse. » Qu'est-ce donc quand l'a-
mour se produit sur la scène où, comme dit Bossuet,
« tout paraît effectif, où de vraies larmes dans les
» acteurs en attirent d'aussi véritables dans ceux qui
» regardent, où de vrais mouvements mettent en feu
» tout le parterre et toutes les loges [2] ! » Sans trouver
d'expressions aussi fortes, aussi éloquentes pour peindre ce danger du théâtre, l'abbé de Villiers redoute,
comme le grand théologien, cette participation du spec-

[1] Publié en 1656.
[2] *Maximes sur la comédie.*

tateur aux choses de la scène. Il touche aussi en passant à la grave question des acteurs, qui a inspiré à
Bossuet des pages si émouvantes, et il voudrait que les
rôles de femmes pussent être supprimés. Mais s'il est
moins absolu dans ses conclusions que Bossuet et le
prince de Conti, si, au lieu de demander la suppression
du théâtre, il se contente d'une simple réforme, c'est
qu'il a cru, contrairement à eux, que la tragédie peut
subsister sans l'amour ; c'est qu'il a prétendu combattre, même au point de vue de l'art, le règne exclusif de cette passion sur la scène moderne. Selon lui,
le théâtre peut être réconcilié avec la religion ; l'art
est d'accord avec la morale, et pour établir sa théorie, il s'appuie sur l'exemple des anciens, sur les
plus belles tragédies modernes, et en particulier sur
Iphigénie.

Dans un pareil sujet, le contraste entre les poëtes du
paganisme et la pratique des poëtes chrétiens ne pouvait manquer d'être présenté. Mais l'abbé de Villiers
n'a pas bien compris la raison de cette différence, et il
a fait honneur à la sagesse des écrivains et à la sévérité des mœurs de leur époque de ce qui tient à l'infériorité de la civilisation. Si l'amour a peu de place
dans la tragédie ancienne, ce n'est pas, comme le veut
Timante, parce que Sophocle et Euripide « ont négligé
» le goût des dames athéniennes et ont voulu donner
» des leçons à la jeunesse d'Athènes, » c'est que, dans
la condition d'infériorité et d'isolement où la femme
était placée chez les anciens, d'après les mœurs qui

20

reléguaient la jeune fille dans l'intérieur du gynécée, et faisaient du mariage une affaire où la volonté et le cœur des jeunes gens n'étaient pas consultés, les sentiments tant de fois exploités par les poëtes modernes ne pouvaient même prendre naissance. Non, sans doute ; on ne trouverait pas dans le drame antique l'amour élevé et chevaleresque d'une Chimène et d'un Rodrigue, d'un Sévère et d'une Pauline, d'un Xipharès et d'une Monime, ni la pure et délicate tendresse d'une Bérénice, d'une Atalide ou d'une Iphigénie ; mais on ne peut en tirer cette conclusion que les mœurs d'Athènes ou de Rome étaient supérieures à celles de nos sociétés modernes. L'amour paraît aussi sur le théâtre comme dans la vie des anciens ; mais tantôt c'est une passion furieuse où le corps a plus de part que l'âme, une maladie attribuée à la colère du ciel, comme le délire dont est fatalement frappée la Phèdre d'Euripide ; tantôt ce sont des attachements de jeunesse qui excluent par leur objet et leur but toute délicatesse et toute pureté, et où le mariage ne paraît guère que comme réparation d'une faute déjà commise. Les tableaux qu'ils fournissent à la comédie n'auraient pas été admis sur notre théâtre. On avouera donc qu'au point de vue moral, l'avantage est pour les modernes, et que les éloges de l'abbé de Villiers portent à faux.

Les admirateurs de la tragédie grecque sont plus forts quand, pour proclamer sa prééminence, ils s'appuient sur l'art : c'est là une question tout autre, et l'abbé de Villiers n'aurait manqué, pour la développer, ni d'arguments sérieux ni d'exemples concluants. Mais le théâtre grec était alors trop mal connu et de la société et peut-être de l'auteur lui-même, pour que le critique ait profité des ressources que sa cause y aurait trouvées. Le contradicteur de Timante l'invite à changer de terrain, en déclarant « qu'il est trop ignorant » pour comprendre la beauté des tragédies grecques. » et en avouant « qu'il n'a pu jamais en lire une tout » entière. » Timante passe donc bien vite aux modernes, et il soutient « qu'à l'exception de quelques » pièces qui sont toutes d'amour, les plus belles tra- » gédies qu'on ait vues depuis trente ans se sont sou- » tenues par d'autres beautés que celles-là. » Et il cite Andromaque et Cornélie, qu'il confond assez peu justement dans une même appréciation, et « qui, dit-il, » ne respirent que la vengeance ; » il cite Cléopâtre, » qui n'écoute que son ambition et qui, cependant, se » fait admirer comme Andromaque et Cornélie. » Il fait ressortir la terrible perplexité de Phocas, « cher- » chant un fils entre deux princes qui ne veulent point » le reconnaitre pour père, » et le beau caractère de Nicomède, plein de mépris pour les menaces de ses ennemis. Il se fonde encore sur les délibérations d'Auguste et de Cinna, de Sertorius et de Pompée, sur celle de Mithridate. Il affirme que ces belles scènes font le véritable intérêt des tragédies où elles se rencontrent, de même qu'il voit tout le charme de la tragédie d'*Iphigénie* dans la tendresse et les embarras d'Agamemnon, dans les larmes et la douloureuse résignation d'Iphigénie, dans le désespoir furieux de Clytemnestre.

Certes, les opinions de Timante, exprimées aujourd'hui, ne rencontreraient guère de contradicteurs. Il nous est facile d'admettre avec lui que l'amour n'est pas le ressort essentiel et nécessaire de la tragédie, et que la peinture exclusive de cette passion donne à notre théâtre une sorte d'uniformité qui nuit à l'intérêt. Nous ne ferons de réserve que pour l'amour emporté, source de terribles déchirements et de funestes catastrophes, pour l'amour d'Hermione et de Roxane, pour celui de Phèdre, que l'auteur aurait sans doute justifié dans Racine, comme il le justifie dans Euripide. Enfin, nous ne serions pas éloignés d'accepter, au moins en principe, l'exclusion de l'amour dans *Iphigénie*. Sans approuver l'Achille que Timante nous propose et qui serait, quoi qu'il en dise, bien mesquin et bien peu conforme à l'histoire [1], nous pourrions nous en tenir à celui d'Euripide.

Mais Timante aurait-il eu aussi facilement raison auprès de ses contemporains? étaient-ce bien les beautés sévères qu'il a signalées qu'on admirait dans le théâtre de Racine et même dans celui de Corneille? Cléarque,

---

[1] Il voudrait qu'Achille agît par jalousie pour Agamemnon et par esprit d'indépendance. Il regrette aussi le personnage de Ménélas, qui, ce nous semble, n'eût pas été supporté sur notre scène. Il aurait voulu encore que Racine « eût tiré » Oreste du berceau pour le faire paraître sur le théâtre en âge d'agir. » Qu'auraient dit les partisans de l'histoire, et ceux qui trouvaient déjà dans la pièce des scènes trop familières ?

le défenseur de l'amour, n'est-il pas beaucoup plus de
son temps? Or, non-seulement il prétend que la pièce
ne se soutiendrait pas sans l'amour d'Achille et d'Iphigénie, sans la jalousie d'Ériphile ; mais il nous apprend qu'on a trouvé quelque puérilité dans la tendresse d'Iphigénie pour son père. Chose étrange ! de
nos jours on est tenté de reprocher à l'héroïne de
Racine trop de dignité, trop de réserve, trop de courage ; d'éminents critiques [1] lui ont préféré la jeune
fille d'Euripide avec son naïf abandon, avec son horreur de la mort et son ardent amour pour la vie. On a
regretté que Racine n'ait pu rester plus près de son
modèle, et nous voyons que des contemporains lui re-
prochent de ne s'en être pas assez écarté ! et l'abbé de
Villiers fait dire à Cléarque ces paroles singulières :
« Les empressements que témoigne Iphigénie pour
» être caressée de son père ne sont pas les plus beaux
» endroits de la pièce, et j'ai vu bien des gens qui
» n'approuvaient pas qu'une fille de l'âge d'Iphigénie
» courût après les caresses de son père. » Qu'eût-on
dit si le poëte avait conservé les images familières de
l'original, si, dans sa pièce, Iphigénie eût rappelé le
temps heureux où, assise sur les genoux de son père
et caressant son visage, elle faisait avec lui des projets
d'avenir ? On voit comment Racine, si bien fait pour
sentir la grâce naïve de ces détails, a été conduit à

[1] M. Villemain, *Cours d'histoire de la littérature au* XVIIIe *siècle.* —
M. Saint-Marc Girardin, *Cours de littérature dramatique.* — M. Patin, *Études
sur les tragiques grecs.*

modifier Euripide, comment il a dû rapprocher ses
personnages du ton et des mœurs modernes, et quelle
peine il a eue, malgré ces changements, à faire accepter d'une société jalouse de l'étiquette et digne
jusqu'à la roideur le pathétique simple et doux de la
famille.

On peut opposer à l'abbé de Villiers d'autres exemples. Nous avons entendu Timante vanter la fameuse
délibération d'Auguste et de Cinna, et placer dans les
scènes de ce genre la véritable beauté de cette tragédie
et de plusieurs autres. Quelle est, cependant, à cet
égard, l'opinion du prince de Conti? Selon lui, « en
» voyant jouer Cinna, on se récrie beaucoup plus sur
» toutes les choses tendres et passionnées qu'il dit à
» Émilie, et sur toutes celles qu'elle lui répond que
» sur la clémence d'Auguste, à laquelle on songe peu,
» et dont aucun des spectateurs n'a jamais songé à faire
» l'éloge en sortant de la comédie. » Timante aborde
quelque part dans son entretien avec Cléarque la question des tragédies chrétiennes ; il soutient « qu'elles
» peuvent plaire à la cour et aux gens du monde,
» pourvu qu'elles soient conduites par d'excellents au-
» teurs qui aient assez de génie pour en soutenir la
» majesté. » A l'appui de sa thèse, il pourrait, ce
semble, citer *Polyeucte*, et s'il a négligé de s'en prévaloir, c'est sans doute parce que l'amour y a une place.
Mais que pense le prince de Conti de la partie chrétienne de cette belle tragédie ? « Il n'y a rien, dit-il, de
plus sec et de moins agréable que ce qui est saint dans

» cet ouvrage, et rien de plus délicat et de plus pas-
» sionné que ce qui est profane... Y a-t-il personne
» qui ne soit mille fois plus touché de l'affliction de
» Sévère, lorsqu'il trouve Pauline mariée, que du
» martyre de Polyeucte? » Singulier jugement qui
nous confond! En vérité, il fallait que le prince de
Conti et ses contemporains allassent au théâtre le cœur
bien préoccupé des idées d'amour, et qu'ils y por-
tassent cette disposition mauvaise dont s'accuse saint
Augustin et qui faisait pour lui le danger du spectacle.
On sait que l'hôtel de Rambouillet condamna *Polyeucte*,
et les sentiments de Saint-Évremond sont de tout
point conformes à ceux du prince de Conti : « Ce qui
» eût fait, dit-il, un beau sermon faisait une misérable
» tragédie, si les entretiens de Pauline et de Sévère,
» animés d'autres sentiments et d'autres passions,
» n'eussent conservé à l'auteur la réputation que les
» vertus chrétiennes de nos martyrs lui eussent ôtée. »
Il prend donc le contre-pied de l'opinion de l'abbé de
Villiers ; il conclut en condamnant la représentation
des choses saintes, « qui fait perdre au théâtre tout son
» agrément, » et il déclare l'esprit de notre religion
« directement opposé à celui de la tragédie. » Quelle
passion la remplira donc? Nous l'avons déjà dit, l'a-
mour ; et Saint-Évremond « n'en voit pas qui nous
» excite mieux à quelque chose de noble et de géné-
» reux, quand il s'agit d'un honnête amour. »

Ainsi, ces témoignages le prouvent, la théorie de
l'abbé de Villiers était trop contraire à l'esprit du temps

pour être appliquée, et l'expérience est venue donner
un démenti formel à ses affirmations. Une tragédie,
conforme en tout aux idées de Timante, fut proposée
au jugement du xviie siècle L'amour n'y avait aucune
place. La religion faisait le fond du sujet. Celui qui la
mettait en œuvre, ce n'était pas un de ces poëtes médiocres, à qui l'abbé de Villiers ne veut pas confier
l'application du nouveau système : c'était Racine lui-
même, « si digne de tenter l'entreprise. » Cependant
l'entreprise ne réussit pas, et cette cour dont le critique vante le goût et les lumières, ne sut pas discerner les beautés supérieures d'*Athalie*. Quoi qu'il en soit,
il faut savoir gré à l'abbé de Villiers d'avoir voulu
étendre le cercle de la tragédie, sans pourtant lui demander une intrigue compliquée. Car c'est encore là
un de ses mérites, il a compris cette simplicité d'action
si chère à Racine, et il en fait ressortir le prix. « Il
» n'est pas nécessaire, fait-il dire à un des person-
» nages, que les histoires soient merveilleuses ; la plus
» simple aventure peut servir de fond à une belle tra-
» gédie, pourvu qu'elle soit traitée avec art. Et j'ap-
» prouve fort le sentiment d'un de nos plus excellents
» poëtes, qui dit que l'action d'une tragédie ne saurait
» être trop simple. »

L'*Iphigénie* donna naissance à une autre pièce critique, bien plus agressive que celle-ci, et d'une valeur
beaucoup moindre. L'auteur a gardé l'anonyme. Nous
voyons seulement par la dernière page de sa dissertation qu'elle fut achevée au moment ou apparaissait

l'*Iphigénie* de Le Clerc et Coras ; et le jugement de
l'œuvre de Racine est suivi d'une courte appréciation
de cette tragédie rivale, pour laquelle le critique,
malgré ses prétentions à l'impartialité, ne peut s'empêcher de témoigner quelque tendresse.

Les *Remarques sur l'Iphigénie* commencent par des
éloges pour le style de la pièce.. C'est un hommage
qu'on ne refusait plus au talent supérieur de Racine
comme écrivain : « Rien de plus pur ni de plus pro-
» prement écrit que son *Iphigénie...* Je regarde
» M. Racine comme une des plus délicates plumes
» de notre siècle. » Mais c'est à peu près le seul mérite que l'auteur reconnaisse à la tragédie ; et à part
le style, rien ne trouve grâce à ses yeux, ni la conception du sujet, ni le développement de l'action, ni les
caractères.

Sans nous arrêter à une foule d'objections mesquines
et puériles, nous repousserons seulement les attaques
les plus graves, et d'abord nous justifierons le caractère
d'Agamemnon.

Selon l'auteur anonyme, Agamemnon est un roi
impie, un père barbare, un ambitieux sans excuse.
Impie ! parce que, dans les premiers transports du
désespoir, il s'est révolté contre l'ordre de Diane,
parce que la chair et le sang se sont troublés en lui et
lui ont arraché des blasphèmes, courte inspiration de
la douleur ! Père barbare, ambitieux calme et résolu !
lui dont les déchirements se révèlent à nous dès la première scène par ce cri sublime :

Non, tu ne mourras pas, je n'y puis consentir !

et dont le cœur est jusqu'au bout le théâtre d'une lutte
si pathétique ! N'a-t-il pas envoyé Arcas pour prévenir
l'arrivée d'Iphigénie, pour ordonner à la fille et à la
mère de retourner sur leurs pas ? Sans doute, quand
elles arrivent, frappé par ce coup, « qui rompt tous les
» ressorts de sa vaine prudence, » ébloui par l'éloquence d'Ulysse, lié par le nouvel engagement qu'il
vient de prendre, il semble se résigner. Sa résolution
est arrêtée. Elle résiste à l'effusion de la tendresse
d'Iphigénie ; plus tard, quand le fatal secret est dévoilé,
la douleur contenue, les prières muettes, la noble résignation de la jeune fille, le désespoir déchirant de
Clytemnestre ne l'ont pas vaincue. Les emportements
d'Achille viennent (du moins le malheureux père le
dit et le croit), la raffermir et la rendre immuable.
Cependant les actes d'Agamemnon démentent aussitôt
ces paroles cruelles. Il a beau s'écrier :

> Achille menaçant détermine mon cœur ;
> Ma pitié semblerait un effet de ma peur !

Il a beau appeler ses gardes. Aussitôt, à la pensée d'un
ordre cette fois irrévocable, il s'arrête épouvanté, et cet
ambitieux féroce, ce père sans entrailles ne demande
sa fille et sa femme que pour les presser de fuir. Il les
a sauvées ! l'abominable trahison d'Ériphile arrête
seule le succès de ce dernier effort ! Ainsi, jusqu'au

dénoûment, Agamemnon est père ; jusqu'au dénoûment la nature l'emporte en lui, non sans des luttes
qui rendent le triomphe plus émouvant, sur la religion
et sur l'amour du pouvoir. Jamais reproche ne fut plus
injuste et plus absurde que celui du critique anonyme,
et le rapprochement qu'il fait d'Agamemnon et de Félix
n'est pas moins révoltant. Il comprend très-bien, dit-il,
que Félix sacrifie son gendre ; mais il ne comprend
pas la conduite d'Agamemnon. Or, Félix, pour l'intérêt de sa place, dans l'espoir d'une alliance illustre et
utile, malgré les supplications de sa fille, malgré les
instances généreuses de Sévère, dont il ne sait pas
comprendre le noble caractère, sacrifie lâchement et
maladroitement son gendre. Agamemnon, malgré
l'ordre des dieux, malgré l'intérêt des Grecs, malgré
celui de son rang et de sa gloire, malgré les orgueil-
leuses menaces d'Achille, veut sauver sa fille. Voilà
le père que le critique juge bien plus méprisable et
plus dénaturé que Félix !

On juge bien qu'il n'entend pas raison sur le changement de la catastrophe, et sur l'invention du personnage d'Ériphile. « Ce sont là, dit-il, des événe-
» ments trop connus, qu'on ne peut changer. » En vain
Racine, dans sa préface, allègue la diversité des traditions. Le critique n'en prêche pas moins un respect
religieux pour la tradition d'Euripide, à laquelle il
accorde le privilége d'être historique, et il déclare que
« les autorités de M. Racine ne justifient rien. » Après
cette condamnation péremptoire, il entre dans l'exa-

men du personnage d'Ériphile. Il y relève d'abord de
prétendues invraisemblances, qui importent peu au
fond de la tragédie ; puis il condamne son rôle dans la
pièce, et le caractère que lui a donné le poëte. Il s'é-
tonne de son amour pour Achille qui l'a réduite en es-
clavage, et de sa haine pour Iphigénie. Il ignore sans
doute que l'amour est un sentiment impérieux qui
étouffe souvent tous les autres. Il oublie que l'héroïsme d'Achille, la compassion respectueuse qu'il a
témoignée à sa captive, ont pu hâter l'effet de cette
sympathie soudaine et irrésistible. Il ne sait pas que la
jalousie a pour conséquences fatales la haine et l'ingratitude, que les bienfaits d'une rivale ne font qu'irriter
cette passion dont Racine a peint si éloquemment
toutes les fureurs. Il n'a pas vu que la jalousie donne
à la douce Iphigénie elle-même quelques torts envers
sa protégée : cette femme violente et fière, encore ai-
grie par le malheur, ne pardonnera pas l'affront qu'elle
a subi. Enfin il ne comprend pas que les mauvais sentiments et l'indigne trahison d'Ériphile servent le
dessein du poëte, en augmentant notre intérêt pour
Iphigénie de la haine que nous vouons à sa rivale,
en redoublant notre anxiété et nos alarmes, en nous
faisant souhaiter le châtiment de la dénonciatrice, en
nous rendant plus complète et plus pure la joie du
dénoûment.

Mais ce dénoûment n'est pas du goût du critique.
Il raille l'empressement d'Ériphile à s'avouer, sur la
loi de Calchas, fille de parents qu'elle n'a jamais con-

nus, à s'élancer au-devant du coup, à se frapper elle-même. — Si elle devait refuser de croire aux paroles de Calchas, pourquoi est-elle venue le consulter? Si elle comprend que le bonheur d'Iphigénie est assuré, qu'elle-même s'est rendue odieuse aux Grecs et à Achille, que la vie ne lui réserve plus que misère et que honte, doit-elle tenir à vivre? En saisissant le fer de Calchas, n'est-elle pas fidèle à son caractère et à ses résolutions[1]? Sans doute, on peut attaquer, au nom de la simplicité et de l'effet général de l'action, l'introduction de ce personnage; on peut trouver que le danger d'Iphigénie suffisait bien, sans des intérêts d'amour et de jalousie, à remplir le drame. Mais si l'on prend en lui-même ce caractère si habilement rattaché à l'intrigue, si nécessaire au dénoûment, on reconnaîtra que Racine l'a supérieurement développé, et qu'il ne pouvait être peint avec plus de vérité, plus de force et plus de conséquence.

Après d'autres futiles objections, l'auteur critique l'amour d'Achille et la résignation trop courageuse d'Iphigénie. « Achille est plus héros dans Euripide que » dans M. Racine; il agit par pitié, par sentiment de » l'injure que lui a faite Agamemnon, tandis que » l'Achille de M. Racine agit par un sentiment qui est » celui de tous les hommes. » Nous avons déjà expliqué

---

[1] Act. II, sc. 1 :

... Leur hymen me servira de loi ;
S'il s'achève, il suffit, tout est fini pour moi ;
Je périrai, Doris...

ce changement par le goût du siècle. Nul n'y a échappé,
ni Rotrou, qui écrivait une *Iphigénie* en 1640, ni Le
Clerc. Nous verrons quel est le caractère de l'amour
dans la tragédie du noble rival de Racine. Quant à
Rotrou, rien de plus ridicule, il faut l'avouer, que cette
passion qui naît brusquement, au quatrième acte, lorsque déjà Achille s'est fait le défenseur d'Iphigénie, et
dont la déclaration est si étrange et si intempestive
qu'Iphigénie reproche au héros :

> D'ajouter la risée à son malheur extrême.

Mais, dans Racine, l'amour d'Achille est intimement
lié à toute l'action ; nulle part il n'est entaché de ces
traits de froide et subtile galanterie qu'on trouve encore dans Pyrrhus ; il ne nuit en rien à la grandeur et
à l'énergie du personnage. Quoi qu'on ait dit, Achille
amoureux est encore Achille : en face d'Iphigénie, il
ne parle pas en soupirant docile ; il exhale sans ménagement sa colère contre Agamemnon ; il jure de sauver
sa fiancée malgré les Grecs et malgré elle-même ; il
résiste aux supplications d'Iphigénie, et l'accuse de trop
aimer un père barbare. Partout c'est l'homme bouillant,
emporté, violent, opiniâtre [1], qu'Horace peint d'après
Homère. C'est le héros de l'*Iliade*, reproduit, nous ose-
rions le dire, avec plus de vérité et d'éclat par Racine
que par Euripide.

Quant à la résignation trop facile d'Iphigénie, on a

---

[1]   Impiger, iracundus, inexorabilis, acer.   (*Ad Piss.* v. 121).

pu voir par quelques traits de l'*Entretien* de l'abbé de Villiers, que les contemporains n'auraient pas tous été de l'avis de l'auteur anonyme. Racine, pour ne pas choquer trop vivement les convenances de son temps, a dû donner à sa princesse une dignité, un respect de son rang étrangers à la simple jeune fille d'Euripide. En outre, la résignation d'Iphigénie n'est pas si facile que le prétend le critique : elle ne prend pas si vite son parti. Ses sentiments, pour être plus contenus que ceux de l'Iphigénie grecque, n'en ont pas moins une expression vraie et touchante ; ce discours si courageux n'en est pas moins, comme l'a dit un délicat et ingénieux écrivain [1], « plein de prières muettes ; » ce n'en est pas moins la vie qu'elle demande. On peut, malgré des traits choquants de mauvais goût, préférer l'abandon naïf de l'Iphigénie d'Euripide ; mais qu'on lise sans prévention la scène de Racine, et on ne pourra s'empêcher de sentir l'accent du cœur.

Ce juge qui censure avec tant de rigueur des fautes au moins contestables, a-t-il au moins signalé les mérites supérieurs d'*Iphigénie ?* Que pense-t-il de l'habile et insinuante éloquence d'Ulysse, de l'admirable scène de la dispute entre Achille et Agamemnon, des douleurs et des pathétiques emportements de Clytemnestre ? Il n'a pas vu, il n'a pas voulu voir ces beautés, où Racine surpasse Euripide. Peut-être, après tout, est-ce impuissance plutôt que prévention. Il fallait qu'il y

[1] M. Saint-Marc Girardin, *Cours de litt. dramat.*, t. I. ch. ii, p. 22.

eut chez lui beaucoup de l'un et de l'autre, pour qu'il
ait accordé, à la fin de sa dissertation, de si pompeux
éloges à la nouvelle *Iphiyénie*, et lui ait en somme dé-
cerné la palme. Selon lui, si la tragédie de Racine a
l'avantage « des brillants et des grâces, » celle qu'il
attribue à M. Coras a l'avantage de la « conduite. »
« Le sujet en a été digéré d'une manière plus simple;
» il est chargé de moins d'incidents, et les mêmes
» sentiments n'y sont point rebattus ni déguisés sous
» des expressions différentes. » Au reste, le plan de
la nouvelle *Iphigénie* est presque en tout conforme aux
vues du savant critique. De là sans doute son admiration pour l'art de l'auteur. Quelque méprisables que
soient ces suffrages, il n'était pas inutile de les mentionner ici ; car ils prouvent une fois de plus la malveillance contre laquelle luttait Racine, l'ineptie d'une
partie de ceux qui se constituaient ses juges. Certes,
l'épigramme contre Le Clerc et Coras était de sa part
une bien bénigne vengeance ; et, sans parler de la révoltante injustice du critique anonyme, et de l'intention mauvaise qui avait inspiré la nouvelle *Iphigénie*,
la préface outrecuidante de Le Clerc suffit pour justifier le châtiment que Racine infligea à la pièce et à ses
auteurs.

« J'avouerai de bonne foi, dit Le Clerc, que, quand
» j'entrepris de traiter le sujet d'*Iphigénie en Aulide*,
» je crus que M. Racine avait choisi celui d'*Iphigénie*
» *dans la Tauride*, qui n'est pas moins beau que le
» premier. Ainsi le hasard seul a fait que nous nous

» sommes rencontrés, comme il arriva à M. de Cor-
» neille et à lui dans les deux *Bérénice.* » Malheureusement, la prétention de Le Clerc est absolument
dépourvue de vraisemblance, et l'exemple dont il s'appuie tourne contre lui. Ce n'était point par l'effet du
hasard, mais par la volonté de la duchesse d'Orléans,
que Corneille et Racine s'étaient rencontrés, et sans
doute leur œuvre était fort avancée quand chacun d'eux
apprit qu'il aurait un rival ; les tragédies, commandées
en même temps, parurent, nous l'avons vu, presque
simultanément. Mais la seconde *Iphigénie* fut donnée
neuf mois après la fameuse représentation de Versailles. Si l'œuvre de Le Clerc était déjà commencée,
il a mis bien du temps à la finir ; il a bien peu songé
à prévenir le reproche qu'il repousse dans sa préface,
voire même celui de plagiat. D'ailleurs nous savons
par l'abbé de Villiers que la pièce était annoncée et
prônée d'avance, et qu'on la déclarait incomparablement plus belle que la tragédie de Racine. On peut
donc l'affirmer : la concurrence fut préméditée et volontaire, et les adversaires de Racine eurent recours à
cette nouvelle manœuvre pour combattre sa renommée.
Ceux qui lui donnèrent bientôt Pradon pour émule
purent bien s'aveugler jusqu'à croire que Le Clerc,
aidé de Coras, soutiendrait la lutte avec le grand poëte,
et qu'ils pourraient entraîner le public dans la complicité de leurs préférences intéressées et ridicules.
Mais leurs espérances furent bien trompées ; et, quoique Le Clerc se félicite dans sa préface de l'accueil fait

à la pièce « qui a été assez heureuse pour trouver des » partisans, » après cinq représentations elle disparut sans retour du théâtre de l'hôtel Guénégaud. Apparemment ces partisans étaient ceux qui avaient si bruyamment annoncé la tragédie, et entre autres le critique anonyme.

Le Clerc continue et complète dans sa préface la comparaison de celui-ci entre les deux *Iphigénie*, et il fait modestement ressortir les avantages de la sienne :

« M. Racine a suivi Euripide où je l'ai quitté, et il l'a » quitté où je l'ai suivi : il peut avoir eu ses raisons » comme j'ai eu les miennes. » Il est clair que ces dernières sont bien préférables, et ce qui suit n'en laisse pas douter : « M. Racine a cru que le sacrifice de la » véritable Iphigénie donnerait de l'horreur ; il n'a fait » qu'exciter la compassion et arracher des larmes. » Apparemment cette compassion ne fut pas très-vive, ni ces larmes très-abondantes, puisque la pièce attira et retint si peu les spectateurs. D'ailleurs, Le Clerc l'oublie, dans la tragédie qu'il s'arroge, Iphigénie n'est pas plus sacrifiée que dans celle de Racine. Ulysse, en effet, vient raconter que Diane elle-même, montée sur son char, est intervenue pour sauver la victime ; et la déesse a consolé Achille par l'espoir de posséder un jour son amante. Mais ce dénoûment nous est moins agréable que celui de Racine, d'abord parce que nous croyons peu au miracle, puis surtout parce que l'Iphigénie de Le Clerc est trop insignifiante pour nous faire ardemment souhaiter qu'elle échappe à la mort.

Le Clerc poursuit par la critique du personnage d'Ériphile le complaisant parallèle de son œuvre avec celle de Racine : « Il a trouvé que le sujet était trop
» nu, s'il ne donnait une rivale à Iphigénie, et il m'a
» paru que les irrésolutions d'un père combattu par
» les sentiments de la nature et par les devoirs d'un
» chef d'armée, que le désespoir d'une mère qui ap-
» prend qu'elle l'a conduite au supplice, lorsqu'elle
» s'attendait à la voir l'épouse du plus fameux héros
» de la Grèce, que la constance de cette fille qui s'offre
» généreusement à être la victime des Grecs, enfin
» que la juste colère d'Achille, dont le nom avait servi
» pour la conduire à la mort, j'ai jugé, dis-je, que
» toutes ces choses suffisaient pour attacher et pour
» remplir l'esprit de l'auditeur pendant cinq actes. »
Sans doute, le véritable intérêt du drame est dans la peinture des passions qu'énumère ici Le Clerc ; là aussi sont les beautés supérieures de la tragédie de Racine. Mais Le Clerc a-t-il réussi, comme il semble le croire, à animer ces terribles scènes, à donner à ces agitations et à ces douleurs une expression dramatique et puissante? Les irrésolutions d'Agamemnon sont bien tranquilles et bien froides. Quand Ménélas paraît avec la lettre arrachée à Oronte, et adresse à son frère des reproches qui révoltent dans sa bouche, la colère du grand roi est bien modeste ; il accuse bien platement l'égoïsme de Ménélas et son indigne amour pour Hélène :

Téméraire ! Mais, non, je retiens ma colère,
Ingrat, et sens encor que je suis votre frère.

. . . .

Vous voulez réparer le désordre d'Hélène,
En donnant à ma fille une mort inhumaine ;
Et lorsque par surprise on m'y fait consentir,
Vous osez condamner jusqu'à mon repentir.
Nommez ce repentir une fausse sagesse,
Funeste à mon honneur et fatale à la Grèce ;
La vôtre est bien plus fausse, en rêvant nuit et jour
A l'ingrate moitié qui rit de votre amour.
Sa honte eût dû vous faire oublier tous ses charmes,
Et nous devrions rougir de vous prêter nos armes.

MÉNÉLAS.

Pouvez-vous l'accuser, et savoir que son cœur
N'aime et ne put jamais aimer son ravisseur ?

AGAMEMNON.

Qu'elle soit criminelle *ou pleine d'innocence*,
Ma fille ne doit point mourir pour sa vengeance [1].

Voilà, il faut l'avouer, des hommes très-modérés, et qui savent se garder des entraînements de la passion.

Agamemnon n'est pas moins maître de lui quand il apprend l'odieux stratagème dont sa fille va être la victime. En effet, conformément au récit de Dictys de Crète, que l'écrivain anonyme proposait à l'imitation de Racine, Ulysse s'est rendu à Argos ; il a remis à Clytemnestre

Le seing d'Agamemnon avec art contrefait.

Le prétexte trompeur de l'hymen d'Achille a achevé l'effet de cette lettre supposée, et a décidé le départ de la fille et de la mère. Voilà l'honnête artifice qu'Ulysse

[1] Act. II, sc. 2.

raconte non sans complaisance à Ménélas, et dont celui-ci le félicite avec effusion :

> Que vous conduisez bien toutes vos entreprises [1] !

Cependant Clytemnestre et Iphigénie arrivent. Agamemnon les reçoit avec un trouble malheureusement
bien peu sensible. Resté seul avec sa femme, il l'interroge assez maladroitement sur le motif de leur arrivée :

> Rendez sur ce point mon esprit éclairci,
> Madame, quel sujet vous a conduite ıci ?

Clytemnestre, sans s'étonner de la question, montre la
lettre qu'elle a conservée fort à propos. A cette révéla-
tion inattendue, le malheureux pourra-t-il se contenir ?
Ne poussera-t-il pas au moins un cri de stupéfaction
et d'horreur ? Non, rien ne le prend au dépourvu, rien
ne l'étonne ; il dit (*à part*) :

> L'écriture en est fausse, et le seing contrefait ;
> Dissimulons pourtant... (*Haut*) C'est ma lettre en effet.

Son parti est pris ; il se résigne : il veut seulement
éloigner Clytemnestre. Mais sans doute il exhalera
plus tard son indignation, il flétrira la conduite infâme
d'Ulysse ? Loin de là, il la mettra sur le compte des
dieux, et Achille aura le droit de lui dire :

> Vous pouvez excuser ce lâche scélérat,
> Qui par son imposture et par son attentat,
> A supposé mon nom et votre caractère
> Pour immoler la fille et pour tromper sa mère ?

[1] Act. II, sc. 4.

Mais pourquoi en vouloir à Agamemnon? Sa placidité ne se dément jamais, et loin de répondre fièrement aux reproches d'Achille, il courbe la tête avec une humilité vraiment chrétienne. Il est vrai qu'Achille lui-même est assez bénin : il faut l'en louer ; il y aurait eu cruauté de sa part à trop maltraiter un si bon homme.

Le caractère de Clytemnestre est-il plus vigoureusement tracé que celui d'Agamemnon? Il faut reconnaître que certaines parties de ce rôle contrastent par l'expression du style avec la platitude et la froideur de tout le reste. Par malheur, ces passages sont presque littéralement empruntés à Rotrou, et là où Le Clerc n'a pas copié le vieux poëte, le mouvement et le tour de ses périodes est évidemment calqué sur Racine. Ces emprunts à Rotrou sont continuels; mais nulle part ils ne sont plus complets, plus suivis, plus impudents que dans les scènes où Clytemnestre et Iphigénie arrivent au camp [2], où la reine implore la protection d'Achille [3], et dans celle où elle reproche à Agamemnon sa résolution barbare [1]. Quant à l'imitation de

---

[1] Act. III, sc. 2, dans les deux tragédies.
[2] Act. III, sc. 6. Rotrou, act. III, sc. 5.
[3] Act. IV, sc. 4. Rotrou, IV, sc. 3.

Voici un exemple de ces plagiats Nous marquons en caractères italiques tous les emprunts faits à Rotrou.

CLYT.   D'où vient ce triste accueil que l'on nous fait ici ?
         Quelle morne douleur ternit ce front auguste ?
AGAM.   Ne la condamnez pas ; *elle n'est que trop juste.*
IPH.   *Et quel sujet, seigneur, auriez-vous de pleurer ?*
AGAM.   *Le long éloignement qui va nous séparer.*
IPH.   *Souffrez qu'auprès de vous je sois toute ma vie.*
                                    (Rotrou : *Je consume ma vie.*)

Racine, quoique l'auteur la déguise avec plus de soin et se garde de tout emprunt matériel qui le trahirait, la comparaison des morceaux la rend incontestable[1].

AGAM. Que ne peut ton destin répondre *à ton envie!*

IPH. *Qui peut, si vous voulez, m'éloigner de vos yeux.*
Ne suis-je pas à vous?

AGAM.   *Non, tu dépends des dieux.*

. . . .

CLYT. *J'ignore quel secret cet entretien nous cache.*

AGAM. *Il n'est pas à propos qu'une fille le sache.*

. . . .

AGAM. *Les dieux sont irrités, ne leur demande rien,*
Laisse-nous un moment; ta présence me tue.
                    (Rotrou : *Et ce regard me tue.*)
J'ai peine à rétablir ma constance abattue,
Il était nécessaire au repos de mes jours
Ou de ne te voir plus, ou de te voir toujours.

[1] Les réminiscences de Racine sont surtout nombreuses dans l'expression de la douleur et du désespoir de Clytemnestre.

Barbare, tu crois donc que sa mère y consente,
Qu'elle livre au supplice une fille innocente ?

. . . .

Je serais de sa mort la première complice?
Moi-même je l'aurais conduite au sacrifice?
Non, non, de ses beaux jours mes jours sont le soutien ;
Il faut percer mon cœur pour aller jusqu'au sien.
Je défendrai sans toi les droits de la nature,
Contre la tyrannie et contre l'imposture.
Car la divinité que fait parler Calchas
N'a jamais approuvé de tels assassinats;
On ne le vit jamais autoriser les crimes.   (Act. IV, sc. **3.**)
. . . . . Quoi ! Calchas l'inhumain
Tremperait dans ton sang sa parricide main;
Il *pourrait dans ton cœur observer avec joie*
Les présages heureux de la chute de Troie !   (*Ibid.*, sc. **4.**)

Que de rapports entre ces vers et ceux de Racine :

Le ciel, le juste ciel, par le meurtre honoré,
Du sang de l'innocence est-il donc altéré ?

. . . .

. . . . Ah ! toute ma raison
Cède à la cruauté de cette trahison !

Que si ce double secours fait défaut à Le Clerc, il lui reste encore celui de Coras. Bien que, dans sa préface comme dans l'épigramme, il s'efforce de réduire la part de son collaborateur, il avoue pourtant qu'il lui doit environ cent vers. Or, nous serions porté à placer dans la centaine une ou deux tirades qui n'appartiennent ni à Rotrou ni à Racine, et dont le tour précis et ferme n'a rien de commun avec les périphrases banales, les impropriétés, les faiblesses qui sont le caractère général de la tragédie [1].

Au reste, si le personnage de Clytemnestre est moins effacé que les autres, ce n'est pas qu'il approche de la déchirante et sublime expression de la Clytemnestre de

> Un prêtre, environné d'une foule cruelle,
> Portera sur ma fille une main criminelle,
> Déchirera son flanc, et d'un œil curieux,
> Dans son cœur palpitant consultera les dieux!
> . . . .
> Non, je ne l'aurai point amenée au supplice,
> Ou vous ferez aux Grecs un double sacrifice.
> Ni crainte, ni respect ne m'en peut détacher;
> De mes bras tout sanglants il faudra l'arracher.   (Act. IV, sc. 4.)

[1] Le passage suivant qui n'appartient pas à Rotrou, et qui contraste avec le style de Le Clerc, pourrait être attribué à Coras :

> De tout ce que je vois quelle sera la suite?
> Que dois-je, Agamemnon, juger de ta conduite?
> Qu'ai-je fait qui mérite un si dur traitement?
> De ce grand hyménée est-ce l'apprêt charmant?
> Je n'entends que soupirs, que murmures, que plaintes,
> Que mots entrecoupés qui redoublent mes craintes;
> Et je sens malgré moi se glisser dans mon cœur
> Je ne sais quels soupçons qui me comblent d'horreur.
> En quelque lieu du camp que je porte la vue,
> Je vois de tous côtés la terreur répandue.
> J'en ignore la cause et veux m'en éclaircir;
> J'en cherche la raison et crains d'y réussir.   (Act. III, sc. 4.)

Racine, et que la scène où Agamemnon doit répondre aux prières de sa fille et aux reproches de sa femme puisse être comparée à celle du grand poëte. Racine, avec beaucoup d'art et de profondeur, avait renversé l'ordre adopté par Euripide. Il avait compris que les vœux timides d'Iphigénie devaient précéder les imprécations de Clytemnestre. Celle-ci, avant d'éclater, devait attendre l'effet des larmes et de la touchante résignation de sa fille ; et la réponse d'Agamemnon, en lui enlevant tout espoir, devait rendre le déchaînement de sa fureur plus violent et plus terrible. Jusque-là, il fallait qu'elle contînt les sentiments qui grondaient en elle, et qu'elle restât dans une inquiète et menaçante immobilité. Quelques critiques cependant blâmèrent cette admirable disposition de scène : ils auraient préféré à ces trois discours si bien motivés, si vraisemblables dans leur étendue comme dans leur expression, les interruptions et les brusques réparties d'un dialogue. Sans doute, Le Clerc a voulu se garder de ce reproche ; mais la scène, telle qu'il l'a composée, est une éclatante justification de celle de Racine. Nonseulement le langage d'Iphigénie est d'une extrême faiblesse, et son héroïsme qui accepte la mort est aussi froid qu'invraisemblable ; mais son intervention coupe mal à propos les plaintes de Clytemnestre, et les rend moins pathétiques, en diminuant l'odieux du rôle d'Agamemnon. Enfin, la partie la plus violente des emportements de Clytemnestre perd de sa force par l'absence du roi. Celui-ci, en effet, après avoir répondu

à sa fille, non sans beaucoup de réminiscences de
l'Agamemnon de Racine, s'esquive tout à coup : il
disparaît, on ne sait comment, mais fort à propos pour
lui, car il n'entendra pas les menaces que sa femme
lui adresse en arrière :

> Digne héritier d'Atrée, achève une aventure,
> Dont la simple pensée étonne la nature,
> Donne un spectacle aux Grecs plus triste, plus affreux
> Que celui du festin qu'il fit de ses neveux !
> Une seconde fois de sa route ordinaire
> Fais reculer d'horreur l'astre qui nous éclaire ;
> Mais crains que ce ne soit une leçon pour moi,
> Qu'un exemple *si grand* ne me serve de loi,
> Et que sur toi d'un coup également funeste,
> Je ne venge et ma fille et les fils de Thyeste !

Voilà des vers d'une précision assez remarquable : il
est vrai que Rotrou en a sa bonne part. Le Clerc en
conservant les idées, les rimes et une grande partie des
expressions, s'est borné à effacer quelques traits de
mauvais goût et à corriger quelques tournures vieillies
ou languissantes [1].

Nous avons déjà dit que l'Iphigénie de Le Clerc court
au-devant de la mort. Elle mérite en bonne justice les

[1] Act. IV, sc. 4 :

> Va, père indigne d'elle, et digne fils d'Atrée,
> Par qui la loi du sang fut si peu révérée,
> Et qui crut comme toi faire un exploit fameux
> Au repas qu'il dressa du corps de ses neveux ;
> Soûle-toi du plaisir de voir les mains sanglantes,
> *Du vermeil animé de ces roses vivantes.*
> Mais garde de m'en faire une leçon pour toi !
> Cette main peut pécher contre la même loi ;
> Et par ton propre exemple à toi-même funeste,
> Venger sur toi mon sang et celui de Thyeste !

reproches que le critique anonyme adressait à la première Iphigénie, et qu'il n'épargne pas non plus, il est vrai, à la seconde. Elle rougirait d'exprimer un vœu timide, un regret pour la vie, d'affaiblir ainsi la résolution d'Agamemnon ; elle ne veut plus même l'appeler son père :

> Grand roi, car j'aurais peine à vous nommer mon père,
> De peur de réveiller des sentiments trop doux
> Dans le cœur d'un héros de sa gloire jaloux ;
> Portez le coup mortel sans crainte qu'il m'étonne.
>
> . . . .

Et quand sa mère demande que la fille d'Hélène soit punie du crime de sa mère, Iphigénie proteste ; elle ne veut pas qu'Hermione lui ravisse sa gloire. Et cependant elle aime Achille ! elle a fait à sa confidente Clytie un long aveu de sa passion ! Malgré un vœu qui la consacrait au service de Diane, elle n'a pas résisté « aux regards languissants, aux timides soupirs » du héros ; le respect pour les droits de la déesse, la crainte de sa colère n'ont point combattu ce sentiment profane, et aujourd'hui la voilà empressée de mourir !

L'Achille de Le Clerc « qui, suivant le critique » anonyme, fait un peu plus le héros que celui de » Racine, d'autant qu'il n'est pas si amoureux, » est sans doute, en dépit de ces éloges, le personnage le plus faible de la tragédie. En apprenant l'arrivée prochaine d'Iphigénie, il avoue à Ulysse les sentiments que la jeune fille lui inspire :

Ah ! je brûle déjà du désir de la voir !

. . . .

Cette jeune princesse a des charmes si doux !

Ulysse, pour réfroidir cette ardeur, déclare à Achille
qu'Iphigénie est consacrée au culte de Diane, et

Que l'aveugle tyran des hommes et des dieux
Ne peut rien sur son cœur, pouvant tout par ses yeux.

Cette confidence, loin de décourager Achille, l'excite
encore par l'attrait de la difficulté :

Que sa conquête, Ulysse, honorerait Achille !
Elle est digne de lui, plus elle est difficile.

Il y a quelque différence entre ce langage et celui de
l'Achille de Racine. Il n'y en a pas moins dans la scène
où il promet son appui à Clytemnestre, et dans celle
où il presse Iphigénie d'autoriser ses efforts. Dans
l'une, sa colère s'exprime bien faiblement ; dans l'autre, la déclaration de son amour, l'aveu d'Iphigénie,
viennent bien mal à propos refroidir la situation et y
mêler l'expression d'une tendresse de comédie. Enfin,
nous l'avons déjà dit, il n'est pas plus impétueux dans
sa querelle avec Agamemnon. Si le critique anonyme
le trouve plus héros que l'Achille de Racine, qu'est-ce
donc pour lui que l'héroïsme ?

La longue préface de Le Clerc se termine par quelques lignes à l'adresse de Coras et de ceux qui lui attri-
buaient une grande part dans la tragédie. Le Clerc,
quoi qu'en dise l'épigramme, est trop content de la pièce,
même après l'épreuve de la représentation, pour ne pas

combattre vivement cette erreur. Il tient surtout à détromper le critique, si bienveillant pour la seconde
Iphigénie, mais si mal instruit de son véritable auteur,
puisqu'il l'attribue à Coras. A quoi se réduisent toutes
ces suppositions ? Le Clerc va nous le dire : « Comme
» je ne suis pas d'humeur à m'enrichir du bien d'au-
» trui, je dirai au lecteur qu'il y a dans tout le cours
» de cette tragédie environ une centaine de vers épars
» çà et là que je dois à M. Coras et que j'ai choisis
» parmi quelques autres qu'il avait faits en quelques
» scènes dont je lui avais communiqué le dessein.
» C'est ce qui a fait croire à celui qui nous a donné des
» remarques sur les deux *Iphigénie* et à quelques
» autres qu'il était l'auteur de l'ouvrage. Je lui céde-
» rais volontiers toute la gloire qu'on pourrait en
» espérer, si je ne croyais la devoir au changement
» que j'y ai apporté par l'avis de personnes éclairées
» et pour qui j'ai toute sorte de déférence. » Ainsi,
qu'on ne s'y trompe pas, Le Clerc ne doit rien à cette
collaboration ; ce n'est pas pour avoir emprunté les
vers de Coras, mais pour les avoir changés qu'il a
réussi ; Coras n'a rien à réclamer dans une gloire qu'il
a failli compromettre. Voilà l'homme dont l'abbé d'O-
livet dit « qu'il poussait la modestie jusqu'à l'humilité ; » voilà l'aveu que l'historien de l'Académie regarde comme une preuve éclatante de cette vertu. Il
admire que Le Clerc se soit cru forcé de déclarer « qu'un
» misérable poëte, connu seulement par la satire, lui a
» fourni une centaine de vers. » Quelle sévérité de

conscience ! quel miracle de probité !. En vérité, les frères Parfaict ont bien raison de répondre à d'Olivet : « Cette déclaration pourrait être regardée plutôt comme » une marque de la mauvaise foi de M. Le Clerc envers » M. Coras, que l'on savait dans le monde avoir part » à l'*Iphigénie* en question, et que M. Le Clerc cherche » ici à réduire à peu de chose. » En outre, l'homme qui, en cent passages, a copié textuellement ou suivi de près les vers de Rotrou sans en dire un mot dans sa préface, qui évidemment s'est inspiré plus d'une fois de Racine, tout en prétendant que les deux œuvres n'ont de commun que le titre et les scènes puisées dans Euripide, est fort suspect, lorsqu'il conteste un fait aussi accrédité que la collaboration de Coras.

Quant au mérite relatif des deux auteurs, les frères Parfaict paraissent aussi d'un avis fort opposé à celui de l'abbé d'Olivet : « En supposant, disent-ils, que les » cent vers les plus passables appartiennent à M. Co- » ras, il faudra convenir que le surplus est du dernier » détestable. » Cette conclusion est bien justifiée par les nombreux plagiats de Le Clerc. Que lui reste-t-il donc dans la tragédie ? Tout ce qui est emphatique et banal, plat et incorrect, tout ce qui rend la pièce insipide dans son ensemble, et encore moins soutenable à la lecture qu'elle ne l'était à la scène.

Dans l'année qui suivit celle où parurent les deux *Iphigénie*, Racine réunit pour la première fois ses œuvres publiées jusque là séparément, et donna ainsi à ses contemporains l'occasion d'étudier et de suivre le

merveilleux progrès de son talent depuis la *Thébaïde*
jusqu'à *Iphigénie*. Mais, en même temps, un de ses
ennemis profitait de cette publication pour reprendre
dans une critique générale les principales objections
des Saint-Évremond, des Boursault, des Subligny, des
Villars, des Robinet, des Visé, contre les neuf pièces
du poëte. En effet, l'allégorie satirique de Barbier
d'Aucour, *Apollon vendeur de Mithridate* ou *Apollon
charlatan* n'est pas autre chose qu'une reproduction en
vers badins de ce qui avait été dit de plus violent et
de plus injuste contre le génie et les ouvrages de
Racine, avec des attaques à sa personne et à son caractère. Il ne faut chercher dans cette satire aucune
vue nouvelle; il ne faut pas s'attendre non plus à ce
que l'auteur fasse grâce à Racine sur quelques points,
même sur le style. Il décrie tout, condamne tout, sans
aucun souci d'impartialité et de justice. Le ton est par
tout celui de la haine; on y sent partout cette amertume
et ce fiel, caractère des luttes religieuses comme des
rancunes politiques.

Barbier d'Aucour ne s'est pas mis en frais d'imagination pour son allégorie : il lui a suffi de jouer spirituellement sur le nom de Racine et sur quelques autres, comme ceux de Port-Royal, de Le Maître de
Sacy, de Champmeslé, de Molière. Sur ce thème ingénieux, il a écrit plusieurs centaines de vers libres,
racontant dans tous ses détails l'histoire de cette misérable plante pour laquelle Apollon a conçu une si folle
tendresse, et analysant en homme habile et expert

tous les sucs extraits de cette racine doucereuse. Voici le début de la pièce :

> Un jour dans le sacré vallon
> Qu'arrosent les eaux du Permesse,
> Le capricieux Apollon
> Conçut pour une plante une folle tendresse,
> Et pour lui donner du renom,·
> Ce grand pipeur en médecine
> Vendit au son du violon
> Cette misérable *Racine*.

Il remonte à l'humble origine de cette racine :

> D'abord sous un vieux mur de mousse revêtu,
> On la vit s'élever de terre,
> Et passer, en rampant comme le faible lierre,
> Pour une plante sans vertu.

Mais Port-Royal et Le Maitre de Sacy l'ont cultivée; grâce à eux, elle a porté une fleur hérissée d'épines, dont l'ingrate devait déchirer la main qui la forma :

> Mais par la vertu sans égale
> D'un *Maître* de nom et de fait
> Qui répandit sur elle une liqueur *Royale*,
> Elle sortit enfin de son être imparfait,
> Et poussa hors du sein de l'herbe
> Certaine fleur fière et superbe,
> Qui vint en pointe de buisson
> Déchirer la main délicate
> A qui cette petite ingrate
> Devait son art et sa façon.

Il est vrai que la racine se corrigea bien de cette rudesse piquante réservée à ses seuls bienfaiteurs : elle se polit par l'*étude de plus d'un jardinier français*; elle s'adoucit jusqu'à faire l'office

De la racine de réglisse.

C'est ainsi que Barbier arrive au développement de la critique tant de fois reproduite contre Racine, et qu'il flétrit pareillement du titre de Céladons tous les personnages de son théâtre :

> Son suc est dangereux à prendre.
> . . . .
> Voyez comme il endort dans un honteux repos
> Les princes, les rois, les héros,
> Sur les bords du fleuve de Tendre.
> Au lieu d'inspirer aux grands cœurs
> De tant de célèbres vainqueurs
> L'amour de la vertu, le désir de la gloire,
> Il déshonore leur victoire
> Par de faibles soupirs, et par d'indignes pleurs.

Comment donc s'expliquer la vogue de cette insipide racine? Ce n'est pas d'elle-même que lui venaient ses vertus :

> Mais elle avait, dit-on, des vertus sans pareilles,
> Depuis que dans un *Champ orné de mille fleurs* [1]
> Elle empruntait l'éclat d'une assez belle *Rose*,
> Qui la comblant de ses faveurs,
> La fit passer souvent pour une bonne chose.

Barbier d'Aucour reproduit ici une critique souvent adressée à Racine par ces envieux. C'est aux acteurs, et surtout à la fameuse Champmeslé, qu'il doit ses succès et sa gloire. Ainsi le déclare Fontenelle et beaucoup d'autres. Mme de Sévigné, rendant compte à sa fille de la tragédie de Bajazet, voudrait envoyer à

[1] Champmeslé.

22

Mme de Grignan la Champmeslé « *pour lui réchauffer la
pièce.* »

Après ces généralités, le critique passe en revue
les pièces de Racine, en commençant par la *Thébaïde,*
œuvre qui ne lui appartient que de nom :

> Car, pour dire la vérité,
> Phœbus par la racine en fut si peu la cause,
> Qu'Apollon par un autre avait tout inventé.

Cet autre, nous l'avons vu, c'est Rotrou, à qui Racine
avait fait d'abord un emprunt qui disparut à l'impression.

A propos d'*Alexandre*, Barbier ne manque pas de
reproduire les critiques de Saint-Évremond. Il reproche au charlatan d'avoir

> Rempli d'une vertu si rare
> Un prince indien et barbare
> Qu'il eut plus qu'Alexandre et d'esprit et de cœur,
> Et fit voir un vaincu plus grand que son vainqueur.

Mais rien n'égale, pour la finesse et l'urbanité, l'appréciation d'*Andromaque :*

> La Racine s'ouvrant une nouvelle voie
> Alla signaler ses vertus
> Sur les débris pompeux de la fameuse Troie,
> Et fit un grand sot de Pyrrhus,
> D'Andromaque une pauvre bête
> Qui ne sait où porter son cœur,
> Ni même ou donner de la tête,
> D'Oreste, roi d'Argos, un simple ambassadeur,
> Qui n'agit toutefois avec le roi Pylade
> Que comme avec un argoulet.

On reconnaît dans ces vers toutes les critiques de la

Folle Querelle. Barbier n'oublie pas non plus la grave irrévérence dont Racine s'est rendu coupable envers un poëte encore populaire, il paraît, en dépit de Malherbe et de Boileau. Il reproche à l'auteur d'*Andromaque* d'avoir disposé, malgré la *Franciade*, des destinées du jeune Astyanax,

> Et, pour changer la catastrophe,
> *Donné des soufflets à Ronsard,*

Barbier n'est pas plus content de la comédie des *Plaideurs,* et il est heureux de faire du succès tardif de cette œuvre spirituelle un échec complet et lamentable. Il ne se donne pas la peine de formuler longuement son arrêt contre *Britannicus;* il lui suffit de dire en passant qu'Apollon :

> Porta sa Racine dans Rome,
> Où se montrant cruelle avec peu de raison,
> Contre Britannicus, qui n'était qu'un jeune homme,
> Elle fit l'effet du poison.

A propos de *Bérénice* [1], il n'oublie pas de reprocher à Racine les soupirs et les larmes de Titus. Il n'oublie pas non plus le mot de Chapelle, et il prend plaisir à reproduire et à commenter cette épigramme qui avait été, dit-on, sensible au poëte :

---

[1] Cependant, dans les *Sentiments de Cléanthe* (2ᵉ partie), en réfutant Villars, qui avait publié contre lui une *Apologie du P. Bouhours,* il témoigne moins de mépris pour *Bérénice* et pour Racine : « Par quelle raison, dit-il, aurions-nous « échappé au censeur de *deux excellents poëtes,* dont l'un n'a pas daigné lui « répondre et l'autre n'a dit qu'en deux mots pourquoi il ne lui répond pas? »

O nocière Junòn, faut-il qu'elle périsse !
Compatissez de grâce à l'amoureux supplice
De cette pauvre Marion,
Qui gémit, qui pleure et qui crie,
Tant elle veut qu'on la marie.

On devine que le mot de Corneille aura fourni à
Barbier toute la matière de son jugement sur *Bajazet*.
Comme Visé et Robinet, il accuse les Turcs de Racine
d'être des Français. Il critique aussi, comme Mme de
Sévigné, la grande tuerie de la fin :

Lorsque la fureur turque eut joué de son reste,
Toute leur séquelle en pleura ;
Mais c'était aussi grand dommage
De tant de gens morts à la fois
Qui n'étaient Turcs que de visage,
Car pour les mœurs, pour le langage,
C'étaient des naturels françois.

Arrivant à la tragédie de *Mithridate*, l'auteur plaisante agréablement sur la *vertu du mithridate*, qui n'a
pu garantir le roi de Pont du suc pernicieux de la
racine. Comme toujours, il se borne à reproduire des
critiques déjà faites :

Apollon, plus puissant que mille opérateurs,
Déterra Xipharès, ressuscita Monime,
Dont ce prince (Mithridate) avait fait une double victime,
Et vint, malgré la mort et ses pâles froideurs,
De deux fantômes vains rallumer les ardeurs.

Reste *Iphigénie*, qui était encore dans sa nouveauté,
et dont l'ironie même de Barbier constate le succès.
Molière est mort : Apollon, ne pouvant plus égayer son

empire, prend le parti de le plonger dans la douleur, et, par le moyen de la nouvelle tragédie, il le noie d'un déluge de larmes :

> Mais, à propos de pleurs, je me suis laissé dire,
> Que ce maître Apollon, n'ayant plus de quoi rire
> Depuis qu'il a perdu l'usage du *moly* (Molière),
>   Qui fut un simple si joly,
> D'un déluge de pleurs va noyer son empire.
> En effet, *sa Racine* attendrit tant de cœurs,
> Lorsque d'Iphigénie elle anime les charmes,
> Qu'elle fait chaque jour, par des torrents de larmes,
> Renchérir les mouchoirs aux dépens des pleureurs.

Puis Barbier attaque l'invention d'une seconde Iphigénie :

> La fausse est distillée avec la véritable ;
> Est-il rien de si pitoyable ?

Il n'est pas plus satisfait du dénoûment :

> Mais la fille d'Agamemnon,
> N'est donc pas la victime ? Non.
> La Racine est assez hardie
> Pour la garantir du trépas.
> Une autre doit mourir, quoique Calchas die ;
>   Le sujet de la tragédie
>   Est celle qui ne mourra pas.

Quant aux caractères, voici ce qu'il en pense : Iphigénie

> De l'innocente Agnès a l'air et la parole,
> Hors qu'en son caquet doucereux,
> La belle enfant affecte un style
> Qui marque un cœur plus langoureux
> Et moins digne du grand Achille.

Ulysse soutient mal son caractère, et

Se borne à signaler son éloquente voix
Par un récit patibulaire.

Mais Clytemnestre, et ses fureurs, et son désespoir?
Mais les cruelles agitations d'Agamemnon? Mais la
colère impétueuse d'Achille? Barbier ne juge pas à
propos d'en parler ; il aura tout dit par ces vers :

Amis, pourquoi donc la pleurer (Iphigénie)?
Vous feriez mieux de séparer
Son père et son amant qui sont prêts à se battre.

Il ne manque à cette appréciation qu'un dernier trait,
l'éloge de la tragédie de Le Clerc. Mais l'auteur, épuisé
par un effort si long, par une inspiration si sublime,
est pressé d'en finir, et sa pièce se termine brusque
ment par une piquante antithèse :

Tout beau, répond Phœbus à ce donneur d'avis,
Ne troublez pas le cours des pleurs que j'ai fait naître;
Des petits et des grands nos secrets sont suivis;
Je suis bon charlatan, si je ne suis bon maître.

On voit combien cette satire, dont nous avons cité
les passages les plus saillants, est pauvre et vide. Cependant, il ne manqua pas de gens pour la célébrer.
Les frères Parfaict témoignent qu'on la regarda « comme
» le modèle d'une critique badine, » et on trouverait
encore cette opinion dans quelques dictionnaires historiques, qui l'ont acceptée sur parole, sans en vérifier
la justesse. Les frères Parfaict sont bien plus vrais
quand ils la jugent « mal imaginée, plus mal conduite,
» pleine d'allusions froides, et très-faiblement versi-

» fiée.» En somme, cette pièce n'a d'intérêt qu'en nous montrant l'acharnement de certaines haines qui poursuivaient Racine. Elle nous prépare à tout attendre d'ennemis si passionnés. Par là elle nous conduit à la cabale qui fut l'effort extrême et l'assouvissement le plus complet de leur fureur : après la concurrence de Le Clerc, après la satire envenimée de Barbier d'Aucour, l'intrigue montée contre *Phèdre* semblera moins prodigieuse.

CHAPITRE VIII.

PHÈDRE.

Cabale de l'hôtel de Bouillon. — Représentation de la Phèdre de
Racine (Ier janvier 1677), et de la Phèdre de Pradon (3 janvier).
Querelle des sonnets. — Préface de Pradon. — Comptes rendus du
—Mercure galant.—Examen de la tragédie de Pradon.—Dissertation
sur les tragédies de Phèdre et Hippolyte par Subligny.

Voici en quels termes Louis Racine raconte, d'après
Boileau, la célèbre affaire qui faillit entraîner la chute
de *Phèdre* : « Un rival aussi peu à craindre que Le
Clerc se rendit bien plus redoutable que lui, quand la
Phèdre parut en 1677. Il en suspendit quelque temps
le succès par la tragédie qu'il avait composée sur le
même sujet et qui fut représentée en même temps. La
curiosité de chercher la cause de la première fortune
de la Phèdre de Pradon est le seul motif qui la puisse
faire lire aujourd'hui. La véritable raison de cette fortune fut le crédit d'une puissante cabale dant les chefs
s'assemblaient à l'hôtel de Bouillon. Ils s'avisèrent
d'une nouvelle ruse, qui leur coûta, disait Boileau,

quinze mille livres : ils retinrent les premières loges
pour les six premières représentations de l'une et de
l'autre pièce, et par conséquent ces loges étaient vides
ou remplies quand ils voulaient [1]. »

Ce récit, qui donne tous les torts à l'hôtel de
Bouillon, a été contesté par un critique de la plus
grande autorité. M. Sainte-Beuve s'appuie sur un passage très-curieux des manuscrits [2] de Brossette, l'ami
et le commentateur de Boileau, et il cite textuellement
tout le morceau. Dans un voyage que Brossette fit de
Lyon à Paris en 1711, il fut conduit, le 4 juin, par un
officier du duc d'Orléans, M. de Chatigny, chez Mlle Deshoulières, fille de la célèbre auteur. Curieux de tout
ce qui intéressait Boileau, il interrogea cette demoi-
selle, alors âgée de cinquante ans, sur les relations
qu'avait eues sa mère avec Boileau, et sur les causes de
leur inimitié. Mlle Deshoulières répondit en racontant
l'histoire de la représentation de Phèdre et des sonnets ; et c'est cette conversation, que Brossette mit
par écrit en rentrant chez lui, qui est reproduite par
M. Sainte-Beuve. Nous en citerons les points principaux : « Quoique M. Racine fût bien au-dessus de
Pradon, il ne laissait pas de le regarder comme une
espèce de concurrent, surtout quand il sut que Pradon
composait en même temps que lui la tragédie de *Phèdre*
par émulation, et qu'il avait doublé celle de M. Racine
sur le récit que Pradon en avait ouï faire. (Notons en

---

[1] Mémoires sur la vie de Jean Racine ; 1re partie.
[2] Causeries du lundi, t. XIII, 1858. *Les nièces de Mazarin*, p. 318.

passant cet aveu d'une amie de Pradon, de la fille de
sa protectrice.) La *Phèdre* de M. Racine et celle de
M. Pradon furent prêtes à être jouées en même temps.
Celle de M. Racine fut promise et annoncée pour le
premier jour de l'année 1677, celle de Pradon fut
jouée quelques jours après (le 3 janvier) à l'hôtel de
Guénégaud. Ma mère voulut voir la première représentation de la *Phèdre* de Racine : elle envoya retenir une
loge, quelques jours d'avance, à l'hôtel de Bourgogne;
mais Champmeslé (le mari de la célèbre actrice), qui
avait soin des loges, fit toujours dire aux gens qui venaient de la part de Mme Deshoulières, qu'il n'y avait
pas de places, et que toutes les loges étaient retenues.
Ma mère sentit l'affectation de ce refus et en fut pi-
quée : « J'irai pourtant, en dépit d'eux, dit-elle, et je
verrai la première représentation. » Quand l'heure de
la comédie fut venue, elle se mit en négligé avec une
de ses amies qui prit des billets. Elle se cacha tout de
son mieux sous une grande coiffe de taffetas, et au lieu
d'entrer par la porte du théâtre, comme elle avait accoutumé de faire, elle entra par la porte des loges, et
s'alla placer au fond des secondes loges, car toutes les
autres étaient remplies. »

Après avoir vu la pièce, « qui fut jouée en perfection, » Mme Deshoulières revint souper chez elle avec
cinq ou six personnes, du nombre desquelles était
Pradon. Elle n'aimait pas Racine ; le refus qu'elle
avait essuyé ne l'avait pas disposée en faveur de la tragédie : elle composa donc, pendant ce même souper,

un sonnet satirique, qui fut écrit aussitôt par quelques-uns des convives, et dont on distribua des copies dès le lendemain matin. Parmi ceux qui le colportaient avec le plus d'ardeur était l'abbé Tallemant l'aîné, « le sec traducteur du français d'Amyot. » « Dès onze heures du matin, raconte Mlle Deshoulières, il vint d'un air fort empressé apporter à ma mère une copie de ce sonnet qu'il avait copié lui-même pour elle. » Elle ajoute que sa mère « prit ce sonnet comme une chose nouvelle, et fut la première à le montrer comme le tenant de l'abbé Tallemant. » Voici, sauf un tiercet difficile à citer, cette petite pièce :

Dans un fauteuil doré Phèdre, tremblante et blême,
Dit des vers où d'abord personne n'entend rien.
Sa nourrice lui fait un sermon fort chrétien
Contre l'affreux dessein d'attenter sur soi-même.

Hippolyte la hait presque autant qu'elle l'aime ;
Rien ne change son cœur ni son chaste maintien.
La nourrice l'accuse ; elle s'en punit bien.
Thésée a pour son fils une rigueur extrême.

. . . .
. . . .
Il (Hippolyte) meurt enfin traîné par ses coursiers ingrats ;
Et Phèdre, après avoir pris de la mort aux rats,
Vient, en se confessant, mourir sur le théâtre.

Le sonnet arriva promptement à la connaissance de Racine et de ses amis. Tout en se doutant peut-être que la protectrice de Pradon y avait eu part, ils ne jugèrent pas qu'elle en fût le principal auteur. Comme dit Mlle Deshoulières, « ils ne firent pas à Pradon l'honneur de le lui attribuer »; ils crurent donc qu'il

était l'œuvre du duc de Nevers. Le noble poëte avait
assisté à la représentation ; il n'aimait point Racine et
Boileau, contre lequel il avait écrit ; on savait qu'il ri-
mait à toute heure, à toute occasion ; en outre certains
traits de cette petite pièce, un peu forts pour une dame,
semblaient porter le cachet de ce singulier personnage,
très-original et souvent très-peu réservé dans son style.
On avouera que l'erreur était excusable. Ce qui le fut
moins, ce fut un passage de la réponse, dont les per-
sonnalités blessantes devaient irriter le duc de Nevers
et sa famille.   .

En effet, après un ou deux jours, les amis de Racine
répandirent à leur tour un sonnet sur les mêmes rimes.
On y raillait vivement le duc italien comme poëte,
comme prôneur de Pradon, comme partisan des modernes dans la querelle du temps, comme mari jaloux,
et, ce qui était moins convenable, comme frère et admirateur un peu trop passionné de Mme de Mazarin.
Nous citerons le sonnet, sauf le tiercet sur la fameuse
exilée :

> Dans un palais doré, Damon jaloux et blême,
> Fait des vers où jamais personne n'entend rien.
> Il n'est ni courtisan, ni guerrier, ni chrétien,
> Et souvent pour rimer il s'enferme lui-même.
>
> La Muse par malheur le hait autant qu'il l'aime.
> Il a d'un franc poëte et l'air et le maintien ;
> Il veut juger de tout et n'en juge pas bien.
> Il a pour le phœbus une tendresse extrême.
> . . . .
> . . . .
> Il se tue à rimer pour des lecteurs ingrats ;

> L'*Énéide* est pour lui pis que la mort aux rats,
> Et, selon lui, Pradon est le roi du théâtre.

« Cette réplique, dit Mlle Deshoulières, fit un bruit terrible à la cour, et chacun prit parti pour ou contre. » On l'attribua à Racine et à Boileau. « La cabale de Mme de Bouillon et du duc de Nevers, laquelle favorisait Pradon contre M. Racine, fit de grandes clameurs. » L'orgueilleux Nevers menaça les deux amis, et bien qu'ils désavouassent la pièce, protestant qu'ils n'y étaient pour rien, il leur répliqua par un troisième sonnet, où il daignait leur pardonner, sous réserve d'une correction salutaire de coups de bâton :

> Racine et Despréaux, l'air triste et le teint blême,
> Viennent demander grâce, et ne confessent rien.
> Il faut leur pardonner parcequ'on est chrétien ;
> Mais on sait ce qu'on doit au public, à soi-même.
>
> Damon, dans l'intérêt de cette sœur qu'il aime,
> Doit de ces scélérats châtier le maintien ;
> Car il serait blâmé de tous les gens de bien,
> S'il ne punissait pas leur insolence extrême.
>
> . . . .
> . . . . , ...
> Vous en serez punis, satiriques ingrats ;
> Non pas en trahison, d'un sou de mort aux rats,
> Mais de coups de bâton donnés en plein théâtre.

Mais ces menaces insolentes ne furent pas du goût de personnages plus haut placés que le neveu de Mazarin. Le grand Condé chargea son fils, le duc Henri Jules, d'écrire aux deux amis la lettre suivante : « Si vous » n'avez pas fait le sonnet, venez à l'hôtel de Condé » où M. le Prince saura bien vous garantir de ces

» menaces, puisque vous êtes innocents; et, si vous
» l'avez fait, venez aussi à l'hôtel de Condé, et M. le
» Prince vous prendra aussi sous sa protection, parce
» que le sonnet est très-plaisant et plein d'esprit. »
Cette lettre, qui bientôt fut aussi connue que les sonnets, calma un peu l'emportement de l'irascible Italien.
Cependant Pradon, à la table de M. Pellot, premier
président du parlement de Rouen, raconta calomnieu-
sement que Boileau avait été assailli dans une rue par
une vigoureuse décharge de coups de bâton. Tallemant
propagea le bruit; un professeur de rhétorique du collége de Navarre, pour faire sa cour au duc de Nevers,
le recueillit dans un quatrième sonnet, dont voici les
premiers vers :

> Dans un coin de Paris, Boileau, tremblant et blême,
> Fut hier bien frotté, quoiqu'il n'en dise rien ;
> Voilà ce qu'a produit son style peu chrétien, etc.

Mais cette histoire arriva encore aux oreilles du grand
Condé, et il fit dire au duc de Nevers, et même, selon
Brossette, en termes assez durs, « qu'il vengerait
» comme faites à lui-même les insultes qu'on s'avi-
» serait de faire à deux hommes d'esprit qu'il aimait
» et qu'il prenait sous sa protection. » Cette seconde
intervention, plus directe que la première, termina la
querelle : les ennemis de Racine et de Boileau jugèrent prudent de se taire. Plus tard, dit Niceron, les
deux poëtes assurèrent que le sonnet était l'œuvre de
jeunes seigneurs, leurs admirateurs et leurs amis, le
chevalier de Nantouillet, le comte de Fiesque, le mar-

quis d'Effiat, M. de Guilleragues et M. de Manicamp.
Si l'on accepte le récit de Mlle Deshoulières, il faut
admettre que Mme de Bouillon n'est entrée dans la
querelle qu'à la suite des sonnets, et qu'en louant pour
six représentations les premières loges des deux théâtres, elle a eu pour excuse un légitime mécontentement
et le désir de venger son frère. Sans doute Louis Racine, d'après le témoignage de Boileau qui, bien qu'ami
de Racine, mérite aussi d'être cru, désigne formellement
les six *premières* représentations, et la manœuvre devait, ce semble, avoir moins d'efficacité quand déjà la
pièce de Racine avait pu être appréciée par le vrai
public : cependant, nous sommes d'autant plus disposés à adopter l'explication de Mlle Deshoulières,
qu'elle décharge d'une grave faute la mémoire de la
spirituelle protectrice de La Fontaine. A l'époque de
la représentation de Phèdre, Mlle Deshoulières avait
quinze ans ; elle a donc pu bien connaître toutes les
circonstances de cette affaire. Le respect que les contemporains témoignent pour son caractère ne permet
guère de suspecter sa véracité, et ses aveux sur le
procédé peu loyal de Pradon et sur la cabale de Mme de
Bouillon et du duc de Nevers prouvent encore en faveur de son impartialité. Il reste toujours acquis que
les écus de Mme de Bouillon faillirent amener la chute
de la tragédie de Racine et que Pradon leur dut un
succès fort nouveau pour lui, et dont il triomphe or-
gueilleusement dans la préface de sa pièce. Elle ne
demeura pas trois mois au théâtre, comme il le prétend

dans ses *Nouvelles remarques sur tous les ouvrages du sieur D**** [1], mais elle atteignit le chiffre de dix-neuf représentations [2]. Cependant il paraît que le parterre finit par se venger du tour qu'on lui avait joué à lui-même autant qu'à Racine : il se soulagea d'abord de son ennui par d'outrageux sifflets, puis il déserta tout à fait le théâtre. Pradon eut alors la ressource de s'en prendre aux intrigues de Racine, et, ce qui semble bien impudent, de placer dans son épître dédicatoire à Mme de Bouillon le mot de cabale! Cette dame avait bien travaillé, on l'avouera, elle et ses amis, à la chute d'un chef-d'œuvre, et au triomphe d'une pièce « impertinente et méprisable de tout point [3] »; il osa cependant lui adresser cet éloge que nous transcrivons textuellement : « On sait que Votre Altesse ne juge » jamais des ouvrages par cabale ou par prévention. » Il osa, dans son orgueilleuse et impertinente préface, parodier ainsi, au sujet de sa tragédie, les vers de Boileau :

> La *cabale* en pâlit, et vit en frémissant
> Un second Hippolyte à sa barbe naissant ;

et il accusa Racine et Boileau d'avoir empêché les meilleures actrices de jouer dans sa pièce. Il revient

[1] 1685. « Le public m'en fit la justice tout entière pendant trois mois. Il n'en » fut point ennuyé pendant si longtemps. » Il y revient à deux fois.

[2] *Histoire du Théâtre Français*, t. XII, p. 54. Seize du 3 janvier au 9 février : et de plus trois, le 4 mai et les jours suivants, à la réouverture du théâtre.

[3] Jugement de M. de Valincour, dans sa lettre à d'Olivet sur la vie de Racine (Histoire de l'Académie française.)

encore sur cette imputation dans ses *Nouvelles remarques.* Suivant lui, les deux amis auraient intrigué auprès du roi pour apporter obstacle à la représentation de sa *Phèdre;* puis, n'ayant pas réussi du côté de la cour, ils se seraient rejetés sur les actrices. Voici pourtant la vérité sur cette affaire : les premières actrices de l'hôtel Guénégaud furent plus modestes que Pradon, qui se croyait le rival de Racine ; elles ne voulurent pas entrer en concurrence avec Mlle de Champmeslé, et refusèrent toutes deux le rôle de Phèdre. Pradon dut le confier à une actrice secondaire. Tel est ce mauvais procédé que le public, dit Pradon, « a vu avec indignation et avec mépris ; » voilà en même temps (que l'on concilie si l'on peut ces deux choses) l'explication de l'inconstance de ce public, qui a délaissé la *Phèdre* de l'hôtel Guénégaud pour apporter tout le tribut de ses applaudissements à la *Phèdre* de l'hôtel de Bourgogne. Celle-ci n'a-t-elle pas l'avantage d'être interprétée par une excellente actrice? N'est-ce pas à l'habileté de ces acteurs que Racine doit tout le succès de ses ouvrages, et Boileau n'a-t-il pas eu bien raison de dire :

> Que tu sais bien, Racine, *à l'aide d'un acteur,*
> Émouvoir, étonner, ravir un spectateur!

Combien Pradon triomphe de ce vers! « M. Despréaux » a bien raison, dit-il [1] ; les tragédies de M. Racine » perdent de leur prix à la lecture, quand elles ne sont

[1] *Nouvelles remarques.*

» plus soutenues par l'action touchante d'une per-
» sonne qui nous intéresse pour elles, par un son de
» voix admirable, qui va nous réveiller dans le cœur
» les passions les plus endormies... Il n'y a que la
» muse du grand Corneille qui, au jugement de tout
» le monde, porte et conserve partout ses ornements
» solides; il n'y a que l'impression des œuvres de ce
» grand homme, qui

    « De Corneille vieilli sait consoler Paris. »

C'est ainsi que, tantôt en se targuant d'un succès
qu'il exagère sans pudeur, tantôt en alléguant, à propos d'une œuvre qui n'a vécu que par la cabale, les
cabales de ses adversaires, tantôt en attribuant à la
Champmeslé tout l'honneur des triomphes de Racine,
tantôt enfin, en opposant à son ennemi le nom de Corneille, Pradon pense faire illusion à lui-même et aux
autres sur le dénoûment final de cette affaire. Malgré
sa préface, comme malgré l'or de Mme de Bouillon, la
tragédie de Racine fut bientôt jugée un chef-d'œuvre.
Elle fut jouée à Versailles comme à Paris; et, dans
des fêtes données à Fontainebleau au mois d'octobre,
quand déjà l'œuvre de Pradon était profondément oubliée, on représenta devant la cour la *Phèdre*, aussi
bien que l'*Iphigénie*, le *Bajazet* et le *Mithridate*[1].

    Juste à l'époque de la représentation des deux *Phè-
dre*, le *Mercure galant* reparaissait après une interruption de trois années. Le premier volume est d'avril 1677,

---

[1] *Mercure galant*, octobre 1677.

et il contient les nouvelles des mois de janvier, février et mars. Parmi les événements de ce trimestre, en première ligne, Visé rencontrait l'affaire des *Phèdre*. Il se garda bien de faire allusion à la querelle des sonnets, dont le dénoûment n'avait pas été, en somme, plus favorable à l'hôtel de Bouillon que celui du complot contre Racine. Mais il dut parler des deux tragédies qui, par suite de cette affaire, se trouvaient, à la honte du XVIIe siècle, rapprochées l'une de l'autre, et, malgré leur prodigieuse inégalité, regardées comme rivales. Bien que Visé n'ait garde de témoigner de l'admiration pour la *Phèdre* de Racine, ou même de la faire connaître par une analyse un peu étendue, il faut lui savoir gré d'avoir écarté tout d'abord la pensée d'une comparaison entre les deux pièces, et d'avoir au moins indiqué la monstrueuse ineptie de la conception de Pradon. « Je ne conçois pas, dit-il, qu'on veuille » juger de ces deux pièces par comparaison, puis-» qu'elles n'ont rien de commun que le nom des per-» sonnages qu'on y fait entrer. » Pradon, en effet, par un effort de génie, avait réussi à détruire tout l'intérêt, tout le sombre pathétique d'un sujet consacré par la fable et par la poésie ; il avait réussi à rendre puérilement impossible et absurde un drame terrible, si beau déjà et si vrai dans Euripide : Phèdre, dans sa pièce, n'est que la fiancée de Thésée ! On peut juger des conséquences de cette belle invention, et on trouvera bien modeste le blâme de Visé, quand il dit : « La » situation, telle que la faite M. Pradon, est facile à

» traiter, car il est naturel de préférer un jeune prince
» à un roi qui en est 'le père. » Les réflexions qu'il
ajoute, font ressortir, il est vrai, assez fortement l'é-
normité de cette faute : « Quand il faut représenter une
» femme qui, n'envisageant son amour qu'avec hor-
» reur, oppose sans cesse le nom de belle-mère à celui
» d'amante, qui déteste sa passion, et ne laisse pas
» de s'y abandonner par la force de sa destinée, qui
» voudrait se cacher à elle-même ce qu'elle sent, et
» ne souffre qu'on lui en arrache le secret que dans le
» temps où elle se voit prête d'expirer, c'est ce qui
» demande l'adresse d'un grand maitre ; et ces choses
» sont tellement essentielles au sujet d'Hippolyte,
» que c'est ne pas l'avoir traité que d'avoir éloigné
» l'image de l'amour incestueux qu'il fallait nécessai-
» rement faire paraître. » Que l'on rapproche de la
tragédie de Racine cette analyse du caractère de Phèdre,
on reconnaîtra « cette adresse d'un grand maître » nécessaire au succès d'une si difficile entreprise. Visé, en
même temps qu'il rendait ainsi plus sensible l'ineptie
de l'œuvre de Pradon, démontrait, sans le vouloir apparemment, la sublimité de la pièce combattue et
raillée par ses amis.

Il ne faut pas s'attendre à trouver sur ce point dans
Visé un aveu formel. Il fait l'éloge du style de Racine ;
mais il évite de s'expliquer sur le mérite général de
son ouvrage. Un hommage complet aurait trop déplu à
son parti et lui aurait trop coûté à lui-même ; une censure eût été en contradiction flagrante avec la critique

de la pièce de Pradon. A défaut de la tragédie, il attaque du moins le sujet, dont il voudrait « qu'on eût
» épargné l'horreur aux spectateurs français ; » puis il
revient aussitôt à Pradon, qui a évité cette horreur :
« Mais, observe Visé, puisqu'il s'est permis de changer
» ce qu'il y avait de plus essentiel au sujet, il est d'au-
» tant plus responsable de tout ce qui a pu blesser les
» délicats. »

Dans le *Mercure* d'avril, Visé consacre encore quelques pages aux deux *Phèdre.* A cette époque, les deux
tragédies étaient imprimées : Pradon avait écrit cette
impudente préface dont nous avons cité déjà quelques
traits, et qui, au témoignage de Visé, « fut du goût de
» beaucoup de gens. » Le journaliste donne à ses abon-
nés son jugement après lecture. Toujours très-économe
de louanges pour Racine, il atténue autant que possible
ses critiques contre Pradon : « M. Racine est toujours
» M. Racine, et ses vers sont trop beaux pour ne pas
» donner à la lecture le même plaisir qu'ils donnent à
» les entendre réciter au théâtre. Pour M. Pradon, il
» avoue qu'ayant été obligé de faire sa pièce en trois
» mois, il n'a pas eu le temps d'en polir les vers avec
» tout le soin qu'il y aurait apporté sans cela. C'est
» une négligence forcée qu'apparemment il n'aura pas
» dans le premier ouvrage qu'il fera paraître. » Visé
accepte-t-il comme excellente cette singulière excuse
que Pradon donne en effet dans sa préface, et n'y a-t-il
pas dans la dernière phrase du critique quelque peu
d'ironie ? La suite nous le fait croire : « Il n'est pas

» assuré, dit-il, que cet ouvrage, quelque achevé qu'il
» nous le donne, ait un succès aussi avantageux que
» l'a eu son *Hippolyte*. Il y a des occurrences qui, selon
» qu'elles sont plus ou moins favorables, augmentent
» ou diminuent le prix des choses ; et je tiens que le
» secret de faire réussir celles de cette nature, c'est
» d'en faire parler beaucoup, quand même on n'en
» ferait dire que du mal. » Ces réflexions si justes ne
semblent pas le fait d'un homme enthousiaste de la
tragédie. Il est vrai qu'il se défend, sur le ton du célèbre « *Je ne dis pas cela*, » de les appliquer à Pradon :
« Ce que je dis est une chose générale, et mon dessein
» n'est pas de parler de M. Pradon. »

Puis Visé passe à l'examen de cette fameuse préface,
qui « paraît, dit-il, à quelques-uns brillante jusqu'à
» éblouir [1]. » Le gazetier ne dit pas absolument qu'il
soit d'avis contraire ; mais il a soin de mentionner
« l'opposition de certains critiques difficiles à satis-
» faire, qui ne sauraient souffrir que l'auteur s'excuse
» sur ce qu'Euripide n'a point fait le procès à Sénèque,
» ni Sénèque à Garnier, pour avoir traité le même
» sujet. » Pradon, en effet, commençait sa préface
par cette justification de son procédé envers Racine.
Apparemment les critiques chagrins qui ne se rendaient
pas à un argument si fort, répondaient qu'il est bien

---

[1] Pradon, dans ses *Nouvelles remarques*, se rend aussi témoignage sur ce
point. Il parle avec orgueil de sa Préface « qui fit assez de bruit dans le monde,
» qui, au goût des plus fins, parut assez pleine de sel, et qui servit de réponse à
» la satire que D*** avait déjà faite et lue à des personnes de premier rang. » (Il
veut parler de l'Épître à Racine).

différent d'emprunter à un écrivain d'un autre pays,
d'un autre âge, le sujet et même quelques développements d'une tragédie, ou d'entrer directement en lutte
avec un poëte contemporain, de lui enlever une idée
qu'il a déjà commencé à mettre en œuvre, et d'entre-
prendre, d'achever précipitamment une pièce, pour la
produire au même moment que la tragédie déjà annoncée et attendue [1]. Peut-être aussi trouvaient-ils
assez impudent l'aveu de Pradon : « Au reste, j'avoue
» franchement que ce n'a point été l'effet du hasard
» qui m'a fait rencontrer avec M. Racine, mais un pur
» effet de mon choix. J'ai trouvé le sujet de Phèdre
» beau dans les anciens : j'ai tiré mon épisode d'Aricie
» des tableaux de Philostrate, et je n'ai point vu d'ar-
» rêt de la cour qui me défendît d'en faire une pièce
» de théâtre. » Visé applaudit à cet aveu, d'autant plus
méritoire « qu'on avait dit le contraire avant que la
» pièce parût ; » il félicite le poëte « d'avoir cru que
» ce déguisement démentait la sincérité dont il fait
» profession. » En vérité, la continuation du mensonge
eût causé peut-être moins de dégoût que cette franchise
effrontée. L'hypocrisie sauvait du moins les apparen-
ces ; on pouvait y voir un sentiment de pudeur et le
désir de colorer aux yeux du public un vilain procédé.
Au reste, il est possible que Visé ne pense pas autrement, et qu'avec ses habitudes d'ironie, il ait voulu
seulement faire ressortir la double tactique de Pradon ;

---

[1] Bayle, dans une lettre du 4 octobre 1676, écrit à M. Minutoli : « M. de Racine
» travaille à la tragédie d'*Hippolyte*, dont on attend un grand succès. »

d'abord des protestations mensongères, quand le cynisme d'un aveu eût compromis le succès de la manœuvre, puis une fastueuse profession de sincérité, lorsque les faits étaient connus et qu'on n'avait plus besoin de feindre.

Mais que faudrait-il penser de la franchise de Pradon, si, comme nous en avons exprimé le soupçon, l'auteur a connu d'avance l'intrigue et les principales situations de la tragédie de Racine, si, en lisant son œuvre, on est surpris de trouver, malgré l'extrême différence du sujet, de nombreux passages où il a tenté de reproduire les idées, les sentiments de la *Phèdre,* si ces imitations mal déguisées s'étendent jusqu'au style? Ne parlons pas d'Aricie, bien que l'idée de ce personnage ait sans doute été suggérée à Pradon moins par Philostrate que par les bruits recueillis sur la *Phèdre* de Racine, lue déjà en plus d'un salon. D'ailleurs l'Aricie de Pradon, confidente et rivale de Phèdre, ressemble à l'Atalide de Racine plutôt qu'à son Aricie. Mais que de fois on rencontre dans la pièce, et surtout dans les rôles de Phèdre et d'Hippolyte, des vers qui ressemblent à des emprunts! Phèdre, dans l'aveu de cet amour vainement combattu, dit à Œnone :

> Même au pied des autels que je faisais fumer,
> J'offrais tout à ce dieu que je n'osais nommer.

L'héroïne de Pradon dit à son tour à sa confidente Aricie :

Du sacrifice, hélas! Phèdre fut la victime,
Et, sans plus respecter la sainteté du lieu,
Mon cœur n'y reconnut qu'Hippolyte pour dieu.

Quand la Phèdre de Pradon, à la nouvelle du retour
imprévu de Thésée, se trouble et est saisie de remords
bien peu justifiés, puisqu'elle n'est pas la femme de ce
prince, elle reproduit dans un langage fort pauvre les
sentiments exprimés avec tant de puissance et de sublimité par la Phèdre de Racine :

Quoi! l'âme tout en feu, d'Hippolyte embrasée,
Irai-je recevoir l'infortuné Thésée?
Irai-je m'exposer à ses chagrins jaloux?
Thésée est cependant un héros, *mon époux.*

(Elle se trompe, elle n'est que sa fiancée, et elle oublie
que, dans une scène précédente, elle a justifié par là
son amour pour Hippolyte. Mais on trouverait dans
cette pièce bien d'autres inconséquences.)

Que ne puis-je changer de cœur et de visage!
Je crains que de son fils il n'y trouve l'image.
Mon trouble, ma rougeur, mes regards languissants,
Tout parle d'Hippolyte et du feu que je sens.
Mon front va me trahir et ma langue interdite
M'accuser à Thésée et nommer Hippolyte.
Mes yeux en sont remplis, mon cœur en est atteint,
Et dans tous mes transports Hippolyte est dépeint.
Il vient avec Thésée! Ah ciel! ils sont ensemble!
Je les verrais tous deux [1]!

Peut-on se défendre de voir dans ces vers une pâle imitation du beau morceau de Racine :

[1] Acte II, sc. 4.

Juste ciel ! qu'ai-je fait aujourd'hui,
Mon époux va paraître et son fils avec lui [1].

. . . .

et de la fin de la scène :

Ah ! je vois Hippolyte
Dans ses yeux insolents je lis ma perte écrite...

Ailleurs, la Phèdre de Racine, désespérée et furieuse à
la nouvelle de l'amour d'Hippolyte, s'écrie :

Hippolyte est sensible et ne sent rien pour moi [2] !

la Phèdre de Pradon exprime un sentiment différent
avec le même vers :

Si son cœur est sensible, il peut l'être pour moi.

Si cette rencontre est fortuite, il faut avouer qu'elle
est merveilleuse, surtout rapprochée de tant d'autres.
Voltaire a déjà comparé [3] la déclaration d'Hippolyte à
Aricie dans les deux pièces, pour faire remarquer le
contraste du style. Mais si le langage de l'Hippolyte
de Pradon est aussi plat que celui de l'Hippolyte de
Racine est élégant et délicat, la situation, l'idée, le
sentiment ont une ressemblance difficile à expliquer
sans un plagiat. On connaît les vers de Racine :

Mon arc, mes javelots, mon char, tout m'importune ;
Je ne me souviens plus des leçons de Neptune ;
Mes seuls gémissements font retentir les bois,
Et mes coursiers oisifs ont oublié ma voix.

[1] Acte III, sc. 3.
[2] Acte IV, sc. 5.
[3] Préface de *Mariamne*.

Pradon traduit dans le style le plus nu et le plus commun ces nobles images :

> Depuis que je vous vois, j'abandonne la chasse;
> Elle fit autrefois mes plaisirs les plus doux,
> Et quand j'y vais, ce n'est que pour penser à vous.

Le souvenir de Racine est encore plus sensible dans
un autre passage. Racine, on se le rappelle, dans la
scène où Hippolyte demande à son père la permission
de quitter Trézène [1], faisait dire au jeune homme :

> Assez dans les forêts mon oisive jeunesse
> Sur de vils ennemis a montré mon adresse;
> Ne pourrai-je en fuyant un indigne repos,
> D'un sang plus glorieux teindre mes javelots?
> Vous n'aviez pas encore atteint l'âge où je touche,
> Déjà plus d'un tyran, plus d'un monstre farouche
> Avait de votre bras senti la pesanteur.
> . . . .
> Et moi, fils inconnu d'un si glorieux père,
> Je suis même encor loin des traces de ma mère.

A son tour l'Hippolyte de Pradon rougit de ne s'être
encore signalé qu'à la chasse [2] :

> A mon âge Thésée avait purgé la terre
> De cent monstres cruels qui lui faisaient la guerre.
> Cependant jusqu'ici ma stérile valeur
> D'un vil sang répandu ne peut me faire honneur.
> Mon nom, à peine écrit sur l'écorce des arbres,
> N'est point encor gravé sur l'airain ou les marbres,
> Et le nom d'Hippolyte et ses plus grands exploits
> Sont connus seulement aux échos de ces bois.

Nous arrêterons ici ces rapprochements qu'on pour-

[1] Acte III, sc. 5.
[2] Acte II, sc. 2.

rait multiplier ; nous consentirons même à expliquer
par une imitation commune de Sénèque la ressemblance de la déclaration de Phèdre, de la réponse
d'Hippolyte, du récit de la mort du jeune homme dans
les deux pièces. Et pourtant bien des vers, bien des
hémistiches font penser à Racine [1], et l'auteur semble
avoir suivi ce modèle de beaucoup plus près que Sénèque et Euripide. Mais comment put-il connaître la
tragédie? Sans doute, ses amis et lui trouvèrent moyen
d'assister aux lectures que Racine en fit dans les derniers mois de l'année 1676. Chacun des membres de la
cabale nota dans sa mémoire les principales situations,
s'appliqua à saisir au vol quelques traits saillants, à
retenir quelques vers, et ce précieux butin porté au
trésor commun ne fut pas perdu pour le poëte. Qui
sait même si on n'acheta pas les communications de
quelque comédien, si on ne trouva pas des arguments
assez forts pour obtenir la copie complète ou partielle
de la tragédie? Le témoignage de Mlle Deshoulières

---

[1]   Une *montagne d'eau*, s'élançant vers le sable,
      Roule, s'ouvre, et *vomit* un monstre épouvantable,
      Sa forme est d'un taureau ; ses yeux et ses naseaux
      Répandent un déluge et de flammes et d'eaux ;
      De ses longs beuglements les rochers retentissent,
      Jusqu'au fond des forêts les cavernes gémissent.
      Dans la vague écumante il nage en bondissant,
      ˙ Et *le flot irrité* le suit *en mugissant.*

      . . . .
      Mais ses chevaux fougueux que le monstre intimide
      Ne reconnaissent plus de maître ni de guide.

   Peut-on lire ces vers sans se demander si Pradon n'avait pas sous les yeux le
récit de Racine ?

fortifie ces soupçons, puisqu'elle avoue que Pradon
« doublait la tragédie de Racine sur le récit qu'il en
avait ouï faire », puisqu'elle parle de la « cabale » qui
favorisait ce poëte contre M. Racine. » Quant à Pradon, le plagiat était dans ses habitudes ; trop souvent,
dans ses deux premières pièces, il avait copié Racine
pour s'être fait scrupule de profiter des ressources dues
à l'activité et aux persuasives sollicitations de ses protecteurs.

La rivalité de Pradon, les manœuvres de ses amis,
l'insolence de sa préface ne furent pas les seuls dégoûts
de Racine. Il eut encore à subir la critique prétentieuse
et pauvre de Subligny, l'ineptie de ses reproches et de
ses éloges, son absurde et solennelle affectation d'impartialité. Subligny commence sa *Dissertation sur les
tragédies de Phèdre et Hippolyte* par des allusions aux
intrigues et aux querelles dont nous avons fait l'histoire; c'est tout ce bruit qui l'a décidé à dire son mot
sur les deux pièces. D'ailleurs, il daigne reconnaître
que la lutte entre les deux champions n'est pas égale.
Cependant l'audace de Pradon n'en est que plus noble :
il aura l'honneur d'avoir défié un si fameux adversaire.
Mais que pense Subligny du procédé même de Pradon?
Dans une longue période aussi lourde qu'elle est prétentieuse, il donne à entendre que Racine a bien pu
s'attirer par quelques torts cette rivalité ; et sa phrase,
sous forme de prétérition, renferme plus d'une insinuation contre le grand poëte. Il n'ose prononcer entre
les deux adversaires ; il n'ose décider si la pauvre et

plate tragédie de **Pyrame et Thisbé** a pu réellement
alarmer l'auteur de tant de chefs-d'œuvre ; si la chute
de **Tamerlan** ne s'explique pas facilement par l'ineptie
de la conception et la faiblesse pitoyable des vers, sans
que Racine ait cabalé contre l'ouvrage. Il lui faut de la
complaisance pour admettre que les deux principales
actrices aient décliné la redoutable concurrence de la
Champmeslé. Il ne comprend pas qu'une femme de
talent ait refusé le rôle ridicule et faux de la Phèdre de
Pradon, et qu'avec un tel désavantage, elle ait craint
d'affronter la comparaison d'une grande comédienne,
dont une création sublime allait soutenir et élever encore le talent !

Après ces longs préliminaires, Subligny commence
l'examen des deux pièces ; et d'abord il en condamne
le sujet qu'il trouve peu propre au théâtre français.
L'exemple d'Euripide et de Sénèque ne justifie pas
Racine et Pradon ; car chez les païens, Phèdre était
moins criminelle que chez nous : « c'était un article
» de foi qu'elle n'avait ni le pouvoir ni la liberté de
» résister à ses impulsions dominantes. » En bonne
justice, Subligny n'aurait pas dû étendre ce reproche
à la pièce de Pradon, dont l'héroïne, malgré les singuliers remords que lui prête l'auteur, n'est ni adul-
tère ni incestueuse. Au reste, Subligny semble bientôt se raviser et démentir son premier reproche ; car
il n'approuve pas l'auteur d'avoir altéré un sujet si
connu : « il fallait, dit-il, le traiter dans son affreuse
» vérité ou ne le point traiter du tout. » Il reconnaît

que Pradon « en craignant d'enfreindre les lois de la
» modestie ou de la bienséance, a violé les règles du
» théâtre et du bon sens. » Nous ne serons pas aussi
sévère que le critique sur le respect dû à la mythologie. Nous ne croyons pas, comme lui, que changer
de telles traditions ce soit choquer le bon sens et manquer aux règles du théâtre; mais nous répéterons
qu'en s'écartant du sujet donné par la mythologie,
Pradon a ôté à sa pièce toute raison d'être. Dans la
position où il place ses personnages, les combats et les
remords de Phèdre, sa terreur à la nouvelle du retour
de Thésée; l'accusation calomnieuse qu'elle intente
elle-même contre Hippolyte, les imprécations et la
vengeance de Thésée, sont inconcevables, monstrueux,
absurdes. L'auteur ne se tire de ces impossibilités
qu'en oubliant à tout moment son sujet, et en faisant
parler sa Phèdre comme si elle était et se croyait la
femme de Thésée.

Revenons à la censure du sujet tel que l'a développé
Racine. « L'idée d'inceste, dit le critique, glace nos
» cœurs. J'ai vu les dames les moins délicates n'en-
» tendre les mots dont cette pièce est farcie qu'avec
» le dégoût que donnent les termes les plus libres, et
» je trouverais M. Racine fort dangereux, s'il avait
» fait cette odieuse criminelle aussi aimable et autant
» à plaindre qu'il en avait envie, puisqu'il n'y aurait
» point de vice qu'il ne pût embellir et insinuer agréa-
» blement après ce succès. » Était-ce donc la première fois que l'inceste était produit sur la scène fran-

çaise, et Subligny avait-il oublié l'*OEdipe* de Corneille?
Non, sans doute; car il cite un peu plus loin cette tragédie pour y prendre un argument contre Racine :
« Le grand génie qui a mis OEdipe sur notre théâtre
» a eu soin de ne plus le faire voir, dès qu'il est convaincu de son crime. » Mais la conviction des spectateurs ne devance-t-elle pas celle d'OEdipe? Dès que
celui-ci paraît sur la scène, ne sait-on pas ce qu'il est
et dans quel abîme les destins l'ont précipité? Et
pourtant on supporte sa vue, on supporte celle de l'in-
fortunée Jocaste. Pourquoi donc frémirait-on en con-
templant Phèdre, qui n'a pas assouvi sa passion, mais
qui en rougit et la cache, qui veut mourir « pour ne
» point faire un aveu si funeste, » qui, dans cette confidence même arrachée par les larmes et les prières
d'OEnone, nous peint si vivement ses combats, son
horreur d'elle-même? Subligny la traite d'*odieuse criminelle,* et pourtant ce n'est qu'à la nouvelle de la
mort de Thésée qu'elle se permet une espérance,
qu'elle hasarde une démarche. Sa déclaration même
n'est pas complétement volontaire; ce n'est pas de
sang-froid qu'elle marche au-devant du péril où elle
succombe. L'auteur a ménagé avec un art admirable
cette pente où elle glisse et qui la mène « à franchir
» les bornes de l'austère pudeur. » Jusqu'ici, quoi
qu'en dise Subligny, si elle n'est pas *aimable,* elle est
du moins bien à plaindre, et nous la jugeons plus malheureuse encore que coupable.

Mais la calomnie dont Hippolyte est victime? Avec

quelle habileté Racine a rejeté sur Œnone ce qu'elle
a de plus odieux ! Comme il a su atténuer le crime
de Phèdre, d'abord par le trouble où la jette la vue
d'Hippolyte, puis par la démarche qu'elle tente pour
détromper Thésée, puis par la nouvelle de cet amour
qui change brusquement le cours de ses idées, arrête
l'aveu déjà sur ses lèvres, et l'arrache un moment à
ses remords pour la jeter dans toutes les angoisses,
dans toutes les fureurs de la jalousie ! Et ensuite quel
retour déchirant sur sa conduite, quelle horreur pour
ses crimes ! de quelles malédictions elle accable et
Œnone et elle-même ! Quelle leçon dans ces douleurs
d'une âme si cruellement torturée par sa passion,
même avant qu'elle s'en punisse par un humiliant
aveu et par la mort ! N'en déplaise à Subligny, nous
croyons que Racine, sans nous donner de sympathie
pour le crime de Phèdre, a réussi à nous attendrir sur
sa personne, à nous faire plaindre une coupable qui se
condamne et se châtie elle-même si sévèrement. Nous
croyons de plus que ces peintures n'ont pas pour effet
« d'embellir le vice et de l'insinuer agréablement. »
Nous dirons plutôt avec Racine, appuyé de Boileau
et même du sévère Arnaud, qu'on en reçoit une impression utile et morale ; car « les moindres fautes y
» sont sévèrement punies ; la seule pensée du crime
» y est regardée avec autant d'horreur que le crime
» même ; les passions n'y sont présentées aux yeux
» que pour montrer tout le désordre dont elles sont
» cause ; et le vice y est peint partout avec des cou-

24

» leurs qui en font connaître et haïr la difformité [1]. »

Après la condamnation du sujet, Subligny examine comparativement les caractères dans les deux pièces. Il commence par Thésée, et trouve celui de Racine « trop crédule et trop imprudent. » Il ne songe pas que l'auteur n'a pas voulu présenter Thésée comme un personnage parfaitement sage et maître de lui. Pour le succès de la calomnie, ne fallait-il pas lui donner un caractère violent et emporté? Enfin Thésée pouvait-il refuser créance au crime d'Hippolyte sans tomber dans le soupçon d'un crime plus monstrueux encore et moins croyable? L'accusation, dit Subligny, est bien mieux motivée et plus forte dans Sénèque et dans Euripide. Sans doute, puisque d'un côté c'est Phèdre elle-même qui vient sans pudeur accuser un innocent, et que de l'autre, la mort de la reine, les tablettes accusatrices qu'elle a laissées, sont des preuves qui semblent irréfutables. Dans les idées des anciens, où Phèdre n'est qu'une victime de la colère de Vénus et un instrument de sa vengeance contre Hippolyte, cette conduite s'explique ; c'est une dernière conséquence du délire dont la déesse a frappé la reine. Mais, chez les modernes, une telle conception eût-elle été supportable? et n'est-ce pas alors que Subligny eût pu traiter l'héroïne de Racine d'*odieuse criminelle ?*

Subligny juge le Thésée de Pradon « un peu meil-

[1] Préface de *Phèdre*.

» leur, » et sa crédulité « un peu mieux fondée. » Cependant, à son avis, tous les incidents imaginés par
l'auteur sont « grossiers et très-faibles, et traînent
» dans les farces les plus triviales. » Enfin, oublie-
t-il que le Thésée de Pradon n'est que le fiancé de
Phèdre? En appelant sur son fils, par un simple motif de jalousie, une mort infaillible, n'est-il pas le plus
cruel et le plus odieux des pères?

Arrivé au caractère de la Phèdre de Racine, Subligny se borne à reproduire, avec plus de violence, sa
première condamnation. « C'est, dit-il, une forcenée.
» M. Racine lui donne trop d'amour, trop de fureur
» et trop d'effronterie.ᵃ— Et ce critique sévère admire
sans réserve la Phèdre de Sénèque, misérable déver-
gondée qui se complaît dans ses crimes, qui va, devant le cadavre d'Hippolyte tué par sa calomnie, accabler Thésée d'invectives, et lui demander compte du
sang qu'elle-même a fait répandre! Il admire beaucoup la retenue de la Phèdre d'Euripide « qui meurt
» de dépit et de honte parce que sa nourrice a révélé
» sa passion à Hippolyte ; » et il ne songe pas que cette
femme si réservée imagine, exécute la calomnie la plus
abominable, car elle est sans retour, sans rétractation
possible, et la mort lui donne la plus forte des sanc-
tions. Au reste, Subligny, injuste pour la Phèdre
de Racine, traite aussi durement que nous le pourrions faire celle de Pradon : « On ne sait ce qu'elle
» est, ni ce qu'elle dit ; elle n'a point de caractère
» arrêté ; sa politique est sans fondement, et toutes

» ses actions, aussi bien que ses discours, ne signifient
» aucune chose. »

Le critique n'est pas mécontent de l'Aricie de Racine, Quant à celle de Pradon, il ne l'épargne pas plus
que sa Phèdre : « M. Pradon, dit-il, ne lui a pas donné
» un caractère assez judicieux ; c'est elle qui fait l'a-
» mour à Hippolyte, qui lui dit tout ce qu'il devait
» dire de plus tendre, et elle découvre comme une
» étourdie sa passion devant Phèdre, par un mot que
» la personne la moins raisonnable n'aurait pas pro-
» noncé. » Il faut avouer qu'Aricie n'a guère de retenue, et qu'elle répond avec un empressement bien
peu déguisé à la déclaration d'Hippolyte. Il faut
avouer aussi qu'elle trahit bien ridiculement devant
Phèdre l'amour qu'elle a dissimulé jusque-là ; et l'on
ne pouvait imiter avec plus d'ineptie la terrible situation d'Atalide. Phèdre, abusée par sa confidente et par
Hippolyte lui-même, se croit aimée du jeune homme.
Elle raconte qu'elle a vu le père en présence du fils,
et que celui-ci, fort habile apparemment à feindre un
amour qu'il ne sent pas, n'a pu se contenir même devant Thésée :

Son désordre a fait voir un feu qu'il voulait taire.
. . . .
Thésée est pénétrant ; il a paru surpris
De trouver de l'amour dans les yeux de son fils.

Un grand danger menace donc Hippolyte. Mais Aricie sait fort bien que les soupçons de Thésée sont
imaginaires. Elle sait qu'un mot de son amant ou

d'elle-même dissipera les doutes du roi, et même assurera leur union : car, dans la pièce de Pradon, la princesse n'est pas le dernier rejeton d'une famille proscrite, et Thésée tout le premier, sans connaître l'amour des deux jeunes gens, a formé le projet de les unir. Cependant, malgré tant de raisons pour être tranquille, elle ne peut contenir son épouvante et son désespoir; elle éclate, comme Atalide à la nouvelle subite de la mort résolue, commandée de Bajazet. Elle s'écrie :

> Que deviendrais-je hélas! si cet amant si tendre
> Périssait.....

Phèdre, brusquement tirée de sa confiance, ne ménage pas la rivale qui s'est si maladroitement déclarée :

> Dieu! qu'est-ce que je vois!
> Vous feriez juger, à vos sens interdits,
> *Que le père vous touche ici moins que le fils* [1].

Et elle interroge Aricie sur ce ton délicat :

> Est-ce vous, est-ce moi qui le fait soupirer?

Aricie veut réparer le mal causé par son inconcevable sottise :

> Ah! sans doute, madame,
> S'il soupire, vos yeux ont fait naître sa flamme.

Phèdre répond encore par un mot dérobé à Racine.

---

[1] Racine, *Britannicus*, II, 3 :
La sœur vous touche ici beaucoup moins que le frère.

Souhaitez-le [1] du moins !

et la jalousie fait naître en elle des tourments qu'elle
exprime par ce vers pathétique :

Je suis dans un état affreux, épouvantable !

On voit encore ici une trace évidente des plagiats de
Pradon. Racine avait renouvelé le caractère et la passion de Phèdre par ce ressort original et sublime de
la jalousie, qui est la meilleure justification de l'épisode d'Aricie et d'Hippolyte : Pradon a voulu que
sa Phèdre éprouvât aussi de la jalousie. La grande
différence, c'est que, chez Racine, cette passion est
naturelle dans sa cause, autant que saisissante et
terrible dans ses effets, tandis que Pradon fait le plus
pauvre et le plus inepte emploi des ressources qu'il
a volées.

Subligny insiste peu sur les autres caractères. Il
trouve qu'Hippolyte « est un bon et simple jeune
» homme, » qu'Œnone est « copiée d'après la nour-
» rice d'Euripide; » quant aux autres personnages,
ils ne valent pas « qu'on s'y arrête. » Le rapprochement de l'Hippolyte grec avec celui de Racine aurait
fourni cependant bien des observations; mais Subligny n'était pas de force à comprendre la beauté de
l'Hippolyte d'Euripide. Ajoutons qu'à cette époque
il eût été difficile même à des juges plus éclairés et

[1] *Ibid.*, III, 8 .

Souhaitez-le, c'est tout ce que je puis vous dire !

plus instruits de goûter complétement ce caractère,
et que Racine devait presque nécessairement le modifier. « Pourquoi a-t-il fait son Hippolyte amou-
» reux ? » disait Arnaud. Mais Hippolyte, n'ayant d'autre sentiment que son amour pour la chasse et son
culte idéal pour Diane, eût été bien froid pour notre
scène ; et quand Racine répondait : « Qu'auraient
» dit nos petits maîtres, si j'avais fait Hippolyte
» insensible? » il ne se justifiait pas aussi fortement
qu'il eût pu le faire et qu'il l'avait fait déjà dans sa
préface.

Après ces observations générales, Subligny prend
scène par scène les deux pièces, et surtout celle de
Racine, dont il trouve moyen de censurer le plus souvent et la conduite et le style. A part quelques observations justes, mais gâtées par une forme blessante et
grossière, ces critiques sont petites et puériles, ou ré-
voltantes d'injustice.

Voici en quels termes Subligny apprécie l'admirable scène de la confidence : « Cette languissante con-
» versation de Phèdre et d'OEnone est prise tout en-
» tière et mot pour mot d'Euripide ; mais elle n'en
» est pas moins belle, et j'estimerais autant cette tra-
» duction qu'une chose inventée, si elle n'était point
» ennuyeuse. » Pénètre qui pourra la pensée du critique, pour qui le beau peut s'allier avec le languissant
et l'ennuyeux. Nous ne chercherons pas à expliquer
cette contradiction ; nous nous étonnerons seulement
de cette appréciation singulière d'une des scènes les

plus saisissàntes et les plus pathétiques de la tragédie.
Il est vrai que Racine, sans l'avoir prise « mot pour
mot » à Euripide, en a puisé les principaux traits dans
ce poëte. Mais, puisque Subligny aime tant la rapidité,
il aurait dû remarquer du moins que Racine a réduit
beaucoup les proportions de l'original. Sans doute cette
différence a ses raisons, et la situation, telle que la
prolonge le poëte grec, est partout intéressante et animée comme dans le cadre plus restreint de l'auteur
français. Mais on voit sans peine que Subligny connaît
peu Euripide et Sénèque. S'il vante leur œuvre, ce
n'est pas qu'il soit capable de l'apprécier; c'est qu'il
veut rabaisser celle de Racine.

Arrivé à la magnifique confidence de Phèdre, le critique, au lieu d'être ému, trouve que « la reine fait un
» énorme détail de tous les mouvements de sa ten-
» dresse criminelle, » et voilà tout ce que lui inspire
cet admirable récit, où les emportements de l'amour
sont peints avec une force qui égale ou surpasse Sapho
et Virgile.

On a souvent apprécié et loué comme ressort dramatique la supposition de la mort de Thésée, incident
si heureusement emprunté à Sénèque. Subligny juge
que cette mort « n'est ni judicieusement préparée, ni
» solidement établie. » Et pourtant, depuis six mois,
on est sans nouvelles de Thésée ; c'est en vain que
Théramène a parcouru, pour s'informer de lui, toutes
les parties de la Grèce. D'ailleurs, nous le saurons par
le héros lui-même, il n'échappera que par hasard aux

cachots du roi d'Épire, qui a fait périr cruellement Pirithoüs. De plus, Hippolyte ne croit pas sans réserve à cette nouvelle : il espère encore en la protection de Neptune ; dès qu'il apprend qu'on peut douter, il recommande de tout écouter, de ne négliger aucun bruit [1]. Quant à OEnone et à Phèdre, cette nouvelle les arrache à une situation terrible ; elle les sauve comme par miracle : elles s'y attachent avec toute l'ardeur du désir et du besoin.

Nous abandonnons plus volontiers la déclaration d'Hippolyte. Subligny n'a pas tort de trouver le jeune homme trop élégant pour un amoureux si novice et si honteux de lui-même, et de juger « qu'il excuse bien » galamment et en bien bon style la rudesse de ses » expressions champêtres. » Ce qu'on pourrait dire, c'est que la peinture de cet amour frais et pur repose agréablement du délire et des agitations fiévreuses de Phèdre, et que les traits gracieux d'Aricie font un heureux contraste avec la figure ardente et passionnée de sa rivale.

Subligny s'amuse ensuite aux dépens de « l'arrivée » bourgeoise » de Thésée, de sa crédulité, de sa prière à Neptune, « aussi injuste que mal digérée, » du trouble naturel et touchant de ce père courroucé, mais ému à la pensée de la mort qui va frapper son fils même criminel. Le critique daigne trouver du bon dans la scène merveilleuse de la jalousie, et approuver le dé-

---

[1] Acte II, sc. 6.

N'importe ; écoutons tout, et ne négligeons rien.

tour adroit par lequel l'auteur « remet la rage dans le
cœur de Phèdre. » Mais au lieu de se récrier sur des
beautés si neuves, que rien ne surpasse dans aucune
littérature, il s'attache à chicaner quelques mots [1]. Il
trouve le discours d'OEnone pour calmer les remords
de sa maîtresse fait à contre temps ; il condamne comme
mal placée la réflexion morale de Phèdre sur les flatteurs : « Elle n'a pas assez de sang-froid pour pronon-
» cer ces judicieuses sentences. » Quoi ! la magnifique
apostrophe de Phèdre, les imprécations dont elle accable OEnone sont des réflexions froides et déplacées?
quoi ! la passion ne respire pas dans chacun de ces
vers? et cette condamnation des flatteurs que Subligny
traite de « judicieuses sentences » n'est pas animée
par l'accent du plus amer désespoir? L'émotion, la

[1]   La mort est le seul dieu que j'osais implorer.

« La mort, dit-il, n'est pas un dieu ; il fallait au moins dire *déesse*. »

          Les dieux mêmes, les dieux de l'Olympe habitants.

« Quelle cheville ! s'écrie Subligny. Quoi ! cette expression, qui ne se souffrirait
» pas dans la poussière des classes, est exposée impudemment sur le théâtre ! »

Plus haut, il a critiqué avec raison,.mais toujours sur un ton acerbe, la péri-
phrase d'OEnone :

          Les ombres par trois fois ont obscurci les cieux,
          Depuis que le sommeil n'est entré dans vos yeux.
          . . . .

« Ces vers sentent plus le Phœbus de collége que l'Apollon de cour. »

Il condamne avec autant de rigueur quelques licences poétiques, quelques hardiesses légitimes ou au moins fort excusables au milieu des difficultés de notre
poésie ; il s'indigne de quelques taches dont la rareté seule est étonnante. Mais il
attaque surtout des expressions familières qui lui semblent *bourgeoises*, et que
Racine, tant accusé de notre temps pour sa *noblesse*, a fort heureusement intro-
duites dans la poésie.

flamme est partout, et Subligny se plaint de rester froid ! Assurément, c'est que rien ne saurait fondre la glace de son cœur.

Subligny ne manque pas de s'étendre complaisamment sur la critique du fameux récit attaqué dès le xviiᵉ siècle par Fénelon et par Lamothe. Il est assez inutile aujourd'hui de reconnaître que, dans ce morceau célèbre, Racine, ordinairement si discret, a abusé de la poésie. Entraîné par le désir de lutter avec Euripide et Sénèque, il a trop prodigué la richesse et l'harmonie ; ce langage pompeux n'est pas celui d'une douleur récente et vive : Fénelon et Lamothe ont raison contre Boileau. Mais cette critique, pour être juste, doit être restreinte à quelques vers : que l'on supprime la description du monstre et de l'effet produit par son apparition, tout le reste, malgré l'éclat des vers, est convenable et naturel ; il n'y a plus rien que Théramène n'ait pu dire.

L'appréciation de la dernière scène couronne dignement l'examen de Subligny. « Enfin, dit-il, Phèdre » vient faire sa confession générale. Je crois que si » M. Racine n'avait eu une forte envie de faire paraître Phèdre aussi belle empoisonnée que charmante empoisonneuse, il aurait supprimé cette » scène ; car enfin elle est inutile, mal inventée, désagréable, et M. Pradon a mieux fait de ne faire » qu'un récit de la mort de cette criminelle, joint à » celui d'Hippolyte. » Inutile, une scène sans laquelle la justification d'Hippolyte resterait incomplète, sans

laquelle la vertu « gémirait soupçonnée, » sans laquelle
il manquerait quelque chose au châtiment de la coupable, puisqu'elle n'aurait pas la honte d'un aveu ! mal
inventé, un tableau si frappant et si dramatique ! désagréable, un dénoûment qui achève d'atténuer l'odieux
du personnage de Phèdre, et qui, en nous la montrant
juge si inflexible d'elle-même, désarme en partie notre
sévérité ! Et à cette émouvante apparition de Phèdre
pâle, confuse, mourante, Subligny eût préféré un récit ! Il ose, en présence de cette belle scène, évoquer
le souvenir des misérables vers de Pradon ! Il est vrai
qu'il n'est pas satisfait de tous ceux de Racine, et
qu'il critique « les grandes épithètes » du discours de
Phèdre. Pour nous, loin d'en être choqué comme
Subligny, nous avons toujours trouvé qu'elles convenaient admirablement à la situation. La coupe, l'harmonie du vers, tout est en rapport avec le ton d'une
femme accablée et près de mourir. Loin d'y voir une
négligence de Racine, nous y verrions volontiers un
calcul de son art.

La lecture de la dissertation de Subligny ne prépare
guère aux conclusions de l'auteur : « M. Racine n'a
» pas fait de tragédie où il y ait tant de beautés et tant
» de défauts qu'en celle-là. » Le critique nous avait
bien montré les défauts ou ce qu'il jugeait tel ; mais
il n'avait guère signalé ces beautés si nombreuses.
Au reste, il n'y a pas moins de contradiction entre sa
critique de la pièce de Pradon et le jugement général
auquel il s'arrête. Il a énuméré les invraisemblances

absurdes de l'action, « la sottise de Phèdre, qui se laisse
» prendre aux soupirs d'Hippolyte, le ridicule du récit
» de Thésée, la pauvreté insupportable du récit de la
» mort de Phèdre et d'Hippolyte. » L'acte IV et l'acte V
lui ont paru « si confus, que n'ayant pu les entendre
qu'avec dégoût, il n'a pu les retenir avec exactitude. »
Et après cette condamnation si complète et si peu ménagée, il conclut que « la tragédie est mieux intriguée
» que celle de M. Racine, qu'elle surprend davantage
» les esprits et excite un peu plus la curiosité. » Et
cette conclusion monstrueuse, inconcevable, sans cesse
démentie par Subligny lui-même, a été acceptée de
confiance par les auteurs du *Dictionnaire historique* [1],
des *Anecdotes dramatiques*, des *Annales poétiques*, et
d'autres compilations copiées sur celles-là ! Elle a sur-
vécu longtemps à la critique de Subligny et à la tragédie de Pradon ! Certes, des faits si révoltants étaient
utiles à constater ; ils achèvent d'expliquer les dégoûts
de Racine, et nous pouvons l'affirmer en finissant :
autant que Pradon, Mme Deshoulières et la cabale de
l'hôtel de Bouillon, Subligny est coupable de cette
résolution qui a rendu stériles pour les lettres douze
années de la maturité du grand poëte, et fait de son
retour à l'art dramatique un heureux et court acci-
dent.

---

[1] Bayle appelle les *deux Phèdre* deux tragédies *très-achevées*. Voir aussi
Voltaire (Préface de *Mariamne*). Il semble réduire au style toute la différence entre Pradon et Racine.

CHAPITRE IX.

ESTHER ET ATHALIE.

Explications de Mme de Caylus sur l'origine de la pièce d'Esther. — Représentations de Saint-Cyr (1689). — Comptes rendus de Mme de Sévigné. — Couplets satiriques. — Affaire d'Athalie (1690). — Récit de Mme de Caylus. — Représentations de Versailles en 1702. — Les tragédies saintes à Saint-Cyr après Athalie. — La Judith de Boyer (1695).

Rien n'est plus connu que les circonstances qui, après onze années de silence, ramenèrent Racine à la poésie dramatique. Ce n'est pas qu'en cédant aux instances de Mme de Maintenon, il crût revenir à un passé avec lequel il avait rompu, et dont le souvenir ne cessa jamais de troubler son âme. Dans sa pensée comme dans celle de son auguste protectrice, il s'agissait non d'acquérir de la gloire, d'obtenir les applaudissements dangereux d'un nombreux public, mais de travailler pour le plaisir et l'instruction de jeunes filles, de composer une œuvre dont le bruit ne franchirait pas les murs de la maison de Saint-Cyr. Mme de Maintenon

s'en expliqua nettement avec Racine dans une lettre dont Mme de Caylus nous a laissé l'analyse. « Nos pe-
» tites filles, lui disait-elle, viennent de jouer votre
» *Andromaque*, et l'ont si bien jouée qu'elles ne la
» joueront de leur vie ni aucune autre de vos pièces. »
Puis, elle le priait « de lui faire dans ses moments
» de loisir quelque poëme moral ou historique dont
» l'amour fût entièrement banni, et dans lequel il
» ne crût pas que sa réputation fût intéressée, parce
» que la pièce resterait ensevelie à Saint-Cyr. Peu
» lui importait, ajoutait-elle, que l'ouvrage fût contre
» les règles, pourvu qu'il contribuât aux vues qu'elle
» avait de divertir les demoiselles de Saint-Cyr en les
» instruisant. »

Au rapport de Mme de Caylus, cette lettre jeta Racine dans une agitation dont elle explique finement la rai-son principale : « La commission était délicate pour un
» homme qui, comme lui, avait une grande réputation
» à soutenir, et qui, s'il avait renoncé à travailler pour
» les comédiens, ne voulait pas du moins détruire
» l'opinion que ses ouvrages avaient donnée de lui. »
En effet, bien que Mme de Maintenon demandât à l'au-teur une pièce « sans importance, faite dans ses mo-
» ments de loisir, » l'exécution d'une pareille œuvre devait être pour lui un sacrifice bien plus coûteux que le silence. Cette pièce, pour laquelle on n'exigeait aucun respect des règles, qui devait être dépouillée de la passion indispensable, suivant les idées du temps, à l'intérêt et au succès d'un ouvrage dramatique, qui,

pour être à la portée des jeunes actrices, ne devait avoir
ni beaucoup d'étendue ni beaucoup de force, échappe-
rait-elle à toute publicité ? Les anciens ennemis de
Racine n'avaient pas désarmé ; et, sans compter la faveur du roi et de Mme de Maintenon, les débats littéraires du temps avaient suscité au poëte de nouveaux
adversaires qui avaient encore fortifié le parti. C'est au
moment où éclatait dans toute sa force la querelle des
anciens et des modernes, que Mme de Maintenon demandait à Racine un divertissement pour des petites
filles ! On comprend qu'il ait hésité, qu'il ait redouté
la censure de ses ennemis qui sauraient bien s'emparer
de la pièce, la soumettre, en dépit de son origine et de
son objet, à une sévère analyse, et proclamer partout
la décadence de l'auteur d'*Andromaque* et d'*Iphigénie*.
Peut-être aussi craignait-il pour lui l'effet de l'âge
et du changement d'études et d'existence : peut-être
craignait-il de ne pas retrouver à cinquante ans l'ardeur, la sensibilité et l'éclat de sa brillante jeunesse.

Boileau conseilla énergiquement à son ami de s'abs-
tenir. Mais un tel refus était difficile. D'ailleurs Racine
n'avait pas perdu toute confiance en lui-même ; sans
doute il pensa que, sans s'écarter des vues de Mme de
Maintenon, il pourrait faire une œuvre qui ne serait
pas indigne de son passé. Ses ennemis lui avaient reproché de n'être que le peintre de l'amour ; peut-être
lui-même, en étudiant Sophocle et Euripide, avait-il
regretté que le goût du temps le condamnât au continuel développement de cette passion. La beauté de

l'Écriture sainte, devenue, depuis sa conversion, l'objet habituel de ses méditations, avait dû souvent remuer son âme : dans ces cantiques qui l'avaient déjà si bien inspiré, dans ces psaumes et ces prophéties, pleins d'une poésie si variée et si riche, ne pourrait-il trouver de quoi soutenir son imagination et colorer son style? N'était-ce pas même l'occasion d'exécuter un dessein qui souvent, comme il le dit dans sa préface, « lui » avait passé dans l'esprit, c'est-à-dire d'introduire sur » la scène française les chœurs du théâtre ancien, de » lier, comme dans les tragédies grecques, le chœur et » le chant avec l'action, et d'employer à chanter les » louanges du vrai Dieu cette partie du chœur que les » païens employaient à chanter les louanges de leurs » fausses divinités? » Par là, tous les vœux de Mme de Maintenon seraient exaucés : les jeunes élèves seraient exercées au chant comme à la déclamation; les airs ne seraient plus « composés sur des paroles extrêmement » molles et efféminées, capables de faire des impres- » sions dangereuses sur de jeunes esprits [1], » mais sur les pensées les plus instructives, sur les images les plus sublimes de l'Écriture. Quant au fond du poëme, sans prétendre se conformer sévèrement à toutes les règles de l'art, et concevoir un plan aussi savant et aussi com-- pliqué que ceux d'*Andromaque* ou de *Bajazet*, il trou- verait sans doute dans la Bible le sujet de scènes gra- cieuses, propres à former une action « agréable » à

[1] Préface d'*Esther*.

servir d'occasion et de lier aux chants, et, comme il
le dit, « à rendre la chose plus vive et moins capable
» d'ennuyer. » Voilà ce que cherchait Racine, et ce
qu'il crut rencontrer dans le sujet d'*Esther*, voilà le
cadre qu'il se traça et d'après lequel il écrivit sa pièce.
Boileau lui-même entra dans ces raisons : « Il fut en-
» chanté, nous dit Mme de Caylus ; et il exhorta son ami
» à travailler, avec autant de zèle qu'il en avait eu pour
» l'en détourner. » Sans doute, comme Mme de Maintenon et la cour, il ne fut pas moins charmé de l'exécution que de l'idée, et il dut porter sur l'œuvre nouvelle
le même jugement que Mme de Caylus : « Si l'on fait
» attention au lieu, au temps et aux circonstances, on
» trouvera que Racine n'a pas moins marqué d'esprit en
» cette occasion que dans d'autres ouvrages plus beaux
» en eux-mêmes. » Faute de tenir compte de tous ces
faits, on a souvent jugé *Esther* avec une sévérité qui va
jusqu'à l'injustice. Il en fut ainsi, nous le verrons, dès
le temps de Racine, en dépit ou peut-être à cause du
succès inespéré que la pièce valut au poëte.

On sait en effet que « ce divertissement d'enfants [1] »
devint, comme dit Mme de la Fayette [2], « l'affaire la
» plus sérieuse de la cour. » Mme de Maintenon et le
roi prirent plaisir à donner aux jeunes actrices l'auditoire le plus brillant : ce fut une faveur avidement re-
cherchée d'être admis aux représentations de Saint-Cyr ;
on ne put faire sa cour sans prodiguer les éloges à la

[1] Préface d'*Esther*.
[2] *Mémoires*.

pièce et à ses interprètes, et la froideur et l'indifférence
eurent leurs dangers. Un jour, Mme de Coulanges avait
remarqué avec peine le silence d'une spectatrice, la
maréchale d'Estrées : « Il faut, lui dit-elle, que ma-
» dame la maréchale ait renoncé à louer jamais rien,
» puisqu'elle ne loue pas cette pièce. » La maréchale
se plaignit que Mme de Coulanges « voulait lui faire une
» affaire. »

Nous connaissons ce détail par une dame que nous
n'avons pas trouvée très-disposée à l'admiration pour
Racine, par Mme de Sévigné. Dès l'époque des répétitions, elle donne à sa fille des nouvelles de la pièce qui
faisait déjà du bruit. « Mme de Maintenon est fort oc-
» cupée de la comédie qu'elle fait jouer par ses petites
» filles ; ce sera une fort belle chose, à ce que l'on dit [1].»
Deux jours plus tard, le 26 janvier, les représentations
commencèrent ; Mme de Sévigné l'annonce à sa fille
dans sa lettre du 28 : « On a déjà représenté à Saint-
» Cyr la comédie ou tragédie d'*Esther*. Le roi l'a trouvée
» admirable ; M. le Prince y a pleuré. Racine n'a rien
» fait de plus beau ni de plus touchant ; il y a une
» prière d'Esther pour Assuérus qui enlève. » Plus
tard, elle en parle d'après son ami, M. de Pomponne,
qui a été invité à Saint-Cyr « comme un homme d'une
» profonde sagesse. » « M. de Pomponne fut content au
» dernier point. Racine s'est surpassé ; il aime Dieu
» comme il aimait ses maîtresses ; il est pour les choses

[1] Lettre du 14 janvier 1689.

» saintes comme il était pour les profanes. La sainte
» Écriture est suivie exactement dans cette pièce : tout
» y est beau, tout y est grand, tout y est traité avec di-
» gnité. » Ailleurs elle dit : « Si j'étais dévote, j'aspi-
» rerais à voir cette pièce. » Il est certain qu'elle y as-
pirait, et qu'elle fut heureuse et reconnaissante de
l'invitation qu'elle reçut dans le courant de février.
Le récit qu'elle fait de cette représentation est fort
piquant. Mme de Sévigné n'a eu garde de s'exposer au
même affront que Mme d'Estrées ; elle a eu soin d'écouter
la pièce « avec une attention qui fut remarquée, et de
» laisser de temps en temps échapper de certaines
» louanges sourdes et bien placées qui n'étaient peut-
» être pas sous les fontanges de toutes les dames. » Et
quand le roi est venu lui demander si elle a été contente, elle lui a fait part « de ses sincères admirations,
» sans bruit et sans éclat. » Il était plus habile de répondre comme elle : « Sire, je suis charmée, ce que je
» sens est au-dessus des paroles, » que de multiplier
les exclamations. Aussi Mme de Sévigné a-t-elle les
honneurs de la journée : le roi, Mme de Maintenon,
M. le Prince, les plus grands personnages de la cour
lui ont adressé quelques paroles flatteuses ; elle a été
« l'objet de l'envie ; » elle est rentrée chez elle charmée
de tout le monde et de la pièce, qu'elle loue cependant
avec mesure, sans que la joie ôte rien à la délicatesse
de son goût : « Je ne puis vous dire l'excès de l'agré-
» ment de cette pièce : c'est une chose qui n'est pas
» aisée à représenter et qui ne sera jamais imitée ; c'est

» un rapport de la musique, des vers, des chants, des
» personnes, si parfait et si complet, qu'on n'y souhaite
» rien ; les filles qui font des rois et des personnages
» sont faites exprès : on est attentif, et on n'a point
» d'autre peine que celle de voir finir une si aimable
» pièce; tout y est simple; tout y est innocent; tout y est
» sublime et touchant; cette fidélité de l'histoire sainte
» donne du respect ; tous les chants, convenables aux
» paroles, qui sont tirés des Psaumes ou de la Sagesse,
» et mis dans le sujet, sont d'une beauté qui ne se sou-
» tient pas sans larmes. » Et elle conclut par un trait
qui résume heureusement ses impressions et le mérite
de l'œuvre : « La mesure de l'approbation qu'on donne
à cette pièce est celle du goût et de l'attention. » Ainsi,
elle n'est pas de ces courtisans dont Mme de la Fayette
parle avec un peu d'humeur, qui « d'un petit divertis-
» sement fort agréable ont voulu faire un chef-d'œuvre
» supérieur à tout ce qui s'était fait en ce genre-là. »
Mme de Sévigné réunit dans ses éloges la pièce, la musique, les actrices, la mise en scène. C'est surtout de
l'ensemble qu'elle est charmée ; ce qui la touche dans
l'ouvrage, c'est la reproduction fidèle de l'histoire sainte,
et non-seulement l'exactitude des faits, mais encore
plus sans doute la vérité de la couleur, du ton, du langage. Elle n'y cherche pas une tragédie dans les règles,
mais des tableaux gracieux, que l'inspiration des livres
saints rend quelquefois sublimes. Elle n'avait donc rien
à désavouer dans son premier jugement; et, quand
l'*Esther* aura été publiée, quand « l'impression, cette

» requête civile contre l'approbation publique, » suivant l'expression de M. de la Feuillade, « aura produit son » effet ordinaire, » quand surtout les ennemis de Racine auront eu le temps d'opposer leur sévérité à la complaisance des spectateurs de la cour, elle aurait pu maintenir son appréciation et ne pas écrire cette phrase qui ressemble à une rétractation : « Pour moi, je ne ré-» ponds que de l'agrément du spectacle qui ne peut être » contesté. »

En effet, le grand succès d'*Esther* et les suffrages augustes qu'elle obtint, ne protégèrent pas Racine contre les critiques. Le mot de Mme de Sévigné : « Il » aime Dieu comme il aimait ses maîtresses, » ne fut pas du goût de ses adversaires ; ils le retournèrent en disant qu'il s'entendait mieux à parler d'amour que de Dieu. On voit par le récit de Louis Racine que ces attaques vinrent particulièrement des auteurs, des confrères de Racine à l'Académie française : « Plusieurs de » ceux qui avaient répété si souvent dans leurs épitres » dédicatoires ou dans leurs discours académiques, » que le roi était au-dessus des autres hommes, autant » par la justesse de son goût que par la grandeur de » son rang, ne regardèrent pas dans cette occasion sa » décision comme une loi pour eux. » Puis il rend compte d'une apologie manuscrite d'*Esther*, que le hasard a fait tomber entre ses mains, et dont l'auteur avoue que le jugement du public n'a pas été favorable à la pièce, et qu'il est même déjà un peu tard pour en appeler. Cependant l'apologiste entreprendra, dit-il, de montrer qu'elle a été condamnée sans examen, et que tout son mérite n'est pas reconnu. A l'appui du même fait vient une injurieuse épigramme répandue à l'époque d'*Athalie*, et attribuée à Fontenelle :

> Gentilhomme extraordinaire,
> Poëte missionnaire,
> Transfuge de Lucifer,
> Comment diable as-tu pu faire
> Pour renchérir sur *Esther* [1] ?

ainsi que d'autres couplets conservés dans le même recueil :

> Quand je vois tous tes vers tomber sans harmonie,
> Quand je vois dans *Esther* dépérir ton génie,
> Hypocrite rimeur, historien trop payé,
> Avec tout l'univers ma langue se délie,
> Et je dis : O fatale loi,
> Quoi ! faut-il voir un si grand roi
> Entre les mains de l'auteur d'*Athalie* [2].

Pour attirer à Racine des inimitiés puissantes, on ne manqua pas d'exagérer et d'envenimer les allusions qu'on croyait voir dans la pièce. L'altière Vasthi était Mme de Montespan ; Aman fut Louvois. Ce n'était pas la première fois qu'on cherchait à exciter ce ministre contre les poëtes chers à son rival d'influence, Colbert. Pradon avait reproché méchamment à Boileau de n'avoir loué ni Louvois, ni son père, Le Tellier [3]. On

---

[1] *Ch. histor.*, t. VII, p. 113.

[2] *Ibidem.*, t. VII, p. 358.

[3] *Nouvelles remarques sur les ouvrages du sieur D**** (1685) :

> Mais ta muse s'oublie et s'endort quelquefois.
> Ne te souvient-il pas de l'appui de nos lois,
> Le Tellier, dont la haute et la rare prudence,
> De l'auguste Thémis tient en main la balance ?

publia que Racine n'avait pas craint d'attaquer directement le fameux ministre, peu aimé de Mme de Maintenon, en mettant dans la bouche d'Aman cette parole
orgueilleuse échappée, disait-on, à Louvois : « Il sait
» qu'il me doit tout ! » Louvois et Le Tellier passaient
pour les principaux instigateurs de la révocation de
l'Édit de Nantes, que Colbert, disait-on, aurait bien su
empêcher [1]. Ce fut une raison décisive pour faire de la
persécution des Juifs l'image de celle des protestants.
Des couplets, attribués à un jeune seigneur, le baron
de Breteuil, depuis introducteur des ambassadeurs,
expliquèrent toutes ces allusions qui faisaient de la
pièce une perpétuelle allégorie :

Racine, cet homme excellent,
Dans l'antiquité si savant,
Des Grecs imite les ouvrages ;
Il peint sous des noms empruntés.
Les plus illustres personnages
Qu'Apollon ait jamais chantés.

Sous le nom d'Aman le cruel,
Louvois est peint au naturel ;
Et de Vasthy la décadence
Nous retrace un portrait vivant
De ce qu'a vu la cour de France
A la chute de Montespan.
La persécution des Juifs

Ne te souvient-il plus de son auguste fils,
Louvois, à qui le soin de la guerre est commis ?
Il est vrai que leurs noms. . . . .
. . . .
N'attendent pas tes vers pour rehausser leur gloire.
Quand tu perds la mémoire avec le jugement,
Ils pardonnent sans peine à ton égarement.

[1] Colbert était mort en 1683.

De nos huguenots fugitifs
Est une vive ressemblance;
Et l'Esther qui règne aujourd'hui
Descend de rois [1] dont la puissance
Fut leur asile et leur appui.

Pourquoi donc, comme Assuérus,
Notre roi, comblé de vertus,
N'a-t-il pas calmé sa colère?
Je vais vous le dire en deux mots:
Les Juifs n'eurent jamais affaire
Aux Jésuites et aux dévots.

Cette chanson respectait du moins Mme de Maintenon, et laissait croire qu'il n'avait pas dépendu d'elle de jouer jusqu'au bout le rôle d'Esther. Mais on ajouta un cinquième couplet fort injurieux pour elle :

Comme la Juive d'autrefois,
Cette Esther qui tient à nos rois
Éprouva d'affreuses misères;
Mais plus dure que l'autre Esther,
Pour chasser la foi de ses pères
Elle prend la flamme et le fer.

C'est ainsi que la malignité trouvait à s'exercer à propos d'une pièce dont le sujet et tous les incidents étaient historiques, et qu'une œuvre inspirée par la piété, destinée aux plaisirs innocents de jeunes filles, devenait l'occasion de scandales qu'on cherchait à faire retomber sur Racine. Celui-ci cependant ne se découragea pas, et, au lieu de répondre aux critiques qui accusaient sans doute le plan d'*Esther* et quelques-uns

---

[1] « Quelques-uns prétendaient que Jeanne d'Albret, après la mort d'Antoine de
» Navarre, avait épousé secrètement d'Aubigné, qui a écrit l'histoire de son temps »
(*Chansons historiques*, **VII**, 290, note manuscrite).

des personnages, il voulut leur prouver qu'il saurait,
quand il le voudrait, même sans la ressource d'un
sujet profane, faire une tragédie régulière et complète.
Il composa son *Athalie*, c'est-à-dire la pièce la plus
achevée de notre théâtre pour la simplicité et la force
de la conception et de l'intrigue, pour la vigueur et la
conséquence des caractères, pour la vérité saisissante
de la couleur, pour la majesté du spectacle, pour
l'énergie, la magnificence, la hardiesse biblique, et en
même temps l'exquise et merveilleuse pureté du style.
Il devenait difficile de soutenir que Racine ne savait
faire parler que des Français, qu'il n'entrait pas dans
le caractère et le génie des nations mortes, qu'il ne
pouvait remplir une action que par les agitations et les
fureurs de l'amour. Dans *Athalie*, il marquait profondément les traits du peuple juif; il développait un
sujet tout à fait en dehors des habitudes du théâtre;
il échappait complétement aux traditions et aux influences de son temps. On sait pourtant quelle fut la
fortune de cette tragédie, proclamée par Boileau le
chef-d'œuvre de Racine. On l'avait attendue impatiem-
ment. « Racine, écrivait Mme de Sévigné, va travailler
à une autre tragédie, » et quoiqu'elle jugeât l'histoire
d'Esther « unique, » et que ni Judith, ni Ruth, ni
aucun autre sujet ne lui parût se prêter aussi bien au
but de l'auteur, elle comptait pour le succès sur le
talent de Racine : « Il a pourtant bien de l'esprit; il
» faut espérer [1]. » Et cependant, malgré cette attente,

[1] Lettre du 21 mars 1689.

malgré le goût qu'*Esther* avait donné au roi pour les
pièces saintes et pour les représentations de Saint-Cyr[1],
le travail le plus achevé de Racine fut le moins apprécié
de tous, et rien dans l'histoire littéraire n'est plus célèbre que la disgrâce d'*Athalie*.

Cherchons, aidé du récit de Mme de Caylus, à nous
rendre compte de cette affaire qui a été très-inexacte-
ment expliquée. On sait que la tragédie devait paraître
avec autant de solennité que celle d'*Esther*. Les jeunes
actrices avaient étudié et connaissaient leur rôle; « mais,
» dit Mme de Caylus, dans le temps que tout était prêt
» pour la représentation, Mme de Maintenon arrêta le
» spectacle. » Était-ce qu'elle n'eût pas compris la
beauté de la pièce? craignait-elle qu'elle déplût au roi,
et qu'il s'appliquât certains passages où la malignité
pouvait voir des leçons pour lui? Mais la suite du récit
de Mme de Caylus dément cette explication : « Mme de
» Maintenon fit seulement venir à Versailles une fois
» ou deux les actrices pour jouer dans sa chambre
» devant le roi avec leurs habits ordinaires. » Et elle
ajoute que malgré l'absence de tout appareil scénique,
de toute illusion théâtrale, la tragédie fut vivement
goûtée : « Cette pièce est si belle que l'action n'en
» parut pas refroidie : il me semble même qu'elle pro-
» duisit alors plus d'effet qu'elle n'en a produit sur
» le théâtre de Paris. » Ainsi, au rapport de Mme de
Caylus, le roi et Mme de Maintenon ne se seraient pas
aussi étrangement trompés sur le mérite d'*Athalie;* ils

[1] Mme de Sévigné dit : « Le roi y a pris goût, on ne verra autre chose. »

n'auraient pas été froissés, comme on l'a supposé, par
de prétendues allusions.

Racine, retenu par une indisposition, n'assistait pas
à la seconde représentation de Versailles ; mais son
ami Boileau y fut invité, et la lettre qu'il écrivit le jour
même à Racine s'accorde de tout point avec le récit de
Mme de Caylus : « Le contre-temps de votre indisposi-
» tion a été bien fâcheux ; car, en arrivant à Versailles,
» j'ai joui d'une merveilleuse bonne fortune : j'ai été
» appelé dans la chambre de Mme de Maintenon, pour
» voir jouer devant le roi, par les actrices de Saint-Cyr,
» votre pièce d'*Athalie*. Quoique les élèves n'eussent
» que leurs habits ordinaires, tout a été le mieux du
» monde et a produit un grand effet. Le roi a témoigné
» être ravi, enchanté, ainsi que Mme de Maintenon.
» Pour moi, trouvez bon que je vous répète que vous
» n'avez pas fait de meilleur ouvrage. Adieu, mon
» cher monsieur, je suis fort pressé aujourd'hui. Si
» j'avais plus de loisir, je vous rapporterais un mot
» charmant de M. de Chartres sur votre pièce, et qui
» a fait dire de grands biens de vous par le roi ; mais
» je vous verrai vraisemblablement demain, et j'aime
» mieux attendre à vous dire cela de vive voix [1]. »

Ces deux témoignages sont bien positifs ; ce qui les
confirme encore, c'est qu'en 1702, Mme de Maintenon
ramena l'attention sur ce chef-d'œuvre, dont l'auteur
n'était plus, et le fit jouer à Versailles par les seigneurs

[1] Lettre publiée pour la première fois par M. Aimé-Martin, *OEuvres complètes* de Racine, 1844, t. VI, p. 197.

et les dames de la cour. Le *Mercure galant*[1] rend
compte de ces trois brillantes représentations, dans lesquelles la duchesse de Bourgogne tint le rôle de Josabeth; le duc d'Orléans, le futur régent, celui d'Abner;
la présidente Chailly, celui d'Athalie, qu'elle inter-
préta, dit-on, admirablement. Un seul comédien, retiré
du théâtre depuis dix ans, Baron, eut l'honneur d'être
admis dans cette illustre troupe, et fut chargé du rôle
du grand-prêtre. « Les chœurs, dit le *Mercure*, furent
» parfaitement bien exécutés par les demoiselles de la
» musique du roi. » La tragédie n'était donc pas tellement condamnée ; elle n'avait pas blessé Louis XIV,
qui consentait à ce qu'elle se produisît avec pompe sur
le théâtre de son château, qu'elle fût jouée par des
princes de sa famille; la fidèle admiratrice de Racine
n'avait pas abandonné en cette occasion la cause de son
poëte. Une lettre qu'elle écrivit au comte d'Ayen au
sujet des représentatious de Versailles, achève de le
prouver. Elle se plaint des difficultés que rencontre son
projet. Elles étaient suscitées surtout par la duchesse
de Bourgogne. La jeune princesse disait à Mme de Maintenon « qu'*Athalie* ne réussirait pas, que c'était une
» pièce fort froide, que Racine s'en était repenti,
» qu'elle était la seule qui l'estimât. » En réalité, la
duchesse était mécontente du rôle secondaire qu'on
lui avait assigné : elle voulait jouer celui de Josabeth,
confié à la comtesse d'Ayen. Mme de Maintenon se dé-

[1] Février 1702.

sespère de ces obstacles : « Voilà donc *Athalie* encore
» tombée, écrit-elle ; le malheur poursuit tout ce que
» je protége et ce que j'aime. » Cependant elle n'abandonne pas la partie, et, pour triompher des obstacles,
elle donne à la duchesse de Bourgogne le rôle de Josabeth, « qu'elle ne jouera pas, dit-elle, comme la com-
» tesse d'Ayen. » Le succès récompensa dignement
ses efforts : cette œuvre « qu'elle aimait et qu'elle pro-
» tégeait » parut avec l'éclat qu'elle n'avait pu avoir
jusqu'alors, et les applaudissements de la cour, quoique peut-être ils fussent surtout à l'adresse de Mme de
Maintenon et des acteurs, commencèrent la tardive
réparation due à Racine ; ainsi semblèrent justifiés les
suffrages de Boileau et de quelques autres juges éminents. On sait, en effet, qu'Arnaud, tout en avouant
ses préférences pour *Esther*, félicita l'auteur à l'occasion
de sa nouvelle tragédie ; quant à Fénelon, dès 1691,
c'est-à-dire l'année même où *Athalie* fut imprimée, il
la faisait étudier à son élève, le duc de Bourgogne.
« J'ai vu, écrivait-il plus tard [1], un jeune prince, à
» huit ans, saisi de douleur à la vue du péril du jeune
» Joas ; je l'ai vu impatient sur ce que le grand-prêtre
» cachait à Joas son nom et sa naissance. » Ni le
maître ni l'élève ne jugèrent donc froide et faible la
dernière œuvre de Racine. Quant aux allusions tant de
fois alléguées, s'il était vrai qu'on les eût remarquées,
qu'elles eussent frappé le roi, on eût sans doute évité

---

[1] Lettre à l'Académie française.

de mettre la tragédie entre les mains du jeune prince ; Louis XIV n'eût pas choisi ce moment pour donner à l'auteur le titre de gentilhomme de sa chambre. Ce fait est décisif; et cependant, chose étrange! on a voulu récemment faire remonter à la représentation d'*Athalie* l'origine de la disgrâce du poëte [1] : on a prétendu que, depuis cette époque, le roi n'avait eu que froideur pour lui. Or, c'est alors qu'il lui accordait un honneur fort envié, et qui, à en juger par l'épigramme de Fontenelle et par beaucoup de chansons du temps [2], excita vivement le dépit de ses ennemis ; c'est alors qu'il l'attachait tout particulièrement à sa personne!

Il faut donc en revenir à l'explication de Mme de Caylus : si le chef-d'œuvre de Racine n'obtint pas à Saint-Cyr l'éclat de représentations solennelles, c'est que Mme de Maintenon reçut « mille avis, mille repré-
» sentations de dévots et de poëtes jaloux de la gloire
» de Racine ; c'est que ceux-ci, non contents de faire
» parler les gens de bien, allèrent jusqu'à écrire des
» lettres anonymes ; c'est que Mme de Maintenon ne sut

[1] M. de Lamartine, XIVe Entretien.
[2] *Chansons hist.*, t. VIII :

> Racine de ton *Athalie*,
> Le public fait bien peu de cas.
> Ta famille en est anoblie,
> Mais ton nom ne le sera pas. (P. 113.)

La note manuscrite dit que Racine fut nommé gentilhomme ordinaire comme récompense.

Nous avons déjà cité plus haut (p. 391) un fragment d'une autre chanson sur le même sujet. On se rappelle ces vers qui la terminent .

> Quoi ! faut-il voir un si grand roi
> Entre les mains de l'auteur d'*Athalie!* (VII, 358.)

» pas résister à l'influence de discours qui n'étaient
» fondés que sur l'envie et la malignité ; » c'est
qu'enfin tous les ennemis du talent et de la faveur
du poëte s'entendirent pour cette dernière cabale,
mêlèrent à leur cause les intérêts de la religion et
de la vertu, alarmèrent habilement la protectrice de
Saint-Cyr pour la modestie des jeunes élèves, trop
exposée par la publicité de ces représentations, par
les regards et les applaudissements de la cour, par
l'enivrement du succès, et déclarèrent ces exercices
dangereux et peu compatibles avec une éducation simple et chrétienne.

Ce premier coup prépara l'insuccès d'une publication
qui s'annonçait sous de si mauvais auspices. Comment
lire une tragédie qui n'avait pu être représentée même
à Saint-Cyr? comment regarder comme sérieuse une
œuvre faite pour des enfants et qui apparemment avait
paru trop faible, trop insipide, même pour des enfants?
comment s'intéresser à une action dont les principaux
personnages étaient une vieille femme, un enfant et
un prêtre? C'est ainsi que la pièce fut condamnée sans
jugement ; et, la malignité aidant, partout se propagea
et s'établit cette opinion que la duchesse de Bourgogne
invoquait en 1702 : « *Athalie* est une pièce froide, dont
» Racine lui-même s'est repenti. » Ce fut un fait
acquis, incontestable. Les trois représentations de
Versailles ramenèrent peut-être quelques personnes;
mais les suffrages de ce public restreint et d'ailleurs
suspect de complaisance ne pouvaient casser un arrêt

qui semblait celui de tout le monde. Peut-être si, à
la suite des représentations de Versailles, la pièce eût
été donnée à Paris, les applaudissements de la cour
eussent entraîné ceux de la ville; mais les comédiens
ne purent avoir la pensée de jouer cette tragédie faite
pour la maison de Saint-Cyr. Le privilége d'*Esther*
était accordé aux dames de Saint-Cyr et portait « dé-
» fense à tous acteurs de représenter la pièce; » sans
doute, cette interdiction que Racine lui-même avait
sollicitée, s'étendait également à *Athalie*.

Ce fut, on le sait, après la mort de Louis XIV, et
par l'ordre du régent, qu'en 1716 *Athalie* parut sur le
théâtre. Le succès fut aussi durable qu'éclatant, et dès
lors la pièce remonta, dans l'admiration des contemporains, au rang qui lui était dû. Cependant les circonstances ne furent pas sans influence sur cette
révolution du goût public. Comme dans *Esther*, les
allusions firent leur effet : Joas figura le jeune roi
Louis XV, échappé comme par miracle à la mort qui
avait enlevé coup sur coup presque tous les héritiers
de Louis XIV. En s'intéressant au sort de cet enfant,
« unique espérance des Juifs, » « précieux reste de
» David, en qui résidait tout Israël ; » on s'attendrit
sur ce frêle souverain, dont la chétive enfance inspirait
tant d'alarmes, et semblait à des yeux injustement prévenus menacée encore par d'autres dangers. Ce qui est
certain, c'est que les représentations de Paris furent
décisives : *Athalie* devint la tragédie à la mode, on la
représenta non-seulement sur les théâtres, mais dans

les couvents et dans les pensions [1], et le temps n'était
pas loin où un grand écrivain, un grand poëte allait en
faire l'objet journalier de son étude, et la proclamer le
chef-d'œuvre de notre scène.

Racine, que les manœuvres de ses ennemis, secon-
dées sans doute par le goût du temps, privèrent de
cette joie, eut encore à subir d'autres humiliations. Il
vit des poëtes fort pauvres et aujourd'hui fort justement oubliés, recueillir le privilége d'amuser et d'instruire les jeunes pensionnaires de Mme de Maintenon,
et remplir une tâche pour laquelle ses ennemis se plaisaient à dire qu'il avait été insuffisant. En effet, nous
savons par le témoignage positif de Mme de Caylus
qu'*Athalie* ne fut pas le terme des exercices dramatiques de Saint-Cyr : « On fit après, dit-elle, à l'envi de
» M. Racine, plusieurs pièces pour Saint-Cyr, mais
» elles y sont ensevelies. Dans le nombre, elle cite la
Judith de Boyer, et elle témoigne que l'abbé Testu,
académicien ennemi de Boileau et de Racine, fit faire
cette pièce à son confrère et y travailla lui-même.
Boyer, dans son orgueilleuse préface, ne parle ni de
cette collaboration, ni de cette origine de sa tragédie.
Mais ce qui est certain, c'est que, trois ans plus tôt, en
1692, deux ans après *Athalie*, on joua à Saint-Cyr une
Jephté du même auteur. Boyer, dans son épître dédicatoire au père La Chaise, se vante des suffrages du
puissant jésuite et « d'un grand nombre de personnes

[1] Lettre de madame de Simiane (1736).

» dont le jugement fait le bon et le mauvais destin des
» ouvrages d'esprit. » Disons que ces représentations,
celle de *Jonathas*, pièce de Duché, faite aussi pour
Saint-Cyr, et de quelques autres tragédies sacrées,
furent des exercices intérieurs, qui n'eurent probable-
ment de spectateurs étrangers que Mme de Maintenon,
le roi, l'auteur et peut-être quelques-uns de ses amis [1].
Il reste toujours que Boyer et Duché furent chargés,
après Racine, et (ils purent le croire) avec plus de
succès que Racine, de travailler aux plaisirs et à l'instruction des jeunes filles de Saint-Cyr. Sans doute,
leurs pièces n'eurent pas le danger d'exalter, comme
Andromaque, ni même comme *Esther* ou *Athalie*, l'imagination des pensionnaires, et de développer dange-
reusement leur sensibilité et leurs talents. C'était un
divertissement aussi inoffensif que les pièces de Mme de
Brinon, première surintendante de Saint-Cyr ; mais, à
coup sûr, ce n'était pas un exercice plus utile ni plus
propre à former l'esprit et le goût des élèves qui en
chargeaient leur mémoire.

Si l'on veut se convaincre de la pauvreté des tragédies saintes de Boyer, et apprécier en même temps par
un nouvel exemple les prodigieuses bévues du goût
public en matière d'œuvres dramatiques, il faut s'arrêter un instant à la *Judith*. La pièce, d'abord divisée
en trois actes, comme *Jephté*, fut remaniée, étendue,

[1] Une phrase de la préface de *Jephté* le prouve : « On me faisait espérer, dit
» Boyer, que cette tragédie aurait tous les agréments de la représentation, sans
» laquelle cette sorte d'ouvrage perd son principal ornement. »

de manière à former cinq actes, et représentée le
4 mars 1695. Mais, quoiqu'en dise Mme de Caylus, mal
servie en cette occasion, par ses souvenirs, le succès
ne fut pas d'abord « celui marqué dans l'épigramme
» de Racine. » Sans compter la préface où Boyer épanche
si naïvement la joie de son triomphe et sa complaisante
admiration pour lui-même, deux auteurs contemporains
témoignent de la vogue extraordinaire qu'eut, à son
apparition, cette triste tragédie. « Elle occupa la scène
» pendant un carême, dit Lesage [1]. La cour et la ville
» y couraient en foule ; et principalement les femmes,
» qui la trouvaient, je ne sais pas pourquoi, fort inté-
» ressante, y mirent la presse. » On sait qu'à cette
époque la scène était encombrée de spectateurs qui lais-
saient à peine aux acteurs l'espace suffisant pour se
mouvoir. Ces places étaient occupées habituellement
par les gens du bel air, par tous les jeunes seigneurs
qui se piquaient de donner le ton ; on y allait moins
pour voir que pour être vu, et pour étaler les grâces de
sa personne et l'élégante distinction d'une mise à la
mode. Or, aux représentations de *Judith*, les dames ne
craignirent pas d'occuper ces banquettes de la scène,
que les hommes leur cédèrent galamment pour se tenir
debout dans les coulisses ; elles ne craignirent pas de
donner la comédie au parterre en étalant à tous les regards l'ardeur de leur enthousiasme et la vivacité de
leur émotion. « Imaginez-vous, dit Lesage, deux cents

---

[1] *Valérie*, Lettre 20. — Les frères Parfaict remarquent que cela se borne à
huit représentations du 4 mars au 19, et à neuf autres depuis le 11 avril.

» femmes assises sur des banquettes, où l'on ne voit
» ordinairement que des hommes, et tenant des mou-
» choirs étalés sur les genoux, pour essuyer leurs yeux
» dans les endroits touchants. » En effet, à une certaine
scène, qu'on appela pour cette raison *la scène des pleurs*,
il fut de règle parmi le bel et sensible auditoire de
fondre en larmes et de saisir, pour arrêter les torrents
de cette émotion, ou peut-être pour la simuler plus
facilement, les mouchoirs prudemment préparés. Mais
ces larmes, loin de toucher le parterre, le mettaient en
joyeuse humeur; aux sanglots de la scène répondaient
les éclats de rire d'un public irrévérencieux. Ce nouveau spectacle, plus curieux que celui qu'annonçait
l'affiche, contribua beaucoup à grossir l'auditoire de
Boyer, peu habitué à une telle affluence. Il faut ajouter
que la publication de la pièce changea bien la disposition des esprits, même dans le beau monde : « Le dé-
» goût, dit un contemporain, auteur d'une critique
» anonyme de *Judith* [1], a succédé à l'empressement, et
» les plus zélés de ses approbateurs ont eu honte du
» premier jugement qu'ils en avaient porté. » Les représentations avaient été interrompues par les fêtes de
Pâques : repris à la Quasimodo, le chef-d'œuvre, qui
inspirait tant d'orgueil à Boyer, fut outrageusement
sifflé, malgré le talent de Mlle de Champmeslé [2], et la
Judith disparut pour toujours du théâtre.

---

[1] *Entretiens sur le théâtre au sujet* de Judith (1695).
[2] L'illustre comédienne fut très-choquée de cet accueil : « Messieurs, dit-elle,
» nous sommes surpris que vous receviez aujourd'hui si mal une pièce que vous avez

La préface de Boyer est antérieure à cette disgrâce inattendue, et l'auteur y célèbre son œuvre sur le ton de sa réponse à ceux qui le félicitaient : « Je leur en » donnerai bien d'autres ; je tiens le public à présent » que je sais son goût. » L'heureux poëte s'applaudit d'avoir dissipé une erreur « qui avait infecté beaucoup » d'esprits, à savoir qu'il était presque impossible d'ac- » commoder heureusement au théâtre les sujets tirés » de l'Écriture sainte et de l'histoire chrétienne. » Cette opinion, « fausse et pernicieuse, venait uniquement » de l'ignorance de l'art, de la faiblesse du génie, de la » stérilité des inventions, du peu de goût et de sensi- » bilité pour les choses de la religion. » Voilà pour-quoi il y avait eu jusqu'à Boyer, « peu de modèles de » ce genre d'écrire ; » voilà pourquoi « les plus habiles » des modernes se sont quelquefois égarés dans cette » route nouvelle, » que l'auteur de *Judith* a si glorieu-sement parcourue. Boyer, du haut de son char de triom-phe, regarde avec une généreuse compassion ces rivaux inintelligents, et, tout en relevant leurs faiblesses et leurs fautes, il daigne les initier aux secrets d'un art qu'il a si bien pénétré : « Le talent d'inventer, dit-il, » consiste à parer la vérité, non à la défigurer, à l'en- » richir, non à la déshonorer ; le secours des épisodes » doit soutenir les sujets et non pas les étouffer. » Certes, Boyer connaît bien toutes ces différences, et quand il introduit dans sa pièce l'amour d'un Béthu-

---

» applaudie pendant ⸱ carême. » Un plaisant répondit : « Les sifflets étaient à » Versailles aux sermons de l'abbé Boileau. »

lien, Misraël, qui soupire pour Judith, et qui, à sa vue,
tombe à genoux et s'écrie :

> Je ne puis soutenir cet amas de beautés [1] !

quand il ajoute ce galant épisode au récit de la Bible,
il ne défigure pas l'Écriture sainte, il l'enrichit; il n'é-
touffe pas le sujet, il ne fait que le parer et le soutenir.
Mais la tragédie sainte demande encore d'autres ornements, qui paraissent surtout « rebutants et épineux »
aux poëtes vulgaires : « Il faut se remplir des grandes
» vérités de la religion, et tirer de l'Écriture ces riches
» expressions que nous fournit la divine poésie du
» Psalmiste et des prophètes. » Apparemment, on
n'avait pas su, avant Boyer, s'inspirer de cette poésie
sublime ; les chœurs d'*Esther* et d'*Athalie*, la prophétie
de Joad, n'étaient que de malheureux essais, de grossières imitations; le langage d'Esther, de Mardochée,
de Joad, de Josabeth, de Joas, reproduisait mal la couleur biblique : seul, Boyer a réussi dans cette difficile
entreprise : si l'on en doute, qu'on lise la *Judith;* qu'on
y admire la majesté de vers tels que ceux-ci :

> Peuples impatients, étouffez ce murmure;
> *Quelques maux, quelque soif que Bétulie endure,*
> Soumettez-vous toujours aux décrets éternels [2].

ou l'expression pathétique de cette peinture des souf-
frances de la ville :

[1] Acte II, sc. 4.
[2] Acte I, sc. 1.

Les Hébreux sont *ici* sans force et sans vigueur,   •
Abattus par la soif et défaits par la peur.
Tout le peuple périt; on se plaint, on murmure;
Ici tout manque, et l'eau s'y donne par mesure.
Sur le moindre aliment qu'on partage entre nous,
Tombent mille regards avides et jaloux.
J'ai vu plus d'une mère, étouffant la nature,
Vouloir de son enfant faire sa nourriture [1].

Quelle élégance! quelle poésie! et combien un style
si brillant et si riche en remontre à celui de Racine!
Mais, à côté de ces tableaux terribles, Boyer a su placer
des récits galants. Tel est celui de l'arrivée de Judith
dans le camp d'Holopherne :

Sitôt qu'elle a paru, le camp de toutes parts,
Vers elle seule *a fait aller tous ses regards.*

. . . .

Chaque soldat oublie ou suspend son devoir,
Et plein d'une merveille étonnante et nouvelle,
Croit que la beauté même en habit de mortelle,
Avec tous ses appas vient se donner à vous [2].

Telle est encore la déclaration d'Holopherne, cet ennemi généreux et débonnaire, cet amant réservé et délicat que l'ingrate Judith « tue si méchamment, » et qui
mérite bien les larmes du bon financier de Racine [3].

[1] Acte II, sc. 4.
[2] Acte III, sc. 5.
[3]
    A sa *Judith*, Boyer, par aventure,
    Était assis près d'un riche caissier;
    Bien aise était ; car le bon financier
    S'attendrissait et pleurait sans mesure.
    « Bon gré vous sais, lui dit le vieux rimeur :
    » Le beau vous touche, et ne seriez d'humeur
    » A vous saisir pour une baliverne. »
    Lors le richard, en larmoyant, lui dit :
    « Je pleure, hélas ! pour ce pauvre Holopherne,
    » Si méchamment mis à mort par Judith. »

Dès qu'il aperçoit cette aventurière, dont l'arrivée doit être fort suspecte, Holopherne est frappé d'une admiration pleine de respect, et, sans savoir qui elle est, pour quoi elle vient, quelle confiance elle mérite, il lui déclare qu'elle commande dans son camp :

> Commencez à voir
> Que vos yeux sont ici plus craints que mon pouvoir.
> Vous êtes en ces lieux souveraine maîtresse.

Certes, l'auteur d'une pièce si fortement conçue, où le sacré est si ingénieusement tempéré par le profane, a le droit de faire la leçon à ses prédécesseurs, et de les avertir « qu'il faut savoir choisir et ménager les senti- » ments de piété, et n'en charger les poëmes que lors- » qu'ils sont destinés pour des communautés reli- » gieuses. » Apparemment ces phrases sont à l'adresse d'*Athalie,* cette pièce qu'on avait déclarée froide et trop remplie d'instructions pieuses. Boyer s'entend bien mieux à concilier le plaisir avec l'instruction ! Quand on a lu sa tragédie, on est plein de respect pour la religion qui a fait périr le tendre, le magnanime, le confiant Holopherne ; en même temps les soupirs du général assyrien, ceux de l'infortuné Misraël, qui se croit rebuté pour un idolâtre, nous ont singulièrement divertis ! En vérité, rien n'est plus ridicule et plus pauvre que cette pièce ; aucune lecture n'est moins supportable. Voilà pourtant ce qui fut écouté et applaudi par des specta- teurs qui avaient entendu *Esther,* qui pouvaient lire *Athalie !* Voilà ce que l'on regarda un instant comme

l'idéal de la tragédie sacrée ! Pardonnons à Boyer
l'outrecuidance de sa préface ; on comprend qu'un
succès si imprévu, si prodigieux, lui ait tourné la tête.
Mais il faut plaindre Racine d'avoir eu à supporter de
telles comparaisons, de telles préférences, et déplorer
que, jusque dans les dernières années de sa vie, il ait
souffert de l'ineptie du public et de l'acharnement de
ses ennemis. En effet, l'admiration de *Judith* fut certainement, pour ceux-ci, un moyen nouveau d'humilier
Esther et *Athalie*, et la préface de Boyer trahit à chaque
ligne ses passions. Le succès de *Judith* est donc encore
un épisode des luttes dont nous avons recherché les
caractères et suivi l'histoire ; ce fut pour Racine une
dernière tribulation, un dernier dégoût. Il se soulagea
par une malicieuse épigramme [1] ; mais il sentit de plus
en plus la vanité de la gloire humaine, et le néant de
cette popularité que le hasard donne ou enlève ; de plus
en plus il se détourna de la poésie pour se livrer entièrement à ses travaux d'historiographe, à ses devoirs de
père de famille et de chrétien.

Dès 1690, la carrière dramatique de Racine était définitivement accomplie : il entrait, en quelque sorte,
dans la postérité. Mais il s'en fallait bien que les pas-

---

[1] Il parle de la préface et de la pièce imprimée dans une lettre à Boileau, datée
de Compiègne, le 4 mai 1695 : « Quelque horreur que vous ayez pour les mé-
» chants vers, je vous exhorte à lire *Judith*, et surtout la préface, dont je vous
» prie de me mander votre sentiment. Jamais je n'ai rien vu de si méprisé que
» tout cela l'est en ce pays-ci, et toutes vos prédictions sont accomplies. » Apparemment Boileau avait prédit que cette pièce tant applaudie ne soutiendrait pas
l'épreuve de la lecture.

sions qui s'étaient agitées autour de lui fussent éteintes, que son génie et son œuvre pussent être appréciés avec une impartiale équité. Les jugements généraux portés sur son théâtre, soit dans les dernières années de sa vie, soit au moment de sa mort, le prouvent surabondamment. L'examen rapide de ces jugements sera un dernier et utile complément de l'étude que nous avons entreprise.

CHAPITRE X.

Jugements portés sur Corneille et sur Racine par Bayle (1685), et par Baillet (1686). — Parallèle de Longepierre (1686) de la Bruyère (1 688). — Portrait de Racine par le même (1693). — Parallèle de Fontenelle; de Saint-Évremond. — Jugement de Boileau. Jugement du Mercure galant après la mort de Racine (1699); de Monsieur de Valincour; de Perrault (1701).

Les jugements généraux sur le théâtre de Racine commencent dès l'année de la mort de Corneille, c'est-à-dire avant la composition d'*Esther* et d'*Athalie*. A cette époque, les contemporains du poëte devaient le croire perdu sans retour pour le théâtre : son œuvre était ou du moins semblait achevée : on pouvait donc l'apprécier d'ensemble, comme celle de Corneille. Remarquons d'abord que ces jugements affectent presque constamment la forme d'un parallèle. On peut le regretter, car cette forme, piquante et vive, conforme d'ailleurs aux habitudes de l'esprit humain, qui aime à définir par les différences, donne presque nécessairement à l'appréciation un caractère trop tranché et trop absolu ; elle force à effacer les ressemblances, à grossir les contrastes, à substituer l'inflexible régularité des antithèses aux mille nuances, à la souplesse infinie de la vérité. Mais si le parallèle entre Corneille et Racine est presque inévitable, même de nos jours, avouons que les contemporains de ces deux grands hommes ne pouvaient y échapper. Même avant le silence de l'un et de l'autre, tout le monde avait fait ce parallèle. Mme de Sévigné le faisait, lorsqu'elle envoyait à sa fille son jugement sur *Bajazet ;* le parallèle était au fond de toutes les critiques de Saint-Évremond, de Segrais, de Boursault, même de Subligny, de Villars ou de Barbier. Le Clerc et Pradon n'y avaient pas manqué, et ils cherchaient, en célébrant Corneille, à rabaisser Racine jusqu'à leur niveau, et à justifier ainsi l'audace de leur rivalité. De leur côté, les partisans exclusifs de Racine avaient aussi comparé les deux poëtes, et poussé l'injustice de leurs préférences jusqu'à oublier que l'auteur de *Pulchérie* ou de *Suréna* était aussi celui d'*Horace* et de *Cinna,* du *Cid* et de *Polyeucte.* Mais après la retraite des deux rivaux, et surtout après la mort de Corneille, les parallèles furent plus généraux et plus complets ; sans viser davantage à l'impartialité, les critiques cherchèrent davantage à motiver leurs prédilections. Peut-être, après tout, dans des questions de cette nature, où les sympathies ont plus de poids que les raisonnements, où la contradiction ne fait qu'accroître le penchant naturel, est-il impossible que la passion soit complétement absente. Dans l'année même qui vit finir la longue vieillesse de Corneille, Bayle fondait, sous le titre de *Nouvelles de la république des lettres*, un journal qu'il a rédigé jusqu'en avril 1689 [1]. Il ne manqua pas d'occuper ses lecteurs du grand homme que la France venait de perdre, et en janvier 1685, il donna une histoire de la vie et des œuvres de Corneille. Il prévient ses lecteurs que ce morceau n'est pas de lui : le mémoire qu'il insère lui a été envoyé de Paris; mais il en approuve complétement l'esprit, et en accepte toutes les conclusions : « Loin d'avoir jugé excessives les louanges qu'on a » données au grand poëte, j'ai trouvé qu'on aurait pu » lui en donner davantage. » Or, l'auteur ne manque pas de célébrer *Attila, Bérénice, Pulchérie, Suréna*, à l'égal des merveilles qui entourèrent le *Cid*, et de rejeter sur Racine les torts du public envers ces ouvrages « pleins de choses inimitables. » De là une appréciation du talent de « cet homme, qui prétendit être le » rival de Corneille. » On juge bien qu'elle n'est pas favorable; le nouveau poëte « s'était fait un parti con- » sidérable à la cour, et parmi les femmes; il étudiait » avec soin et avec beaucoup de succès le goût que » l'on avait pour la tendresse, au lieu que M. Corneille » dédaignait d'avoir cette condescendance pour le pu- » blic, et ne voulait point sortir de sa noblesse ordi- » naire ni de la grandeur romaine. » C'est, nous le

---

[1] Après une interruption de dix ans, cette revue reparaît en 1699, sous la direction d'un autre auteur, Jacques Bernard.

voyons , l'explication adoptée par tous les partisans exclusifs de Corneille ; c'est la même prétention de ne trouver dans ses dernières œuvres aucun sacrifice au goût du temps ; c'est la même injustice qui réduit à la tendresse le talent de Racine. L'auteur a eu soin de rapporter le mot de Benserade à propos des funérailles de Corneille. Mais que pense-t-il du beau discours prononcé à la réception de Thomas Corneille? Il se borne à deux lignes sèches et péniblement arrachées : « On » admira principalement M. Racine, dans l'éloge de feu » M. Corneille, qui fut court et bien tourné. » Certes, il était difficile de mesurer plus avarement la louange, et le *Mercure* lui-même fut bien plus généreux : « Je » tâcherais inutilement, dit-il [1], de vous exprimer com- » bien cette réponse fut éloquente, et avec combien de » grâce il la prononça. Elle fut interrompue par des » applaudissements fréquemment réitérés; et, comme » il en employa une partie à élever le mérite de M. Cor- » neille, il fut aisé de connaître qu'on voyait avec plaisir, » dans la bouche d'un des plus grands maîtres du » théâtre, les louanges de celui qui a porté la scène » française au degré de perfection où elle est. »

Un an après la publication de ce mémoire, le rédacteur d'un autre journal littéraire donnait aussi un éloge de Corneille, et y joignait un jugement étendu et séparé sur Racine. C'est Baillet, laborieux compilateur, à qui l'on doit plusieurs recueils de biographies et des

[1] Janvier 1685.

ouvrages proprement historiques [1], et qui a été quelquefois combattu par les contemporains, car Ménage composa contre lui un mémoire intitulé *Anti-Baillet*. Pendant deux ans (1685, 1686), il publia une sorte de revue littéraire sous ce titre : *Jugements des savants sur les principaux ouvrages des auteurs ;* et c'est dans ce recueil que sont appréciés les deux célèbres poëtes tragiques du xviie siècle. Le grand malheur de Baillet, comme au reste de Bayle lui-même, quand il aborde la littérature, c'est de connaître peu et mal ce dont il parle, c'est d'emprunter à droite et à gauche des jugements parfois contradictoires, et de s'appuyer souvent sur des autorités bien faibles. Qui croirait, par exemple, que, dans son éloge de Corneille, il s'avise d'invoquer le sentiment de Pradon, et de citer tout au long quelques pages des *Nouvelles Remarques ?* Il admet, sur la foi du même auteur, que « l'habileté des acteurs a » fait tout le mérite et la réputation des tragédies de » Racine, et que Corneille seul porte et conserve par- » tout ses ornements solides. » La question valait la peine d'être examinée par Baillet lui-même ; il pouvait ouvrir un recueil des pièces de Racine, et s'assurer « si » les grâces et les beautés qu'elles avaient sur la scène » ont en effet disparu, ou, comme il dit, « sont toutes pé- » ries » dans les livres. Mais il ne s'avise jamais de contrôler ni même de concilier entre eux les témoignages

---

[1] *Histoire des enfants devenus célèbres par leurs études et par leurs écrits* (1685). *Vies des Saints* (1701). Baillet, d'abord curé de village, fut appelé à Paris par M. de Lamoignon, dont il devint le bibliothécaire.

sur lesquels il se fonde. Pour condamner le théâtre, et combattre la peinture de l'amour, qui « semble privilé- » giée sur notre scène, » il emprunte ses arguments au P. Rapin et à l'abbé de Villiers. Pour juger Racine, il s'appuie sur Saint-Évremond, sur Perrault, sur le *Mercure*, sur tous les auteurs que nous avons passés en revue, sans s'inquiéter même de savoir si les critiques adressées aux premières pièces de Racine, et notamment à *Alexandre*, peuvent légitimement être étendues à toutes les autres. C'est ainsi qu'il admet comme un fait général que l'auteur de *Britannicus* et de *Mithridate* a altéré le caractère des plus grands héros de l'antiquité : il fait de cette altération le système de Racine, et le sujet principal du débat entre les partisans des deux poëtes.

Mais si Baillet donne cette appréciation si rigoureuse et si contestable dans sa généralité, ce n'est pas qu'il ait aucune opinion personnelle dans le débat et qu'il soit un adversaire de Racine. Il écrit cette phrase empruntée à Boileau : « Tout le monde est très-persuadé que, de- » puis que M. Racine a paru sur le théâtre, on s'est » trouvé tout consolé de l'absence de M. Corneille [1]. » Il ne se prononce pas entre « ceux qui soutiennent que » Racine a parfaitement rempli la place du grand Cor- » neille, et ceux qui ne lui donnent que le second » rang. » Enfin, ce qui est plus grave, il a accepté et il présente comme conclusion de son jugement sur les

[1]
. . . . . . Et seul de tant d'esprits
De Corneille vieilli *sais consoler Paris.*

deux poëtes un parallèle qui contredit tout le reste et qui atteste à chaque ligne une préférence marquée pour Racine.

Ce parallèle est l'œuvre du baron de Longepierre, qui avait déjà publié des traductions de poëtes bucoliques et lyriques de la Grèce, et qui bientôt allait dire son mot dans la querelle des anciens et des modernes[1]. Plus tard, il s'essaya pour son propre compte dans l'idylle, puis il composa quelques tragédies, entre autres un *Sésostris* que Racine, malgré le parallèle, n'a pas épargné[2]. Quoique les œuvres du poëte-gentilhomme soient médiocres, et que son parallèle ne puisse être accepté de tout point, on ne peut nier qu'il n'y montre souvent de la finesse et un sentiment délicat des beautés de la poésie. Est-ce Longepierre, est-ce l'aimable et sensible Vauvenargues qui a écrit ces lignes, selon nous si vraies : « Racine a cru qu'il fallait » aller à l'esprit par le cœur. Souvent l'esprit est » frappé sans que le cœur soit ému, et le cœur n'est » jamais touché que l'esprit ne se laisse entraîner..... » Le cœur est un juge bien plus sincère et meilleur » que l'esprit : ce dernier est sujet à se laisser éblouir » par de faux brillants; mais le cœur ne peut sentir » dans chaque chose que ce qui y est. » N'est-il pas judicieux et pénétrant le critique qui a donné l'analyse

---

[1] *Discours sur les anciens* (1687),

[2]   Ce fameux conquérant, ce fameux Sésostris,
        Qui jadis en Égypte, au gré des destinées,
        Véquit de si longues années,
        N'a vécu qu'un jour à Paris.

de la belle exposition de **Bajazet** [1] ? Peut-on se refuser
à conclure avec lui que « si Corneille a une grande
» intelligence du théâtre, s'il règne dans ses pièces
» une belle économie, Racine n'entend pas moins bien
» l'action dramatique? » Quand on a lu le sonnet de
Mme Deshoulières, les ineptes critiques de Subligny,
n'est-on pas heureux des éloges de Longepierre pour
« l'admirable caractère de Phèdre, le chef-d'œuvre de
» l'art et l'effort de l'esprit humain? » Enfin, n'a-t-il
pas bien marqué les traits principaux du génie et du
style de Racine, celui qui a dit : « Racine songe plus à
» donner de la passion à ses personnages qu'à les faire
» raisonner. Chez lui les délicatesses du cœur sont
» préférables à celles de l'esprit... Chez lui l'oreille,
». l'esprit, le cœur, sont également satisfaits. »

Mais, après ces éloges, nous reconnaîtrons que Longepierre se laisse entraîner trop loin par ses sympathies. Il se trompe, par exemple, lorsqu'il prétend que
« la grâce de Racine est toujours accompagnée de
» grandeur. » Il n'est pas assez sensible aux qualités

---

[1] « Qu'on envisage comment le poëte instruit et développe toutes ces choses (su-
» jet, événements, etc.), insensiblement et sans affectation, qu'on examine atten-
» tivement le progrès de cette scène, comment le plan de la pièce se trace,
» s'ordonne et s'arrange naturellement et sans qu'il y paraisse que le poëte s'en
» mêle, comment toutes les difficultés s'aplanissent d'elles-mêmes ; comment les
» demandes et les réponses d'Acomat et d'Osmin, ou, pour mieux dire, les lumiè-
» res nécessaires à l'intelligence de la pièce, naissent du fond de la chose ; com-
» ment ces deux acteurs narrent sans narrer, et instruisent sans qu'ils semblent
» vouloir instruire : on tombera aisément d'accord de la vérité de ce que je dis,
» et plus on aura de jugement, plus on sera charmé de l'art qui entre dans cette
» scène. »

supérieures de Corneille, à ces beautés « qui font fris-
» sonner, » comme dit Mme de Sévigné, à « ces endroits
» divins que rien n'égalera jamais; » il est moins juste
que Racine qui avait si vivement admiré dans son discours la sublimité de son rival, et si bien fait valoir
« cette force, cette élévation qui surprend et qui en-
» lève. » Longepierre est évidemment, comme Fénelon et Vauvenargues, de ces esprits qui aiment avant
tout le naturel, la justesse, la perfection de l'ensemble,
qui goûtent plus les beautés de sentiment que les traits
d'esprit. Comme Fénelon, « les éclairs l'éblouissent;
» ses yeux cherchent une lumière douce; » il trouve
que Corneille « met de l'esprit, c'est-à-dire du brillant
» et des pensées partout, qu'il en mêle, ainsi qu'a fait
» Lucain, jusque dans les endroits les plus pathétiques
» et les plus passionnés, ce qui ralentit l'effet qu'ils
» font sur le cœur. » Selon lui, « une véritable dou-
» leur, une véritable tendresse, une véritable colère
» s'expriment plus nuement, et ne songent pas à se
» parer d'ornements étrangers; » il loue Racine « de ne
» vouloir jamais être plus spirituel qu'il ne doit être.»
On ne peut nier qu'il ne touche là un des côtés atta-
quables du génie de Corneille, chez lequel l'abus de la
vigueur et du trait amène parfois la subtilité et l'en-
flure, donne aux passions douces une expression emphatique et fausse, et surtout, sauf quelques belles
exceptions, aux personnages de femmes un caractère
et un langage trop virils. Mais un juge impartial aurait
montré la supériorité du poëte dans la peinture des

passions fortes, comme l'amour de la patrie, l'enthousiasme religieux, l'élan de la magnanimité, l'orgueil,
la fureur, le désespoir; il aurait plus insisté sur la
grandeur, l'effet moral, la fécondité et la variété des
moyens dramatiques, qualités éminentes par lesquelles Corneille rachète ses imperfections et reste
peut-être au-dessus de tous ses rivaux. Longepierre
a manqué de mesure; disons qu'on en manquait partout autour de lui, dans ce sens et surtout dans l'autre,
et que l'injustice bien plus forte de Perrault et de
Fontenelle sert d'explication et en partie d'excuse à la
sienne.

L'année après celle où le *Siècle de Louis le Grand* et
la *Digression sur les anciens* commencèrent la lutte qui
fut si longue et si passionnée, l'apparition des *Caractères* de La Bruyère irritait vivement le parti des modernes, dont le nouvel écrivain, redoutable par son
esprit et son talent, se déclarait nettement l'adversaire.
Ce livre, si justement regardé comme un des chefs-
d'œuvre du grand siècle, renfermait un long parallèle
de Corneille et de Racine. Malgré le ton modéré de
cette appréciation, où l'auteur semble avoir fait tant
d'efforts pour distribuer équitablement la critique et
l'éloge, pour marquer avec précision et sans roideur les
principaux traits du génie des deux poëtes, nul doute
que ce morceau n'ait irrité les partisans exclusifs de
Corneille. La Bruyère ne poussait pas comme eux le
fanatisme de l'admiration jusqu'à déclarer parfaits les
premiers et les derniers ouvrages de leur poëte. Il

s'étonnait que l'auteur du *Cid* eût pu « tomber de si
» haut : » il trouvait même dans quelques-unes de ses
meilleures pièces « des fautes inexcusables contre les
» mœurs dramatiques, un style de déclamateur, des
» négligences dans les vers et dans l'expression ; » s'il
le déclarait « supérieur à tout, inimitable dans les
» endroits où il excelle ; » il le jugeait « inégal. »
D'ailleurs, au gré de ces critiques, il balançait trop les
mérites des deux poëtes : il accordait au premier le
privilége de « nous étonner, de nous instruire ; » mais
le second avait celui de « nous remuer, de nous péné-
» trer ; » l'un était « plus moral, » mais l'autre était
« plus naturel ; » Corneille peignait les hommes « tels
» qu'ils devaient être ; » Racine les peignait « tels
» qu'ils sont. » Cette dernière pensée, un peu douteuse
dans sa concision épigrammatique, fut sans doute
un des points du parallèle qui excitèrent le plus de
réclamations : peu d'années après la mort de Racine,
elle fut le prétexte d'une dissertation très-hostile à ce
poëte et que nous examinerons comme une des pièces
du procès.

Mais combien La Bruyère aggrava ses torts, lorsqu'en 1693, dans son *Discours de réception,* il renchérit
encore sur l'admiration exprimée dans les *Caractères!*
« Cet autre, disait-il, vient après un homme loué,
» applaudi, admiré, dont les vers volent en tous lieux
» et passent en proverbe, qui prime, qui règne sur la
» scène, qui s'est emparé de tout le théâtre : il ne l'en
» dépossède pas, il est vrai ; mais il s'y établit avec

» lui ; le monde s'accoutume à en voir faire la com-
» paraison ; quelques-uns ne souffrent pas que Cor-
» neille, le grand Corneille lui soit préféré, quelques
» .autres qu'il lui soit égalé : ils en appellent à l'autre
» siècle, ils attendent la fin de quelques vieillards
» qui, touchés indifféremment de tout ce qui rap-
» pelle leurs premières années, n'aiment peut-être
» dans *OEdipe* que le souvenir de leur jeunesse. »
Ainsi, Racine était déclaré l'égal de Corneille, voire
même, ô sacrilége ! son supérieur ! La Bruyère osait
citer sur le ton de la déférence de semblables opinions ! il s'y associait lui-même, en expliquant par les
souvenirs du jeune âge les préférences obstinées de
quelques vieillards pour l'auteur d'*OEdipe !* Il semblait
compter pour Racine sur les suffrages du siècle suivant !

Parmi les protestations et les représailles que suscita
ce fameux portrait, une des plus vives fut celle de
Fontenelle. Il avait plus d'une raison pour être irrité
contre La Bruyère ; car, outre sa parenté avec Corneille et ses rapports avec le *Mercure galant*, il s'était
reconnu dans le portrait de *Cydias* ou *le bel esprit*, tracé
par le moraliste. Il voulut protester contre le parallèle
de 1688 et le portrait de 1693 : il composa donc à son
tour un parallèle, bien différent, on le devine, de ceux
de Longepierre et de La Bruyère. Après avoir remarqué, ce que Racine lui-même avait déjà fait, que Corneille « n'a eu devant les yeux aucun auteur pour le
» guider, » il contredit sans ménagement l'opinion que

Racine a du moins bien rempli la place de son prédécesseur : « Corneille a trouvé le théâtre français très-
» grossier ; il l'a porté à un haut point de perfection.
» Racine ne l'a pas soutenu dans la perfection où il l'a
» trouvé. » Longepierre avait reconnu à Corneille plus
de force, à Racine plus de naturel ; selon lui, Corneille
« avait fait des portraits merveilleux, mais pas tou-
» jours ressemblants, il semblait avoir tenu la nature
» au-dessous de lui ; Racine, au contraire, n'avait pas
» cru qu'il lui fût permis de prendre toujours son génie
» pour guide au mépris de la nature. » La Bruyère
avait exprimé à peu près le même jugement. Fontenelle déclare « les caractères de Corneille vrais, quoi-
» qu'ils ne soient pas communs, tandis que ceux de
» Racine ne le sont que parce qu'ils sont communs. »
Si cependant il avoue que « les caractères du premier
» ont quelquefois quelque chose de faux à force d'être
» nobles et singuliers, » c'est pour ajouter que « sou-
» vent ceux de Racine ont quelque chose de bas à
» force d'être naturels. » A la phrase de La Bruyère,
« Corneille nous assujettit à ses caractères et à ses
» idées, Racine se conforme aux nôtres, » il riposte
ainsi : « Quand on a le cœur noble, on voudrait res-
» sembler aux héros de Corneille ; quand on a le cœur
» petit, on est bien aise que les héros de Racine nous
» ressemblent. » La Bruyère avait dit très-justement
que « le grand et le merveilleux n'avaient pas manqué
» à Racine, ainsi qu'à Corneille ni le touchant ni le
» pathétique. » Fontenelle répond avec une révoltante

iniquité : « Le tendre et le gracieux de Racine se
» trouvent quelquefois dans Corneille ; le grand de
» Corneille ne se trouve jamais dans Racine. » La
Bruyère n'avait point parlé, et peut-être jugeait-il la
question oiseuse, de cette altération des mœurs antiques opposée à la prétendue exactitude de Corneille.
Fontenelle n'a garde d'omettre ce point de comparaison : « Racine n'a presque jamais peint que des Fran-
» çais et que le siècle présent, même quand il a voulu
» peindre un autre siècle et d'autres nations ; on voit
» dans Corneille toutes les nations et tous les siècles
» qu'il a voulu peindre. »

Nous contesterons moins son jugement, quand il
ajoute : « Le nombre des pièces de Corneille est beau-
» coup plus grand que celui des pièces de Racine, et
» cependant Corneille s'est beaucoup moins répété
» lui-même que Racine n'a fait ; » mais La Bruyère
n'avait-il pas dit déjà : « Il semble qu'il y ait plus de
» ressemblance dans les poëmes de Racine et qu'ils
» tendent un peu plus au même but ? » Après avoir déclaré que « la versification de Corneille, dans les en-
» droits où elle est belle, est plus hardie, plus noble,
» plus forte, et en même temps aussi nette que celle
» de Racine, il avoue qu'elle ne se soutient pas dans ce
» degré de beauté, tandis que celle de Racine se sou-
» tient dans la sienne. » Sur ce point, Racine a l'avantage : il se soutient, son style est toujours net. Mais
Fontenelle ne parle pas de cette harmonie variée et
exquise, qui reproduit tous les mouvements de la

pensée et du sentiment, qui se plie aux situations, aux caractères, à la différence des conditions et des sexes ; il ne dit pas que, si le vers de Corneille est plus vigoureux, plus fier, plus oratoire, celui de Racine est plus souple et plus expressif ; que tantôt c'est une simplicité touchante, tantôt une élégance solide et sans fausses couleurs, plus souvent encore une force égale et sobre, qui satisfait partout le lecteur, sans le frapper aussi vivement que les traits soudains de Corneille. Enfin, pour terminer son réquisitoire, Fontenelle remarque encore « que des auteurs inférieurs à Racine ont réussi » après lui dans son genre, et qu'aucun auteur, même » Racine, n'a osé toucher après Corneille au genre qui » lui était particulier. » Quels sont ces imitateurs de Racine qui, en 1693, avaient réussi en suivant ses pas ? Sans doute, Fontenelle veut désigner La Chapelle, Duché, peut-être Pradon ; mais qu'est-il resté de leurs œuvres ? Quant au genre de Corneille, il est permis de croire que les portraits de Burrhus, d'Agrippine, d'Acomat, de Mithridate, de Clytemnestre, de Joad et d'Athalie s'en rapprochent et n'en sont pas indignes. La Bruyère avait-il grand tort de trouver à quelques-uns de ces personnages « la grandeur et le merveilleux » de Corneille ?

Tel est le parallèle de Fontenelle : d'un bout à l'autre, il n'a qu'un objet, abaisser Racine aux pieds de Corneille, protester contre ceux qui les rapprochaient, réduire à la tendresse et à la pureté du style le mérite de l'auteur de *Britannicus*, de *Phèdre* et d'*Athalie*. Jamais Fontenelle ne se modéra sur cette question, et longtemps après la mort de Racine, il le poursuivait encore de ses attaques envenimées et de sa haine.

Vers la même époque, un des plus anciens adversaires du poëte, Saint-Évremond, donnait aussi son parallèle [1]. Cette forme épigrammatique et concise convenait à un écrivain qui avait déjà comparé Turenne et Condé, et qui aimait à donner à sa pensée et à ses jugements un tour rapide et incisif. Il ne faut pas s'attendre à trouver l'auteur de la *Dissertation sur Alexandre*, le critique d'*Andromaque* et de *Britannicus* trèsfavorable à Racine. Cependant, à son début, il emprunte à Lucain un trait flatteur pour le poëte. « Dans » la tragédie, Corneille ne souffre pas d'égal, Racine pas » de supérieur [2]. » Il est vrai qu'il le corrige aussitôt par cette explication : « La diversité des caractères per- » mettant la concurrence, si elle ne peut établir l'éga- » lité ; » et dans tout le reste du parallèle, Corneille a décidément l'avantage : « Corneille se fait admirer par » l'expression d'une grandeur d'âme héroïque, par la » force des passions, par la sublimité du discours ; » Racine trouve son mérite en des sentiments plus na- » turels, en des pensées plus nettes, dans une diction » plus pure et plus facile. Le premier enlève l'âme, » l'autre gagne l'esprit : celui-ci ne donne rien à cen- » surer au lecteur, celui-là ne laisse pas le spectateur

---

[1] *Jugements sur quelques auteurs français* (à Mme de Mazarin).

[2] Nec quemquam jam ferre potest Cæsar ve priorem,
Pompeius que parem. .

» en état d'examiner. Dans la conduite de l'action, Ra-
» cine, plus circonspect et se défiant de lui-même,
» s'attache aux Grecs qu'il possède parfaitement ; Cor-
» neille, profitant des lumières que le temps apporte,
» trouve des beautés qu'Aristote ne connaissait pas. »
Ainsi Corneille a pour lui la grandeur, la passion, l'é-
loquence, la hardiesse et la nouveauté des plans et de
l'intrigue, le talent de saisir l'âme et d'ôter à l'esprit la
liberté de la critique ; Racine garde pour sa part le
naturel des sentiments, la netteté des pensées, la pureté du style, la régularité timide de l'action : voilà
ses qualités modestes qui vont à satisfaire le jugement
du lecteur, sans jamais élever sa pensée ni remuer son
cœur. Qui pourrait deviner à ce portrait que la passion
est, de l'aveu de tous, le domaine de Racine, et que, si
Corneille met plus en jeu les ressorts puissants de l'admiration, c'est à Racine qu'il faut demander le plaisir
délicieux de l'émotion et des larmes ?

Bien différentes étaient les conclusions d'un homme
que des liens anciens et nombreux unissaient, il est
vrai, à Racine, et qui pouvait avoir quelque tendresse
pour les œuvres de son ami ; car elles devaient beaucoup à ses conseils, à ses censures, à son active et forte
influence. Boileau admirait sincèrement Corneille ; il
avait écrit ces vers :

> En vain contre le Cid un ministre se ligue,
> Tout Paris pour Chimène a les yeux de Rodrigue.

Indigné de la misère où languissait la vieillesse du

grand poëte, il avait fait auprès de Mme de Montespan
une démarche qui honore son cœur. Cependant, impa-
tienté sans doute de la mauvaise foi de ceux qui portaient au ciel l'*Agésilas* et la *Pulchérie*, et qui ne voulaient voir dans les tragédies de Racine que de la
douceur et de la tendresse, il se permit quelques bou-
tades, comme l'épigramme sur *Agésilas* et *Attila* [1] ; il
critiqua l'admiration de Corneille pour Lucain [2], modèle dangereux qui, avec Sénèque et les Espagnols, a
contribué à gâter le goût du poëte ; selon Brossette [3],
dans les vers qu'il composa pour le portrait de Racine,
il avait écrit d'abord :

. *Balancer* Euripide et *surpasser* Corneille ;

puis, sur les observations de quelques personnes, il
modifia le jugement en transposant les termes : « mais,
» ajouta-t-il, je ne serais point fâché que dans la suite

[1]
> Après l'Agésilas
> Hélas !
> Mais après l'Attila
> Holà !

Dans l'*Art poétique* (1674) Boileau disait encore en parlant du roi :

> Que Corneille, pour lui rallumant son audace,
> Soit encor le Corneille et du *Cid* et d'*Horace*.   (Ch. IV, v. 195.)

Corneille croyait bien n'avoir pas dégénéré, et on raconte qu'en lisant ces vers,
il s'écria : « Ne le suis-je donc plus ? »

[2]
> Tel s'est fait par ses vers distinguer dans la ville
> Qui jamais de Lucain n'a distingué Virgile.
> (*Art poétique*, ch. IV, v. 82.)

Huet raconte que Corneille exprima très-franchement devant lui cette préférence.

[3] *Bolœana*.

» des temps quelque critique se donnât la licence de
» rétablir mon vers de la manière que je l'avais fait. »
Un passage de la *Septième réflexion critique* confirme
cette anecdote, et montre assez de quel côté pen-
chaient les préférences de Boileau : « Corneille, dit-il,
» est celui de tous nos poëtes qui a fait le plus d'éclat
» en notre temps ; et on ne croyait pas qu'il pût jamais
» y avoir en France un poëte digne de lui être égalé.
» Il n'y en a point, en effet, qui ait plus d'élévation de
» génie, ni qui ait plus composé. Tout son mérite
» pourtant, à l'heure qu'il est, ayant été mis par le
» temps comme dans un creuset, se réduit à huit ou
» neuf pièces de théâtre qu'on admire, et qui sont, s'il
» faut parler ainsi, comme le midi de sa poésie, dont
» l'orient et l'occident n'ont rien valu. Encore, dans ce
» petit nombre de bonnes pièces, outre les fautes de
» langue qui y sont assez fréquentes, on commence à
» s'apercevoir de beaucoup d'endroits de déclamation
» qu'on n'y voyait point autrefois. Ainsi, non-seule-
» ment on ne trouve point mauvais qu'on lui compare
» aujourd'hui M. Racine, mais il se trouve même
» quantité de gens qui le lui préfèrent. » On voit bien
que Boileau est de ces gens-là ; cependant il évite de
se prononcer formellement, et, comme La Bruyère, il
remet le verdict à la postérité, mieux placée pour juger la question ; « car, ajoute-t-il, je suis persuadé que
» les écrits de l'un et de l'autre passeront aux siècles
» suivants. » On sait qu'il en avait déjà appelé à cette
postérité pour *Athalie,* et cette tragédie était une de

celles dont il s'appuyait pour combattre les Perrault et
les Fontenelle, et pour prouver que le galant et tendre
Racine savait aussi s'élever à la sublimité de Corneille[1].

Peu de temps après l'époque où Boileau écrivait ces
lignes, Racine mourait. Cette mort dut être, dans les
gazettes comme à l'Académie, l'occasion de nouveaux
jugements sur ses œuvres. Le *Mercure galant* fit bien
les choses; il s'étendit sur l'éloge du poëte qu'il avait
autrefois si amèrement critiqué, et il sembla, dans le
morceau que nous allons citer, avoir oublié ses vieux
ressentiments[2] : « Nous avons perdu un des plus ex-
» cellents hommes de ce siècle et qui méritait de vivre
» aussi longtemps que son nom, qu'il a rendu immortel
» par ses beaux ouvrages. Je parle de M. Racine, se-
» crétaire du roi, gentilhomme ordinaire de la maison
» de S. M., et l'un des quarante de l'Académie fran-
» çaise, mort le 21 de ce mois, âgé de cinquante-neuf
» ans. Ses premières pièces de théâtre, qui furent les
» *Frères ennemis* et *Alexandre*, firent connaître la beauté

---

[1] 12ᵉ *Réflexion sur Longin.* Il cite comme modèle de sublime les vers d'Athalie :

> Celui qui met un frein, etc.

Il ajoute : « Tout ce qu'il peut y avoir de sublime paraît rassemblé dans ces qua-
» tre vers, la grandeur de la pensée, la noblesse du sentiment, la magnificence
» des paroles et l'harmonie de l'expression, si heureusement terminée par ce der-
» nier vers :

> » Je crains Dieu, cher Abner, et n'ai point d'autre crainte.

» D'où je conclus que c'est avec très-peu de fondement que les admirateurs outrés
» de M. Corneille veulent insinuer que M. Racine lui est de beaucoup inférieur
» pour le sublime. »

[2] *Mercure galant*, avril 1699.

» de son génie et attendre les chefs-d'œuvre qui les
» ont suivies. *Andromaque* et *Iphigénie* ont tiré des lar-
» mes d'un nombre infini de spectateurs par le carac-
» tère noble et tendre qui s'y trouve et qu'il est pres-
» que impossible de pousser plus loin. M. Racine a
» fini sa carrière par la tragédie de *Phèdre*, dont il a
» dépeint la honteuse passion avec des couleurs si
» vives que, toute criminelle qu'elle se dit elle-même,
» il la fait paraître digne de pitié, tant il a su mêler
» d'art à la force de ses vers, qui sont d'une grande
» netteté dans tous ses ouvrages. Il n'a pas moins bien
» réussi dans deux pièces saintes qu'il nous a données
» avec des chœurs, sous les noms d'*Esther* et d'*Atha-*
» *lie.* » Le *Mercure*, en ne parlant ni de *Bajazet* ni de
Mithridate, qu'il ne pouvait louer sans se contredire
lui-même, faisait au moins preuve de goût et de conve-
nance. *Britannicus* avait peu réussi, et, malgré l'estime
des connaisseurs, Visé, dans cette appréciation rapide,
avait le droit de n'en point parler. Nommer *Bérénice*,
c'était réveiller des souvenirs que des amis, des parents
de Corneille devaient écarter en face d'un tombeau.
Enfin, si l'éloge d'*Athalie*, qui termine le morceau, n'a
pas une intention ironique, il faut avouer que, dans
cette circonstance, les rédacteurs du *Mercure* ont été
irréprochables. Ils poussèrent la galanterie jusqu'à insérer dans le volume du mois suivant une pièce de
vers adressée à Boileau à l'occasion de la mort de son
ami.

Ce fut un écrivain, lié intimement avec Racine, et

déjà désigné par le roi pour lui succéder dans la charge d'historiographe, qui vint aussi remplir à l'Académie française la place du poëte. Reçu dans la séance du 27 juin 1699, M. de Valincour apprécia le génie et les œuvres de son prédécesseur, et aborda à son tour le fameux parallèle. Il le fit en partisan sensible et convaincu de Racine, mais en homme qui savait admirer aussi la grandeur de Corneille ; et il expliqua avec délicatesse les sentiments respectables qui nuisirent d'abord à la fortune de Racine, et contribuèrent à entourer sa marche de difficultés. Après ces lignes, que nous avons déjà citées, il signala les routes nouvelles où le poëte, « conduit par son seul génie, et sans s'amuser à » suivre ni même à imiter un homme que tout le monde » regardait comme inimitable, » s'était engagé depuis *Andromaque*. Puis il marqua très-nettement la nature de l'effet dramatique chez le premier et chez le second, et distingua de l'admiration qu'inspire Corneille, l'émotion qu'excite Racine, « cette terreur, cette pitié » qui, selon Aristote, sont les véritables passions que » doit produire la tragédie, ces larmes qui font le plai- » sir de ceux qui les répandent. » Selon lui, « et Cor- » neille et Racine ont peint la nature ; mais si la nature » de Racine est moins superbe et moins magnifique, » elle est plus vraie et plus sensible. » C'est le jugement de La Bruyère ; c'est, nous le croyons, celui du goût comme de la postérité.

Sans examiner les arrêts de cette postérité, qui commence pour Racine avec le xviii⁰ siècle, nous devons

comprendre aussi dans notre recherche celui d'un contemporain, peu disposé à l'exagération de l'éloge, du
fameux Perrault. En 1701, deux ans après la mort de
Racine, le chef du parti des anciens acheva la publication de ses *Hommes illustres du* xvii⁰ *siècle.* Il restait
dans cet ouvrage ce qu'il s'était montré dans le *Siècle
de Louis le Grand* et dans les *Parallèles,* l'admirateur
passionné de Corneille, le prôneur de ses dernières
tragédies. Mais, du moins, en racontant la vie de Racine, il a su se garder de toute insinuation malveillante ; il rend justice à son caractère, il parle de l'affection du roi qui « envoya très-souvent savoir de ses
» nouvelles pendant sa maladie, et témoigna du dé-
» plaisir de sa mort, qui fut regrettée de toute la cour
» et de toute la ville. » Il a rapproché, nous l'avons
vu, le succès d'*Andromaque* de celui du *Cid ;* et, bien
qu'il y ait, ce semble, une intention de blâme dans
cette phrase : « On a mis Racine en parallèle avec
» Corneille, cet homme incomparable, » bien qu'il ne
reconnaisse à Racine d'autre avantage que « les mou-
» vements de la tendresse et la pureté du langage, »
et que ces mérites soient bien faibles à côté « des sen-
» timents héroïques et de la grandeur des personnages
» de Corneille, » il avoue du moins que « Racine a ses
» partisans, et que la contestation est demeurée en
» quelque sorte indécise. »

Tel était en somme, au commencement du xviii⁰ siècle, l'état de la question. Nul ne contestait à Racine le
premier rang après Corneille ; mais, tandis qu, pour

les uns, il balançait son rival, ou le surpassait même
par les mérites de la passion, du goût et du style ; pour
les autres, il restait encore beaucoup au-dessous, et
n'était toujours que le poëte de la tendresse, l'homme
qui avait altéré, abaissé, affadi les héros de l'antiquité,
l'écrivain élégant dont la pureté soutenue ne valait pas
la mâle énergie de Corneille. C'est ce qui résulte des
jugements de Fontenelle, de Saint-Évremond, de Perrault ; c'est ce que nous devons conclure aussi du petit
écrit qu'un très-obscur critique, M. Tafignon, publia
en 1705, sous ce titre : *Dissertation sur les caractères de*
Corneille et de Racine, contre le sentiment de M. de La
Bruyère.

Ce qui a le plus vivement choqué M. Tafignon dans
le parallèle, c'est la fameuse phrase dont nous avons
déjà signalé le danger : « Corneille peint les hommes
» comme ils devraient être, Racine les peint tels qu'ils
» sont. » Ce jugement « que favorise, dit-il, la mollesse
» des esprits du siècle, l'inquiète pour le goût public,
» et il croit urgent de le combattre. » Nous n'avons
pas l'intention d'entrer dans le détail de cette longue
et diffuse dissertation. Sans doute, Tafignon l'aurait
épargnée à ses lecteurs et à lui-même, s'il avait cherché
le véritable sens de l'antithèse de La Bruyère. Le
moraliste n'a-t-il pas voulu dire que les personnages
de Corneille ont plus d'élévation morale, et que ceux
de Racine ressemblent plus à ce que nous voyons tous
les jours? Chez les premiers, le devoir triomphe de la
passion :

Leur âme dans leur sang prend des impressions
Qui sous leur volonté range leurs passions.

Il y a bien lutte entre la passion et le devoir, mais on
prévoit facilement que celui-ci sera vainqueur; et ces
vers, que le poëte met dans la bouche de Chimène,
sont la devise de la plupart des personnages de son
théâtre, hommes ou femmes :

...Dans ce dur combat de devoir et de flamme,
Il déchire mon cœur sans partager mon âme.

Cela est plus moral, plus conforme à cet idéal qu'il
faut proposer à l'homme ; c'est une école meilleure et
plus salutaire à l'âme : mais on ne peut nier que la faiblesse des personnages de Racine, dans le cœur desquels la lutte est longue et terrible, où le plus souvent
la victoire est pour la passion, est plus conforme à la
réalité des faits, plus vérifiée par l'expérience. Les
hommes, sans doute, « devraient être autrement,» mais
le plus souvent, hélas! c'est ainsi « qu'ils sont. » Si
on entend de cette manière la pensée de La Bruyère,
si, en outre, on a soin de ne pas l'appliquer rigoureusement à tous les personnages des deux poëtes, on ne
songera guère à la contester : on reconnaîtra que les
héros de Corneille sont plus grands, plus dignes de
notre imitation et de nos respects, plus imposants dans
leur vertu énergique et souvent superbe; mais les personnages de Racine, avec leurs déchirements, leurs
défaillances, leurs chutes, sont plus émouvants et plus
réels. Il semble qu'il n'y a rien là qui doive blesser les

sentiments de Tafignon. Au lieu de soutenir, comme
il le fait, que l'audace hautaine, l'énergie virile, le fier
langage de Cornélie, de Rodogune, d'Émilie, de Cléopâtre, de Pulchérie, sont tout naturels et tout simples,
il pourrait, sans faire tort à la gloire de Corneille,
avouer que toutes les femmes ne pensent pas, n'agis-
sent pas, ne parlent pas comme celles-là.

L'âge nouveau, qui avait déjà commencé quand Tafignon écrivait ces lignes, vit la renommée de Racine
grandir par le triomphe et la popularité tardive d'*Athalie*, et plus encore par l'admiration passionnée du plus
éminent écrivain et du plus délicat critique de l'époque.
La supériorité de Racine semble généralement admise
au xviii⁰ siècle, et sans doute l'influence de Voltaire fut
pour beaucoup dans ces préférences, combattues à
peine par quelques critiques secondaires. On connaît le
parallèle de Vauvenargues : Voltaire en releva la sévérité souvent injuste pour Corneille ; ses conseils en
adoucirent quelques pages ; cependant il retrouvait, au
fond, dans les jugements du jeune critique, ses propres
impressions. En lisant son *Commentaire sur Corneille* et
les nombreuses appréciations qu'il a données dans ses
autres ouvrages sur les deux tragiques, on voit sans
peine qu'il aboutit aux mêmes conclusions que Vauvenargues. Le *Cours de littérature* de La Harpe, où l'inspiration de Voltaire est partout sensible, n'a pas moins
fait pour arrêter longtemps sur Racine la faveur du
goût public. Il y a trente ans, nous avons vu se produire une réaction violente contre cet arrêt du siècle

précédent. La faiblesse insipide des nombreux imitateurs de Racine avait compromis sa cause : on le rendait responsable de la régularité froide et vide, de
l'élégance pompeuse et banale, sans précision et sans
justesse, de tant de mauvais écrivains, qui n'avaient su
lui emprunter que des recettes. On faisait retomber sur
lui l'ennui des confidents, des amours langoureux, des
songes, des récits traditionnels. L'étude et l'imitation
des littératures étrangères avaient donné le goût des intrigues compliquées, des émotions violentes, des coups
de théâtre, de tout ce qui frappe les yeux et remue les
sens. Enfin l'école nouvelle, dont le but avoué était de
renverser celle du xviie et du xviiie siècle, devait réunir, dans ses attaques, Boileau, le législateur de l'école
classique, et Racine, qui, par la régularité sévère et
simple de son théâtre, avait réalisé les théories dramatiques de Boileau. Corneille, par ses imperfections, au
moins autant que par ses beautés, satisfaisait bien plus
les novateurs. On célébrait justement la vigueur et
l'élévation de ses caractères, la variété de ses sujets, la
complication souvent heureuse de ses intrigues, la
mâle énergie de son style. Mais on l'aimait aussi tendrement pour ses inégalités et ses incorrections, pour
son emphase et sa subtilité, pour les exagérations de
toutes sortes qu'il tient de ses modèles favoris et de
l'imperfection de son goût.

Depuis longtemps, ces débats orageux ont cessé de
nous agiter : Racine a été vengé de bien des attaques
injustes et grossières ; il semble même que le déborde-

ment de tant d'œuvres bizarres, forcées, gigantesques, ait ramené plus vivement notre goût à la simplicité et au naturel, relevés pour nous par l'attrait piquant de la nouveauté. Aujourd'hui du moins, il est permis d'unir dans son admiration Corneille et Racine, de les associer à titre de grands poëtes, de maîtres de l'art dramatique. Quant à la question tant débattue de la prééminence, elle est stérile et vaine : laissons à chacun la liberté de ses préférences ; pourquoi raisonner ce qui doit se sentir? Celui-ci est plus frappé de la hardiesse originale, des fières beautés, des éclairs soudains de Corneille : la perfection soutenue, la lumière douce et pleine de Racine satisfont plus la raison et le cœur de celui-là. Ces divergences sont légitimes et dignes de respect. Ce qui serait insensé, déplorable, ce serait de porter la passion pour l'un de ces grands maîtres jusqu'à nier le génie de l'autre, et de se priver, par la ridicule affectation de ce dédain, d'un enseignement fécond et fort, d'une source abondante de plaisir et de profit.

CONCLUSIONS.

Revue des principales critiques adressées à Racine : Système drama-
tique. — Action. — Rôle de l'amour. — Altération de l'histoire. —
Caractères. — Style. — Remarques de grammaire de l'abbé d'Olivet.
— Influence de ces attaques sur le développement du génie de
Racine.

Les parallèles étudiés plus haut, expression dernière
des luttes qui ont rempli la vie de Racine, mènent à une
seule et même conclusion : c'est presque toujours au
nom de Corneille que l'auteur d'*Andromaque* et de
Phèdre a été attaqué ; ce qu'on a critiqué surtout chez
lui, dans le système dramatique, dans l'action, dans les
caractères, dans le style, c'est l'opposition de sa manière avec celle de Corneille.

Saint-Évremond et Segrais pensaient à Corneille en
reprochant à Racine la simplicité habituelle de ses
plans, le petit nombre de faits compris dans ses intrigues, et ce que Segrais appelle « le manque de ma-
» tière. » Mais cette simplicité était chez le poëte volontaire et réfléchie : dès l'époque d'*Alexandre*, il la
recherchait comme l'idéal du poëme dramatique. Il y

insistait avec étendue dans sa réponse aux détracteurs
de *Britannicus*, et la préface de *Bérénice* développait
avec force cette idée, appuyée sur les exemples des
anciens : « L'invention consiste à faire quelque chose
» avec rien. » Si l'on songe à tant de drames chargés de
faits, et au fond si vides, que notre siècle a vus se produire, peut-on se défendre de donner raison au système
de Racine? Peut-on nier que la complication de l'intrigue, la multiplicité et l'inattendu des incidents ne
soient un danger pour le poëte, qu'ils placent sur une
pente glissante? Trop souvent, en effet, ces ressources
extérieures le dispensent de chercher en lui-même la
véritable matière de l'intérêt dramatique, et d'entrer
dans cette analyse profonde des caractères et des passions, qui est le fond et la vérité de l'art.

Une autre critique de Saint-Évremond rentre dans
la première. Il reproche à Racine de « subordonner
» l'action aux caractères, » c'est-à-dire de faire naître
les situations des sentiments, au lieu de les leur imposer, en un mot de donner à la tragédie plus de portée
et de conséquence, en montrant que tout s'enchaîne
dans la vie humaine, et que les événements sont, en
dernière analyse, le fruit de la direction donnée à notre
volonté. Attaquer dans Racine ce système dramatique,
c'est attaquer du même coup dans Molière la substitu-
tion de la comédie de caractère à la comédie d'intrigue,
c'est en revenir à l'expression de Segrais. Oui, sans
doute, dans la seconde partie de sa carrière, Corneille
a recherché avant tout la vivacité et la complication de

l'intrigue, l'abondance des incidents et des péripéties.
Mais nous n'hésitons pas à y voir, avec le critique éminent dont nous avons déjà invoqué l'autorité [1], la
cause principale de la décadence du grand poëte : « Cor-
» neille tomba au-dessous de lui-même, le jour où il
» employa à nouer par l'intrigue des situations sur-
» prenantes le même esprit qui avait fait sortir de
» caractères bien conçus et admirablement tracés des
» situations fortes, naturelles et prévues. » Et nous
adopterions sans réserve les conclusions de M. Nisard :
« L'invention consiste moins à imaginer un sujet com-
» pliqué qu'à tirer d'un sujet simple et populaire les
» vérités de mœurs, de caractères, de situations qui y
» sont contenues. »

C'est encore en opposant Corneille à Racine qu'on
a tant de fois attaqué dans le théâtre du nouveau poëte
le développement habituel et prédominant de l'amour.
Mais Racine, sur ce point, n'a pas innové; il n'a fait
que se conformer aux traditions de la tragédie en
France et au goût de son propre siècle. L'amour, ou,
pour mieux dire, la galanterie, faisait le fond de toutes
les pièces de Quinault et de son école ; l'amour avait
toujours eu un rôle important dans le théâtre de Hardy
et de Rotrou ; le grand Corneille lui-même, malgré ses
paroles amères contre « les doucereux, qui ne veulent
» que de la tendresse, » n'avait jamais, même dans la
période la plus brillante de sa vie, conçu de tragédie où

---

[1] M. D. Nisard. *Histoire de la littérature française*, t. II, Corneille ; t. III,
Racine.

l'amour n'eût sa place. Il est vrai que, dans sa vieillesse, et après les premiers succès de Racine, il établit la théorie que cette passion ne doit « servir que d'orne- » ment. » Mais cette théorie est condamnée par l'application même qu'il en a faite : ces amours épisodiques, peu en rapport avec le reste de la pièce, sans vraisemblance et sans intérêt, ne font qu'entraver l'action et l'affadir. Nous croyons, avec J.-B. Rousseau et d'autres critiques, que, l'amour doit être le ressort principal de la tragédie, ou n'y point paraître.

Sans parler du sort d'*Athalie*, l'examen de la dissertation de l'abbé de Villiers, les opinions de Saint-Évremond et du prince de Conti ont prouvé que Racine ne pouvait songer à ce dernier parti. Mais si, dans tout son théâtre jusqu'à *Phèdre*, l'amour forme le nœud de l'action, si, même dans les pièces où d'autres passions dominent celle-là, comme dans *Britannicus* et *Iphigénie*, elle est encore un des ressorts importants de l'intrigue, il faut avouer, malgré le reproche de galanterie tant répété depuis Saint-Évremond et Corneille, que Racine lui a donné une expression éminemment puissante et dramatique. Source de pathétiques émotions, de terribles catastrophes dans *Andromaque*, dans *Bajazet*, dans *Phèdre*, l'amour, partout ailleurs, a une délicatesse, une vérité et souvent une élévation qui conviennent à la tragédie. Sauf quelques taches, l'amour est naturel et digne même chez ces personnages qu'on a traités de Céladons, chez Britannicus, chez Bajazet, chez Achille. Enfin l'auteur a presque toujours choisi des sujets où le développement de cette passion était indiqué par l'histoire ou par la mythologie. Et lors même qu'il l'a ajouté à son sujet, comme dans *Britannicus* et *Mithridate*, il a su le rendre vraisemblable et utile au drame. L'amour précipite la marche de l'action, l'amour complète le tableau historique, en mettant en lumière un des côtés du caractère des personnages principaux, du violent et soupçonneux despote asiatique, ou du féroce et lâche empereur romain.

Mais le développement de cette passion n'amène-t-il pas des anachronismes de mœurs et de langage? Les héros de Racine sont-ils toujours de leur temps et de leur pays? Que devient, avec ce système la vérité historique?

Nous nous sommes expliqué déjà sur la valeur de ce reproche tant de fois renouvelé contre Racine. Nous avons distingué la vérité générale des passions et des caractères, ce qui est le fond même de l'homme, de cette vérité particulière et locale, domaine de la science plutôt que de la poésie. Non, sans doute, les héros de Racine ne sont pas toujours antiques : l'influence des idées modernes, le sentiment chrétien est sensible dans quelques parties du rôle d'Andromaque, dans les déchirements et les terreurs de Phèdre; il y a souvent, dans ces héros et ces héroïnes, une pureté et une délicatesse dont la littérature ancienne offre peu d'exemples. Mais quel poëte dramatique, soit dans l'antiquité, soit chez les modernes, a jamais échappé à l'influence de son pays et de son siècle? Les tragédies d'Eschyle et de Sophocle ne sont-elles pas remplies d'allusions aux événements contemporains ? Les personnages d'Euripide ne sortent-ils pas souvent de leur rôle, pour développer les idées morales et politiques, chères à l'élève de Socrate? De même Corneille n'a-t-il pas donné uniformément à tous ses personnages, hommes ou femmes, cette énergie et cette grandeur hautaine qu'il devait à son propre goût et à l'imitation des Espagnols? Ses Romains sont ceux de Lucain et de Sénèque, plutôt que ceux de Tite-Live. Ses Romaines n'ont-elles pas de frappants rapports avec les dames qu'il rencontrait à l'hôtel de Rambouillet, et qui furent les héroïnes de la Fronde? La galanterie de Pompée, de Sertorius, de César, d'Othon, est-elle plus antique que celle d'Achille ou de Pyrrhus? Voltaire n'est pas plus fidèle à la vérité historique : pour lui, comme pour Euripide, le théâtre est une chaire, du haut de laquelle il prêche ses idées philosophiques. En est-il autrement des auteurs étrangers, de Shakespeare, de Schiller, de Goëthe? Si, dans ses tragédies romaines, le grand poëte anglais a souvent saisi d'une manière frappante les caractères de quelques héros de l'antiquité et les traits principaux de la vie de Rome, que de fois aussi ses personnages sont Anglais de langage, d'esprit et de mœurs! La *Jeanne d'Arc* et le *Don Carlos* de Schiller sont-ils conformes à l'histoire? L'*Iphigénie* de Goëthe est-elle plus grecque que l'*Iphigénie* de Racine? Niera-t-on que cette romanesque jeune fille ne soit, à beaucoup d'égards, une Allemande? Il faut le reconnaître, le drame, comme

tous les genres de littérature, subit l'influence du temps
où il se produit, de la société à laquelle il est destiné.
L'esprit national, les croyances religieuses, les idées
philosophiques, s'y retrouvent aussi bien que le caractère personnel du poëte. C'est ce qui rend l'étude du
théâtre intéressante comme étude de mœurs ; c'est ce
qui permet de suivre, dans le drame, comme l'ont fait
avec tant de finesse et de charme d'éminents critiques [1],
les nuances et les modifications des sentiments avec les
âges.

Comme tous les autres, Racine est de son temps. A
ce titre il a peint de préférence l'amour, et donné à ce
sentiment, comme aux autres, la couleur du temps.
Mais il n'en est pas moins resté fidèle à cette vérité
générale, la première de toutes, celle qui fait la vie des
ouvrages de l'art, celle qui leur donne éternellement
le pouvoir de remuer les âmes. Toujours on sentira
dans le langage d'Andromaque, de Clytemnestre, de
Josabeth, l'accent de l'amour maternel. Toujours on
reconnaîtra dans Agrippine, dans Acomat, dans Mithridate, dans Athalie, ces âmes altières, animées par
la passion et le génie du pouvoir. De tout temps la scélératesse profonde et savante de Narcisse épouvantera
les hommes comme celle de Tartufe et d'Iago, parce
qu'on y retrouvera la réalité. De tout temps, les fureurs
d'Hermione et de Roxane, le délire et les remords de
Phèdre remueront les cœurs. Ces beautés valent mieux

[1] M. Saint-Marc Girardin. *Cours de littérature dramatique.*

que la couleur locale et qu'une recherche minutieuse de toutes les curiosités historiques. D'ailleurs Racine a su réunir ce mérite secondaire à tous les autres dans le chef-d'œuvre d'*Athalie ;* il a su en exclure cette passion dans laquelle on se plaisait à circonscrire son génie. Si jusque-là il a fait autrement, ce n'était donc pas chez lui impuissance; ce n'était pas non plus, on peut l'affirmer de l'élève et de l'admirateur des Grecs, ignorance de l'art ou irréflexion.

Le style de Racine a été plus épargné que les autres parties de son théâtre. Toutefois, Fontenelle, Saint-Évremond, Perrault, le *Mercure,* en célébrant la force et la sublimité des vers de Corneille, ont affecté de réduire à la netteté le mérite de son successeur. C'est pourtant au nom de la netteté que Subligny a critiqué de nombreux passages d'*Andromaque,* et que l'abbé d'Olivet, au siècle suivant, a signalé dans ses *Remarques de grammaire sur Racine,* des milliers de fautes échappées au poëte. Mais souvent Subligny s'attaque à des tours rapides et poétiques, si heureusement créés qu'ils sont restés dans la langue. On peut en dire autant, en général, de ceux que l'abbé d'Olivet a relevés avec la plus sévère minutie, sans comprendre que le langage de la poésie ne peut être rigoureusement asservi à toutes les règles de la grammaire, ni soumis à cette sévère discipline de Vaugelas, que les prosateurs mêmes n'ont pas toujours subie sans réserve. Racine ne se serait pas rendu à ces critiques qu'un contemporain de l'abbé d'Olivet, Desfontaines, a refutées le plus souvent avec justesse et avec goût. Quant aux remarques de Subligny, le poëte a su profiter de celles qui étaient fondées. Il a corrigé, suivant ces indications, plusieurs passages de sa tragédie ; surtout il s'est appliqué à donner dès lors à son style une précision sévère et pure, qui ne laisse aucune prise à la critique la plus malveillante. Désormais, sauf quelques vers de *Phèdre*, attaqués amèrement par le même Subligny, les critiques, loin de se plaindre des hardiesses poétiques du style de Racine, y blâmeront plutôt ce qu'ils appellent des familiarités indignes de la poésie, des expressions bourgeoises, c'est-à-dire quelques phrases dont la simplicité, relevée d'ailleurs par le sentiment, convient mieux à la tragédie qu'un ton continuellement noble et tendu. Au reste, ces critiques ne tombent que sur quelques détails ; mais il était curieux de les signaler. En effet, là encore, cet écrivain qu'on a déclaré si timide, et qui a pourtant si hardiment innové dans la langue, a enrichi la poésie. Tous ces mots qui faisaient frémir Subligny, qu'il trouvait « bas et rampants, » et qu'il voulait « renvoyer à l'hôpital, » ont conquis leur droit de cité. Il en est d'eux comme de la force de Racine. L'auteur en a fait un emploi si discret et si heureux, qu'ils se fondent dans la justesse et l'harmonie de l'ensemble ; il faut un effort d'attention pour les remarquer.

Telles sont, dans leur généralité, les critiques adressées à Racine par ses contemporains. Après tout, les siècles suivants n'en ont guère imaginé de nouvelles, et l'on trouverait dans les écrits de tout genre que nous avons analysés la substance des attaques que notre temps a vues se produire avec une expression si violente. Bien que ces critiques aient souvent blessé le poëte, bien qu'elles aient contribué pour une grande part, avec les cabales dont nous avons fait l'histoire, à sa retraite prématurée, elles n'ont pas toujours été sans profit pour lui. La *Dissertation sur Alexandre* peut être placée parmi les influences qui ont produit le chef-d'œuvre d'*Andromaque*. La mâle et sévère tragédie de *Britannicus* était une réponse à ceux qui avaient déclaré le poëte uniquement propre à l'expression des sentiments tendres. Plus tard, les portraits si frappants d'Acomat, de Mithridate, d'Ulysse, ne furent-ils pas à l'adresse des critiques qui accusaient Racine de n'entendre rien ni à la politique ni à la guerre? On avait blâmé la longueur du dénoûment de *Britannicus*; ceux de *Bajazet*, de *Mithridate*, de *Phèdre* sont bien plus rapides et plus dramatiques. L'action languissait un peu dans *Bérénice :* rien de plus plein et de plus vif que celle de *Bajazet*, de *Mithridate*, d'*Iphigénie* et de *Phèdre*. Le progrès n'est pas moins continu dans le style que dans l'action et les caractères : de plus en plus il unit la force à la souplesse, la couleur à la précision, la richesse au naturel.

Sans doute, les efforts de Racine, ce respect de l'art et du public qui honore les écrivains du xviie siècle sont pour beaucoup dans cette perfection croissante, dont *Athalie* est le dernier terme ; mais on la doit aussi à cette crainte de la critique dont Boileau a fait ressortir l'utilité dans ses beaux vers à l'auteur de *Phèdre*. On la doit en partie à la pensée de ces envieux, attentifs à tous les défauts, empressés à grossir toutes les fautes. Le poëte a voulu leur fermer la bouche; il a voulu vaincre leurs préjugés à force de pureté, de justesse, de proportion, de conséquence. Il n'y a pas réussi, car l'esprit de parti ne se guérit guère. Il n'a pas dû à ces progrès des succès plus éclatants, car le public ne pénètre pas si profondément dans l'art du poëte, et les erreurs du goût, en matière de théâtre, sont aussi communes à cette époque que dans la nôtre. Mais il a satisfait de plus en plus son ami Boileau et quelques autres juges compétents, et il a donné à ses œuvres ce cachet de durée que n'ont pas eu tant de pièces, populaires à leur naissance, oubliées après quelques mois.

Des poëtes sont venus après Racine, qui ont compté pour le succès sur la nouveauté et l'intérêt de sujets empruntés à l'histoire moderne, sur une observation moins rigoureuse des unités, sur l'attrait d'une action chargée de faits, sur l'éclat de la mise en scène, sur l'effet théâtral. Avec ces ressources nouvelles, il semble qu'il leur ait été facile d'échapper à cette altération des mœurs, à ces anachronismes de langage et de sentiments tant reprochés à Racine, et d'intéresser sans l'amour qui, d'ailleurs, depuis le succès tardif d'*Athalie*, n'était plus regardé comme le nœud nécessaire de toute tragédie. Cependant, dans le théâtre du plus habile de ces auteurs, de Voltaire, quelle pièce peut soutenir

la comparaison avec Corneille et Racine? Quelle infériorité pour la contexture du drame, pour les caractères,
pour le style! Ces œuvres ont moins d'intérêt que celles
des deux tragiques du xvii° siècle; elles semblent plus
vieilles et de langue et de couleur. Les tragédies de
Racine seules avec celles du grand Corneille ont le privilége de conserver toujours leur jeunesse et leur fraî-
cheur. On ne se lasse pas de les lire et de les étudier;
et, quoiqu'on ait pu dire, pour peu qu'elles rencontrent
des interprètes capables de les comprendre, elles ne
cessent pas de frapper et de ravir les spectateurs les
moins lettrés. Elles ont résisté à toutes les attaques du
temps, à tous les efforts des systèmes. Si elles le doivent en partie à ces nombreux ennemis, qui ont poursuivi l'auteur du *Cid* et de *Polyeucte* comme celui d'*Andromaque* et de *Phèdre*, il ne faut pas trop accuser ces
luttes. La vie des poëtes en a été attristée et troublée;
leur génie en est devenu plus complet et plus fort, leur
gloire en est sortie plus pure et plus inaltérable.

FIN.

TABLE ANALYTIQUE DES MATIÈRES.

INTRODUCTION.

Éducation de Racine; ses débuts jusqu'à la tragédie d'Alexandre.

PREMIÈRE PARTIE.

Les principaux ennemis de Racine. — Caractères de ces inimitiés.

CHAPITRE I. — Les poëtes tragiques.

DEUXIÈME PARTIE.

Attaques contre le théâtre de Racine. — Examen des pièces critiques publiées contre ses œuvres.

FIN DE LA TABLE.

SAINT-DENIS. — TYPOGRAPHIE DE A. MOULIN.

G